蘇州全書

甲編

·三松堂集

《蘇州全書》編纂出版委員會 編

古吳軒出版社
蘇州大學出版社

圖書在版編目（CIP）數據

三松堂集 / (清) 潘奕雋撰 . -- 蘇州 : 古吳軒出版社 : 蘇州大學出版社 , 2023.11
(蘇州全書)
ISBN 978-7-5546-2150-9

Ⅰ . ①三… Ⅱ . ①潘… Ⅲ . ①古典詩歌—詩集—中國—清代 Ⅳ . ① I222.749

中國國家版本館 CIP 數據核字（2023）第 102925 號

責任編輯 戴玉婷
裝幀設計 周 晨 李 璇
責任校對 黄菲菲

書　　名 三松堂集
撰　　者 〔清〕潘奕雋
出版發行 古吳軒出版社
地址：蘇州市八達街118號蘇州新聞大厦30F 電話：0512-65233679
蘇州大學出版社
地址：蘇州市十梓街1號 電話：0512-67480030
印　　刷 常州市金壇古籍印刷廠有限公司
開　　本 889 × 1194 1/16
印　　張 96
版　　次 2023 年 11 月第 1 版
印　　次 2023 年 11 月第 1 次印刷
書　　號 ISBN 978-7-5546-2150-9
定　　價 680.00 元（全二册）

《蘇州全書》編纂工程

總主編

劉小濤　吳慶文

學術顧問

（按姓名筆畫爲序）

王　芳　王　宏　王　堯　王　鍔　王紅蕾　王華寳　王爲松　王衛平
王餘光　王鍾陵　朱棟霖　朱誠如　任　平　全　勤　江慶柏　江澄波
汝　信　阮儀三　杜澤遜　李　捷　吳　格　吳永發　何建明　言恭達
沈坤榮　沈燮元　武秀成　范小青　范金民　茅家琦　周　秦　周少川
周國林　周勛初　周新國　胡可先　胡曉明　姜　濤　姜小青　韋　力
姚伯岳　馬亞中　袁行霈　華人德　莫礪鋒　徐　俊　徐　海　徐　雁
徐惠泉　徐興無　唐力行　陸振嶽　陸儉明　陳子善　陳正宏　陳尚君
陳紅彥　陳廣宏　黃愛平　黃顯功　崔之清　張乃格　張志清　張伯偉
張海鵬　葉繼元　葛劍雄　單霽翔　程章燦　程毅中　喬治忠　鄔書林
賀雲翱　詹福瑞　趙生群　廖可斌　熊月之　樊和平　劉　石　劉躍進
閻曉宏　錢小萍　戴　逸　韓天衡　嚴佐之　顧　芗

《蘇州全書》編纂出版委員會

主任 金潔 查穎冬

副主任 黃錫明 張建雄 王國平 羅時進

編委（按姓名筆畫爲序）

丁成明 王煒 王寧 王忠良 王偉林 王稼句 王樂飛 尤建豐
卞浩宇 田芝健 朱江 朱光磊 朱從兵 李忠 李軍 李峰
李志軍 吳建華 吳恩培 余同元 沈鳴 沈慧瑛 周生杰 查焱
洪曄 袁小良 徐紅霞 卿朝暉 高峰 凌郁之 陳潔 陳大亮
陳其弟 陳衛兵 陳興昌 孫寬 孫中旺 黃啟兵 黃鴻山 接曄
曹煒 曹培根 張蓓蓓 程水龍 湯哲聲 蔡曉榮 臧知非 管傲新
齊向英 歐陽八四 潘志嘉 錢萬里 戴丹 謝曉婷 鐵愛花

前言

中華文明源遠流長，文獻典籍浩如烟海。這些世代累積傳承的文獻典籍，是中華民族生生不息的文脉和根基。蘇州作爲首批國家歷史文化名城，素有『人間天堂』之美譽。自古以來，這裏的人民憑藉勤勞和才智，創造了極爲豐厚的物質財富和精神文化財富，使蘇州不僅成爲令人嚮往的『魚米之鄉』，更是實至名歸的『文獻之邦』，爲中華文明的傳承和發展作出了重要貢獻。

蘇州被稱爲『文獻之邦』由來已久，早在南宋時期，就有『吴門文獻之邦』的記載。宋代朱熹云：『文，典籍也；獻，賢也。』蘇州文獻之邦的地位，是歷代先賢積學修養、劬勤著述的結果。明人歸有光《送王汝康會試序》云：『吴爲人材淵藪，文字之盛，甲於天下。』朱希周《長洲縣重修儒學記》亦云：『吴中素稱文獻之邦，蓋子游之遺風在焉，士之嚮學，固其所也。』《江蘇藝文志·蘇州卷》收録自先秦至民國蘇州作者一萬餘人，著述達三萬二千餘種，均占江蘇全省三分之一强。古往今來，蘇州曾引來無數文人墨客駐足流連，留下了大量與蘇州相關的文獻。時至今日，蘇州仍有約百萬册的古籍留存，入選『國家珍貴古籍名録』的善本已達三百一十九種，位居全國同類城市前列。其中的蘇州鄉邦文獻，歷宋元明清，涵經史子集，寫本刻本，交相輝映。此外，散見於海内外公私藏家的蘇州文獻更是不可勝數。它們載録了數千年傳統文化的精華，也見證了蘇州曾經作爲中國文化中心城市的輝煌。

蘇州文獻之盛得益於崇文重教的社會風尚。春秋時代，常熟人言偃就北上問學，成爲孔子唯一的南方弟子。歸來之後，言偃講學授道，文開吴會，道啓東南，被後人尊爲『南方夫子』。西漢時期，蘇州人朱買臣負薪讀書，穹窿山中至今留有其『讀書臺』遺迹。兩晉六朝，以『顧陸朱張』爲代表的吴郡四姓涌現出大批文士，在不少學科領域都貢獻卓著。及至隋唐，蘇州大儒輩出，《隋書·儒林傳》十四人入傳，其中籍貫吴郡者二人；《舊唐書·儒學傳》三十四人入正傳，其中籍貫吴郡（蘇州）者五人。文風之盛可見一斑。北宋時期，范仲淹在家鄉蘇州首創州學，並延名師胡瑗等人教授生徒，此後縣學、書院、社學、義學等不斷興建，蘇州文化教育日益發展。故明人徐有貞云：『論者謂吾蘇也，郡甲天下之郡，學甲天下之學，人才甲天下之人才，偉哉！』在科舉考試方面，蘇州以鼎甲萃集爲世人矚目，清初汪琬曾自豪地將狀元稱爲蘇州的土産之一，有清一代蘇州狀元多達二十六位，占全國的近四分之一，由此而被譽爲『狀元之鄉』。近現代以來，蘇州在全國較早開辦新學，發展現代教育，涌現出顧頡剛、葉聖陶、費孝通等一批大師巨匠。中華人民共和國成立後，社會主義文化教育事業蓬勃發展，蘇州英才輩出、人文昌盛，文獻著述之富更勝於前。

蘇州文獻之盛受益於藏書文化的發達。蘇州藏書之風舉世聞名，千百年來盛行不衰，具有傳承歷史長、收藏品質高、學術貢獻大的特點，無論是卷帙浩繁的圖書還是各具特色的藏書樓，以及延綿不絕的藏書傳統，都成爲中華文化重要的組成部分。據統計，蘇州歷代藏書家的總數，高居全國城市之首。南朝時期，蘇州就出現了藏書家陸澄，藏書多達萬餘卷。明清兩代，蘇州藏書鼎盛，絳雲樓、汲古閣、傳是樓、百宋一廛、藝芸書舍、鐵琴銅劍樓、過雲樓等藏書樓譽滿海内外，彙聚了大量的珍貴文獻，對古代典籍的收藏保護厥功至偉，亦於文獻校勘、整理裨益甚巨。《舊唐書》自宋至明四百多年間已難以考覓，直至明嘉靖十七年（一五三八），聞人詮在蘇州爲官，搜討舊籍，方從吴縣王延喆家得《舊唐書》『紀』和『志』部分，從長洲張汴家得《舊唐書》『列傳』部分，『遺籍俱出宋時模板，旬月之間，二美璧合』，于是在蘇州府學中槧刊，《舊唐書》自此得以彙而成帙，復行於世。清代嘉道年間，蘇州黄丕烈和顧廣圻均爲當時藏書名家，且善校書，『黄跋顧校』在中國文獻史上影響深遠。

蘇州文獻之盛也獲益於刻書業的繁榮。蘇州是我國刻書業的發祥地之一，早在宋代，蘇州的刻書業已經發展到了相當高的水平，至今流傳的杜甫、李白、韋應物等文學大家的詩文集均以宋代蘇州官刻本爲祖本。宋元之際，蘇州磧砂延聖院還主持刊刻了中國佛教史上著名的《磧砂藏》。明清時期，蘇州成爲全國的刻書中心，所刻典籍以精善享譽四海，明人胡應麟有言：『凡刻之地有三，吴也、越也、閩也。』他認爲『其精，吴爲最』，『其直重，吴爲最』。又云：『余所見當今刻本，蘇常爲上，金陵次之，杭又次之。』清人金埴論及刻書，仍以胡氏所言三地爲主，則謂『吴門爲上，西泠次之，白門爲下』。明代私家刻書最多的汲古閣、清代坊間刻書最多的掃葉山房均爲蘇州人創辦，晚清時期頗有影響的江蘇官書局也設於蘇州。據清人朱彝尊記述，汲古閣主人毛晉『力搜秘册，經史而外，百家九流，下至傳奇小説，廣爲鏤版，由是毛氏鋟本走天下』。由於書坊衆多，蘇州還産生了書坊業的行會組織崇德公所。明清時期，蘇州刻書數量龐大，品質最優，裝幀最爲精良，爲世所公認，國内其他地區不少刊本也都冠以『姑蘇原本』，其傳播遠及海外。

蘇州傳世文獻既積澱着深厚的歷史文化底藴，又具有穿越時空的永恒魅力。從范仲淹的『先天下之憂而憂，後天下之樂而樂』，到顧炎武的『天下興亡，匹夫有責』，這種胸懷天下的家國情懷，早已成爲中華民族精神的重要組成部分，傳世留芳，激勵後人。南朝顧野王的《玉篇》，隋唐陸德明的《經典釋文》、陸淳的《春秋集傳纂例》等均以實證明辨著稱，對後世影響深遠。明清時期，馮夢龍的《喻世明言》《警世通言》《醒世恒言》，在中國文學史上掀起市民文學的熱潮，具有開創之功。吴有性的《温疫論》、葉桂的《温熱論》，開温病學研究之先河。蘇州文獻中蘊含的求真求實的嚴謹學風、勇開風氣之先的創新精神，已經成爲一種文化基因，融入了蘇州城市的血脉。不少蘇州文獻仍具有鮮明的現實意義。明代費信的《星槎勝覽》，是記載歷史上中國和海上絲綢之路相關國家交往的重要文獻。鄭若曾的《籌海圖編》和徐葆光的《中山傳信録》，爲釣魚島及其附屬島嶼屬於中國固有領土提供了有力證據。魏良輔的《南詞引正》、嚴澂的《松絃館琴譜》、計成的《園冶》，分别是崑曲、古琴及園林營造的標志性成果，這些藝術形式如今得以名列世界文化遺産，與上述名著的嘉惠滋養密不可分。

維桑與梓，必恭敬止；文獻流傳，後生之責。蘇州先賢向有重視鄉邦文獻整理保護的傳統。方志編修方面，范成大《吳郡志》爲方志創體，其後名志迭出，蘇州府縣志、鄉鎮志、山水志、寺觀志、人物志等數量龐大，構成相對完備的志書系統。地方總集方面，南宋鄭虎臣輯《吳都文粹》、明錢穀輯《吳都文粹續集》、清顧沅輯《吳郡文編》先後相繼，收羅宏富，皇皇可觀。常熟、太倉、崑山、吳江諸邑，周莊、支塘、木瀆、甪直、沙溪、平望、盛澤等鎮，均有地方總集之編。及至近現代，丁祖蔭彙輯《虞山叢刻》《虞陽説苑》，柳亞子等組織『吳江文獻保存會』，爲搜集鄉邦文獻不遺餘力。江蘇省立蘇州圖書館於一九三七年二月舉行的『吳中文獻展覽會』規模空前，展品達四千多件，並彙編出版吳中文獻叢書。然而，由於時代滄桑，圖書保藏不易，蘇州鄉邦文獻中『有目無書』者不在少數。同時，囿於多重因素，蘇州尚未開展過整體性、系統性的文獻整理編纂工作，許多文獻典籍仍處於塵封或散落狀態，没有得到應有的保護與利用，不免令人引以爲憾。

進入新時代，黨和國家大力推動中華優秀傳統文化的創造性轉化和創新性發展。習近平總書記强調，要讓收藏在博物館裏的文物、陳列在廣闊大地上的遺産、書寫在古籍裏的文字都活起來。二〇二二年四月，中共中央辦公廳、國務院辦公廳印發《關於推進新時代古籍工作的意見》，確定了新時代古籍工作的目標方向和主要任務，其中明確要求『加强傳世文獻系統性整理出版』。盛世修典，賡續文脉，蘇州文獻典籍整理編纂正逢其時。二〇二二年七月，中共蘇州市委、蘇州市人民政府作出編纂《蘇州全書》的重大決策，擬通過持續不斷努力，全面系統整理蘇州傳世典籍，着力開拓研究江南歷史文化，編纂出版大型文獻叢書，同步建設全文數據庫及共享平臺，將其打造爲彰顯蘇州優秀傳統文化精神的新陣地，傳承蘇州文明的新標識，展示蘇州形象的新窗口。

『睹喬木而思故家，考文獻而愛舊邦。』編纂出版《蘇州全書》，是蘇州前所未有的大規模文獻整理工程，是不負先賢、澤惠後世的文化盛事。希望藉此系統保存蘇州歷史記憶，讓散落在海内外的蘇州文獻得到挖掘利用，讓珍稀典籍化身千百，成爲認識和瞭解蘇州發展變遷的津梁，並使其中藴含的積極精神得到傳承弘揚。

觀照歷史，明鑒未來。我們沿着來自歷史的川流，承荷各方的期待，自應負起使命，砥礪前行，至誠奉獻，讓文化薪火代代相傳，並在守正創新中發揚光大，爲推進文化自信自强、豐富中國式現代化文化内涵貢獻蘇州力量。

《蘇州全書》編纂出版委員會

二〇二二年十二月

凡例

一、《蘇州全書》(以下簡稱『全書』)旨在全面系統收集整理和保護利用蘇州地方文獻典籍,傳播弘揚蘇州歷史文化,推動中華優秀傳統文化傳承發展。

二、全書收録文獻地域範圍依據蘇州市現有行政區劃,包含蘇州市各區及張家港市、常熟市、太倉市、崑山市。

三、全書着重收録歷代蘇州籍作者的代表性著述,同時適當收録流寓蘇州的人物著述,以及其他以蘇州爲研究對象的專門著述。

四、全書按收録文獻内容分甲、乙、丙三編。每編酌分細類,按類編排。

(一)甲編收録一九一一年及以前的著述。一九一二年至一九四九年間具有傳統裝幀形式的文獻,亦收入此編。按經、史、子、集四部分類編排。

(二)乙編收録一九一二年至二〇二一年間的著述。按哲學社會科學、自然科學、綜合三類編排。

(三)丙編收録就蘇州特定選題而研究編著的原創書籍。按專題研究、文獻輯編、書目整理三類編排。

五、全書出版形式分影印、排印兩種。甲編書籍全部采用繁體豎排;乙編影印類書籍,字體版式與原書一致;乙編排印類書籍和丙編書籍,均采用簡體横排。

六、全書影印文獻每種均撰寫提要或出版説明一篇,介紹作者生平、文獻内容、版本源流、文獻價值等情況。影印底本原有批校、題跋、印鑒等,均予保留。底本有漫漶不清或缺頁者,酌情予以配補。

七、全書所收文獻根據篇幅編排分册，篇幅適中者單獨成册，篇幅較大者分爲序號相連的若干册，篇幅較小者按類型相近原則數種合編一册。數種文獻合編一册以及一種文獻分成若干册的，頁碼均連排。各册按所在各編下屬細類及全書編目順序編排序號。

三松堂集

〔清〕潘奕雋 撰

據蘇州圖書館藏清同治重刻本影印。

提要

《三松堂集》二十四卷《續集》六卷，清潘奕雋撰。

潘奕雋（一七四〇—一八三〇），字守愚，號榕皋，晚號三松居士、水云漫士。清吳縣人。乾隆三十四年（一七六九）進士，歷官内閣中書、《四庫全書》分校官、户部主事等職，五十一年任貴州鄉試副考官，旋即歸田，林居四十餘年而卒。工詩文詞曲，兼擅書畫，於許學用力尤勤，文采風流，照耀吴下。詩文集之外，另著有《三松堂書畫記》《居易金箴》《説文蠡箋》等。

《三松堂集》共二十四卷，卷一至卷十七爲古今體詩，卷十八爲試帖詩，卷十九、二十爲《水雲詞》；文四卷，卷一策問、表、序，卷二序、書、題跋，卷三亦題跋，卷四記、傳、墓志、雜著，凡一百又四篇。其中古今體詩以年爲序，卷一目下注曰『始癸未春，至庚寅冬』，卷十七目下注『始甲子夏，至丁卯春』，是其自乾隆二十八年（一七六三）至嘉慶十二年（一八〇七）四十四年之詩集。《續集》六卷，皆詩，卷一『始丁卯冬，至庚午夏』，卷六『始辛巳秋，至己丑春』，是其自嘉慶十二年至道光九年（一八二九）二十二年之詩集。潘奕雋以詩文名世，其詩原本風雅，王昶評曰『温厚和平，而清遠閒放之致自在』；其居京師日，與戴震、邵晉涵、程晉芳、羅有高諸大儒往來甚密，故其文聞見博洽，議論名通。

《三松堂集》《續集》有清嘉慶刻本、同治重刻本。嘉慶本，《續修四庫全書》《清代詩文彙編》已有影印。同治重刻本卷首有『同治庚午冬重刊，至壬申三月告竣』牌記一方，增補《三松自訂年譜》一卷。本次影印以蘇州圖書館藏清同治重刻本爲底本，原書框高十八・八厘米，廣十三・七厘米。

三松堂集

同治庚午冬重刊
至壬申三月告竣

凡樂之作由人心生樂播於音音著於詩其心沖然粹然合乎溫柔敦厚之旨然後著爲咏歌朱絃而疏越一唱而三歎自非守道之篤而養心之至者不能我友潘君榕皐與予交二十餘年方其釋褐升　朝聲華洋溢取上第登　綸扉値　秘閣人將以燕許期之而君退然不欲自見其長比中年從子今少司馬取大魁令嗣復以第三人及第人將以八葉五貴期之而君抑然不欲自多其有年纔五十引疾歸吳下不以名位烜赫移其情不以繁華聲色損其性讀書樂道朝絃夕咏間與吳越名人從容淸醼有所得輒發之於詩行乎其所不

得不行止乎其所不得不止動中自然絶無矜張叫囂之習蓋莊周所謂温伯雪子不言而飲人以和者也昔杜子美之言曰清高氣深穩咏物也實自言其詩也韓昌黎之言曰妥貼力排奡論人也亦自言其詩也然非深穩不足爲清高非妥貼不足言排奡以清高排奡論君詩其亦無愧於杜韓也已蓋惟生當江山清遠之地值 久道化成 重熙累洽之時而君又能以其樂天知命之學收存心養性之功夫是以形之篇什漸近自然有太史吹律而採風孰不以爲元音之布濩人籟本於天籟也而豈沾沾焉研聲調論派别者所可同日語

哉予年已八十綜攬古今深有悟於温柔敦厚之旨顧讀君之詩而藉以自信焉故承君之命書所見以弁於首焉三松堂者君遷居臨頓里庭適有松蒼翠可愛君日夕吟嘯其下因以名堂且以名其集非欲自比歲寒也予前贈君詩有欲與蒼松比歲寒之句故以此正之

嘉慶癸亥夏至後五日青浦同學愚弟王昶書

三松居士小像

侍孫星衍題

丁丑九日七薌改琦寫

三松堂集　小像

三松自訂年譜

潘氏漢唐以上世遠譜系難稽迨唐廣明光啟間逢時公以閩人兩任歙州刺史任滿致仕父老攀轅遂家於歙之西篁墩卒葬獅山之陽榧山營今名潘村上隝又名潘隝是爲遷歙始祖四傳至大阜公遷歙南大阜後山隝是爲遷大阜始祖又十一傳至德輔公自後山隝遷來龍山南即今之大阜村也又七傳至玉溪公玉溪公生筠友公筠友公生子二長諱景隆次其蔚公浙江杭州府歲貢生候選主事卜宅蘇城是爲遷吳始祖生於明崇禎己卯十月初五日卒於

皇清康熙丙戌十一月初六日葬歙縣之飛布山配羅
宜人生子九人是爲余高祖曾祖敷九公其蔚公長子
也浙江錢唐縣歲貢生處州府松陽縣教諭配汪孺人
卒葬蘇州府吳縣光福之河亭橋是爲葬吳始祖
皇清乾隆五年庚申三月初七日亥時余生於閶門內
劉家浜之謙益堂一歲
祖閒齋公命名奕儁閒齋公敷九公第四子也余
始生閒齋公年五十一歲妣戴太夫人年五十四
歲子四人父貢湖公閒齋公長子也時貢湖公暨
吾母汪太夫人年皆二十三歲長姊淑德年四歲

乾隆六年辛酉二歲

七月妹淑芳生八月自劉家浜遷居吳縣北元二

圖馬醫科巷

乾隆七年壬戌三歲

乾隆八年癸亥四歲

乾隆九年甲子五歲

二月弟奕藻生後字畏堂

乾隆十年乙丑六歲

八月弟奕基生後字雲浦

乾隆十一年丙寅七歲

乾隆十二年丁卯八歲

余始入家塾余祖既業儒不治生產屢困棘闈家日落不能延師至是歲始延嘉興譚東來先生孚尹至家命余受業先生為前明譚貞默公後八年已艾方嚴古樸督課甚密自上元至館殘臘歸家歲以為常余因得於六年之閒卒業五經左傳

乾隆十三年戊辰九歲

貢湖公命余習柳誠懸書日課百字心甚樂之十月讀四子書畢讀書經午後日課唐人五七言絶句一章

乾隆十四年己巳十歲

讀書經午後讀詩經數行弟畏堂入塾

乾隆十五年庚午十一歲

讀書詩畢讀禮記午後讀易經數行弟雲浦入塾

乾隆十六年辛未十二歲

讀易經禮記畢讀左傳貢湖公熟於左氏暇卽爲之講解頗有悟會

乾隆十七年壬申十三歲

選讀國語公穀史漢韓柳文暇選讀離騷文選學爲對偶是年冬譚先生謂貢湖公曰郎君讀詩書

易禮三傳畢將從事於制義余非所習也明年宜更延師遂於十二月辭歸檇李臨別示奕雋詩曰六載相資友惟君最妙才他時應刮目再見阿蒙來余兄弟送至河干而別

乾隆十八年癸酉十四歲

從浙江杭州府錢唐縣學生吳筠竹先生胥翰學為時文先生日選明文一篇命余手錄為之評點課之見所錄文喜曰腕力圓勁如老成人他日當以書名三月先生病歸薦同學宋樂齋先生永浩字沛蒼杭州府學生也先生精於楷法余始得縱

觀晉唐碑刻及前人論書諸說先生授以右軍筆陣圖令習懸腕書弟畏堂同榻於惜陰書屋讀書每至夜分

乾隆十九年甲戌十五歲

祖開齋公以前明小題文及 國初虛縮枯寂題文屬師命題每一藝畢即以前輩文示之以爲楷式先是高祖其蔚公曾祖敷九公皆以先世業鹺試商籍補杭州博士弟子員是冬學使按試杭郡貢湖公命隨櫟齋先生從堂兄仁和庠生奕騰字振高赴浙試寓湧金門內荷花池頭丁卯科孝廉

李文金先生情家郎以制藝請益於先生先生爲
陳星齋先生高弟子讀書砥行制義尤擅名於時

乾隆二十年乙亥十六歲

春赴吳縣試縣令周公隆謙山西鳳臺縣孝廉覆
試日親自評閱余繳卷呼至案前命手書字數行
評卷首曰首藝議論精卓文亦澹逸有致書法獨
踵晉人此童試中之大有造者拔取第五名赴崑
山院試不售歸十二月試商籍首題直哉史魚至
君子哉蘧伯玉文題他日由鄒之任見季子二句
案發撥入錢唐縣學第七名學使者汀州雷翠庭

副憲鈜是年四月中陰雨連番至六月下田俱在水中秋冬之交民有剝榆皮充食者

乾隆二十一年丙子十七歲

大疫死者盈路沈歸愚先生詩故鬼連新鬼招魂不返魂蓋紀實也四五月閒亢旱郡守張公親禱穹窿山觸暑而殂趙太守酉接任設局元妙觀延醫診視每日親到施藥醫祁正明亦染時疾死六月大雨四郊沾足禾苗勃興七月閒齋公挈余赴杭鄉試寓城隍山之準提閣時閒齋公年六十七赴秋試者先後十二科矣年雖邁而志不衰禱於

庵左武廟得籤有白馬渡江雖日暮虎頭城裏看
巍峩之句皆不售歸後奕雋以壬午浙江鄉榜中
式間齋公向及見之蓋白馬渡江二語神先示兆
矣

乾隆二十二年丁丑十八歲

歲試學使者諸城竇東皋先生光鼐首題殷因於
夏禮二句案發二等

乾隆二十三年戊寅十九歲

四月史宜人來歸爲湖州歸安學生名世樞字性
存公孫女太學生名明炯字見山公女冬赴杭科

試題亦可以勝殘去殺矣取詩古正案仍列二等

乾隆二十四年己卯二十歲

七月赴杭偕堂兄振高讀書句兒山鄉試不售歸

乾隆二十五年庚辰二十一歲

五月赴杭歲試學使者雲南李鶴峰先生題蓋曰天之所以爲天也三句案發二等六月祖妣戴太夫人卒女好姑生七月弟畀堂補吳縣學博士弟子八月　恩科鄉試不售

乾隆二十六年辛巳二十二歲

家居課徒與同里顧元鼇周贊顧葵爲詩古文之

會以時藝就正於陸澹明先生桂森辛酉孝廉壬戌進士前廣東上林縣知縣以時文爲吳下祭酒一時從遊之士如沈世晉錢棨曹澄周光鏞顧禮琥先後取科第者數十人先生選取天崇文令誦之

乾隆二十七年壬午二十三歲

二月同弟畏堂赴杭州讀書運使河下吳氏之深柳書堂仍以文就正於吳筠竹先生六月科試一等八月鄉試中式首題加我數年五十以學易次題必因其材而篤焉故栽者培之三題魯之春秋

一也至其文則史詩題涉江采芙蓉座主吏部侍郎長洲彭芝庭先生啟豐翰林院編修閩縣李璞庵先生宗寶房師富陽縣知縣常熟翁逸巢先生纘祖十月由餘杭陸路赴原籍安徽歙縣祭祠上冢居博鄉堂一月仍由陸歸

乾隆二十八年癸未二十四歲

正月偕同里丙子孝廉淩景黃應超癸酉孝廉劉慧遠周宗珩同年胡竹巖士震吳蠡濤俊至臺莊登車入都與胡君賃屋同寓大吉巷同年戴東原震龔深甫禔身陳昌圖時時過從時陳星齋先生

官太僕卿居虎坊橋以試文就正先生頗爲許可
榜發薦而不售房師爲御史揚州秦序唐先生賢
四月至張家灣由水路歸同舟者同年錢鸞灘褎
曹練江澄庚辰孝廉顧聲雷水程紆滯行五十餘
日舟行無事日温禮記數頁六月抵家
乾隆二十九年甲申二十五歲
十二月子世璜生閒齋公夢人送雲漢天章四字
額取名世章後赴試易今名是年與舅氏汪愛廬
先生縉彭允初紹升晨夕過從允初余座師芝庭
先生季子訪濂先生曾孫也以所刊儒門法語等

書見贈讀之嚮往之心油然而生是年弟雲浦補
杭州府學博士弟子

乾隆三十年乙酉二十六歲

秋弟畏堂中式本省鄉試舉人十二月偕赴公車
同年陸蔬圃錫嘉曹練江同行舟泊界首度歲至
臺莊登車

乾隆三十一年丙戌二十七歲

正月到京與畏堂弟曹練江寓正陽門外之打磨
廠頭條胡同榜發不售從陸路歸同行者邱醒蘭
庭澍孫道恩五月抵家女好姑以痘殤秋瑞金羅

臺山有高至蘇主彭允初家臺山才高而志曠與允初銳意講求身心性命之學余亦慨然有志數月別去臺山有毘陵話別詩和之其三章有忠告感君誼精嚴懍四非何須參定亂只是愼樞機郵筒應不惜視我是和非之句

乾隆三十二年丁亥二十八歲

養痾閉關永定禪院暇與翟子厚大坤講習六法

乾隆三十三年戊子二十九歲

下帷專事科舉文字兼讀賈董韓歐蘇王諸大家文

乾隆三十四年己丑三十歲

正月同畏堂弟曹練江由黃家營登車北上二月至都同畏堂賃寓大吉巷試畢遷羅臺山移寓爛麪胡同之水月庵同年戴東原陳伯思本忠祝簡田堃邵二雲晉涵時時過從暇與臺山校射於後圃榜發中式座師爲吏部尚書武進劉文定公綸吏部左侍郎長白德文莊公保房師爲翰林院編修廣昌饒霽南先生學曙四月

殿試進呈十卷奕儁名列第七以引見遲誤禮部

奏請與第十名不到之季學錦革去進士奉

旨降附三甲禮部堂司官交部議處五月初六日
御試　保和殿
欽定第十一名引
見　乾清宮奉
旨以內閣中書用八月告假從水路回籍同行者仁和龔
匏伯敬身龔深甫同舟者陸亢孫邁祖弟畏堂九
月抵家
乾隆三十五年庚寅三十一歲
五月病寒疾幾殆適南潯眼科董掌衡至蘇延診
視用逍遙散服之漸愈吾母汪太夫人以奕雋所

生惟一子又史宜人多病命納妾徐氏八月攜眷偕弟畏堂與同年金二雅學正學詩並舟北上九月抵京寓果子巷四眼井

乾隆三十六年辛卯三十二歲

移寓七井胡同在漢票簽處行走同直者許春巖祖京張瘦銅塤張栴臯亦栻范叔度鏊金蘭畦光悌奏充方畧館總校官恭逢

聖母皇太后八旬萬壽

覃恩加一級貤封祖父父皆文林郎祖母戴母汪皆孺人五月病嗽醫家誤投燥熱升提之劑咯血甚殆

同鄉程聘三先生景伊以爲患此不可服藥從之血漸止九月下澣夜夢至一所板屋三間檻外澄波如鏡彌望無際忽有方船數十飛棹集於檻外舟中皆蓮花回顧屋中見一白髮叟相揖而坐詢其姓氏曰余香光主人也余肅然起敬詢以向在何處曰子不憶阿彌陀經所稱青色青光白色白光乎此余所居也回顧坐次横一棐几上設素綾長幅余因求書叟隨入坐振筆書七絶一首擲筆出位壘光騰照几上余又求書小楷叟仰而笑化爲白鶴拂檻而逝檻外蓮舟隨之四散余攀船急

索蓮子舟子授以一擬青圓可愛蘧然而醒荷香滿鼻良久乃散自是病亦漸愈繪水雲圖記之彭允初爲之敘余因自號水雲漫士十月協辦侍讀事時尚未補中書缺也畏堂弟會試薦而不售留寓退直之暇晨夕聚首吳蠡濤少甫樹萱昆仲亦時時過從不減里居之樂云

乾隆三十七年壬辰三十三歲

五月補授內閣撰文中書

乾隆三十八年癸巳三十四歲

充四庫全書館分校官與王蓬心宸爲西園之游

濟南朱青雷文震錢唐張虞琴時風時時唱和時

上以五月　幸避暑山莊中秋後　幸木蘭內閣扈蹕

者分兩班御史兼辦侍讀事陳朝礎爲前班奕儁

爲後班七月出古北口至熱河換班寓虞家溝八

月扈　蹕至木蘭有扈　輦隨筆一卷九月歸自

熱河冬十二月閒齋公卒於家享壽八十有四

乾隆三十九年甲午三十五歲

四月

御試考官於　正大光明殿首題不憤不啟不悱不發詩

題惟善爲寶得良字秋弟雲浦來京應京兆試不

售九月歸余送至彰儀門有湖天欲雪念衣單之句同年汪竹香元亮和詩最佳

乾隆四十年乙未三十六歲

四月史宜人卒於京邸宜人性端靜善持家政薄宦羈留賴爲内助一朝永訣時命之蹇劣可知時弟畏堂會試下第歸卽命子世璜隨侍扶櫬歸里遵例奉

旨入城治喪安厝於横山丙舍

乾隆四十一年丙申三十七歲

平定金川

覃恩加一級五月病九月乞假歸十月抵里就醫徽州之
富堨汪問舟遂游黃山至湯口宿程介山家偃健
步號海馬者同行遂由茅蓬至文殊院徧覽諸勝
歷丞相源而歸還止西湖養痾昭慶寺與李一峰
山人談養生之術頗有所得十二月病痊歸

乾隆四十二年丁酉三十八歲
九月沈宜人來歸太學生承宗一帆公女也攜眷
入都寓南柳巷候補中書仍協辦侍讀事

乾隆四十三年戊戌三十九歲
二月隨 輦易州歸驚聞汪太夫人訃由陸星奔

於三月至家同弟畏堂入山相地青烏家言人人殊內舅許鼎文故精其術遂從其言於雅宜山得地七畝又於張家橋得地四畝時功令鄉會試文不得逾七百字坊人以近科墨卷請爲選擇刻成名曰新科墨準頗行於時

乾隆四十四年己亥四十歲

掌教玉峰書院世璜應童子試同至玉峰六月偕弟畏堂堂兄月池奕正至東洞庭山觀荷夜宿龍頭山僧舍月池攜琴彈瀟湘水雲之曲

乾隆四十五年庚子四十一歲

正月安厝先慈汪太夫人於雅宜山厝史宜人於

張家橋

迎

聖駕南巡二月偕王光祿鳴盛錢詹事大昕莊侍講承籛

鑾於直隸廠八月服闋余以貢湖公年踰花甲雖有弟二

人不忍遠離將留家侍養貢湖公促之行束裝攜

眷入都水程遲滞十月到京十一月驚聞貢湖公

諱由陸星奔

乾隆四十六年辛丑四十二歲

十二月安厝貢湖公於雅宜山

乾隆四十七年壬寅四十三歲

予世璜補吳庠博士弟子學使者爲南昌彭芸楣先生元瑞

乾隆四十八年癸卯四十四歲

秋八月鄉試擕世璜偕史杏田元京史春巖觀宸赴金陵與陸默齋敬同寓鈔庫街李宅晤安徽學使同年徐鐵甫立綱張侍讀亦栻黃明府應超歸游棲霞九月服闋爲世璜娶婦陸氏乾隆庚子孝廉名恭女

乾隆四十九年甲辰四十五歲

三月入都四月補授中書仍協辦侍讀事弟畏堂
中式進士以庶常用同寓長元吳會館九月弟假
歸余移寓麻線胡同姪世榮世恩同游於庠

乾隆五十年乙巳四十六歲

梅村族叔自四川來下榻靜春軒晨夕談心頗忘
容邸岑寂內閣侍讀缺出擬陪引
見
懋勤殿

乾隆五十一年丙午四十七歲

正月升任典籍京察一等引
見
乾清宮奉

旨准其一等加一級二月奏充　文淵閣檢閱
上御經筵侍班　文華殿三月隨　輦五臺山有與嵩撫
棠閣學貴　倡和詩卷四月
御試考官於　正大光明殿首題誠者自成也次題人能
無以飢渴之害爲心害詩題賦得麥浪得難字五
月偕蕭碧畦檢討九成奉
命典試貴州有兟征隨筆一卷得士高廷瑤等四十人副
榜黃暟等八人十一月復
命　召見於　養心殿之西暖閣問家世籍貫及途次晴
雨闈中試事移晷乃退

天顏甚霽

乾隆五十二年丁未四十八歲

四庫書告成議敘加一級四月沈宜人來都世璜

餼於庠秋畏堂弟攜眷入都

乾隆五十三年戊申四十九歲

四月內閣侍讀缺出首揆阿文成公以余俸深京察一等又曾擬陪印以擬正而亞相某創爲拈鬮之說代爲拈鬮某中書遂陞侍讀而以余推陞戶部貴州司主事

御試考官首題君子無入而不自得焉次題而獨於富貴

之中二句詩題賦得棲鳳雛爲條得年字翌日引
見　勤政殿十月乞假同年江西劉光祿紹錦並舟南下
至京口晤馬太守慧裕十一月抵家
乾隆五十四年己酉五十歲
是歲特開　萬壽恩科子世璜赴江甯鄉試榜發
中式座主閣學胡豫堂高望吏部主事賀虛齋賢
志
乾隆五十五年庚戌五十一歲
正月世璜赴都會試送至錫山同年王西園寬招
飲同游錫山觀　御賜王孟端漁隱圖長卷門人

陳鍾麟來受業十二月買屋城東之西花橋巷

乾隆五十六年辛亥五十二歲

是歲與袁簡齋明府枚王西沚光祿鳴盛王夢樓太守文治錢竹汀少詹大昕時爲文酒之讌袁春圃方伯來蘇會飲白公祠蔣立厓司馬業晉香洲明府耀宗邀游復園同集者李芸圃繩金二雅錢竹汀蔣謙齋曾炘陸默齋是集投壺校射以詩紀事皆有和作頗極一時之盛

乾隆五十七年壬子五十三歲

姪世恩本省鄉試中式

乾隆五十八年癸丑五十四歲

正月陶鳧鄉秀才樑介其婦翁徐復堂應階來受業四月姪世恩會試中式

殿試一甲一名授職修撰七月移居花橋巷內室門樓有錢籜灘同年書資忠履信四字用潘安仁閒居賦中語蓋先爲余移居之兆矣

乾隆五十九年甲寅五十五歲

娶妾陳氏姪世榮本省鄉試中式

乾隆六十年乙卯五十六歲

子世璜會試中式

殿試一甲三名授職編修座師爲總憲竇東皋先生光鼐少宗伯劉青垣躍雲閣學瑚和庵圖禮本房爲編修張蘭渚師誠

嘉慶元年丙辰五十七歲

散館子世璜改戶部主事二月挈子婦由陸入都至揚州游九峰園晤同年王葯亭漕使友亮招飲齋中同席者李松雲太守堯棟周載軒侍御厚轅遇王蘭泉侍郎昶於舟次談至夜分而別過泰安府登泰山謁碧霞元君廟三月至都寓香鑪營麿南畹蘭枝羅九峰國俊馮玉圃培章桐門煦韓桂

船對顧星橋宗泰吳槐江熊光吳少甫樹萱邱醒
蘭芷房庭灘時相過從星橋南畹槐江少甫招飲
齋中蓋不相見者九年矣擬游西山不果五月出
都知曾國妹卒十一月弟畏堂乞假歸同居花橋
巷

嘉慶二年丁巳五十八歲

三月與陸默齋范芝巖來宗游西泠寓孫景高寶
石山莊同年龔匏伯來晤秦小峴觀察招游瑪瑙
寺飲於湖舫同席者張虞琴華秋槎瑞潢秋槎以
北山旅館圖索題十月偕畏堂至東洞庭山錢竹

汀亦至邀游西山之林屋余以未帶寒衣不果行

瞿萇生中溶索題林屋夜游圖

嘉慶三年戊午五十九歲

五月子世璜隨鑾赴熱河沈宜人以余年屆花甲尙未得孫爲世璜娶妾袁氏送之京八月沈宜人卒世璜丁憂十月平陽姊氏卒

嘉慶四年己未六十歲

正月

太上皇帝賓天偕在籍臣工哭臨於永定禪院三月初七日余生辰謝客攜子世璜偕朱澗東成袁壽階廷

檮至天平山夜宿兼山閣有六十述懷詩四章

嘉慶五年庚申六十一歲

訪杲堂上人於海會寺畏堂移居任蔣橋

嘉慶六年辛酉六十二歲

六月就醫松江之北幹山舟過崑山訪吳撝齋比部九月偕門人蔣雲簪泰階陶冕薌游虎阜晤程愛廬侍御維岳爲題其母夫人雙松圖卷

嘉慶七年壬戌六十三歲

二月游穹窿山同曹恂愚李補樵訪甯邦鳴酌鳴珠泉逾中茅峰憩茅蓬遂造拈花寺上竹竿嶺歸

宿上眞觀有詩紀游是歲十月偕范芝巖游虞山同游者三峰寺一峰長老午飯於吳竹橋儀部蔚光齋中夜飲於張息園侍御敦培家自寫虞山秋眺圖卷錢獻之坫爲題卷首獻之已病偏廢蓋左手書也

嘉慶八年癸亥六十四歲

歙縣族人書來訂於來歲至新安省墓

嘉慶九年甲子六十五歲

三月十三日偕紅珊弟奕輿冠英弟奕才赴徽州過杭寓錢唐門外之陸家湖樓溯江而上四月朔

抵里初三日上冢次日入城寓傍溪寺晤珠太守莾伊程也圜吏部振甲紫陽山長吳白厂照江西孝廉也贈所畫蘭竹二幀訪方藝蘭侍御大川於巖祠鎮不値留詩一首翌日藝蘭枉答又不得晤是月十二日挂帆歸至西湖晤華秋槎

嘉慶十年乙丑六十六歲

貴陽門生吳集川刺史大勳自閩來蘇訪余三松堂留飲齋中時素心蘭正放八年前集川所贈也以詩紀之是歲秋揚州太守伊墨卿秉綬過訪同年伊雲林光祿朝棟子也

嘉慶十一年丙寅六十七歲

長孫女生命名敬之虎邱海湧峰建倉聖祠落成蔣于野莘邀同韓旭亭是升致祭得五古一章于野繪圖紀事額約齋侍郎勒布督理兩淮鹽政寄書敘舊廿年前戶部同事也以詩答之

嘉慶十二年丁卯六十八歲

段懋堂明府玉裁書來邀往龍樹庵觀古梅虬枝夭矯蓋宋元間物也庵外篠簜戛天頗極幽致路僻冠蓋稀到吟賞竟日日昃乃歸

嘉慶十三年戊辰六十九歲

五月長孫生適讀左傳至祁奚請老一段因命名遵祁　闢西圃數弓題曰許閒聚土爲小山植叢桂玉蘭海棠於其上葺須靜齋三楹爲憩息之所冬十月復患咯血不服藥而止

嘉慶十四年己巳七十歲

賦述懷五言詩六章常熟女弟子歸佩珊懋儀和作爲冠十二月次孫女生命名靜之

嘉慶十五年庚午七十一歲

元旦立春有詩紀事

嘉慶十六年辛未七十二歲

二月偕族弟春波游天平山寓李涪江秉德鏦秀山房四月次孫生命名希甫

嘉慶十七年壬申七十三歲

秋七月復患咯血靜養月餘而愈孫遵祁入家塾

姪孫曾沂舉秀才

嘉慶十八年癸酉七十四歲

九月偕王康民孝廉兆辰至珠街里圓津庵訪慧照長老畱宿澧溪草堂晤王菱溪蘭泉司寇子也凊晨放舟至青浦晤沈屺雲信宿古倪園改七薌琦徐漁莊年沈十峰來晤

嘉慶十九年甲戌七十五歲

三月三日錢梅溪泳招飲息園同集者吳蠡濤及余兄弟三人憶康熙甲戌尤西堂檢討侗徐健庵司寇乾學果亭侍郎秉義共十餘人脩禊遂園禹鴻臚之鼎爲作遂園禊飲圖今茲雅集不異當年獨無好畫手作圖以傳韻事殊可惜也七月姪世恩奔母喪歸

嘉慶二十年乙亥七十六歲

重游泮宮得七律四章一時和者甚衆孫希甫入家塾九月弟畏堂卒哭之有楹帖云荆樹分榮

記小疾短節曩猶我過雁行中斷痛餘年老淚今爲君枯姪世榮彙聽雨樓詩請余爲序刻之

嘉慶二十一年丙子七十七歲

春游天平山夏長孫女敬之感時疾而殂女讀書聰慧四書詩傳皆能成誦尤喜少陵詩五七言近體背誦者十之六七余以詩悼之有爲語人罔知命者莫將鬼伯作長桑之句歎無醫也七月商邱陳伯恭崇本攜示所藏宋搨聖教序王石谷太行山色圖卷董香光長卷索題香光卷高竹窗舊物也又示張東海草書詩卷因留案頭臨一過歸之

姪孫曾沂鄉試中式

嘉慶二十二年丁丑七十八歲

正月至光福登行素堂探梅鄧尉山歸宿横山草堂胡果泉中丞克家貽所刻翻宋本資治通鑑校訂考證俱極精詳得一湖石於王氏之歸田園移置擷芳亭側題曰米友攺七薌布衣從青浦來訪爲余寫小像姪孫曾彥曾琦同游於庠大除夕雪霽過善慶庵晤觀心借雲兩上人頗有脩然物外之趣得五古十四韻門生王椒畦孝廉學浩爲寫圖藏庵中

嘉慶二十三年戊寅七十九歲

隔歲子舍簉室袁氏感時疾爲庸醫所誤至正月二十七日卒兩孫皆所出也四月涇縣包愼伯世臣丹徒張舸齋鉉來晤偕舸齋至龍壽山房觀三世血經先是乙卯壬申甲戌來菴中獲觀三次今復題數字以識歲月五月發肝疾吐血不能飲食目力亦大減謝絶醫藥掩關靜坐偶令琴友林明齋及族姪世瑞彈宮聲數弄或課兩孫投壺詠詩以消長晝六月下旬疾愈十一月入山看紅葉游穹窿山宿一粟居翼日至西山宿吾與庵得詩三

首十二月初四日婺源胡黃海翔雲過訪邀游惠山晤秦小峴齊梅麓彥槐初六日小峴招飲寄暢園次日歸有梁谿游草一卷

嘉慶二十四年己卯八十歲

有八十自述詩四章同人和者數十家二月臺灣鎮總戎武駿亭隆阿入覲過吳以望雲圖索題三月初二日世璜以余生辰先期開筵宴客諸弟姪親友各爲余演劇數日查憺餘比部世倓秦小峴司寇龔闇齋觀察麗正先後來祝同年余秋室學士集僑居蘇城過訪談讌頗樂十二月攜孫遵祁

登天慶觀閣進香俗所云彌羅寶閣也

嘉慶二十五年庚辰八十一歲

宋悦研少寇鎔告歸至里余贈詩有勞生同物役誰與寄當歸之句正月小峴司寇自錫山來晤坐談移晷小飲而别三月初十日上冢至光福夜宿查氏山莊二十五日與族姪世瑞同舟出滸關作焦山之游酉刻過無錫時齊梅麓僑寓于此遂招以同行二十七日抵京口訪張桐齋不值偕鎮江馮仲霖吉渡江至焦山桐齋令郎晴初已在山相候遂同游諸招提夜宿水晶庵晤住持僧卓然次

日與梅麓晴初仲霖世瑞上觀音崖詣關帝閣夜仍宿庵中四月一日放舟至象山肩輿入甘露寺有唐時鐵墖觀吳雲壑書天下第一江山六字登北固山憩於山房茶罷肩輿止江干飲於馮氏書堂梅麓泝江至金陵余亦辭别晴初仲霖而歸舟過無錫秦小峴招同斌笠畊觀察良集寄暢園笠畊出趙松雪書仇公神道碑墨蹟見示夜微雨放舟歸八月驚聞

睿皇帝龍馭上賓在籍臣工哭臨於永定寺

道光元年辛巳八十二歲

正月側室徐氏病卒

道光二年壬午八十三歲

重遇賓興大吏入　奏奉

旨魏元煜奏耆紳重遇賓興一摺江蘇原任戶部主事潘奕雋年踰八袠再遇鄉科本年尚在停止筵宴期內除與新科舉人一體給與袍帽靴帶外著加恩賞給員外郎銜以示朕嘉惠耆儒至意欽此九月初一日攜子世璜赴金陵舟發齊門適黃蕘圃主政丕烈欲往省墓並舟而行抵省寓鈔庫街初十日揭曉十三日謝

恩即放船出水西門阻風燕子磯游宏濟寺二十日抵
家有紀
恩詩七律白門秋興詩各四章十二月家婦陸恭人病
卒
道光三年癸未八十四歲
春寒不出戶心緒惡劣衰老之年觸景傷懷殊難
自遣終日宴心靜坐而已四月初雨後入山飯於
吾與庵肩輿至無隱僧舍遇雨即歸是年自六月
霖雨至八月不止安徽及浙江湖州等處出蛟震
澤水溢江海縣漲蘇松兩府低田皆沒民居坍塌

城外坊巷幾不通往來橋梁皆在水下大吏入告
奉
旨蠲賑並施九月始晴霽先是城内外竊賊甚多民夜
臥不安來去無蹤或以爲卽水災之兆至雨甚水
大郎止亦異聞也廣州太守高廷瑶自京師赴任
過訪係貴州貴陽人丙午科所得士也王賀山觀
察廣言以所刻後瘞鶴銘索題
道光四年甲申八十五歲
春寒風雨連日不能出門以筆墨自遣丹陽令王
槐來晤以其尊甫河陝汝道王復齋所著詩集求

序王諱鑾歸安人余壬午同年也三月姪世恩爲雲浦弟預舉八十觴演劇畱餘堂數日擷芳亭娑羅花盛開花出於天台山華頂迥異凡卉西泠王松泉司馬文鏊所贈也招女弟子陳友菊秀生吳香輪規臣顧畹芳蕙陳琳簫鎔湘並賞之屬外姪孫女李定之慧生爲花寫影定之乃黃蕘圃孫婦畹芳亦以所畫見貽十月弟雲浦卒哭之以詩有楹帖云鄂韡連枝夢覺池塘悲剩我聲凄歸雁聽同風雨更何年自是兄弟之樂不可得矣姪孫曾沂以弟辛未年鳳池園題壁詩求爲和章並出臨

頓新居圖請題

道光五年乙酉八十六歲

錢梅溪以其先世宋秦魯國大長公主仁宗女及駙馬都尉贈太師會稽郡王景臻武肅王曾孫像并所書墓志壙志二通索題梅溪爲駙馬二十四世孫也三月攜子世璜孫遵祁希甫借梅溪泛舟山塘飲於錢豫堂秀來家有山人徐君同坐門外紫藤一株横亘數百步花開如纓絡香氣襲人薄暮游西山廟憩坐片時乃返

道光六年丙戌八十七歲

正月姪世榮病卒十月孫遵祁希甫姪孫曾鋆同

入吳庠學使爲江西辛筠谷侍郎從益

道光七年丁亥八十八歲

孫女靜之于歸平陽四月姪世恩挈眷入都十二月十九日桂舲司寇招飲還讀齋爲坡公壽同集者石竹堂韞玉彭葦間希鄭尤春樊興詩吳鑑庵廷贊棣華廷琛張蒔塘吉安朱蘭友琦錢梅溪余先成詩二章索同人和

道光八年戊子八十九歲

三月游西山吾與庵新雨初霽山色甚佳余新製

籃輿一乘攜以游山頗適山僧心誠鑿放生池得一古井有泉湧出清冽可鑑甃石作闌余名之曰天眼以泉在天平山下也并爲書二字勒於井闌詩以紀焉六月十九日遵祁生男以是日爲菩薩誕命名曰觀保八月兩孫赴省鄉試希甫薦而不售十月希甫生男命名介繁長孫遵祁餼於庠十二月率兩孫登彌羅寶閣進香歲例也

道光九年己丑九十歲

西陲底定恭遇

覃恩姪世恩以所得一品封典　貤封是歲余重遇

恩榮大吏八　奏奉
旨蔣攸銛等奏耆紳重與恩榮宴一摺江蘇原任戸部
主事潘奕雋年躋九袠前於壬午科重遇鹿鳴賞給
員外郎銜茲値己丑科會試蕊榜再逢洵屬藝林盛
事著加恩賞加四品卿銜准其重赴恩榮筵宴以示
朕嘉惠耆儒至意欽此謹卽繕呈中丞據情代　奏
恭謝
天恩並懇屆期赴京恭襄
盛典旋奉
上諭江蘇原任戸部主事潘奕雋前經降旨加恩賞加

四品卿銜准其重赴恩榮筵宴兹據蔣攸銛等據情
代奏謝恩並懇屆期赴京恭襄盛典潘奕雋蕊榜再
逢固應來京與宴但念伊年躋九秩長途跋涉維艱
著加恩免其前來以示體恤其應得賞件仍著該部
照例賞給欽此
鴻施逾格感愧交并時姪世恩以總憲兼權宗伯親奉
溫綸並寄到　頒賞表裏二端祇領之餘五中銘泐仍
由中丞處具呈代　奏謝
恩後接京中書知世恩
召對時蒙

詢近狀
聖諭屢稱難得並　諭以臣奕雋年老不慣長途跋涉
體恤備至
聖慈高厚感極涕零三月初七日余九十生辰子世璜
先期稱觴張樂敏慎堂數日有九十紀　恩詩七
律六章和者甚衆五月陶雲汀中丞澍以滄浪五
老圖索題圖中五人吳玉松侍御石竹堂編修韓
桂舲司寇中丞及余也各題一詩余並爲題幀首
數字屬虞山胡芑香别摹一本命女弟子顧蕙補
圖以識一時文讌之樂云

先大父光祿公自訂年譜一卷始乾隆五年庚申一歲至道光九年己丑夏五月止時　公年九十動履康彊惟目力日耗筆墨漸廢因授先君子手校一過將付剞劂是歲冬猝遭　先君子之變越百有六日而　公復棄養遺研宛然慟心愴目撫今追昔尚忍言哉勉承先志謹以是冊覆加校錄刊行用垂家乘　遵祁等亦得以時省覽無忘祖德云道光十年庚寅二月朔

孫男遵祁希甫百拜謹識

三松堂集目録

卷一　古今體詩一百三首

春明話雨圖爲陸上舍謹庭題時陸下第南歸

送雲浦下第南歸

山塘泛月卷子爲陳上舍鳳儀

奏充文淵閣檢閲恭紀

以詩代書招張瘦銅同年馮玉圃舍人爲消寒會瘦銅贈錢獻之歸毋有一任他人戴鵕鸃之句有味乎言用次其韻

消寒初集同人飲靜春軒疊堆字韻

盆梅三疊前韻

送蔣冬杉前輩佐郡永嘉四疊前韻

卷五　古今體詩七十四首

蔣氏有僕薛某嗜好與他僕異年七十餘解吟詩好書畫自號商山子繪獨立小像簡齋令尹立崖刺史皆有題詠席間乞詩爲賦四韻

立夏前二日香洲立崖招飲復園

題畫梅爲郭匏雅

唐秋濤騎驢雪棧圖

芝巖見寄白雲泉詩依韻奉酬

老矣

嚴豹人六經注我圖

蔣香洲藤谿小築圖

河東君像

觀海圖爲澹庵族叔題

袁廣文穀芳雪灘鴻影圖

吴南畇新授歙令詩以馳賀

白雲精舍贈松亭上人

東畬訂遊西湖余未及往東畬歸作畫題詩見調次韻答之

林遠峰招集綉谷餞春

立夏後一日山塘泛舟

蔣謙齋餉山漆湘蓮

唐李巨山詠物甚富皆典麗工整爲後世楷則雨窗無事因倣其體得十二首風　花　雪　月　水　香　燈　酒　書　畫　琴　棊

歸田以來京華舊侶音問稀疏張桐谷兄榮擢比

哀焉　　爲周半池題扇頭枇杷

范丈恬庵行看子　題虎阜勝跡圖　白隄春泛　可中翫月

舅氏汪愛廬先生輓詩

乾隆壬子十月余過謹庭孝廉松下清齋出示秀水錢籜石侍郎所畫水仙蓋謹庭在京師時侍郎寫贈張吟薌舍人吟薌以贈謹庭者今侍郎謝病里居吟薌歸道山已數年矣晴窗相對既歎筆墨之妙復感歲月之駛因賦詩三首吟薌一號瘦銅工詩詞著有竹葉庵集二十卷

以詩代柬爲芝巖乞天竹

者樓下紅蓮盛開尺木憑闌似有索句意芝巖先得句用一先韻默齋次之畏堂又次之次至余思苦澀不能成闋外紅蓮花葉皆化爲人俯仰磬折遊戲余即續吟雲浦曰絶似山谷憬然而寤寤後思之不能記一字豈尺木刻意淨土身後人有異論故於余微示往生之兆耶抑余與諸公皆有淨土緣尺木先逝故露其倪如海月師故事耶因用一先韻補作一首以示諸君子索和焉

喜獲端溪方硯名之曰習卿呵凍試墨柬芝岡

黄蕘圃孝廉招同吴玉松汪澥雲蔣賓嵎夏方米

沈書三周香巖李子仙顧澗薲袁壽階共飲牡

丹花下分韻得青字

客有獻鼈者思放之芝巖以爲不如烹之遂以相

餽芝巖仍放諸河作詩索和次韻一首

芝巖來詩有悔失言之語前詩意猶未盡復次一

首　　小園春憩圖爲瞿遠村

青溪書院十景詩清溪一曲　五峰拱翠　雉堞連雲　烟村杏靄　遠浦雲帆　禮門桃李　芸籤小閣　講院梧陰　層樓霽菜　紺塔淩雲

題自寫蘭　　苦雨和支山韻

八詠樓

和錢竹汀前輩重遊泮宮賦贈新先輩因追懷茜

莊光祿之作

劉醇齋同年過訪見贈和韻

何處能消暑　鍾園生壙圖

洽園紫薇花和芝巖韻

雙松圖詩　破山寺追和常少尉韻

三峰寺　劍門

維摩寺登望海樓

籃輿爲遊山之具芝巖有詩和作一首

寺

那伽室觀壁間詩再用泉字韻

新晴南窗下作

四月廿二日同人小飲三松堂和芝巖韻

芳谷和韻見贈再次前韻

送李松雲之徐州守任

五月十八日與畏堂過鄒家水閣用少陵題張氏

隱居詩韻

偕畏堂坐雨白公祠有懷述葊先生再用幽字韻

五月廿五日雨中重過山塘聽歌客曰是葉廣平

題清溪重臺桂卷　山塘杜氏園亭看菊

吳竹橋輓詩

桃花庵奉祀楊忠節公爲公裔孫孝廉一鴻作

王述庵少司寇八十壽詩

金瑤岡舍人芝原百二十本梅花書屋圖

題褚寄汀觀亭瀨江倡和詩後

畫竹歌贈夏羽谷翟　宋香巖雙松圖歌

題李涪江海棠卷涪江庭有海棠花時極盛自寫長卷王惕甫爲題曰蜀客寫生以海棠號蜀客而涪江本蜀籍也爲題短句二首

詩見示謂杜陵爲子美三徑爲陶徵君鄙意以爲若自鐫印章似未應以陶杜自命若鐫以贈人不應時代倒置若但曰子美則少陵草堂中並無三徑按三輔決錄蔣詡字元卿隱於杜陵舍中有三徑惟求仲羊仲與之遊皆挫廉逃名則是印當是蔣姓所鐫或是杜陵人所藏抑豈竟是元卿故物耶其與少陵彭澤無涉而其爲宜歸立崖則無疑矣因成此歌以贈立崖并質諸淵如

門生吳集齋大勳自閩來蘇訪余三松堂不值翌

雪霽疊用前韻柬芝巖

蟄室獨坐三疊前韻柬芝巖

雪止復作四疊前韻柬芝巖

五疊前韻答玉圃　七姬廟

張芝岡輓詩

蓉峰又以乘舟圖索題得詩二首

和段懋堂偕張涵齋探梅鄧尉遂遊靈巖之作

三月初七日春在軒牡丹盛放招諸弟姪輩小飲

有作

弟姪輩竝有和作再用前韻

崇眞宮葉竹虛道士性恬靜喜翰墨今年五十初

度以紙索詩有贈　題張君度畫

顧約齋侍郎奉

命督理兩淮鹽政先施手翰諷誦靡已吟此寄懷

單竹軒治中晚香圖　送瞿花農運判之官浙中

郭匏雅以所藏張東畬未竟山水橫幅足成長卷

題詩屬和因次其韻

郭匏雅爲其孫僧壽作山水卷屬題

李滄雲少京兆輓詩

題鍾吾山李補樵道士畫山水

藤一本蟠屈如虬松爲先生手植藤覆方池池寬徑十尺許冬夏不竭名天池故先生自號天池又號青藤居士後陳老蓮洪綬居此題曰青藤書屋今爲邑人陳氏所有寫青藤古意圖徵詩因寄此作

卷十八　試帖六十五首

百字令 乾隆甲寅崧嵐將之奉天任余邀張子東畬同遊畫禪寺訪邵峯長老步月庭中東畬寫圖贈行並系以詞余繼作南鄉子一首今嘉慶甲子崧嵐復至吳門出前圖共賞回首舊遊恍如昨日流光彈指葢已十年東畬歸道山則五年矣喜良會之能再慨逝歲之不居復塡此闋以寫離緒記新歡云爾

菩薩蠻 戴竹友除夕遊山圖

金縷曲 嘉慶丙辰蔣湛華司馬納姬人妙巾寫瓊樓待月圖同時王夢樓陸謹庭尤二娛皆有詩詞以詠歌其事今湛華候補在都倩哲兄立崖索余題句余以爲瓊樓之景今昔無殊而待月之情今昔則異因塡此闋兼寄湛華未識湛華見之以爲有當於國風草蟲遺意否耶

望海潮 檢篋得高麗墨一挺爲已故兩粤制府吉公有堂同官内閣時所贈墨高三寸三分闊一寸厚二分有陽文曰翰林風月

齊天樂　樸園探梅鄧尉以詩紀事洽園譜齊天樂一闋和之因次其韻漫塡此解

金縷曲　乙丑三月芝岡七十生辰同人載酒山塘默齋譜金縷曲爲祝繼聲和之

壺中天慢　網師園牡丹

好事近　勗齋昔宰蜀中作聽秋圖題詠甚夥今歸吳門卜宅於城東後有小園仿佛圖中景象因寫聽秋第二圖合裝成冊屬余題句

太平時　竹坪竹嶼垂釣圖

蘭陵王　城東歸田園明王侍郎心一故第園有蘭雪堂堂額爲文徵仲書余家藏侍郎招友飲園中札有人事雖殊清光如故既是悲秋不可無酒以澆之語今歲春仲復遊園中則額已無存堂亦頹圮詢其後人無復翰墨留存矣因感昔遊重繙舊札漫塡此調以寫幽情

木蘭花慢　五月下澣帶星堂讌集

三松堂集卷一　始癸未春至庚寅冬

吳縣潘奕雋榕皋

海潮庵

撰日登戒壇停橈欣仰止貝葉散平階空花流靜沚石館靄沈沈淵泉淨無滓我心本妙明沈溺嗟何底廣大悟無邊色相證如是焚香誓懺除無聞總歡喜俯仰默深思泠然契微旨願開甘露門一洒楊枝水

舟泛石湖菜花甚盛

出郭香風來扁舟漾渺瀰石湖風景佳況乃逢明霽白日照平田黃花舒錦麗雲光變陰晴嵐翠互明翳側景

下遙岑游蜂惹衣袂

九日登高有懷胡竹巖

又是題餻節遙山引客愁秋風吹古壟落日滿平疇對酒不能飲長歌憶昔游黄花應有贈一束散千憂

寒夜對酒有懷陸蔬圃

寒氣半空積長天落雁聲離人愁思滿霜月夜光明歲暮憐爲客家貧不改清何因同把酒重話别離情

僴曹練江

積雪掩重門早春人事静慨焉念同袍歡悰憶猶耿分襟悵音沈索居嗟日永摵摵風驚窗蕭蕭竹横影佳會

不可常云何慰延頸
延頸願難酬破曉巾車出君來款我門稚子候蓬蓽相
思幾何時今日坐相失相失重相思怊悵無終畢願言
撰良辰竝坐諧鼓瑟
鼓瑟樂何如道路阻以紆駕言出城闉徑造故人居空
堂飛鳥雀高館餘圖書會合信有數譙談願竟虛徘徊
乖良覿延佇徒欷歔
欷歔亦何爲行行遵歸路霖潦泥我裳中逵愁躑步咫
尺成睽違人生多錯互開軒散沈襟寄詞命豪素何當
重惠然握手道情愫

樵人四詠

樵谿

野竹覆谿青寒梅著花白斫郤此蒙茸泠泠露泉衇

樵徑

行雲停山頭凍雪封山腳一徑入清陰時聞松子落

樵風

夾道青松寒松風逐谿水劚雪往來頻濤聲自盈耳

樵斧

斫柏流古香斷松帶殘雪山靜鳥不鳴清音發巖穴

擬韋蘇州秋夜

井梧送秋聲夜色復蕭爽風來池館涼雨滴荷珠響流螢度遠空高閣延清賞惆悵未成眠殘燈照書幌

游西泠登舟賦

一笑出門去西泠入勝游乾坤信羇旅歲月足淹留遠霧雲邊樹夕陽江上樓前塵吾記得飄泊又隨鷗

舟泊横塘

輕風吹短棹小别闔廬城夾岸楓林黑沿流漁火明荒雞清客夢寒犬吠人行一夜横塘泊魂銷折柳聲

曉過太湖

青山晻靄明朝瞰湖光雲霧相摩吞曉風颼飀鼓短舵

東船西舫笑語喧清盥披衣但危坐金庭玉柱渺何處篷窗不見往來船欸乃聲聲破煙去

舟中燈夜飛蟲甚多舟子曰此風蟲也以之占風每驗感賦

沒骨故趨飈飛飛近席茵知風爾有智底事竟忘身

舟過寒山

跂脚篷窗裏靑山枕上來鴉寒栖古戍木落見荒臺旭日臨崖吐孤邨傍水開時平川路穩攬翠一徘徊

兩日但兀坐今朝竟看山自發棹胥江至此始見山寒峯露蒼翠白水遶潺湲歲暮偏爲客舟行盡日閒越山無限好不用

此躋攀

抵塘棲

水宿厭晨暮江湖引興長人煙桑柘裏漁艇荻蘆傍客路容吾嬾閒情覓句忙來朝風日美湖上好相羊

舟中卽事

小艇如飛鳥乘風一霎行篙工且莫飯前面石橋平

損齋閒居用右丞輞川韻

端居守寂寞日夕掩柴門天氣忽晴雨塵音雜靜喧繁花臨水落獨鳥向林翻物理吾能會終須老灌園

舟泊洙涇遲畏堂

泊久頻移棹遲人恆苦吟夕煙凝遠渚寒月挂疎林問歲知民樂觀風識宰心乘潮解纜去旅夢落遙潯

晚泊松隱 昔有高士隱此

蕭寺鐘聲動輕橈滯淺洲潮痕侵斷岸蟾影落寒流古蹟偏隅少高人遺韻留夜深清興發吟眺思悠悠

黃山松

短壑架遠勢孤松迥不羣客從故里至種自何峯分根帶皮蓬土柯流石筍雲今朝斗室裏鄉思爲君勤

昔年說名勝苦恨返鄉難不意故山色俄來種藥闌枝皐鱗故老榦小色能寒拌得三旬暇峯峯會飽看

哭女

小女一朝沒香山悲若何痛深疑信妄命短恨生多無復燈前戲猶思膝下歌一棺城外寄不忍復經過

遣悲懷二首

清商蕩喧濁落葉鳴繁林流波飄斷梗楊園無好音時移氣候變對此百感深榮枯信物理中情難自禁無悰何所適獨坐調瑤琴

歡情繫所營悲懷感所觸境遇非一途俱足亂心曲達人蘊天眞不受外物束慮澹故累輕詎是性弗篤衆人徒紛紛毋乃自局促荏苒百年間悲歡竟誰屬

新霽

雨歇涼飈生夜深砧響發泠泠石流泉藹藹雲吐月高館坐寂寥朱絃泛疏越怊悵不成眠佳人渺天末

白雲泉

天晴簷雨滴山靜石泉響白雲藹空濛清池澹漭泱偶來生隱心坐久絕塵想老僧喜迎客煮茗資清賞仙人去已遙（石壁有影題曰仙人影）蓬萊今惝怳何當謝塵氛長年此偃仰

龍門

雙峯闢一門磴道淩虛空登臨攀蘿葛一綫身纔通夾

壁隱曜靈黯澹吹長風盤辟出其上屛息復鞠躬林昏日色沈山光混空濛迴看硤角罅微漏殘陽紅聞鐘逾嶺行月出危峯東

石亭晚坐

日落客初去攜琴坐翠微風將殘磬遠鳥與暮雲歸一息觀生滅羣情各是非欲參無上諦珠柱韻方希

藕花庵俗名福建庵有坊曰霞漳禪院閩中流寓者皆葬庵傍

珠林分勝槪客到欲忘家華館何年構浮生自古嗟檐高海嶠樹砌發洛陽花我亦耽幽者閒吟坐日斜

普賢寺

精藍依水踊流覽越春田看竹纔來鶴嘗茶又普賢牆頭聳翠巘檻下俯澄淵向晚鐘聲動還愁世網牽

雲泉精舍對月

山高不障月坐久但聞泉地憶仇池穴人來小有天泠泠松頂露瀯瀯柳梢煙安得巢居子相期訪偓佺

答徐西灣同年見寄

低眉破屋病愁餘有美投書獨慰余香雪海頭霜信早水晶宫裏玉人居舊游日下勞新夢結習年來漸破除多謝故人存問意迢迢霅水惠雙魚

論交回首六年餘兄弟君家遠勝余謝客池塘應有夢

令弟松隖官戶曹京居　何山求點向同居汀洲日落蘋花老庭院風清瓠架除準待明年春社後與君同釣玉泉魚

堂成

旭日臨新牖寒花綴晚枝稍憐塵土淨頗怪落成遲布席宜開卷拈毫合有詩平生避俗意小築正相宜

徑改猶餘礫牆高未有苔入簾風故暖窺戶鳥還來不用愁賓至從敎覓果栽蕭然城市裏隱几亦悠哉

傍舍開斜徑平軒架小樓入門雙樹直當戶一峯幽窄僅能容膝低還愁打頭無言是蝸角俯仰儘悠悠

閉戶惟翻帙登樓可豁襟霜鐘清近寺枯樹聚寒禽屏

有鄰翁畫几留野衲琴寂寥從客笑幽賞在雲林

范文正公祠

夫子眞賢者仁宗實聖明風雲隆一代讒慝足平生忠尙蒙朋黨迂能富甲兵最憐知己誥正直是邀名憂樂人同我經綸國復家義田還負郭遺廟但棲鴉蔭自雲仍遠名猶婦豎誇空階瞻拜久短景柏牆斜

初雪

夜臥覺寒重晨興忽眼明漫天渾未歇傾耳竟無聲三白由來貴九衢今已盈無言擁絮冷天意重春耕

枝亞微微逕簷低脈脈斜迴風猶作霰雜雨不成花淸

憶剡谿棹寒憐居士家草堂深竹裏爇雪自煎茶

雪霽

曉窗風力勁晴雪白紛紛隔牖聽枝折開軒散鳥羣松高寒霽色雲薄逗微曛農圃非吾學占年意亦欣

上七子山登小雲臺還至閣老灣展先大母墓

齋沐謁金仙登臨破曉煙纔高眼已放易地境還遷嶺伏遠峯出林開曲徑懸諸天雲磬外賈勇到層巔

旭日臨香地春風埽石壇入門遠水白當殿一峯寒勢壓楞伽迴岡連萬祿蟠山椒封馬鬣回首下巑岏由徑人能熟披榛路不迷籃輿復阡陌華表白雲霄寒

盡草應茁風微樹故搖回看翠微裏神鶴儻能招

與雲浦游滄浪亭

子美今何處滄浪尚有亭我來日正午春至草能青碧水縈孤嶠停雲覆遠汀誰言城市隘吾已在郊坰

地古含春麗人游到日斜和風物色喜散步野情賒遠壑留餘照歸途噪晚鴉度阡覘土脈東作重田家

桃花隖尋唐子畏桃花庵故處

我來桃花隖緬想桃花仙仙人今已遠故里空陌阡側足步荒塗披榛上平田落日涼風生人家起炊煙才豐命故屯身擯名堪憐花酒可藏身逍遙終餘年風流君

已矣寂寞余悲焉徘徊念前蹤含悽賦言旋

雜擬四首

左太沖詠史

季子初說秦十上不見收歸來形枯槁親戚還相尤一旦遇趙王封爲武安侯白璧與黄金光輝騰道周父母且郊勞妻嫂胥傴僂貴賤豈殊人炎涼如相讐揣摩取卿相詭遇良可羞伊尹不割烹百里甯食牛

郭宏農游仙

神虬潛深淵鳴鸞騰九天塵寰苦喧闐矯首思雲煙陵巒采丹芝涉瀨吸清泉容成駕螭至要我青峯巔酌我

五雲漿授我玉井蓮拂拭去塵垢逍遥辭纏牽日月如跳丸洞天甯計年

謝臨川齋中讀書

遯迹避紛囂閉門樂幽獨荒庭寂以閒空館清且肅初篁擢新叢老樹蔭破屋冥心緬黃虞放情披冊牘慮遣神彌恬慾寡念不蹙於焉儆戰肥豈徒貴沉陸安排非虛言抱朴謝馳逐

鮑參軍遇銅山掘黃精

羊公餌龍銜別錄珍雞格仙靈祕丹芝幽士蠟山屐逶迤傷崇岡迢遞枝輕策白雲護苔岑素葩輝石壁裊裊

藤蘿懸涓涓乳竇滴荷鋤憩松林披榛探泉脈日落山風寒月明草露積陟岡詠風詩采蕨緬古昔逝將擕長鑱終焉栖山澤

彭允初見示毘陵驛與羅苕山話別及苕山次韻留别兼示吳中同學詩各一首因和其韻得三章

羅君溯江去彭子挂帆歸贈别可無語閉關期息機萬川通一棹返照入重扉忠告感君誼精嚴懔四非

閒雲自出岫倦鳥亦知歸悟得羣生理悠然一化機空明天映水虛白月臨扉敢道見非易還期共去非

擾擾役塵務吾生自有歸甯須參定亂祇是愼樞機夜
雨喧簷溜風燈靜竹扉郵筒應不惜規我是和非

送王笠湖之京

隔歲欣相過經年尺素稀江雲常繞夢海鳥共忘機雷
奮蚪甯蟄天空鶴慣飛知君用世者已厭釣魚磯

苦雨擬杜少陵

積陰已經旬空齋晝如晦堂前生莓苔屋後長蕭艾流
波混溝塍通川溢闤闠憶昨
恩詔臨蠲免今年稅方將與鄉鄰共樂　昇平歲云何
作淫雨毋乃將爲害微陽透朦朧重雲布靉靆吾將鞭

雨師誰爲探天載憂來如循環詹澑勢滂沛

長相思倣李青蓮

美人娟娟在雲中我欲從之悲回風臨風涕淚陳余衷美人與余心不同日皎皎兮水潺潺秉一志兮憂獨傷步軒楹兮太息淚浪浪以霑裳長相思不能忘

夏日

嘒嘒林蟬靜陰陰鄰樹高倦思鋪竹簟涼喜聽松濤畏日還垂幕呼兒更雪桃不須談避暑吾意已忘囂

夏夜

雨過風滿戶暑退月明林新浴坐磐石披襟調玉琴池

驚擲波鯉枝響墮棲禽萬感清宵集悠然夜已深

七夕有懷

河影靜無聲庭空瓜果盈天涯同此夕客子若爲情露氣夜原白天光霽自青步檐頻徙倚還寢夢難成

星河夜向闌兒女自悲歡纖月蛾眉映輕風羅袖寒人生足聚散天漢亦波瀾青鳥竟誰使殷勤到漏殘

彭允初省親入都

春風吹征蓬春水瀰江潯故人京華去别酒不忍斟白雲軫君懷蒼葭愴余心晤語欣在昔契闊嗟自今愛至期獨奢索居負恐深願矢切磋意毋吝金玉音

得愛廬先生書卻寄時掌教來安

過江青嶂滿，古縣白雲隈。書自幾時寄，客從何月回。雨來珠桂潤，風動綷帷開。高閣磬聲裏，憑軒誰共杯。

蓺圃圖爲董掌衡

先生古隱者，卜築枕湖濆。竹細帶山雨，垣低度水雲。開門晴翠合，侵戸石泉分。飽飯科頭坐，長吟送夕曛。

繞屋綠雲遮，春深老圃家。雙峯眞澹宕，幾樹最夭斜。秀色横衫袖，晴暉漾潋沙。卜鄰吾有願，到恐失桃花。

陸子聲有過予清談竟日晚涼邀至家園觀荷折贈數花詩以志謝

餘堂某罷賓初散石巷朋游蓮半紅到眼林皋猶晚照快人亭榭自涼風戲魚不定南還北幻影須知色卽空攀折荷君持贈意夜深香滿月明中

秋夜聽琴

涼蟾挂疏桐商飈動巖穴美人愛良宵臨風弄白雪悠然夢蝶周泠若行風列忽焉鏗爾止目送歸鴻滅有聲無聲間妙意不可說明河澹欲斜秋蟲斷如咽矯首望長空淸音滿寥泬

懷谷謹庭過余兄弟書齋分題得樊沂山水

竹細境偏幽林深氣似秋虛亭無客到絶壁有雲流妙

手推前輩新圖愜臥游谿山有如此長日儘句留

長至和陸子輿

緹室灰飛子半交殘編倦讀手頻抛默參造化思通復自笑行藏太滯膠莫以剛腸招俗忤自來頑性耐人嘲明朝試看庭前樹生意陳根脈脈包

茅堂雜樹亞枝交小築幽栖萬慮抛深竹吟風流逸響病梢經雨凍殘膠有無入室何須問肥瘦今宵一任嘲莫道誅茅窮岫好枳籬藤架有雲包（有無肥瘦皆冬至諺語）

將游西泠畏堂用東坡和歐陽少師會老堂韻送行次韻留別

昔游回首幾星終余年十五作西泠之游自後歲率一往壬午與畏堂讀書吳氏深柳書堂好景常如畫裏逢雙槳愛浮環縣水千株同看拂城松香山詩拂城松樹一千株年來深柳餘殘夢此去南屏獨聽鐘更欲與君尋舊約扁舟可許共從容

輪蹄南北歲將終越水吳山夢裏逢雪色青天龍井瀑濤聲平地鳳山松江鷗只是依洲渚海鳥甯知饗鼓鐘擬向雙峯最深處掬泉一勺洗塵容

聽雪閣

白石橋邊沙沒痕赤闌亭畔水翻盆炎天白雪山腰積晴日驚雷竹裏喧不爲探源甯辨脈卻因震耳得清魂

捫蘿踐葛雲根坐手掬清泠獨自香、

登上白雲洞

路僻喜逢汲水僧層巒導我襭衣登懸崖有徑開神斧

虛閣無人冷佛燈入座暫休諸慮靜倚闌長嘯衆山膺

聊將一息觀千劫小憩蒲團月又升

白雲精舍夜雨

琮琤巖下耳方謀點滴簷間勢轉稠但想臥雲來佛閣

不知聽雨宿僧樓一燈夜話更無漏四月山深氣已秋

投榻須臾窗送曙攬衣清盥欲披裘

别天平山

薄暮山僧迎我宿清晨童子束行裝三年奔走眞餘夢一宿周旋爲底忙回首嵐光成翠靄出山雲（予不到山三年矣）氣滿征裳遥知他日幽尋夢昔昔還來繞曲廊（時又將北行）

平山堂同金二雅弟畏堂

小艇泛邗溝迴塘一水秋修篁多隱樹曲檻半臨流日抱重岡下雲依白塔留繁華此地擅相賞在清幽

落日滿平臺登臨萬象開雲光諸嶺淨嵐翠隔江來紺宇銀浮氣豐碑雨蝕苔昔賢已陳迹懷古重徘徊

渡河

黄沙翻水窟急浪齧崩崖向若還歸海奔流欲奪淮雲

開隄擁樹風靜晝無霾忠信吾能矢乘槎愜素懷

曉過孟家口

十幅蒲帆趁曉晴煙收霧散水痕清敗荷港裏鳧鷺在殘蓼沙邊釣艇橫舟向青山缺處轉人於黃葉徑中行鈎簾忽發江南思曾酒篷窗獨自傾

過石佛閘

秋林黃葉澹斜暉林外波明白鷺飛僧荷耒鋤依古寺人攜臺笠坐危磯堆盤魁芋如拳大出網銀魚似雪肥安得抽身脫塵累買田來此掩柴扉

舟泊濆流遇雪

雲擁平隄樹風迴廣岸波江湖時序換雨雪客愁多鄉米喫還盡敝裘年可過平頭沽酒至一酌凍顏酡

自作登程計重重累老親舟車謀不易寒暖語頻申客路況岑寂柴門話苦辛古人非好遯親在總藏身

寒氣侵晨逼荒雞破午啼戳風鋪地白挾雨入簾低冒冷訶兒子加衣勸病妻閉門懷往日煖酒啜羹藜

仲子喜同載蓬窗興未孤雨燈思往事風雪又征途余季音睽隔時探季弟浙闈信不得他鄉夢有無此生無倚著飄轉似沙鳧

舟月二首

舟行五十日鄉月兩回圓暝色浮谿樹寒輝散潋煙雪融沙岸逕風定水鷗眠歲暮悲游子深更尚扣舷

風和日亦落郵挂月如盤荒戍寒鴉集疎林古寺寒沙橫防淺滯歲歎怯程難數問河西務披裘眠未安

宿天津關和畏堂

獵獵霜風吹鬢毛行藏自計首頻搔全家願泛苕谿棹（余與畏堂曾有卜居吳淞之約）數口偏浮潞水舠客子還鄉憑夢寐舟人加纜怯風濤柝聲未住雞聲起夜半篷窗月影高

懷鄉

坐久燈花落更深夜柝長攤書聊攝慮掩卷忽懷鄉人

事山中靜，年華客路忙。小梅疏徑裏，冷蕊半含香。

歲暮懷人五首

宋櫟齋先生永浩

含輝下榻幾經年，過從恒欣此地偏。書罷墨香留硯潤，吟成月影上梅妍。科名老去渾無意，杖履閒來喜自便。遥憶講堂歲課畢，餞裝還上武林船。先生課徒吳下二十年矣

汪愛廬先生縉

家南居士今熙甫，寂寞楓江意若何。老屋殘年猶注易，薄田今歲喜多禾。熊羆無夢年逾壯，狗監難逢鬢欲皤。惟有城南彭季子，不論時節許相過。

彭尺木紹升

敲湖竹里勝如何未抵南昀樂事多松徑好陪靈壽入尺木尊甫芝庭先生予告在籍年逾七旬精力不衰蒿門不礙接䍦過六時清供餘梅子小閣經聲臭石蘿料得考槃甘獨寤碩人永矢臥雲薖

羅苕山有高

悵望金精世外蹤側身千里渺難從石交我自慚三友絶學君眞紹一峯氣爲書華轉收斂品於矩折寓含容去年五月僧寮住風雨同聽半夜鐘己丑三月與苕山同寓嬾眠衚衕水月庵七月別去

汪竺香元亮

破屋開門鎮日關，紅橋綠水自環灣。玉川居士貧非病，東郭先生運尙慳。井凍牀寒眞細事，讀書負米更淸閒。遥知未辦尋春馬（蘇詩：囊空不辦尋春馬），鹵莽誰知吾道艱。

吳雪崖移寓玉皇廟作詩寄懷

殘臘欣聯孺子牀，新年忽餞贊公房。數間我自慚蝸卜，十笏君眞作海藏。讀罷梵音隨韻遠，吟成檀樹逆風香。同心況有如蘭友，肯負松明五夜光（同年何君振權同寓）。

夜直中書省用東坡玉堂夜直韻

雲護埤垣月滿堂，攬衣猶憶昔賢忙。身依玉宇魂俱冷

句詠薇花夢亦香坐久銀瓶笙韻遠起聽銅漏箭聲長
巡檐空闊看星斗含譽分明挂未央

海淀僧寮

古寺僧殘塵滿軒捲簾人到鳥飛翻龕前佛火千年冷
戶外車聲鎮日喧香篆漸消茶沸鼎蒲團小憩月當門
勞生頓悟安心旨一枕悠然臥晏温

三松堂集卷二　始辛卯春至甲午春

吳縣潘奕雋榕皐

休沐

休沐謝人事蕭然竟日閒六街塵似海丈室靜於山花氣疎簾裏禽聲叢樹閒羊求應見過庭草不須刪

斷鍼吟爲李進士道南母夫人作

鐵花繡澀含幽光斷鍼滿篋如麥芒鍼頭模糊餘血淚李君捧篋詞悽愴憶昔太君貞苦節以指餬口口不給欲將教子答亡人鍼斷指酸心百折殘燈破屋夜漫漫刀尺無聲倣帳寒一鍼已斷一鍼續寸心知有千鍼攢

平原楓樹今蕭瑟罔極恩深報不得撫鍼空有淚汍瀾

猶記當年穿一一畫荻歐陽事苦辛斷杼孟母垂千春

撫孤能食貴能教大孝揚親在立身從來母貴皆以子

有子而今母不死知君母教未敢忘母名歐孟齊芳矣

卽事

樹影無聲花影移閉門人靜晝簾垂午窗睡醒無餘事

鬬罷新茶賦小詩

雨餘梧館綠陰遮錦石苔紋一逕斜何處清香偏入夢

階蘭新茁一枝花

秋懷二首

徂歲別吳闕，周紀滯燕域。商飈落庭槐，碧草淒無色。客入驚時馳，齒增嗟景亟。居難薪米貴，念蹙屺岵陟。淹留亦何爲，路遙悲短翼。少小秉微尙，虛寂棲山岑。弱植依金門，旅夢仍江潯。況茲攖沉痾，就列力不任。嬾因賤成習，貧與病相尋。逝將脫塵鞅，息筋偃舊林。傍巖藝菽麥，臨水養魚禽。仰事足承志，俯育無悶心。豈徒暫閒適，永焉娛沖襟。

喜汪竹香至京

臘殘喜爾發江東（竺香辛卯未赴公車），屈指新年笑語同。把袂忽驚春欲老，開尊莫放酒頻空。看來眉宇黃成采，誦得詩

三松堂集　卷二

篇氣似虹待埽千軍標奪錦準排金帖付南鴻

春日偕蓬心前輩郭外看花

雨後山容分外新車輕沙軟不飛塵同來仙吏眞狂士載得名花似美人老圃有情還約我冷官無事但尋春夜闌酒罷頻看影舉燭循牆不計巡

題寒燈夜雨圖寄畏堂

颯沓空階落葉深一燈夜雨坐沉吟卯君歸去秋看老飄忽年華負素心

羅兩峰將歸邘江出歸帆圖索題集杜二首

送遠從此別天寒鴿鴿呼幾時杯重把永夜月同孤江

水流城郭雲山湧座隅輕帆好去便日暮且踟躇
看畫曾饑渴斯人尚典型交新徒有喜醉舞爲誰醒荻
岸如秋水孤槎自客星北風黃葉下高卧想儀形

寄畏堂

判袂驚心花滿枝索居到眼雪平墀奔輪光景知同慨
閉戶工夫貴自持玉柱金庭君卧穩靑鞵布韈我歸遲
一官漫說藏身好回首江湖奈土思

寄雲浦

驛亭猶憶惜分攜秋蟀春鶊客久稽不武漫憐譏似蝨
斯饑還恐刺維鵜閒身木鴈吾能置榮願苓通子肯齊

青壁茅齋歸可結抽帆同過太湖西

花窨和莊羹堂侍讀

掘地深名窨閟花徧近窗春猶元帝閉陰已祝融降不待風番半霄勞雨手雙何當移壑谷相與倒深缸

乳酪和羹堂

誰信南來客能諳北饌佳蒓絲吾自愛酥味爾偏諧用潤飛龍骨能添似火懷十方曾取供況我是心齋

送汪杏江孝廉迴避南歸即次留别原韻

家世清華重日邊風流文采壓時賢驅車未爲知音少促席還欣樂事偏蓮漏頻移人軟語燭花無燄月侵筵

趨庭後會知非遠記取鴻飛白露天

元旦和胡竹巖

四載因循浮宦海三旬荏苒感年華識途加齒終慚馬返哺棲林眞愧鴉縱飲但拚傾柏子揮毫還擬試薑芽良辰只願愁端遠振觸新詩苦憶家

去歲獨余懷故里今年與子共京華交情自昔原如水客鬢相看還似鴉晴日烘窗舒凍蕊白雲滿盌試春芽舊時元日吾鄉好兩姓朱陳似一家胡與余有姻婭之誼

元旦和韻

歲改寒威戢顏衰壯志非中年時序迅樂事旅人稀花

氣薰松酌天光照草扉晴窗閒試筆野馬未停飛

上元後一日雪和張方壺

火樹夜騰燄雪花晨點闕天街消宿霧梁苑有餘寒僵臥吟方苦聽歌興已殘祇應讓平子白戰霸騷壇

方壺疊前韻約爲詩社次韻答之

休沐君無事聯吟情未闌苦甯防杜瘦豪本異郊寒點筆春雲藹高歌簷雨殘非才甘退舍定霸看登壇

火判和孔蒞谷農部

通衢暫據意偏揚土偶何權燄儘長自是衆情趨熱惱斷無仙骨到清涼燃臍那燭盛衰理冷眼何人聚散場

五蘊六如從爾悟試將究竟問空王

美人風箏和王封亭

一色明妝下太清相看無語總風情有時天上落餘咳肯使人間浪識名聲入步虛眞縹緲舞能離掌更輕盈風前不是溫柔侶莫把腰支比燕鶯兒女喧闐又一時雪膚花貌正參差已空色相超三界未斷塵緣罣一絲巫女何勞妬容態封姨還與助丰姿飛騰恐乏神仙骨墮溷生天未敢知

題方壺水帶莊圖

玉堂清夢到滄洲短幅蕭疏寄興幽爲語沙邊舊鷗侶

悔將魚袋換羊裘

西龍山下稻花香帶水青羅繞舍長他日扁舟能載酒
收帆早認讀書堂

三年索米逐侏儒松茂泉清願久孤瀟洒吾廬歸未得
也因披卷夢菰蘆

法源寺和汪竺香

撰日來聽煨芋談暮春正好月初三題詩啜茗自多賞
紆玉拖金曾不貪靜識宦途拙似穩嬾諳交味淡偏甘
花宮花事春常好聯袂甯辭次第探

晨入東華門口占

丹甍碧瓦自層層歇馬東華日正升最是天街新霽好綠陰濃處湧觚棱

王復齋吳文溪張方壺王梅岑王石村胡杏山邱醒蘭許春巖嚴愛亭集陶然亭送陳雲岡侍御扈　蹕熱河

帶郭孤亭迥無村野興饒到門雙眼豁繫樹一驄驕雷奮雲初族杯行暑已消憑軒堪散髮聊欲滌塵囂

急雨過城頭高亭四月秋戰風無定樹赴壑有分流岫遠濃於黛畦平綠似油眾賓毋促騎吾醉欲淹留

竟日城隅集陰晴變態多斷雲猶帶雨殘照忽明坡扈

輦程非遠當杯顔易酡驪駒且緩唱爲借魯陽戈

喜童秋生朱蕙圃卜鄰之作

人海頻歌偪仄行卜鄰乍喜二難并徑開豈爲東家某蘭臭誰如同舍生翦燭幾時邀夜飲閉門長日聽書聲相期拄杖閒乘月禮數從今廢送迎

中書省卽事同龔吟臞孫春臺

鬱蒸何處避三庚紫殿陰陰暑氣清鳥語乍停風乍起綠槐深處一蟬鳴

送王蓬心前輩佐郡宜昌

莫嘆郎潛過五旬華顛稱作使君身　金鑾初拜　恩

綸寵鶴禁重蒙　睿簡申幾歲掖垣稱後進向來司馬
例詩人放衙燕寢多新咏珍重文鱗寄我頻

中書省爲重養田學士祿題王蓬心畫

江山彷彿記前遊司馬雲煙近罕儔短幅玉堂斜點筆
知君清夢過黃州

秋生蕙圃見和疊韻致答

並舍何妨稱意行寂寥莫恨跡難幷火雲已退驕陽斂
碧月初升凉意生有酒盍謀良夜醉卷書眞厭苦吟聲
招呼不待長鬚鯉一笑知君跣足迎

太學古槐歌同嚴愛亭馮玉圃張瘦銅賦

太學庭前古槐一傳是元時魯齋先生之手栽皮如青銅柯如鐵逾五百載不折摧已無清音送竽籟尚餘老幹撑風雷體堅蔾杖比勁瘦質重石鼓同隹嵬偶然種植有深意想見教育成羣材靈池泮璧幾兵火老幹愛護倖瓊瑰諸生摩挲向我說越歲辛未抽條枝森然古本滴古翠色映苜蓿枝添苔

聖朝作人邁棫樸和風化雨翔九垓甄陶不遺寒俊賤能使生意枯株回直講既簡明復任四門重見韓公來古云巨室必大木要在方寸培其荄自當根本服周孔豈獨文采誇徐崔十年百年語非腐不爾薄植何以承

栽培我衰薇垣旅進退長養竊愧同稗莠辭荒語陋不足記繞樹懷古空徘徊

雨後同王復齋出西直門

雨霽襟已開塵淨眺彌遠小車衝泥行出郭嵐光滿溼翠如招人歸雲意猶嬾幸此蕩羈懷蹇驢未嫌緩

雨窗即事

夜雨晨未已午來勢轉加硯潮宜墨戲書暗覺簾遮巷轍聊教靜檐聲未厭譁樵青知我意睡起一甌茶

官閒閉戶早枯坐到深更一枕塵緣斷孤燈客思生鑪薰衾尚潤夢醒句初成忽憶書堂竹蕭騷入耳清

雨中過雙佩齋與葑亭方壺瘦銅飲

我初訪二張不遇尋王五入門兩美具一笑掌爲捐脫帽讀新詩颯颯肘生羽是時夏之中震雷翻驟雨注屋如建瓴礙山欲破柱主人遮留客投轄拌閉戶北穰進滄涞南烹鷰炙脯初筵便舉觥半席更我酤方壺蘊藉士跌宕不踰矩三爵色油油善笑胸無府瘦銅嶔嵜人說詩宗韓杜耳熱衣淋浪高談羞噲伍破愁仗酒兵揮霍忘賓主令行三五申鋒起縱横午嗟余量三蕉壁觀甘不武譎哂鄙說齊孱笑縞穿魯潺潺溜掛簷沉沉寺撞鼓玉山能不頽天明吾亦賭

立秋前一日集靜春軒以仍呼我輩不羈人分韻得呼字

爽氣先秋到座隅素心折簡共招呼四年舊雨同人海一葉明朝飄井梧有興釀錢沽注子無心仰屋註潛夫相期卜夜何須問拌對金波倒百觚

破屋三間任草蕪扣門客到共歌呼張軍未敢談文飲在谷從教喚酒徒繞徑西風蟲趯趯半階涼月露塗塗旁人錯擬追風雅潦倒年來一字無

耳熱何妨袒裼呼同心蘭臭喜無殊殘陽退後吟情爽賸韻拈來好句無脫帽興高吾近肆解頤語妙客甯誣

迎涼後會期頻舉要及征人未首塗時余將有熱河之行

張方壺扇頭見家蘭垞畫梅因題

玉骨冰肌世外姿寫來便面寄相思孤山春夢渾如舊風雪推蓬憶一枝

夜雨和方壺

飛瀑懸流掛屋棱壞牆剝土勢疑崩廻風透戶平欺暑溼氣穿簾故逼燈客況難言家四壁宦情還戀醞三升白雲木葉千山響對榻年時憶共僧新詩出力字藏棱直挾簷聲作浪崩虛室電光搜破壁畫屏人影冷孤燈通衢漲欲迷牛馬一石才甯論斗升

莫怪瓊琚爲報緩對君吾是啞羊僧

將赴熱河七夕瘦銅招餞以織女降臨長命富貴分韻得富字

平生巖壑心服官身爲囿側聞塞外山未由覩奇秀思隨豹尾行宿願庶一副駕言趨熱河行衣亦短後車攻緬雅材羽獵嗤漢陋所慚筆力孱却喜眼力富故人舊酒徒惜別飲我酎艮辰感星河離程數亭堠纖纖月掛簷獵獵風吹袖後會計非遥無爲勞頸脰

同年席樸園侍讀哀詞

早歲朋交半折摧今年趙文哲程蔭桂歿于軍張時憲袁果殂于浙聞君訣去

更銜哀入言雅望留薇省我想清標領柏臺保舉御史記名以丁內艱歸有弟萊衣憑送老無兒天道信難猜潞河南下波千里何日生芻奠爾來

王梅岑出示王蓬心所畫茗話山房圖因題並寄蓬心

露梧煙竹凝秋光高齋清景圖王郎王郎佐郡之宜昌披圖恍挹鬚眉蒼君言南望路阻長我因讀畫思裹糧銀瓶側聽松風涼愁心一夜淒瀟湘

清河道中

清谿照影馬蹄疾垂楊夾路蟬聲急客行卓午暑風微

林間蕎麥花如雪

藺溝曉發

破曉晨裝發林間宿鳥飛出門日吐嶺渡水風吹衣陰谷雲猶滃陽坡露已晞勞生何處息惆悵願猶違

懷柔道中柬寄懷來令皆山族叔

石槽北去是懷柔無數青山翠欲流聖代和風翔黍谷古時邊徼認檀州溪流決決漸車轂堤柳陰陰擁雉樓最是承平坐嘯好勝他滕薛小諸侯

車中臥行卽景寄瘦銅

褰帷聊仰臥幽賞喜隨車綠樹馬頭合青岑村脚斜趣

程難浪跡卽景已忘家寄語同寮子還疑客語誇

密雲道中

山城當要道景物自清醇豆子多於稻蕎花白似銀清溪流曲折丹壁障嶙峋形勝無勞說應憐戶口貧

雨後發密雲

輕風吹雨洗塵埃日射崇墉萬象開荒店背城聊一宿晴郊攬轡喜初來山如屏障濃浮黛水作龍蟠響吼雷此去塞垣纔百里東門東望氣佳哉

石子嶺山家

茅屋半頹垣人家聚石根山深土自瘠水退壁餘痕老

樹半空腹秋花多掩門無言生計薄耕鑿是
皇恩

石匣營遇雨

雨歇瑤亭子雲開石匣營巉崖明夕照平磧走泉聲厲
水愁裳溼衝泥怯馬行誰云行役苦奇景愜平生

白溝澗

明發辭瑤亭峭崖忽當面遮天亘綿延初陽迭隱見其
壁排青松其根走白練樹色藹森沉灘聲恍迎餞纍纍
白石寒潺潺跳波濺逶迤馬不前登頓恣淩眄境轉豁
平沙涉波增餘戀

南天門

巨靈何代擘芙蓉突兀天門積翠濃紫塞北瞻形舞鳳
神區南望氣盤龍岡連磴複紛千狀樹色泉聲過萬
重絕頂招提瞻
睿筆果然仙境有仙蹤

古北口

聖皇德化彌中外天北天南歸覆載重門自壯設險功
防秋不用瓜期代西連山海東居庸古時天險今都會
山莊北望勢如龍　六龍歲歲揚旌旆重巒疊嶂紛
盤紆翠羽金支騰沛艾自從紐幹錫佳名嶺木而今更

罨藹御製詩註古北口元史名留斡嶺於義無取按元語色青爲紐斡里留者紐之訛嶺者里之訛也當作紐斡里書生足跡域寰中放眼始知宇宙大自矜飲馬過長城愧少新詩傳出塞

青石梁

崇岡鬼斧開鳥道懸行徑秋深草半凋左右立頑礦我來喜晴明緩轡不敢騁歇鞍入僧寮初陽朱戸炯循廊數塞花面壁啜山茗坐久日頗高佳處要已領亭午解衣行前登鞍子嶺

黄家營曉行

曉行寒已劇曛面愛微陽樹影横平野晨煙蒙半岡陰

崖無日黑塞草未霜黄穫稻村村滿年豐慶白藏

中秋中關對月贈傅春園崇東山兩舍人

誰料中秋月今年並坐看煙凝重岫合星帶拂廬寒音信人千里關山路幾盤良宵喜無寐情話快團圞

馬化營水漲

前山雨未來冷氣已先至昏黑行危岡路長愁弱騎行人忽反奔銀濤湧平地奪路登巉崖亂濟甯能久壞橋漂紅闌衝車沉結䮐北方論水利疏鑿良非易連山會羣流迅發甯能備要當謀良圖誰歟作循吏豈徒爲行人區區道路計勢息復登途泥濘心逾悸

進哨

一桁紅闌認哨門重岡廻合敞平原甫田雅詠車徒盛
靈囿今看雉兔蕃豐草長林騰萬騎彤弓文馬集諸藩
宸遊嘉頌臣堪第羽獵長楊莫並論

阿圭圖

獸肥草淺馬既同萬騎蹴踏秋山空削壁秀皺壓絕澗
矮樹紅翠排危峰平橋流水瀉碧玉著色短幅開王蒙
貪奇愛險忘路遠境轉咫尺迷西東

行廬雜詠

風旗　進哨後營帳各占山岡以布爲旗以識

別色復依岡風飄信短長招人殊酒旆歸輿憶帆檣遇客時先問分張各一方停驂憐視短退食幾回翔

帳房

穹廬如矮屋舒卷妙隨時宛爾千間庇何妨一木支打頭難免慮鑿壁或生疑風雨聊堪憩從心向背宜

戰裙

結束雄心起馳驅合勁裝何能竟投筆便擬賦同裳古製徵邪幅佳名稱𥜽襠直思屬橐鞬躍馬掃欃槍時金川未靖命將軍等統兵進勦

行牀

行帳攜家具胡牀載寢興自憐渴睡漢不異打包僧請
席先誅草移營更引繩今朝散直早聊欲曲吾肱

賜鹿恭紀

萬幕平沙靜不譁明駝倒載夕陽斜回鑣共仰
天顏喜拜
賜旋驚禮數加（是日內閣賜一鹿六部共賜一鹿）飽德馳驅慚報拙
奉親歸遺計程賒割鮮野食眞豪事泥飲他時田父誇

烏蘭哈達音德密（音德密漢言暫住也）

信宿此山岡聊覓襆被忙炊煙沉岫影燈火雜星光月
暗蘆花白風微艾葉香重衾嫌脚冷壓帳有嚴霜（哨中遍地）

皆艾清香撲鼻

夜過全穆堂詹事吳閬仙上舍次日閬仙以詩見投次韻二首

班荆塞外遇誠奇夜靜平沙響月題人耐寒更談娓娓月當下澣上遲遲烏桓煙景縈閨夢　鳳闕秋光繫客思最是白公風調好撩情還擬買楊枝

清才季重稟由天劍化龍騰玉有煙賦奏子虛嗟遇嗇神傷奉倩故情牽時閬仙有悼亡之痛呼盧喝雉聊謀樂急束單裝亦可憐歸去春明期作達好將詩酒餞殘年

齊爾博庫達巴罕達巴罕漢言嶺也

山行忽無路，鳥道懸雲端。人馬細如蟻，纍纍中谷攢。畏險舍騎行，彳亍逾林巒。漸乃躋其顛，盪胷得遐觀。遙岑擁丫髻，近嶺廻淩湍。仄徑臨巉崖，萬壑疎林寒。平生好奇心，好山思遍看。龍門懼陋杜，華頂哭嗤韓。到此足力孱，悄然愁心肝。

卜克達巴罕

一聲咳應萬山聲，銜虎穿林客夜行。月黑但愁嶺路險，經危却喜此來平。

阿木虎郎圖夜有懷畏堂雲浦兩弟

流水聲中掩拂廬，風高落木聽蕭疎。故園此夜連床者

小閣燈明正讀書

九日熱河道中有懷郭懷谷陸謹庭默齋昆季

重岡迴抱水淙潺指點行窩翠靄間烏兔無情催客老輪蹄何意妬人閒聊將薄酒酬佳節漫對叢花憶故山此際天平秋正好白雲紅樹想同攀

五更入古北口

清輝蕩翠岫古月升山陽客子貪宵征單車冒嚴霜突兀關門雄綿亘邊垣長夜色靜板屋明燈隱懸岡此地緬當年嵌崟戰伐場有生幸休和舉趾胥康莊况復忝朝籍　豹尾聯鴛行覽勝愜素懷路遙豈我傷

兩間房直次同唐農部樂字

穹廬傫直依平岡雲輕塵淨懸清光松敧別岫寒轉翠柳搖殘照霜初黄回鑾正喜秋色好退食却厭沙隄長清談良友久不覺日落衣薄山風涼

冬至前一日雪後集鶴半巢分韻得班字

上弦月子弓彎彎窮冬雪霽風更頑書雲協律非我事瑾扉垂幕愁難剛舍入校書白虎觀大筆濡染追馬班才多事繁豐暇豫撰日喚我開心顏初筵促膝膚粟散改席射覆燈花殘羊羔美酒異奢縱灞橋驢背殊酸寒

曉奩開鏡翠痕匀

遂看蝴蝶烏啼散隨人騎引聞猿聲啼十樹

自題畫

詩材畫本閒收得未是歸時道路長

晴日蒸霞滿樹桃放香依洞口綠陰漏蓬指點紛紛鳥自分行

溪流畫徑泛筏托翳時喜禾宜春光滿園欣欣本柳禱豫

西苑下直

醉春紆鞭曲徑奈前夜千村杏花絕微殘陌上遶歸詩

花得餘光近午枝復芳枝與舞燕到池塘放船遲頂風

三松堂集卷三

始甲午春
至甲辰夏

吳縣潘奕雋榕皋

公退

公退但焚香身閒愛日長客因看畫至僕爲借書忙荷雨飄殘點蘋風送晚涼掩關塵事絕一枕到羲皇

鷙翎畫

偶揮雪繭得霜翎貌取仇池一片青不用三錢費坡老高齋眞見岳眞形

彭守約松泉卷子

茂松清泉怡我性怪君痼疾同師正玉璜羊裘分各殊

相君骨相非㓜輿竭來寫圖寄幽懷展卷已覺生面開東畬老筆爲補景紫稜閃電巖間來岸敧島側蛟蟠蜸蒼雲覆地苔花薄水聲風聲儼清都想像詩肩松子落風流文采近今稀三年一飛待扇翬濟川作棟要大木豈有至寶淪煙霏束帶看爾朝天扉

華石渠秋帆冊子集杜

處處清江帶白蘋小航恰受兩三人知君此計成長往何用浮名絆此身

風江颯颯亂帆秋天入滄浪一釣舟但使長年飽喫飯微軀此外更何求

遠害朝看麋鹿遊，似君須向古人求。高車駟馬帶傾覆，余亦沙邊具小舟。

回首風塵甘息機，重嗟筋力故山違。埽除白髮黃精在，老大徒傷未拂衣。

春明話雨圖爲陸上舍謹庭題時陸下第南歸

秋雨秋風冷畫屏，夜闌軟語一燈青。情因久別知逾摯，杯到忘言忽共停。此日雪鴻懷往事，他時尊酒記寒廳。升沉世態何須慨，倦眼頻年實飽經。

送雲浦下第南歸

弟勸兄酬慘不歡，一聲朔雁到窗寒。脂車明發期眞果

把盞今宵醉轉難雨夜對燈憐影獨湖天欲雪念衣單
到家待葺東頭屋好譜笙詩繼采蘭
殘月西風瘦馬遲覊愁鄉夢兩迷離一名問爾何加損
薄宦嗟余淹歲時自有萊衣抵晝錦莫將和淚滴春卮
高堂定問兄顏狀青鬢應憐有白絲

山塘泛月卷子爲陳上舍鳳儀

紅欄綠浪煙冥濛金昌亭外風光融扁舟一棹出閶闔
層巒聳翠當晴空憶昔鄉園樂事足青鞵布韈無拘束
挈榼推篷斟酌橋倒離枝策千人石樂事昇平難具論
神仙富貴非思存曲院衣香風淡沱畫船燈炧月黄昏

自入軟紅竊祿糜不看玉蘭歲六稔開尊舊友記花時
揎袖故衫餘墨瀋潞河南下雲迷樹掛帆卽是山塘路
汨汨人間太敝神朱顏游子今非故短幅晴窗攬客思
青山綠水憶年時夜闌酒罷披裘臥殘夢依然到劍池
青山綠水虎邱二橋名

奏充　文淵閣檢閱恭紀

咫尺瀛洲
恩許登兼銜原是一條冰蘗分太乙
新綸煥珠
賜牟尼異數承階級知無提直分編排竊幸走趨能平

生汲古慚功淺奉職循思懼弗勝

以詩代書招張瘦銅同年馮玉圖舍人爲消寒會

深冬晴院不風埃索笑巡檐但少梅禿樹立鴉寒似啞荒階殘雪凍成堆朱顔我怕忙中改金印他從福上來共約消寒尋舊會過年還擬醉千杯

瘦銅贈錢獻之歸吳有一任他人戴鵕鸃之句有味乎言用次其韻

招呼閒侶引深卮有命何須羨鵕鸃抽得私辰同讀畫（中書分班入直應直而休沐者謂之抽班）曠將書課爲編詩（武英殿書課每日一萬二千字）

余近日止得五千字淡爲生活邀誰賞嬾覺心情與子宜投紱他時成二老風流只少買山貲

消寒初集同人飲靜春軒疊堆字韻

蝸廬垂幔案凝埃官冷詩酸格仿梅有客恰如聯鷺序開尊旋喜撥書堆同人時校四庫書課甚嚴稱家肴核隨時具適意詩篇信口來秉燭追歡同作達天涯莫放掌中杯

輪蹄日日趁風埃鄉夢香𢌞紙帳梅作宦幾人能僕射買田何日到鹽堆尊前殘歲垂垂盡鬢裏微霜故故來莫笑吾曹淡生活壯心渾欲付深杯

盆梅三疊前韻

竹屋松屏絕點埃況兼三友有寒梅風飄晨院香初破日暖南枝雪作堆玉笛忽驚孤夢斷虎山還憶上春來天涯鄉思憑消遣一瓣須傾酒一杯

送蔣冬杉前輩佐郡永嘉四疊前韻

驛程雪霽淨無埃君到江南正放梅水擁飛廬明鏡展山迎遠蓋翠螺堆詩翁舊向宣城住仙吏今遊孤嶼來剖竹天涯三徑好故人誰與共銜杯（冬杉家宣城）

臘月三日雪五疊前韻

天教滕六靜浮埃不管擢篁與折梅好句絕憐詩有畫（東坡詩漁簑句好眞堪畫）陳言不賞堊成堆高人只戀蝸廬臥仙客

看披鶴氅來我嬾一官聊漫浪自燒榾柮煖餘杯

人日馮玉圃招同張瘦銅王秋樵張方壺汪竺一香吳文溪集鶴半巢以人日題詩寄草堂分韻得堂字

堅冰澤腹披浮陽春風昨日來華堂初正涉七氣弄暖（用韓昌黎詩句）佳節可用古所藏素心折柬一笑集相與促膝傳壺觴鶴半巢中地十笏好樹遮牖書連牀澆愁忽訝腸出角飲雋旋見缾堆牆移時酒酣耳亦熱雜以詼笑無禁當杯深樂極不知罷新月挂樹光射廊高才不嫌小詩小多酌忽發狂夫狂人生百年一瞬息俯仰日月

奔輪忙神山仙人號賢聖縷羅道妙聲雷硍口前有句截不得憑愚護短徒誇張何如一壺擔竹杖樵兄漁弟同相羊行抽手版買短棹莫待青鬢生元霜靈巖山根太湖畔此時萬樹梅花香江山空曠人轠鎖夢想去路終彷徨更闌燈𤏡客上馬參橫月落天蒼茫

下直閉門

餘寒猶未卸棉衣竹影禽聲伴掩扉想得故園春事好鶯啼草長正花飛

七夕雨時京兆君下世已三月

黑雲遮斷銀潢路急雨摧殘烏鵲橋好事隔年人杳杳

他生密誓恨迢迢風鳴紙閣燈初暗衣覆熏籠香未消
離合仙凡同一夢漏殘兀坐聽瀟瀟

澹春别墅冊子爲張東畬題卽送之蜀中

偶抛老屋走京師遂綰青緺拜赤墀泉偶出山甯便濁
雲看歸岫莫嫌遲
富貴逍遥未許兼凝香官舍想垂簾戛天脩竹吾廬好
可有清音到黑甜
百花潭水是滄浪喜得佳名似故鄉他月寫圖如見寄
開函還帶浣花香
銜杯落日愴分袂錦瑟年華付索居待爾抽簪賦歸去

泠官也擬問鱸魚

偶畫小幀寄郭麅雅因題

彷彿橋邊繫短舟故山一別六經秋酒闌燈灺摩雙眼寫與騷人當卧遊

題同年田耕堂尹衡補讀書圖

我生多好無一成作書作畫疲精神厭煩年來思面壁省事但願心太平六經諸史束高閣玉池生水溫而清丹田未熟書田廢頭上歲月空崢嶸田郎讀書年四十稽古非羡桓榮榮東華退食手一卷似珠之貫盆之傾秋庭老樹倚危石石根立竹青縱横命工寫圖有深意

知君嗜古心堅貞少年不力昔所嘆讀畫使我心怦怦
問奇挾策會載酒剝啄莫厭敲門聲

僧䔲菊和朱蔬坪舍人

佳色先秋裛露深疎枝端合傍雙林石牀煙冷無行迹
曲徑泥新有足音漫想白衣來問訊祗應元度許追尋
相看宴坐同懸解却憶西風九鍊金
兩荒深院掩茅庵丈室閒愁了不擔未繞疎籬盈把摘
也開笑口滿頭簪貫休行脚瓶餘一彭澤還家徑啟三
識得瓣香千古意高人彌勒本同龕
觀空結習未全忘淨土花開青色光白足已看歸寶界

芒䕷可許傲天霜趺來瘦影香留徑脫盡陳根月滿廊

采采餱糧跏可結西風先到贊公房

重陽未過雨廉纖悟徹蒲團一笑拈肯信問名遺舊譜

未妨倂色詠盈襜錫飛老圃鳧疑化眼淨空花佛不嫌

鬱鬱試參無上諦寒泉眞擬薦香嚴

宋奕巖舍人餉安肅菜兼示近詩用山谷以雙

井茶送子瞻及謝劉穆父贈扇韻二首

黃昏遣奴問起居叩門剝啄得報書傾筐兼餉安肅菜

中有西風白露珠舍人年來屏鮮腴故知此味肉不如

底事蓴羹下鹽豉千里遠憶三泖湖

鳳凰口銜五色紙新詩藻彩實相似速追甫白要至誠耳食那數明七子青燈明滅哦夜寒知君頗亦懷家山安得樸襆攜竹杖相與吟賞林巒間

雪中蔣椒村孝廉送梅花賦謝

珠幢玉節排衙仗（用東坡雪詩意）雪骨冰肌仙子降叩門驚起僵卧人一片幽光團紙帳哦詩啜茗相對寒寒香沁肺我欲仙籃輿却憶銅坑路萬樹春風次第看

棟鄂孺人貞烈詩（大學士舒公子舒安之室）

幽蘭秀空谷芬馥含奇姿淑女生名門婉娩敦柔徽來嬪君子室比肩亦齊眉父母既以順宗黨咸交推十年

侍晨昏辛苦甯或辭皇穹無私親與善不可知嚴霜萎靈芝疾風摧連枝人生譬朝露所天悲乖離婦人不撫孤從死無異詞仰事況有人問心又奚虧畢命乃取義懸梁非殉私成仁在殺身賢聖垂良規衣冠古所偉巾幗今如歸卓行動
宸聽金字光門楣豈徒照家乘　國史流清輝

嚴秋萍撫琴圖

磵泉激石風入林幽人林下坐撫琴有琴無絃琴韻足彷彿雅頌之遺音我昔巖栖習古調多好無成還自笑悅人況復尚新聲指棘叢生宜坐嘯玉柱金庭路不賒

高山流水認君家刺船但覓移情處莫問成連與伯牙

春日言志

三十偶通籍飭躬企前修七年忝薇垣旅進慚滯留定省既無期舉案又喪儷思弟時步月憶子添羇愁因循歲月徂素餐常內羞坐此但懷歸越吟聲伊嘎老親論努力未老簪甯抽陳力聖有訓徇祿古所尤行素知艮難退耕不自由是時鄧尉梅香氣滿六浮山光雨橫黛水色晴拖油安得官滿時桐帽棹欐頭

寒食前一日西苑道中作

汨汨勞生事悠悠長逝人匏瓜千里客石火百年身淚

滴燕郊土魂傷茂苑春柴門有驥子腸斷此佳辰
去歲尸家祭有齊仗弱軀筲筐猶手飭拜起已人扶江
館虛春薦山花照病夫思君還自念爲爾眼將枯

下直遣悶

閒官如野客鍵戸當歸山花盡蝶亦去春深燕不還掩
書誰與語得句暫開顔擬脫朝衫去低徊自笑孱

出都口占

久病倦於客思親應自歸敢希宏景志庶息漢陰機旅
鴈驚人起孤雲傍岫飛片帆秋色裏直指舊漁磯

入江南境病體漸蘇家人頗有言告歸之非者

詩以曉之

湖平帆滿畫船移水檻風涼坐詠詩　新月疎鐙憐杜甫藥鑪經卷伴王維傳經好坐三間屋奉鯉應開半畝池假滿但愁時易改轉頭還切望雲思

潞河道中寄柬同省諸君子

憶辭鄉國侍　鸞闈旋脫衣冠款板扉富貴不來甯足慨頭顱如許正宜歸課耘準擬尋鄰叟行藥何妨步近圻寄語鴛行舊巢侶錦衣不著著萊衣

簪毫堦藥幾翻紅病思鄉心逐斷鴻　天祿石渠慚素食泉清松茂本家風丹鑪弄火功宜密青史標名志已

空最是扁舟情味好淡煙濃靄綠楊中

抵家志喜

暫離塵網賦閒居喜侍溫顔見友于燈火劇談聯夜榻家園周覽奉晨興新圖屏幛青圍座舊種簷蕉綠上裾一事閒來還快意呼兒檢校滿箱書用放翁詩句

抵家志感

七年青瑣返柴扉華表重來愴令威松作老鱗鶴韻遠癸巳冬先大父謝世手植庭松葱鬱如故竹餘舊蔭履聲稀甲午春叔父懋修公謝世今年六月叔父肅亭公謝世循陔春永情初愜報國年長願未違最是望廬銜百感可憐同出不同歸乙未四月史宜人卒於京邸

吳谷亭幽居卷子

枕簟林間淨幽人邈與饒涼波沉白鳥高樹落鳴蜩嵇阮甘栖谷巢由不造朝草堂六月裏隱几亦蕭蕭

烏程道中

溪行淥往復小艇與沿洄隱几纔容膝推篷聊引杯石橋藤蔓裊桑徑豆花開最是溪翁樂門無熱客來

一港船初轉三家別有邨秋風吹果蓏晴日散雞豚背水柴扉閉隔溪鳥語喧笑他耳食者惝怳說桃源

抵村贈諸親族 余祖籍隸歙縣之大阜村

不到鄉園十二年繞村喬木長風煙親朋無恙驚顏改

閭井依然慨歲遷地瘠莫嫌風俗陋家肥端賴子孫賢相期彝訓重敦勉共守詩書更力田

示族中學者

十室有忠信誦絃況一村敦龐三古俗涵養四朝恩莫問由求撰先分舜蹠門欲知吾道樂鼓瑟已忘言

湯口贈程介山

黃山三十六峯色都在君家庭戶間却羨裹糧人好事不辭辛苦肯躋攀

殺雞爲黍坐茅堂松影如龍月射廊濟勝爲余呼健步

笑看嵐翠滿衣裳土人號海馬者健步遇險處能負客行給以青蚨使隨行

祥符寺

古寺名存屋宇崩苔階瓦徑已無僧禪門小劫猶如此豈獨人間慨廢興

茅篷

四山嵐影合一徑寺門深但有竹松色而無鐘磬音夜寒疑過雨林靜不飛禽三宿淨塵慮窅然生隱心

湯泉

陰陽體相抱離坎氣互通陰火煽寒泉清泠變沖融誰從深山中洪鑪運神功我來解衣浴時候交初冬金沙

耀的皪石壁流琤淙驁沸試濯足雲灑還沃躬外焉除垢穢內焉祛昏蒙身輕心以淨庶躡佺喬蹤

慈光寺觀明萬歷年所賜繡旛紫衣鉢杖

紺宇敞山腰禪堂俯碧霄茶瓜留過客衣鉢話前朝猨立遠峰巔鳥來仙樂飄探幽初放眼登頓敢辭遙遙山白石如峯僧曰此白猨也移時失所在有鳥成羣鳴如笙簫山中呼爲音樂鳥

蒲團石

此石號蒲團遊人可小憩何嘗長蹴趺於焉棄身世

宿文殊院

暫憩蒲團石言穿一綫天老僧無可語深院獲安眠蟾

嵬危峯上松聲萬壑傳塵勞能解脫吾意欲栖禪

文殊院晨起看雲海

夜宿萬山中晨起看山色不見山一峯但見雲四塞山以靜爲德惟雲能動之雲山相鼓盪變幻無恒姿青山如盤渦奔騰不可制白雲如廻波淪漣渺無際異境到方知知亦不可說窅然俯仰閒雲山看變滅院有額曰到者方知

白龍潭

白龍屈曲下林隈隔嶺驚喧十月雷客屐慣從松頂度僧廬多傍石厂開陽坡樹暖餘紅葉陰壑藤枯長碧苔

我欲披榛尋古蹟暮雲深鏁鍊丹臺

大阜橋小憩

石橋吾再到欲去更遲留川阜瞻縈帶高曾緬釣遊波明堪鑑影沙淺不勝舟郵得倪迂筆開將畫本收

大祥後即事感賦示畏堂雲浦

人事隨年異春光與昔同霏微布縠雨澹蕩落花風慈竹抽新筍金萱發故叢虛堂陳奠罷哀慕更何窮

去者日已遠時乎不再來導衣宜改色祥祭用除哀敬設神憑几重陳手澤杯春暉回首渺魂斷白雲堆

安厝京兆君于上宇圩新阡感賦

二十年前事惘然一聲薤露涕雙懸早知塵世身如幻最恨浮生夢不全古渡一棺憐五稔潞河八口記庚年誅茅架屋工粗就愁看崦嵫起暮煙

題探梅圖爲雲江

四山濛濛香霧溼山南山北花光合河豚橋外雪初晴著屐尋詩攜野衲軟紅插脚幾經春流水孤邨夢不眞銜寒羨爾探幽客不數當時驢背人

聞雞

夢醒聞初唱冬缸翳不明問安親棄養析義學無成寒憶趨朝侶衰闌待漏情尸鄉尋士室只合老餘生

新製蒲團趺坐竟日頗悟惺惺寂寂之旨因顏其齋曰惺惺寂寂齋系詩一首

頓覺塵氛遠簾垂虛白生惺惺期見性寂寂已忘情簷鳥千聲囀鑪煙一縷橫高齋修竹裏穩坐得身輕

錢栩栩道人遺墨爲錢梅溪

千枝花柳萬重煙畫出桃源洞裏天洞口白雲如客嬾紅塵封斷不知年

底須卻曲怨迷陽身世當年竟兩忘邱麥何人思子國蒹葭秋水自蒼蒼

殘山剩水比璠瑜水鳥山花憶友于文采諸孫今作手

好，將祖德補新圖

松陰小憩圖

桃笙蕉葛劇清涼石罅松根味儘長最是竹鑪風韻好

半甌花乳泛幽香

一天涼影展蘘荷別館揮毫興轉多輸與空山堅坐者

新詩長日對松哦

雪窗即事

萎盡穠華耳目清一枝孤幹獨含榮羣芳自是無貞性

不是冰霜有世情

草長江南鶯亂飛香車隄上玩芳菲巡檐今日梅應笑

誰賞孤芳雪未霏

甲辰至京喜晤鮑雅堂同年

八年孤負　帝城春握手相看笑語親客夢纏綿新舊雨故交珍重兩三人閒居剩學黃門拙知我誰如鮑叔眞最是羊曇留百感歸帆亭裏榻凝塵謂夢堂相國

恭和

御製臨雍禮成遇雪元韻

盛典隆儀紀上丁飛霙接夕未曾停呈祥預卜盈千畝寫曜先欣映六經周渥三農占大有精禋一德格維馨我

皇錫福還施澤霑灑衣裾念在廷

齋中芍藥盛放用東坡玉盤盂韻

掩關掃地愛公餘老去風懷漸欲無丈室忽成香世界一枝眞賞玉盤盂淺深態學徐熙筆綽約姿宜周昉圖多謝殷勤伴寥寂綫紅如撚雪如膚

白頭誰與結心知脈脈相看意不疑爲護生香添活水更施笛簟設雞彝如君解恨何煩語許我相依合有詩吟罷高齋還獨賞態濃肌膩一枝枝

畏堂假歸半年以書相訊令余爲決出處詩以速之

去年芍藥花時聚畏堂甲辰正月辭家入都余于閏三月來都相晤今歲花開悵獨留晝永羨君衣是錦騎遲憐我士爲牛無田漫說宜三已問舍何時分兩頭余與畏堂因老屋不能容兒子世璜來書謀遷尙無定宅假滿秋風看轉眼淸波可許伴閒鷗

復寄畏堂

人事無涯歲有涯跳丸日月去難遮要知出世原無法但得安心便是家幾日重聯聽雨榻更思並駕上朝車旅居慰悶惟詩酒寄與新篇當棣華

芍藥詩成花彌爛漫添插紅紫數種賞玩不足續賦二章

只有名花不世情肯從羇客吐奇英八姨妝罷不施粉
妃子曉來餘宿醒漫說魏姚矜絕品最憇官職稱佳名
豐臺車馬從如織自瀹新泉對爾傾
虛堂疑雨帳疑煙怪底書生得勝緣埽却幾千層俗障
攜來二十四嬋娟朱朱白白紛呈態燕燕鶯鶯各逞妍
莫道生涯此地淡仙姝久已厭腥羶

星橋見和芍藥詩兼以索飲疊韻招之

散直垂簾小雨餘奇葩除却此間無色如仙子藐姑射
香比藕花密鉢盂江南白荷千葉名密鉢盂已約良朋聯舊會待煩
好手補新圖花田正要濃膏灑雲合西山有幾膚時望雨孔

殷

握手相看盡故知埽軒洗盞更奚疑休論肘後誰懸印
且坐花間共覆彝可有酒人無好酒要從詩老賺新詩
從今莫放杯離掌趁取繁英正滿枝

余賦芍藥詩邀同人共作張嘯崖同年故以綺語嘲余岑寂因賦二首一以致羨一以解嘲時嘯崖姬人新自津門至都

欲將心事託雲英漫續離騷擷杜蘅爲問多情賦芳草
何如解語對傾城午窗夢醒微馨散卯酒潮回淺暈生
國色天香俱入手莫矜豐艷笑孤清

聲聞上乘理能探臭味還從鼻觀參已分室空無法喜不妨花散到瞿曇倚崖暖氣吾何有嚼蠟微言子自諳試向鏡臺觀色相安心彌勒本同龕

題鄧尉探梅圖

光福鎮前雪欲飛上崦下崦風力微幽人討春每獨往一溪寒碧香霏霏

泰定橋邊放小船會攜野衲訪癯仙披圖恍踏潭東路酒冷香清又一年

三松堂集卷四

始甲辰夏至丙午秋

吳縣潘奕雋榕皋

西苑直廬同方藝蘭葉桂樵費西墉對雨小飲

連朝甘澤灑塵寰南陌東郊喜溢顏流水聲中封事下綠槐影裏瑣窗閒不妨小住浮銀甓會有新篇刻玉環策騎衝泥歸興嬾愛看溼翠擁西山

午窗口占

朝退端宜閉戶居打門只怕有停車香浮寶鴨閒臨帖花倚軍持伴校書觀定空齋波渺渺夢回方枕蝶蘧蘧仙山靈藥憑人採結習難將五蓋除

種竹

修篁秉峻節結根依碧潯蕭蕭不受暑肅肅含遠音移來植高齋趁此三日霖莫言數竿少已覺陰森沉直道固余仰虛中尤我箴閒攜書傍讀或引杯孤斟午榻清風搖夜軒涼露侵恍疑湘江雨泠然披素襟又如坐故園三徑吾廬深誰知塵土客有此蕭疏心

藍菊

藍菊亦菊族南中秋乃花京師開獨早六月揚其葩東華散直餘種之向客誇其香淡而醇其色幽且嘉價賤品自貴愛茲疏影斜朝來南西門載之或盈車自云入

城去賣與富貴家富貴重繁華寒儉恐汝瑕而我有數本於分則已奢雖非東籬英絶似蒼蒼葭臨風待招客折鐺煎春茶

暑甚得雨詩以志喜

驟雨傾盆瀉太虛涼風掠鬢髮稀疏鈎簾喜對新移竹閉戶閒溫舊讀書綈几香消煙裊裊蒲團蝶化夢蘧蘧早朝不怕泥無路只怏驕陽頃刻除

喜涼

長日暑方盛今朝涼襲裾物情紛愛惡天意默乘除閉戶思高枕鄉心到故廬誰知官舍裏清絶似僧居

用拙堂感懷

白髮門生感舊恩虛堂看弈悄無言古槐一院淸陰滿淡墨兩行遺澤存堂中楹帖文定公手書差喜同官得令子那堪作誄到文孫北溟抱西河之痛是日唁之山邱華屋古同慨策馬羊曇餘涕痕

退直

三伏迎涼候東華退直時閉門無客轍入戸有花枝野性從時慍天懷與靜宜消愁閒命酒遣興細哦詩青瑣添新侶華胥覓故知無爲老氏貴素位孔門規稚子初成室同年半擁麾雲泥甘契闊聰慧感仳離寄語安貧

病無心羨保鼇同人慣相笑笑我信成癡

三藐庵題壁　是日餞太傅蔡葛山先生予告歸閩

靑郊餞抽簪佛院偶停騎同寮六七人禪房聊靜寄入門喜清涼拂壁看題識其人皆偉人一一泉下寐壁有嘉興錢香樹太傅諸城劉延清相國詩書問寺創何年山僧失題記紛紛往來者攘攘馳名利不知更幾何榮華與憔悴遭遇縱殊途消滅無二致願言依空門打鐘復掃地一鉢一蒲團庶以遣塵累

彰儀門馬上作

雲成霖雨還歸岫鳥戀稻粱猶倦飛爲問客留緣底事

他年贏得白頭歸

孤松

孤松挺奇節偃蹇深谿傍雨露不及施樵牧時相戕縱抱楨幹材無由至廟廊裊裊淩霄花結根依長楊垂條善攀附新枝日披猖修幹攢叢葩蔚蔚揚其光此榮彼乃悴物理不可詳賦命既懸殊由來豈意量淩霄意自得孤松不改常非有堅貞心何以歷冰霜

修竹

修竹產淇園森森碧於玉謂此似君子種之令不俗一叢種廣庭一叢種牆曲廣庭地疎豁瀟瀟風露足雨葉

出檐清風梢拂雲綠一幹日以長一幹日相續牆曲頗淸幽所苦地局促有枝抽不揚有根行處觸豈無干霄心何由展遐躅亦抱作箭材苦節誰復錄託地旣已殊菀枯判榮辱回看廣庭前千夫擁大纛

八月十五日對月寄內

紅塵汩汩又經年回首江南路幾千記取金波三五夜燕吳一十八回圓余自甲辰三月離家迄今一十八月

張壽雪閣學見示紀恩詩次韻

一家四世入綸扉先生祖相國文端公父相國文和公兄晴嵐鏡堂兩先生相繼爲閣學姪

三松堂集　卷四

魯堂戶曹小令舍人先後入直典誥異數如公遇更稀先生不由科目出身榮擢日上
謂非他臣可比故破格擢授瀛海舊傳圖譜系御賜文和公詩有便將翰苑登瀛譜
奐作卿家世系圖一時傳爲佳話鳳池新喜沐
恩暉人來西掖霜凝柏先生自副都御史擢任閣學日上彤庭花咏
薇退食瑤箋投白雪東華何幸接餘徽
賜柑子福橘恭紀
旭景曈曨麗　紫宸殊榮
巽命自天申承
恩未屆傳柑節拜　賜深慚懷橘人手捧圓勻仙品貴
味含沆瀣露華新　金鑾佳話全家慶曝背他時憶此

辰
賜哈密瓜恭紀
報　國書生但握鉛殊方異品沐
恩偏水精寒沁懷常懍土德中含味最鮮巾絡繙書徵
故事鎮心當暑記童年東華退食慚無補敢羨便便白
晝眠
御製福康安奏報生擒莊大田詩以誌喜元韻　恭和
甘泉捷信報連朝搗北攻心
睿算遥已遣范韓膺閫寄可容猩嚳逞山跳搜追不赦

依巢燕撫卹還招在泮鴞寄語胥從齊革面恢恢
天網正明昭

皆山族叔帶月荷鋤圖叔任薊州知州罷官後奏留直隸營田

戴星傳治績帶月仰襟期脫綬甯嫌早爲農今未遲惟
應歌
帝力只是諷陶詩此日江南去香秔正可炊
負郭竟何有歸耕計渺然寒松黃海夢叔家徽州晴雪薊門
煙行止公無意升沉我信天何當同負耒如法種春田

大校厰馬上作

搖鞭遵大麓緩轡復循溪野迥山容豁泉平地勢低天

桃明曲隖老樹茁新荑未覺征鞍瘁微吟信馬蹄

大雪與王翠庭兵曹夜話

吳雲回首夢模糊兩載稽留計太迂誰念拂爐寒食夜四山風雪一燈孤

母難日由白雲寺至臺麓

目極雲天闊心驚歲月奔楊生終厄閏蓬轉又離根漸識無明旨難酬罔極恩慈航知不遠指點認風旛

乾隆五十一年五月奉

命典試黔中出都門作

征輪三月旋山右（余於二月十八日扈蹕五臺三月二十六日抵都）行旆今朝

指貴陽槖筆作欣依　豹尾拜
綸轉愧首鵷行內閣考試差者十四人余首奉黔中之命青天白日胸懷
淨雲壑風泉道路長此去巖阿經萬疊度材可有木千
章

度盧溝橋

又度盧溝去咨諏詠載馳到心偏往事脫手得新詩賦
命雖多蹇承
恩未後時祗應橋下水憐我鬢成絲

慈航寺小憩示洞然上人

遙村平野樹低微幡影鐘聲靜掩扉爲問白牛車近遠

頓令心地欲皈依

蒲團小憩意云何泡影前塵轉眼過留得籠紗遺墨在但教來客費摩挱壁間有方問亭宮保周燮堂尚書題句

通衢湧出散花場淨眼觀空意儘長但得雲心常自在未妨迎送一生忙

過唐河

水漲平橋斷停輿此涉波南風吹柳岸四牡渡唐河暑斂蟬聲歇雲沉雨意多中山舊遊地一塔指巍峩定州古中山地余於三月扈輦過此

定州

城臨滮水古鮮虞戰伐紛紛失霸圖園號衆春尋勝跡
齋名雪浪仿前模衆春園韓魏公出守時建雪浪齋本朝康熙年建以置東坡雪浪石
御書矗漢鸞凰舞華塔淩風烏雀呼千載循良傳政績
幾人遺愛繼韓蘇

清風店口號在定州北明月店在州之南

夾路楊枝蹴地垂幽花小草漫離披此間風月今猶昔
難得閒身似牧之

陋室

侵階草色上簾青賓客當年此著銘人物千秋誰繼起
至今珍重比元亭

正定寓館偶賦

紗幮笛簟境幽清遶屋花枝照眼明小住那堪日卓午長途況值伏三庚風初過處香微度雨未成時涼已生好是虛堂無客到夢回簾影篆煙橫

渡滹沱河

城頭初日上擊楫興何長水退濤猶壯風微草自香蓮峯看的歷豆粥憶蒼黃今日征途樂皇華況有光

趙州

煙嶺藏雲樹欒城接趙州驛亭無復館沙港不成流地樸衣冠簡年豐笑語稠此邦非瘠土水利若爲修沿隄河形

尙在率斷續淤淺得疏濬可備旱潦惜無講求之者

金山寺小憩 在趙州南二十里

長路晨曦赫高亭大道遮閒參獅子座來喫趙州茶砌繞涓涓水盆開艷艷花峨嵋談往事笑我尙思家 時與韶亭談蔣虎臣往事

千秋亭光武祠 在柏鄉縣北十五里

王母籌行大誥起手持威斗周公死赤眉烏合取滅亡可憐只有劉盆子推心置腹說蕭王天戈一掣斬王郎安知非僕豈戲語鄗南卽位登壇場固知眞人天所助睢陽楚黎枉竊據斬蛇斬石事若符行人尙記龍飛處

千秋亭傍一大石云光武夜行所斬昨朝我渡滹沱河今來重向祠前過千秋亭畔殘碑倒五城陌上浮雲多斜垣荒座塵漠漠鳥影蟬聲餘古木君容肅穆臣像嚴想見君臣契灑落時去英雄事不留蕪蔞麥飯思悠悠惟餘千古青山色長對淒涼槐水流

圓津庵用壁間方宜田宮保韻贈璨一上人庵在内邱縣南十八里四楊橋

暑行何地得棲遲路轉香林偶憩時摩詰中年惟好道已公茅屋可題詩經繙貝葉參無諍亭懸王孟津隸書無諍二字額座湧身雲仰大慈正殿供大士像最是風流前輩遠循廊不覺日

頻移先生元唱並先後和作俱刻石兩廊殆遍

庵中散步徧觀壁間題詠用蕉林相國韻留別長老

小憩祇林日似年清泠玉韻曲池邊古人寂寞猶餘跡壁間宋牧仲湯西崖諸老留題俱在名士蕭疏本愛禪翠竹紅魚留半偈山光雲影靜諸天息息得句非耽詠付與參寥結後緣

順德有懷洪素人太守時洪已下世

孤城煙雨裏下馬拂征衣訪舊來余晚爲官似爾稀疎紅花媚眼溼翠竹搖扉兀坐嗟身世悠然思息機

早行偶成

今日渾無暑蕭然試袷衣樹深蟬響咽土潤豆苗肥既雨雲猶密微風塵不飛僕夫殊可念小住汗頻揮

邯鄲道中寄畏堂

紛紜塵世足悲歡大覺難時夢亦難一語寄君君莫笑使臣今夜宿邯鄲

呂翁祠

何緣撒手出紅塵汩汩悠悠四十春我若遇翁無用枕黃粱早悟夢中身

盧生卧像用壁間魏環溪先生韻

千秋大夢幾人醒說夢須知夢未成不是盧生緣分好

本來仙骨自天生
誰能一夢得常醒半晌酣甜亦偶成却笑世間好事者
竟將高枕塑盧生

磁州道中

千里原田遍綠楊眼明忽喜到江鄉平波碧毯鋪菱葉
刺水青鍼抽稻秧岸約紅蓮纔破萼煙衝白鷺自分行
磁州水利誰經始那得規爲盡一方順德廣平正定一帶平原沃壤若能講求水利蓄洩得宜當無旱澇之患今觀磁州水田仿彿江南風景益信此法之可行也惜未有推廣之者

湯陰謁岳忠武祠

西湖墓木仰精忠故里重瞻廟貌崇當日兩宮終朔漠

至今三字泣英雄偷安一代無長計大義全家秉赤衷
痛飲黄龍虚素志松庭遺恨起悲風

淇水

淇水碧於玉潺潺抱驛樓沙明思濯足渚淺可維舟澳
竹依然茂籊竿誰與投石梁疑望處仿彿昔人遊

喜雨

我昨過彰德比戸憂藴隆今晨來衛輝褰帷見雲峯下
馬點飄灑入門響琤瑽霡霂漸優渥滂沛彌醇醲老翁
向我言悲哉力田農連年大河南不雨歳洊凶今年春
三月小雨霑濵濛二麥幸已收入夏仍爞爞此雨如雨

粟庶幾年可豐此地如此雨三年未曾逢我聞心爲慰
語以慰老翁自從前年來偏災軫
宸衷蠲租復散賑補救彌天工聯翩
詔書下惻怛
恩意重邇者
飭山右兼并懲豪雄略分而言情委曲開愚蒙我
皇豈偏愛至愛本至公諄諄謄黃　諭字字皆由中吾
聞香山言先天天意從民和斯福降感召皆
皇躬從此歲歲收戸戸期千鍾昨聞此邦吏祈禳禮更
崇圉知宣猷心一體痌瘝同小儒胞與願亦快涼心胷

北窗蘄簟滑短榻吟清風入夜勢轉盛宵深意逾濃佳聲悅心耳恍聽笙簫鏞明朝登隴上蓑笠舞南東

裴晉公墓 在鄭州南

碑字分明墓木陰雨槐疎冷有蟬吟千秋功業原時命王荊公平淮碑題名詩桓桓晉公忠且壯時命適與功名偕一代君臣自古今嶽廟有題思將佐午橋無館認園林我來展拜頻回首想見當時一點心公自題小像云爾貌不揚爾神不長胡爲乎將胡爲乎相靈臺一點丹青莫狀

新鄭道中

具茨嵐影淨朝暾牧馬襄城事莫論古岸尙流新洧水斷崖難訪舊純門岡迴淺溜斜侵草雨霽歸雲亂擁邨

太息風流子美遠千秋遺愛幾人存

楊朴墓

殘碑題識認詩人細草芊綿歷幾春暑雨乍過雲乍捲煙莎彷彿是吟身楊有莎衣詩爲時傳誦

昔人有四時白紵詞亦有作一首者體規樂府意近閨情旅館溽暑戲效其意易以近體題曰夏白紵詞聊以寄鄉心遣客悶云爾

梧影蕭森竹影橫水晶簾卷篆煙輕雲窗那識人間暑只聽芭蕉送雨聲

肌膚凝雪珮飛霞移得芳蘭玉鈗誇一種幽香渾不辨

素心人對素心花

雲碧紗幮薄似無奇葩怪石儘堪娛重簾忽展西方界一朶香開蜜鉢盂蜜鉢盂白荷花中上品也

曲几蕭然麈尾閒門無客至不須關絳桃捧硯清娛扇自寫前溪過雨山

生機洋溢曉窗儲引得清泉碧一渠却道小庭涼意少更添文藻護紅魚

鳴蜩暑氣未全清已有先秋蟋蟀鳴笛簟嫩涼人夢醒海棠花底雨三聲

乾隆乙巳丙午河南旱歉流亡病死者甚多屢

奉
恩旨加賑兼製
御詩訓諭大吏實力奉行並諭小民勿生怨咨以冀感
召天和
恩施浩蕩淪浹寰寓今歲已豐收而元氣尚未全復路
經襄城葉縣之閒目之所觸有愴於中詩以志
感亦採風之遺意也
鄭俠圖呈乙夜披
恩深惻怛
詔兼詩可知

帝力能回數未信天心絶少慈後死無衣哀病婦餘生乞食憫孤兒寄言保赤誠求者何以撫綏答主知

長沮桀溺耦耕處在襄城縣南

偕隱傳高士餘蹤古岸陰不妨長避世難得是同心溪水流年月墟煙變古今夕陽空佇立飛鳥有遺音

葉縣雨夜

涼風吹窗雨蕭颯到黄昏虚館荒疑寺孤城冷似村閔農還望歲憂潦且停轅兀坐遺身世幽蟲吟樹根

博望驛七夕用義山韻

誰道團圞是別離，漫勞塵世艷佳期。雲鬟玉臂自今夜，纖月微風又一時。青鳥有情來故故，星槎流影去遲遲。無愁兒女渾多事，那得閒情與巧絲。

諸葛廬 在南陽城外卧龍岡

淯水東流繞翠岡，躬耕遺跡認南陽。淯水俗名白河 草廬終古煙霞冷，雲卧當年歲月長。未許時人窺抱負，直同莘野契行藏。千秋論定推王佐，管樂區區詎可方。

南陽太守藹咸齋招飲賦贈

千里名城楚上遊，壺觴談笑擅風流。已煩快雨收殘暑，更遣清歌蕩旅愁。南國甘棠齊舊化，東華紅藥憶前儔。

寇君名姓，書屏久知爲蒼生合少留君卓薦奉旨留任過河南道員缺出補用

南陽道中和鮑雅堂道院壁間韻

雨止當乘傳泥行不礙車川深波浩渺樹密蔭交加高壤偏宜稷中田半有瓜連畦收穀子遍地藝胡麻似豆青垂莢如杯紫絡茄煙莎深淺色渚蓼白紅花灑落君臣契飛騰事業賒山連宛鄧迴水接漢江斜土性醇而靜民風清且嘉前村可卜築也擬問東家

新野縣道院夜坐贈來甯鍊師

門臨官路遠塵氛靜几名香手自焚高樹晚含嵩少雨

疎簾涼入楚江雲新野爲河南南境與漢江僅隔一宿一聲磬醒三更夢數卷經披太上文那得清閒長此住松間猿鶴與同羣

渡漢

昨宿樊城館今來漢水邊一江城市阻土人呼漢亦曰江隔岸雨晴懸粉堞嚴城壯高檣大舸聯北帆浮蜀客南柁振吳船地勝思遺跡人來異昔年明朝登峴首墮淚憶前賢

荊門州對月

銀蟾不解恨故向客窗圓穆穆辭京邑團團又楚天閨心郢城樹鄉夢石湖煙四牡遙遲去牂牁何處邊

荆州懷古

秋入江城暑氣微參差屋瓦帶斜暉渚宮煙冷蘋花老沙市風淸燕子飛南渡功名人事異三分割據霸圖非曲江樓上憑闌久一片濤聲上釣磯

落帽臺和陳研齋觀察韻

江天秋霽不飛埃按節來登落帽臺渡口官船教小住是日當渡江林間驛騎莫相催名流作達留遺韻勝跡重新仗逸才最喜亭邊吟坐久吏人鷗鳥兩無猜

渡江

秋霽片帆明風輕浪自平草荒宋玉宅雲斷夫人城遠

岸戍無火長天艣有聲時清川路穩不用問前程

公安曉發

孫黃驛外孫黃河西風放棹揚素波荒村薜荔嘯山鬼古岸斑竹愁湘娥湖田隔陂鷗似雪秋宇破曉雲成羅驕陽未退晨暑劇微香露氣吹殘荷

澧州偶作

襆被蕭然楚水濱投鞭聊欲息征塵不妨蝸舍纔容膝肯使猪肝更累人桑下久諳身是寄蕉邊誰信夢非眞芳洲岑寂騷人遠臭味芳蘭未許親

澧州客館月夜獨坐

奉使道沅州取途出澧浦西風水生波一葉落自舞微
聞父老言河邊未渡虎采風哀邊氓於事亦何補旅館
息塵勞涼蟾掛玉宇窗明宜屏燈院冷似過雨被蘿若
有人揄客相與語高詠山鬼篇吾意正懷古

三松堂集　卷四　十

三松堂集卷五　始丙午秋至己酉冬

吳縣潘奕雋榕皋

武陵書懷四十韻追和劉賓客并序

使出常德讀府志載賓客詩愛其秀雅古渾中間重押原韻又敦愺旛幡古人皆屬通字樽古書止作尊雖有二義亦止一字因改用四韻質諸達者至語意鄙拙非敢效顰古人亦各言其志云爾

五溪開上郡三楚列雄藩劇治西憑澧清江左引沅螺環千嶂合箭急百川奔披霧漳江白騰雲青草昏碧桃尋洞隱芳芷弔纍寃溪引漁郎棹洲吟屈子魂湘波愁

帝子渚草怨王孫巖擷秋花淡塍穿澗水喧野橋魚有
市官閣竹爲軒積雨楓人長迎風燕子翻煙林禽韻澁
霽港瀫紋晅甜憶襄瓜好（瓜以荆州襄陽者爲最過江卽不可得）香思秋
橋繁錬丹仙井洌歸老石橋存澤國頻憂潦
天書疊沛　恩痕留河洑市歌溢太平村但覺湖天淨
甯愁江漲潬巴船倚蠻女吳客效夷言研韻慚歌雪懷
芳懍佩蓀髫齡虛譽竊壯節古風敦謬厠春官宴榮辭
東鄙樊鳳池名濫忝雲夢氣眞吞直退　文淵閣班趨
　景運門隷征時際泰賦命卦之屯歲閏楊偏厄河塡
鵲自髩斷葱悲陸續折阪叱王尊堊室肓居豎禫衣佩

解璠呼童帷晒藥辭客并無閣後輩俱分篆同年半擁
旛江邊岸白幘天上憶丹垣輟耒重吟藥盛筐虛薦虆
屈伸委運轉雨露荷　恩蕃籲俊分黔省乘輶駕楚轅
皇靈徵濯濯
聖德浹元元分野躔占軫西南慶協坤濤聲淩渤澥山
勢學崑崙未陟磨圍頂先探柱渚源盈虧瞻海月變化
指溟鯤六一阡虛表蘭成賦擬園思歸聊作引樂志不
虛論他日南窗下何心羨左轓

贈桃源施明府荃漁　灝

罨畫谿山訟閣前仙才分郡與仙緣人來子驥眞迷路

詩愛東坡別有箋流水聲中停露輞綠蘿陰裏靜蒲鞭
政成不獨邦人詠五馬　彤廷正錫賢

登望江樓　在桃源縣

憑虛傑閣俯江潯落日停驂試一臨楚澤風煙最蕭瑟
江天雲氣忽晴陰鄉心敢說田園好客鬢眞愁歲月侵
欲向花源訪舊隱碧桃秋老洞門深

桃源洞

山城南過白馬渡言訪晉代之桃源桃源有路不得到
但見淸泉百折林間翻巖蓀澗芷香可擷蒼苔碧篠掩
洞門不知古人來此經幾載摩挲石刻空留痕老僧瞑

坐驚客起迎謁却立都忘言我來坐石面絕壑暫照霜鬢臨潺湲塵氛解廓耳目曠恍疑身入神仙村鳥啼日昃洞門寂登車回首空冥煩

又二首

石磴縈紆路不迷清溪曲折茡蘿低我來坐久空何有無數幽篁一鳥啼

禪房花木淨無塵流水依然試問津聖世知無避世者空山喜有誦絃人僧舍書堂皆係村中學子誦習處

伏波祠感賦

款段何因得自由坐看飛鳥墮溪流求嬴徒苦憑誰取

漫向岡頭憶少游

辰州道中

辰龍關外白雲低萬壑千巖路欲迷閣道風清石瀨響戍樓煙冥子規啼磴廻積翠當人面徑豁遙青簇馬蹄記取驛程圖畫裏界亭三宿到船溪自界亭至船溪計三站凡一百八十里

長松偃蓋竹漣娟屋負青山篛覆船蠻女簪花還赤脚山家收稻更燒田龍標城迴懸秋月大酉山高鎖暮煙多謝殷勤迎送客潺潺一路有溪泉

蘭花

沅州驛館深山中秋蘭葉綠花心紅恍疑空谷寄幽操
當階瀯蕩吹香風三年辭家住京國春葩秋卉多異同
唐花蘭蕙厰亦好人力勉强非天功揭來豫楚覽芳艷
浮花浪蕊徒成叢紛紛山紅吐夏槿窈窈澗碧攢秋楓
豈知此地得清賞嗅香紉佩情何窮所嗟託根老蠻雨
開落枉自淪蒿蓬不采自貞君子守無言深契幽人衷
客蹤泥爪隨飛鴻紗幮睡醒覦濛濛忽憶湘簾對清絶
夢隨秋雁到江東

沅州十首

南國秋猶熱山深曉漸涼籃輿忽軒輊橘樹半青黃茅

屋團雲暗松棚滴露香西風吹短髮覓句爲誰忙
問訊皇華驛盤紆路正遙灘聲環縣郭嵐影集溪橋慣
客心無著探奇興未消白鷗誰汝適翹渚影飄蕭
徑轉林初豁人家似瀼西招呼無俗客饁耨有山妻細
雨籬花落微風檐篠低幽居眞可羨黍熟午雞啼
暫憩層坡上虛窗面壁開乞書揮吏去獻茗喜僧來澗
影清於鑑山光翠作堆地荒碑誌少訪古重徘徊
渺渺魚書隔迢迢鳥道斜江山連百濮風俗雜三巴徑
仄蟲懸樹崖傾蝶聚花秋風何處起蕭瑟入蒹葭
旅館更弦朔嚴程數驛亭磵蘅侵水碧嶺篛戛天青曲

折穿山市喧闤闠使星何當謝塵事小築倚雲屏

蠟屐思佳日天平歲屢過掖垣淹玉瑄松徑冷煙蘿山似江南好人今白髮多馳驅當自策筋力竟如何

自過桃源境終朝行翠微雲簾垂磵戸石笋矗巖扉敧岸麻花瘦依岡桐葉肥僕夫愁馬乏小住倚危磯

川原疲陟降試摘野花香瀨比嚴陵曲岡如劍閣長荒村無虎跡絕嶺有雲房忽憶臺懷雪山風透頂涼

灘水斜依戍文洲曲抱村怪禽啼密箐荒蔓上頹垣邊郡儒冠少山城小吏尊年登歡野叟擊壤傍柴門

　思州道中寄懷嵩撫棠閣學

簪毫三月賦西征記上龍關第一程半嶺氷堅人並騎四山風緊雪初晴寺遊印石懷鴒侶印石山房在長城嶺半山驛渡梅溪少雁聲梅溪思州驛名最是行廬吟句好五臺山下過清明

玉屏夜坐用何信陽平溪道中韻

且蘭秋漸老虛館氣淒清月上疎林白雲沉遠岫平勝遊閒倦眼旅夢遶孤城砌冷蟲吟急愁聽入夜聲

平溪驛早發

殘月依巖墮征夫接淅行平心空世態更事悉人情雲淡青蓮寺風清皂莢坪沙鷗如我識重與訂前盟

玉屏山谷中見垂柳二株臨風綽約似有搖落之感詩以惜之

幽崖峭削泉琤瑽兩株垂柳搖秋風徘徊繞翫不忍去攀條嗟嘆情何窮平溪玉屏驛名窈窈攢深谷谷無嘉樹惟修竹蠟樹無花桐樹肥紛紛凡卉堪樵牧可憐此柳生此處弱質孤根誰復顧章臺攀折悼飄零漢南搖落傷遲暮三眠三起逞姿妍斜照西風冷暮煙靈和有地難移植思曼風流非昔年

梅溪驛

四山青似障一水碧於油樹色晴非雨灘聲涼是秋孤

村依絕巘小驛俯平疇後日黃平道探奇興最幽

鎮遠

絕徼天教設此關鎮陽江抱石屏山馬斷雲彩江聲裏雲彩江聲四字城外石橋牓也詩在丹崖碧樹間萬里車書邊撤戍四朝休養俗移蠻乘輶恩許探奇境攬轡甯憂濟勝慳

鎮遠客館

翠巖瞰深江峭刓插漭泱接轡度長橋慮館息塵鞅鼓絕掩重門憑軒面幽敞是時秋已深六合氣清朗山腰聳危樓沙尾弭孤槳瞻前嶂疑傾顧左渚復枉玉笛誰

家聲似有故園想窗明月已升夜靜灘愈響黃昏獨擁衾巖棲憶疇曩彷彿竹嶺眠梅花上虛幌清景不可摹聊用紀幽賞老竹嶺爲由浙入歙必由之路有族人居此余曾兩宿其書齋

清溪縣

名山如異書變化無恒境飛轡過玉屏豁目亦疲頸徑仄峽疑崩泉奔崖似騁想當開闢時造化縱之逞清波激白石如雷轟雨猛颯颯挾風聲吹我衫袖冷登降神自怡悚惕息爲屏轉側愈出奇佳處不暇領夙聞飛雲巖天造更奇警幽尋輿已馳計日抵施秉

贈清平令張衡

假寐信輿行秋高溪更清亂峯圍小驛斜日淡孤城酒味如人意官聲稱縣名深宵簫鼓鬧恰喜賽西成

信宿鎮遠

落日依闌坐西風掠鬢絲城臨苗子砦樹隱竹王祠邊徼秋生早危岑月上遲軺車何以滯邀我賦新詩

隔岸山如畫攀蘿上未能微風人卷幔細雨寺懸燈林密邀雙鳥亭空坐一僧秋深歸騎速準擬踏崚嶒

鎮遠對雨和蕭碧畦

蕭瑟初秋氣蒼茫細雨天三家依嶺市一葉下灘船人事嗤吹劍年華慨逝川何當催驛騎莫更滯吟鞭

秋夜

閈歲寒常早山城日易陰灘聲疑雨驟蛩響覺秋深林白耿斜月風清急暮碪遙知懷遠者不異此時心

自鎭遠至偏橋驛三十二韻

暮宿鎭遠城晨指偏橋驛偏橋何迢迢連山障初日陽崖坎窨亭陰嶺蒙泉滭其巔箐幽深其址藤盤詰或戴土爲租或有堂曰窗或土赭如丹或穴黝如漆或文如執笏或武若佩珌相離或如仇相比或如匹矯矯騰龍虬蜿蜿伏蜥蜴一徑鳥道紆千盤馬力竭俛仰勞吾神推挽維以繂道旁見有苗馴順猶果栗溯昔苗病民蠻

觸爲首疾維狆宋蔡龍族姓亦非一歷漢洎元明宣慰更反覆水西與播州安楊稱巨室奢香應龍輩恭順蒙賜秩桀性終難馴悖常時肆獝惟聞外蛇鬭誰鑒前車失我

皇憫其然蕩滌歸甯謐仁育期並生義正懲縱軼殲渠魁從寬帖耳受紀律我來問遺蹤唯見高峯崒昔時干與矛今時琴與瑟山椒茅屋中黍熟香有飶耕鑿長子孫罔不歌

帝力涵濡

德化深膠庠事卷帙乃知昔惷愚自取不足卹負固維

趣亡乘時實在德吾聞馭邊氓寬猛固有術王道遵蕩平
天威仰咫尺勖哉守土臣舊章宜謹率

桂

西風吹天香幽巖放老桂一枝插膽瓶解事喜臺隸籃輿坐臥看微馨襲襟袂忽憶處堂秋古榦鼓幽砌飽飯一事無碧甌賞新霽事往情故留神怡慮無滯閒闊今三秋臨風結遙契

飛雲巖

我行萬山中看山興已倦側聞飛雲巖奇絕世希見一

往探幽情趁此征途便遠眺窅以深邐睇駭而眩是山乃非山曰雲雲已變動靜理互根眞幻吾何辨巖前灑飛泉曲折白於練石闌坐移時謀耳洽然善老僧不知詩詩意頗益面導我步蒼苔登降恣淩眄微聞木樨香無隱禪機現境超神自怡道契情非美已忘于役疲更結幽棲念攬轡遵前阿越嶺增餘戀

月潭寺小坐

絕壁開巖室探幽憩化城雲光浮樹影泉響雜風聲竹外茶煙淡林間鳥語清昔賢遺蹟在拂拭認題名寺有明王陽明先生碑記

捫蘿乘石磴列席遠塵氛古壁蟠蒼蘚晴窗滃白雲佛香依坐散僧梵隔溪聞啜茗聊停騎前邨日未曛

贈月潭寺長老

幽栖不厭入山深星鬢長愁鏡裏侵雲洞自呈空色旨月潭如印妙明心但餘俗諦非眞諦試聽潮音豈世音他日塵勞還見憶夢中靈鷲碧千尋

雨和蕭碧峰

自入黔南境濃雲竟浹旬晩風吹密雨涼意滿蕭晨簾靜桂香細巖深泥徑新前山漸開霽整轡且逡巡

渡重安江

黃平州城秋可憐，重安江水清而妍。將崩未崩石壓浦，欲落不落雨滿天。山向哀猿吟處立，路從飛鳥去邊懸。京華回首七千里，鳷鵲金波四上弦。

山中桂花盛開詩以賞之

叢桂深山裏，逢時亦吐芳。花如前歲好，風是故園香。地僻人猶過，枝高露更涼。小軒何日築，對爾詠秋光。家有隙地，植桂數本，擬搆小軒，顏曰天香館，至今未就。

龍里道中喜晴遂遊傘珠洞俗名野猪洞，深邃奇幻，更勝飛雲。

且蘭昨午愁霖潦，羅甸今朝散積陰。嘉樹有梧參碧落，懸泉如練界青岑。煙開桂嶺幽香滿，雲護僧房古洞深。

清磬蒲團吾有願肯教塵見障初心

封門口占

典以興賢舉官因奉使尊旌旗迎夾路簫鼓掩重門地遠人非乏才疏志益敦文章期報　國長恐負深恩

鎖院桂和張椿廷觀察繼辛

秋光澄淨樹婆娑深鎖重門客未過簾外花開新露蕊風前人憶舊雲阿不知仙榦何年植但覺天香此地多斫得高枝憑月斧廣寒縹緲起笙歌

李棣亭中丞垂釣圖

鄴侯骨本仙高情淩物表錫劵仰前徽珥貂欽國寶公望兼公才經綸滿懷抱悠然濠濮間寄興滄洲杳策策輿堂堂一竿釣絲裊崇勳畫麒麟幽趣狎魚鳥澄波靜鷺煙疏花媚霜曉精白契淵懷秋江碧瀰渺

鎮遠李總戎杰龍招飲賦贈

臨淮威望著江東公自浙西陞任貴州移鎮黔南帝眷隆流水聲中鳴畫角翠嵐影裏試花驄竹頭木屑陶公略說禮敦詩卻縠風明日掛帆雲樹遠當歌肯放酒杯空

清浪灘道中

盛暑搖鞭去深秋放溜還靑帘煙外舫紅樹畫中山灘遠川容靜雲沉雨意慳花源眞有路不用感衰孱

晨發武陵午後抵大龍驛

水宿程初盡山行路正長吏猶迎使節客自理吟囊板屋雲嵐擁（湖南驛館類以木爲壁）松亭露葉香氍毹紅照地不稱冷官裝

襄陽懷古

臨水登山百感悽西風衰柳有烏棲大隄落日如前代峴首新碑非昔題造物無私誰却老虛名何用但嫌低習池春草年年長欲問遺墟迹總迷

漢江晚渡

漢川斜照散波紅却上扁舟趁晚風郎口人家煙樹裏樊城燈火水聲中蒼茫客思依雲雁荏苒年華付雪鴻樺燭兩行官舍冷聽雞明日又怱怱

裕州道中喜雪

北風吹面雨如絲淅瀝旋看密雪隨潤入麥田凝玉圃光搖柳陌茁瓊枝火城試策思簪筆（謂同省雲屋聽窗諸君）記撚髭三白豐年喜呈瑞衝寒何礙馬蹄遲

襄城道中

雪晴寒轉劇竟日朔風號得食烏喧畝盤雲隼下皋橋

平汝水闊天遠具茨高卽次安容膝深杯引濁醪

滎澤渡河

曉日曈曨上逝波乘槎懷古客重過
四朝績奏澄清屢五老祥徵福慶多南歷成皋草沒壘
北尋鄴苑飢棲禾安瀾共仰
神謨遠不數元封瓠子歌

衞輝邸壁敬讀

聖諭恭賦二首

沃土頻年歎大無今來比戶慶多稌老翁鼓腹兒童唱
漸喜茅檐氣象蘇

忍教有歲嘆無田豫晉何堪苦樂偏
聖德如天
恩似海好勤耕作樂　堯年

彰德道中

昔年雄據地鼎足控孫劉銅雀今何處漳河水自流

新鄉縣遇吴蓉塘贊善卽送之貴州學政任

看花憶共曲江頭青鬢年華逝水流彈指舊遊經廿載
驚心此別要三秋羨君化普春風坐愧我衡操玉尺樓
富水遺珠知不少好憑象罔更冥搜

復

命後作家書因題其後
客裏更爲客曰歸未是歸囊添新使草篋整舊行衣過
衞榴初綻來燕雪又霏塵勞我已息報爾及鴻飛

文淵閣侍班恭紀

文華講罷
莅文淵秘閣森沉委佩聯竊喜班仙許近
聖仰瞻
行健頌同天是日上自文華殿步行至閣三霄翰墨輝雲棟東
壁圖書繞
御煙麗正當時誇盛典

熙朝文治邁唐年

程易田鄭公釣臺卷

富登渡口懸厓石嵬業淩波勢百尺師山垂釣非釣名
壁立清風緬遺蹟忠宣舊鎮皖公山大書突兀留孱顔
至今精氣兩不泯仰止齋邊時往還剜苔誰識闡幽意
鐵索金繩露奇字作記還聯翰墨緣哦詩重話滄桑事
斜日林巒遠靄生眼中漁弟與樵兄當時萬事歸變滅
但此雪繭留虛名殘篇剩墨嗟零落石田篁墩老巖壑
湖岸菰蘆風雨斜草堂竹樹雲煙絡橫幅摩挲興不孤
新圖舊刻好重摹人間俯仰成今古此畫此詩何可無

恩賜內府紗葛表裏各一　彤墀稽首荷

疊雪含風出上方　彤墀稽首荷

恩光五銖舊羨神仙闕獨速曾吟煙水鄉裁憶杼機寒

夜績披迎　殿閣午風涼趨承顧影歌無斁報稱捫心

愧寸長

陸星龍同年司鐸餘杭用東坡遊徑山詩韻留

別即次原韻送之任

天清爽氣來西山潞河沙雁依晴川霜風吹領雙鬢短

士龍整棹秋言旋憶昔與君共鄉舉君才磊落齊雲淵

風輕並舫入楯裏月白對酌吳山巔分攜不憶歲幾改

但見開落鴛湖蓮卅年回首一夢耳修虵赴壑眞蜿蜒
我今待漏舊侶少下直塊坐同枯禪故園春雨蕪不治
草堂欲築囊無錢擁衾清夜默自料攤書白日昏仍眠
羡君得官去故里如魚縱壑天翔鳶鱣堂講肆氊自冷
絕勝塵世愁熬煎山城燒筍香稻熟坦腹甯慮嘲便便
送行不知分袂苦遠峯疊翠思悠然開尊準約先兌酒
松茅具檝期明年

觀奕

賭墅當年笑謝安逢場眞作一枰觀乘除誰識機心巧
蠻觸何知世界寬人喜爭先誇國手我思收著算全盤

疎簾清簟松陰裏擬學山樵冷眼看

宋竹泉松陰獨坐圖

白袷青鞵興味幽人間富貴看雲浮昨宵新雨山中過樹杪泉聲百道流

家世邢州澤最長慣將鐵石鍊心腸知君未愛梅花賦只聽松風一味涼

雲深塵斷可忘機琪草瓊葩掩竹扉何處香風來碧澗山童和露採芝歸

陳研齋觀察將往兩廣制府相國福公軍營同年張東畬畫扇題詩贈行卽席次韻

促席傳杯卷白波憑將畫筆譜驪歌天南到日仁風遠
相國安邊正止戈

爲袁月渚題松陰圖

白雲深處古松陰謖謖濤聲淨客心冥坐何人能見獨
祇應齧缺是知音
我逮懸車有廿年每思筋力要歸田泉清松茂宅能卜
與爾閉門讀洞元

盛竹軒多子圖

政成投紱萬緣除筋力風懷只自如鍾乳三千心似火
倣他佞佛白尚書

落盡繁英見一枝，矜紅掩素故遲遲。芳心莫恨風光晚，正是千房著子時。

為郭匏雅題王蓬心探春送別合幀王時為湖南永州守

人生著腳成陳迹，聚散榮枯不可期。留得雪鴻泥上爪，畫中山色卷中詩。

結習難銷翰墨緣，香殘酒冷思依然。尋芳惜別情懷在，彈指流光二十年。

宮亭湖畔露荷香，鷺特軒匏雅書齋名中竹雨涼。却對畫圖懷舊侶，知君清夢過三湘。

三松堂集卷六

始庚戌春
至庚戌冬

吳縣潘奕雋榕皋

以詩代柬訂芝巖立崖謹庭雲浦入山探梅

上元節後落燈時一事林間最繫思故里親朋今漸少老年兄弟要相隨巡檐花信更番遞透鼻香風次第吹肯讓鄰家聯雅集閉門只作憶梅詩

閏香洲東畬已入山

登舟喜賦

放晴天與討春時一笑登舟慰夢思襆被最宜連夜發輕裝只用兩童隨試看宿霧山腰盡不礙寒風客面吹屏却笙歌拈禿管花神新歲要新詩

俞山人守拙善長導遊潭東遂至石壁

山頭今是十分時有友山居正我思飽飯登輿新雨霽穿林側帽暖蜂隨眼明旭景微微覓心軟香風細細吹看盡潭東更逾嶺紀遊石壁可無詩與人以路遙致辭故云

坐香雪海有懷畏堂兼示雲浦

輕陰閣日養花時小坐花前有所思美景最歡兩老共勝遊未許一人隨山圍平野團晴色袖惹飛英墮晚吹緘札天涯宜次韻卷中要附子由詩

銅井道中有懷星橋少甫

舍人簪筆記同時水部風流我所思此日探梅成獨往

當年吟藥喜相隨丁未夏日余賦芍藥詩同省諸君皆有和作一枝遠道何由寄三弄高樓莫放吹短札言懷兼索句小齋題壁少新詩

范文正公伯夷頌卷

亮節西山孰比崇藍關雪擁仰孤忠平生憂樂關天下一種高風異代同

數行遺墨寫清襟薇蕨齋鹽共此心長脚何人工誤國漫從翰墨附知音卷有秦檜題詩曰韓范不可作此心誰與論檜未遇時人呼爲秦長脚

伊川佚老鬢如霜用東坡題郭熙畫詩句自注卷有潞公跋尾潞公字寬夫今按卷中朱印宛然可識沈歸愚宗伯題爲程伊川蓋鑒別偶疏耳附識正之杜富高名日月光千載

巖廊慶遭際幾人能不愧遺芳

芝巖疊韻見答并訂白雲之遊六疊前韻酬之

身閒肯更負花時況復家山費夢思余自甲辰入都不到西山已七載矣烏榜銜煙鷗侶遠芝巖與朱砥齋同遊籃輿度嶺雁行隨余與弟雲浦同遊三千首韻篇篇穩廿四番風續續吹準約春深還放艇天平同賦聽泉詩

金二雅同年探梅鄧尉歸舟過訪次壁間韻見投七疊前韻酬之

潞水揚船憶往時廿年南北苦縈思身如寄耳官何有君賦歸歟我亦隨嫩綠繁紅迎眼換墮茵飄溷任風吹

相逢共說清遊樂，攝取春光入小詩。

落花二首

等閒辭樹便成泥，彩筆何心賦舊題。眞負天公施雨露，任教風伯判東西。煙凝別院蜂聲杳，香漬平臺蝶夢迷。一樣飄零輸柳絮，化萍猶自匝清溪。

太息韶華逝水流，一年風信最牽愁。憑闌獨立惟聽雨，埽徑人來不上樓。剩有芳心塵未化，已空結習袂還留。司勳莫悵尋春晚，好傍濃陰放小舟。

三雅和詩索畫，余欲用畫博詩，因戲寫梅題寄，八疊前韻

探春前後不同時幽韻清吟撩我思隔竹試看斜影好
開縑疑有暗香隨便磨新水臨池寫不怕狂飈入夜吹
貌得一枝聊寄遠更從詩老賺新詩

虎邱後山玉蘭盛開同人遊賞賦詩四章

靈根手植溯寥寥東畬謂余樹係宋時高僧所種獨秀層阿閲幾朝春
暖香風柔卓午山空雲影蕩晴霄奇姿炫日天然麗老
榦橫煙分外嬌曲榭巡檐吟望久玉妃何意戀紛囂
歷盡繁華與寂寥遊人往往話南朝直憑佛力開香界
儼有神光護慶霄刼外仙心歸定靜花時春女鬭妖嬈
知君早識同塵意連蘂摩肩未厭囂

琪葩往代詠寥寥，勝蹟昇平豔市朝。最好雕欄看四面，怪疑晴雪擁三霄。淩霜溜雨經年思，浴日搖風作意嬌。不少閒人來寄賞，皎如何處著塵囂。

歌吹聲中寄泬寥，境幽偏引萬人朝。常低淨眼看凡客，自展丹心向碧霄。洗盡鉛華原富貴，儘教紅紫逞夭嬌。山僧未肯輕開鑰，似識眞僊欲避囂。山僧常以花時扃戶索看花錢

躬厚堂後玉蘭爲先大父閒齋公手植，久困湫穢，今年僅開數花，地處喧雜，難於護持，余亦將遷居，與花相聚不久，詩以寄惜，再用前韻

勝事蕭齋近寂寥，向年花開大父觴客於堂瓊枝還向曲闌朝。何人

封殖思先澤有客低徊望遠霄而樹繞來甯免戀一花著處儘含嬌知君頗亦懷吟侶無計相攜避俗囂

遊畫禪寺贈昆峯上人

何事天台坐浮杯到畫禪（自天台歸吳）身心無住著香火有因緣林古誰爲主（寺後師子林劉爲民居屢易主今給諫黃雲居昆仲居之雲居與弟小華觀察亦相繼謝世昆峯言林係倪高士爲寺僧某師所作今不能復故詩及之）松高不計年願持堅定意長此奉金仙

樂園修禊同張芝原彭尺木張東畬郭匏雅陸謹庭錢梅溪

浮生住世間所遇無不可譬諸旅寓客百事豈由我慮

澹物自捐甯復知瑣瑣良辰邀古歡幽討期竟果一鳥鳴林端兩蝶集花朶未能與道融差喜與俗左今日惠風和相過談在昔神仙與賢達翰墨留遺跡是人今已亡存者亦糟粕糟粕不可磨偪視精奕奕想當揮毫時意豈計工拙掩卷吾忘言白雲蕩空碧是日獲觀白紫清眞人朱文公蔡忠惠王荆公董文敏諸墨跡

修禊古遺俗用以祓不祥不祥孰爲大先當祓其腸俗腸既已除可以進一觴同心六七人落落狷與狂清談間新詠恍聽笙簫簧何當脫餘累汗漫從雲將

彼亦一是非此亦一是非千載更相詆是非究安歸達

人悟其旨四問四不知死生既可一得喪何所期却笑誓墓者彭殤猶未齊惟應漆園叟可與和天倪

題畫梅

欺雪非矜艷橫煙最耐寒江南春萬樹未許熱人看

和東畬修禊韻

曲水傳杯繼舊遊今人直與古人儔名園密邇容頻過勝侶招邀不待求翰墨有緣宜靜對詩篇寄興悍冥搜不知同省聯吟友此日襟懷似我不是日接到邱醒蘭給諫李滄雲御史手書

丈室

丈室蕭然耳目清掩關深喜謝時名讀書未肯輸前輩
縻爵眞宜讓後生字食仙規原不死信沉雲雁向無情
睡魔乍退心兵靜坐看鑪煙一縷縈

蔣香洲明府晩香圖

不怕西風不厭遲冷香可許暖蜂知先生獨笑秋光裏
杏艷桃夭又一時

別開三徑趁閒身照眼繁英正斬新好與桂蘭添氣韻
底須旄鉞助精神劉賓客和令狐相公菊花詩繁華照旄鉞

籬下商飇透袷寒霜枝艷艷露漙漙掇來細泛延齡酒
試比春花更耐看

金沙庵 余築生壙去庵半里

生壙西行憩小村過村山寺竹藏門藥鑪經卷憐僧病嵐翠湖光樂我魂 詩聊樂我員韓詩作聊樂我魂 新院石壇松漸長舊題塵壁字全昏七年回首春明夢夢覺而今未可論

石湖訪范文穆公草堂故址

古寺新題認草堂草堂何處白雲涼空餘嫩綠抽楊柳無復嫣紅放海棠 公有寄題石湖海棠詩 倦客逢山猶檥榜老僧守閣慣焚香范村此去無多地雲樹煙波共渺茫 去石湖里許有范村相傳因公别墅得名

謁范文正公祠

慶歷聖德追黃軒一夔一卨扶乾坤先憂後樂公願存距脫奸黨羣竄奔浮雲驟翳旭日暾惜哉萋斐嘖有言遭時遇主仍邅屯孤臣何處酬君恩春風故里花草繁千秋奉祠雲仍孫我來書院由禮門義路禮門祠旁額也巡廊肅拜不敢喧愧乏牲醴羞蘋蘩荒唐古木蟠靈根五株一本弟與昆之而孥攫雷霆痕出門日落衢路昏風生煙樹鴉飛翻

留蜂

羅雀閒門靜比禪暖蜂來與助晅妍聲穿嫩綠暄春午陣入落紅團霽煙問舍嗤余無半畝安房爲爾定三遷

老夫不惜軒前地，愛聽排衙省畫眠。

蔣氏有僕薛某嗜好與他僕異年七十餘解吟詩好書畫自號商山子繪獨立小像簡齋令尹立崖刺史皆有題詠席間乞詩爲賦四韻

我愛商山子，長鬚意灑然。埽空凡見解，誦得好詩篇（謂簡齋所贈詩背誦不遺一字）。此日知無偶，他時或可傳。惟應蕭茂挺，翰墨有前緣。

立夏前二日香洲立崖招飲復園

賞春排日趁閒身，春去垂垂倍惜春。開徑恰逢頤老會，飛箋更召不羈人。風迴紫絡藤花放，煙染紅欄柳色勻。

選勝追歡渾未厭再遊吾擬撰良辰

亭臺疏密位天然觴詠何妨屏管絃共笑浮生忙傀儡

最難清福有林泉就筵慶禮榮多馬是日投壺香洲最勝擊鉢吟

章報警聯雅集正宜煩妙手明朝圖記一城傳

題畫梅爲郭匏雅

汨汨紅塵感歲華閒身肯更負梅花問君香雪幽人館

何似西湖處士家

費家河頭雪霽時河豚橋外香風吹春光報答將何物

一樹花酬一首詩

湖光山色滿簾鉤人與梅花共一樓丙舍墓田餘地在

結隣也擬築菟裘

唐秋濤騎驢雪棧圖

蜀山如畫畫如詩詩客騎驢寒不知花氣一隄人兩槳笑他柔脆是吳兒

高寒人與境雙清絶磴淩空逸氣橫忽憶簪毫隨豹尾萬山風雪度長城長城嶺爲自京往五臺山最險處余丙午三月扈蹕大雪中過此絶磴盤空下臨無地與圖中景絶相似

芝巖見寄白雲泉詩依韻奉酬

暫辭清禁叩禪關精舍依然杳靄閒想得吟成茶正熟半窗晴翠落孱顔

出處頻年費忖量最難同志有求羊雲泉自是君家味不到山中不許嘗白雲精舍爲芝巖祖塋賜山疊韻傳箋又半年華顛並退豈非天秋山説比春山好待與幽人結靜緣芝巖以余訂同遊未果爲悵故再期之

老矣

百不如人壯自知祇今老矣更何爲狡輸兎不營三窟拙比鳩難得一枝時謀遷居未定苒苒年華餘短鬢悠悠塵事付深卮虛堂獨坐拈枯管醉墨淋漓半似癡

嚴豹人六經注我圖

五館潮溝彼一時微言服鄭少人知孝源家世傳經術

肯使元珠赤水遺

試披新卷誦遺文絶學誰能爾許勤悟得六經都注我玉杯金鎖總紛紜君新著春秋古注輯存搜羅甚富

蔣香洲藤谿小築圖

幽人脫綬就雲山卜築生壙開松關已空夢幻泡影旨宜置札牌嬰僑間花氣三春浮杳靄煙波一徑曲圖環佳時引客應酬我放艇相期數往還

河東君像

埽除塵夢賦高唐巢幕君臣半色荒羸得藝林傳艷事新詩百韻墨花香

堂開半野坐飛觥半壁江山鼙鼓驚却笑高人顧云美
爲傳遺事署門生
二臣史筆論難磨芝麓同時倡和多一樣依人能不朽
較量福命遜横波
早拌共命絳雲樓一翦金刀第二籌畢竟身爲知己死
媿他妄想卜金甌

觀海圖爲澹庵族叔題

瀛杯嶽豆想心胷百尺樓環萬樹松試問浮天無岸水
何如插漢出雲峰叔家于歙去黄山最近故云
方丈蓬壺望裏遥元虚賦手亦寥寥琴心三疊移情處

知有成連水上招

袁廣文穀芳雪灘鴻影圖

宣城詩老鬢如霜不見銜鱣集講堂寂寞江天葭菼裏
鴻聲嘹唳雪灘涼

三高祠下水雲孤寥廓雲鴻不可呼苜蓿一盤官耐冷
況兼鄉味有蒓鱸

鴻飛無影爪留泥俯仰人間跡總迷他日思君夢何處
垂虹亭北太湖西

喜晤宋奕巖觀察

蒲魚梧鳳判飛沉聚散頻年感不禁海國眼穿無雁字

掖垣指屈幾朋簪怕談往事牽殘夢但看新詩識此心且撥閒愁期作達中年光景正駸駸

題何夢華林外得碑圖夢華錢塘人名元錫於孔林牆外尋得漢永壽元年孔君碣黄小松司馬爲作圖

黄九得碑圖十二小松昔年過蘇攜示得碑十二圖屬題夢華亦寫得碑圖千秋愛古獲同調嗜好眞與時人殊永壽涒灘紀二年鴟觚雷洗企前賢何當乞我元年本更結蕭齋翰墨緣余未獲元年碣故云

撫琴圖

擊汰何緣見子春青銅碧海淨無塵昭文悟得成虧旨

袖手知音正有人

同年夏水部璇源過訪賦贈時夏歸營葬

風清絶塞兩郎官粉署重瞻振羽翰（君與溉餘郎中同出塞今同起復還）朝有客歸田能寂寞幾人得路最平安身閒只媿君恩負宦退方知家食難馬鬣明年成若斧扶搖佇爾一朝摶

五月菊和韻

冷香暑月故相親角黍籬間倘比隣（王梅溪謂十香開以菊爲冷香）徑最嫌逢熱客泛蒲恰喜對高人疏迎梅雨枝偏瘦淡浥薰風色轉新採借重陽作重午落英先擬薦靈均

東畬同年爲余畫水雲圖并系以詩次韻奉酬

行到水窮坐看雲我昔心契摩詰言雲中鸞鶴不可紲水邊鷗鷺難爲羣誰向洄溪招退叟更鑿盆石當雷尊蒼狗白衣看變幻衝煙掬月弄潺湲雲英化水水興雲幽人獨往心常欣滌煩澡性可王神寄聲知音惟有君新秋雨霽齊女門草堂三間傍漁村拏舟訪君畫裏去一聲欸乃天無痕

匏雅餉沉香賦謝

金徽犀柄兩翛然鏽佛龕中看篆煙只擬聽松焚鵲尾敢希伴月爇龍涎君文享是眞無忝我病薰之冀少痊

約束樵青頻貯火，垂簾細誦紫霞篇。

同袁月渚鍊師招范芝巖編修遊上眞觀過甯邦寺

相邀靜侶徜雲煙，爲望籃輿佇嶺前。絶頂秋清瓊玉宇，半空香藹蔚藍天。到來福地無凡想，脱盡塵根即散仙。欲訪琴聽更逾塢，共題石壁豈非緣。

同袁月渚過芝巖山莊

一鳥秋空破曉煙，里名梨帶指山前。共爲浮世偷閒客，重款幽居小洞天。瀟灑衣冠塵外侶，風流王謝古時仙。相逢莫惜匆匆別，更結春來翰墨緣。訂明春採梅爲十日留，故云。

省齋錬師留余信宿山房賦此留別兼柬秋林山人月池兄

公遠鍾吾傑蕭然出世姿有樓堪讀書無弟不能詩幽討懷微尙尋眞愜素期重來約琴友消息問南枝秋林月池會約同遊未果故重訂之

竹泉錬師採芝圖

空山息萬慮坐看白雲生壇樹忽移影澗泉長有聲高情憐獨鶴幽想厭華纓尙憶甯邦隝相期采藥行

舟泊維亭口占

十年陳迹客重經雙鬢嘶非舊日靑柔艣一枝書一卷

冷風斜雨泊維亭余己亥掌教玉峯頻往返於此辛丑以後遂不復至

流慶堂示顧氏表甥國楷

尙憶懸弧日飛騰十一年納楹書肯讀操几禮無愆似舅慚吾老揚親賴汝賢丹山程不遠刷羽上雲煙

重陽後一日舟泊玉峯山下拉撝齋比部補登高用少陵藍田莊韻

秋高雲盡覺天寬勝侶招邀一笑歡借問青山狂落帽何如華髮慶彈冠杯餘竹葉身還健席綴茱萸候未寒蕙帶金章俱是夢與君淨眼試同看

徐孝廉嵩芙蓉湖上讀書圖

一水一石堪優游人生誤計辭林邱春蠶作繭魚中鉤
窮達有命豈汝由窗間聞聲嗅歸休毛錐山崖默自籌
歸來鬢鬢霜雪稠草堂欲築工難鳩杜門面壁同拘囚
有書不讀眞可羞羨君別館林木幽插架好書逾鄴侯
門前湖水如潑油漁莊耕舍對荻洲春朝夏夕可寫憂
知君有願亦未酬方將執筆翔 螭頭鄉園縱好甯淹
留期君宦成退急流扁舟湖上來相求

袁謝湖罍梅卷爲袁綬階題

討春歲歲過潭東最愛寒香最怕風羨煞謝湖才調美
一枝禿管奪天工

高枝橫放亞枝斜看是香雲不是花籬落水邊春自滿
有誰作此淡生涯

合浦珠還賴後賢藝林珍重比逃禪墨光騰耀花光動
歇絶風流二百年

開縑字字帶餘馨想見揮毫筆不停手澤有人能濟美
新詞重和柳梢青

巽堂弟書至得大姪女凶問詩以哭之末章唁
弟勉以觀空并慰姪女冀其往生無累焉

聽雁常嗟契闊多掌珠忽墮慟如何關心薄宦同羈旅
屈指前塵付刹那巫覡誑人圖醉酒扁倉司命毒操戈

可憐風雨金臺夜對泣椿萱鬢欲皤
無女親吾不巽女非男慰父實如男儉勤羅綺情偏淡
聰慧琴書味頗諳送別最憐神惘惘退朝猶記話諵諵
余京師寓齋與弟對巷數日間內子輒遣車迎姪女至寓戊申十月余告歸姪女送我于屏從今絲
竹負當廢哀樂中年百不堪
金鑾往事愴悲懷余女七歲而殤如汝成人更可哀南國詠桃
虛迨吉姪女定於明秋于歸武陵謝庭吟絮復誰才他年密驛期歸
葬隔世非能冀再來顧況子再生為顧非熊最是返魂猶戀母如
煙人抱痛心摧
痛定還將物理推歸花別葉總同萎百餘歲後終無我

二十年前問是誰莫更思鄉嗟道遠免教入夢使親悲往生非妄須堅定一念彌陀好自持

嚴雨峰白雲出岫圖

人生趣舍欣于遇笑指閒雲愜素襟含雨不妨來戀岫出山還喜去爲霖氣通川澤蒸遙浦潤及焦枯蔭密林識得流行無滯意友風舒卷更何心

題徐意田詩後

耆舊嗟淪逝山中詩失傳今君栖木瀆有句敵青蓮起閣延雲岫開軒面稻田何當攜篛笠來泊泛湖船時將作包山之游

袁氏六俊三英圖

東吳盛英賢汝南推望族迢迢溯漢唐歷歷緬遐躅逮明嘉隆間一門蘭芷馥六俊振芳徽三英踵相續如金美爲璗比玉雙成珏出處轍不齊潔身同一輻抱道遺紫朱娛情寄松菊豈無濟物心善刀恥自鬻亦或貝錦傷蔌蔌陋方穀達人葆天眞考槃矢弗告有得神乃恬無營樂自足展卷企高風予懷澹修竹

三松堂集卷七

始庚戌冬至辛亥春

吳縣潘奕雋榕皋

東畬同年築樓于堂之東偏顏之曰話雨繪圖作詩屬余繼聲因次原韻

匡居謝塵累愛誦淵明詩卜宅企南村素心勞我思褊性寡所諧落落新知稀故人巴東歸北郭甘幽棲謬託膠漆契恒嗟晨夕違出門問所之舍君更向誰小樓近新築疎豁延斜暉可滌耳目煩可息筋力疲簷梧流月影窗竹搖風枝閒身便過訪中歲非衰遲落成待招余相對傾一卮毋爲感離索風雨吟淒其

王孟端墨竹 爲袁文理寫時袁之任湘潭

湖州文與道人梅墨戲誰能擅後來尺幅天球珍藝圃一枝可是報簫材

欲將别思寄瀟湘寫出蒼筤月影長千里一官輿誦沓清風寥落楚雲涼

屈子祠前落日遲輶軒曾譜竹枝詞愧無前輩風流筆貌取檀欒碧玉姿

夜雪和奕巖韻

夜籟初沉宿酒醒擁衾傾耳灑松聲和思郢曲慚新句遊憶梁園愴故情堆院無聞疑屋重曜窗如曉誤雞鳴

火城記否天街靜策試深深正五更

雪勢未已鍾吾道士餉酒獨酌獨吟復用前韻

紙窗僵臥夢微醒忽聽簷間折竹聲刻玉鏤瓊詞客想殺蟲滋麥老農情缸依寒牖熒無燄鶴戀危巢噤不鳴恰喜仙家餉仙釀拌浮深琖坐深更

題自寫梅蘭

律轉星回晝漏長暖風晴日滿書堂梅花索笑蘭心展併作階前百和香

偕張東畬登彌羅寶閣

傑閣聳晴煙憑闌意廓然春光開萬井人籟靜諸天閒

愜消搖慮勤思締搆年黃冠如許戴長願奉金仙

牧牛圖

慕貴希鳴騶求仙羨控鶴何如多牛翁無榮亦無辱奢或啖其心富或量以谷何如抱犢子無營亦無欲却笑南山歌扣角自局促況無乘田任奚事憂芻牧鐵牛鼻可穿白牛肥不瘯揮手謝嗇夫考槃矢弗告

石湖煙靄圖爲盛竹軒題

東風昨夜來吹散林間霧遥知行春橋縱目可散步何爲坐失時守案窮朝暮有客蕭齋過引我山行趣煙明新郭船雲羃郊臺樹嵐光似黛濃波影如練素頓使探

幽心飛過橫塘路掩卷理行勝榜人候官渡

憶梅

昨日花朝過今晨社雨來綠添三徑草香憶去年梅春老寒方勁年增興未衰山僧新有札初報二分開

匏雅招同香巖奕巖入山探梅余未及赴風雨連宵用去歲詩字韻却寄

山僧曾訂看花時花晚春深耐客思（去歲正月盡梅盛開今則已過社矣）屐齒穿雲情自遠渡頭載酒懶相隨旋聽冷雨初收點只恐東風却倒吹莫笑小齋幽興減嗅香重和去年詩

蘋洲訂探梅期視陰晴以定行止連日風雨不

已以詩奉柬

東風知客懶不放十分春側想銅阬路頻愆蠟屐辰宿煙沉曉岫積雨暗雲津寄語澂江守梅花欲避人

聽泉圖

早聲好鳥午聲蟬別有淸音石上泉不用樵青抱焦尾故知眞賞在無絃

樹影溪光繞石牀蒼雲忽墮袷衣涼春風記得天平坐日校塵中一倍長

雨霽偕雲浦二梧紅珊熙堂諸弟上冢

上冢乘新霽衝煙倚短篷驛亭搖柳綠村寺散桃紅入

世輩緣擾看山萬慮空扁舟諸弟共情話昔年同

雨止入山梅花正放疊用前韻

雨霽山行正及時花如相待慰相思天開石壁風光好入坐籃輿香氣隨自要一尊移席賞任教短笛倚樓吹小溪選勝先安硯知我微吟定有詩

舟泊河豚橋晨步花間及午遍遊潭東石壁諸勝歸坐司徒廟下遂至日夕得詩三首

磵上人家尚掩門惜花先起步山村雲屯嶺脚微香斂日上枝頭濃露繁過隝客稀泉自響度溪風細霧無痕相期飯罷支笻去僮約添教挈酒尊

最好籃輿緩緩行菖蒲潭去是銅阬日高天井蜂初暖風定石牀雲不生穿徑亞枝妨岸幘依岡雜坐醉飛觥斜陽肯放匆匆棹難得湖天正老晴（吳語謂堅晴爲老晴）

徙倚宮前更社前（司徒廟爲柏因社社前行宮爲聖駕南巡小憩之地）輕陰漠漠水濺濺漸欣衫影笳聲杳但見湖光雲氣連千樹繞來吟白雪一枝攀處散寒煙老僧莫怪成癡坐要看銀蟾浸玉田

田家詩

春風吹晴漲桃李盈前陂時雨貫溝塍負耒循東菑土膏既已動播種宜及時穮蓘苟不勤草蔓日以滋服田

望秋穫禾黍豈吾欺上以足官倉下以供吾私黽勉飭
子孫勿忘先世遺冶遊易墮業莫羨鄰家兒
世守有敝廬門臨大湖口種樹已成行養魚復盈畝湖
南菱可采湖北蓮可剖夏畦亦孔瘁所得貴非苟鄰翁
偶相過雜坐酌升斗高談說古今十或誤八九野人無
拘忌稱意斷可否日落水風生涼蟾挂榆柳
西風蕩林氣屋角實懸棗秋成萬寶登甯復憂旱澇杖
藜步東皋黃茂紛被道輸稅計有餘一飽可以保築場
走村翁喜氣溢鄰媪諺言即農書霜降一齊倒寒露無青稻霜
降一齊倒吳中諺也

農閒可墐戶就日依南榮禦寒雖無資深冬喜暖晴牀添新稻草囷積新香秔場蔬供旨蓄饔飧亦已盈少婦勤機杼札札燈前聲凍餒非所虞外此心何營官租況早納高枕心神甯濁醪聊引滿觴盡壺更傾頹然一榻上鼻息同雷鳴

香洲明府餉龍井茶女兒香受香返茶用黃山谷酬錢穆父贈扇及謝黃司業寄惠泉詩韻卽倣其體二首奉謝

金盂密緘桃花紙拜賜沈榆百朋似敢嫌脂粉襲深閨意可香初名宜愛以美人得名山谷嫌其名有脂粉氣易以意可消受祇應佛弟子閉

門謝客避春寒寒盡探春銅井山歸來埽地坐垂簾恍如重到梅花閒
談元仙吏倦揮塵課夜諸孫勤讀書正須急火煎蟹眼聽背六經纍貫珠龍泓雨過擷雲腴顧渚日鑄都不如灌頂明朝來共飲夢爲胡蝶遊西湖

張憶孃簪花圖爲繡谷主人題

霧鬢星眸耀錦茵生綃尺幅現全身花開繡谷春常好不見當時度曲人
好花香浥露華清簪向雲鬟倍有情吹氣與花渾不辨背人誰許喚卿卿

交翠堂前履跡存春風疑有美人魂我來香徑憑闌久
何處叢留一捻痕
巫峽雲飛夢不長虛傳好事有田郎百年墨客同憔悴
重與殷勤賦國香坐傳墨客殷勤句高子勉爲黄山谷詠荆州女子國香詩句也

睡起

閒身眞與枕相宜睡起疎簾日影遲葉密鵲鳩爭灌木
水深魴鯉樂清池虛名何物羣情騖造化無私一我衰
粘壁曳泥思爛熟故人文免北山移

春日偕郭匏雅學正陸謹庭孝廉宋香巖刺史
奕巖觀察遊師子林感懷黄斗槎小華兄弟

良朋寂寞名園在宦退同年偕客來白日昭昭春蕩蕩
繁花猶自向人開

俯仰前塵各惘然華顛耐久豈非天余與謹庭鈍雅交垂卅年奕巖廿年香巖八年矣輸他無鬪鬨男女𥈅婉嬉春正少年詩嬿婉說文作𥈅婉注𥈅目相戲也

三月十六日芝巖邀遊西山信宿白雲精舍得詩八首

雨中登舟

三月春之暮西津路不遙能忘隔歲約況有好詩邀煙柳搖新翠雲岑失遠椒平生幽興劇小雨肯停橈

支硎古刹

春纜沙頭繫箯輿刹外停支公餘古蹟放鶴但空亭山讓高僧占泉宜幽耳聽平橋堪小憩何礙雨微零

寒山别墅

綠雲樓上坐高下樹冥濛爲賦考槃什因懐肥遯風林巒千古擅翰墨一家工别蘚看題壁長天響遠鴻

千尺雪

修白界高青開來倚竹櫺未將琴與寫最喜雪堪聽濯許塵纓淨看教醉眼醒輸他谷汲者漱飲得延齡

法螺

曲徑術幽磵盤紆到法螺長廊飛瀑響小閣溼雲多客自攜杯勺吾方戀薜蘿何年脫俗網頤性結吟窩

呪鉢庵庵有繙經臺來燕榭寤言堂諸勝

溼翠園僧舍軒窗迴絕塵山如迎止客雨欲禁遊人隔院經聲靜依闌燕語新寤言還寤宿對榻是前因

宛轉橋

紅闌低綠水宛轉接雲房卓午春人集新晴寺衲忙日斜添樹影隄迴有衣香底事西湖憶家山興儘長芝巖訂游西湖未果故云

白雲泉

雲氣包林麓泉聲滴古今在山原不濁出岫亦無心自
給僧厨供因知禪味深石闌閒共啜聊欲滌煩襟

信宿天平山留贈芝巖休野當如諸子

冒雨春游竟得晴西山勝景在天平雲泉自愜來思願
士女猶深仰止情蘚徑磴長神道古松林亭敞
御書榮寵言堂後峰開霽閣上明朝坐聽鶯閣名
少參別業在山前遺搆依然傍墓田樹石至今珍子姓
林亭當日仰神仙勝游暇許聯吟侶餘慶芬留繼起賢
不是主人情爛漫松軒容易儘流連

范研泉山居小飲

水漲平橋竹徑新蕭疎中有出塵人因徵四十年前事不是三千界裏身小圃花開能飲客賜山路近好遊春買園眞擬捻書賣可許帷林來結鄰是日遊明瑟園園求售未有主帷林圃額竹垞先生書也

白雲精舍爲先君子春游憩息之所今老僧德賢亦已下世俯仰今昔感而成詠

虛堂列岫碧千層不見當時黄面僧徑石自延新蠟屐池魚應憶舊行縢濃花穉柳依茶竈溼雨流雲暗佛燈一榻兼山猶故處倦游聊欲曲吾肱

吳南畇新授歙令詩以賍賀

詩吟紅藥擅才名策射彤廷壓眾英君卷進呈殿試十載
小山輕獨坐一官南國貴專城班春深渡晴波暖接部
雄村愛日明撫字郎今期卓行視君從此建牙旌
月選單排吏等銜懶迴倦眼看麻茶故人忽喜飛雙舄
同輩猶思判五花半世功名吾鑄鐵廿年聚散子摶沙
匡時報國須方壯肯向滄波老釣車
天涯客鬢冷飄蕭引領聽頒訓俗條江上紅旗初颭彩
里中五袴早傳謠鳴琴好對仙人掌聯袂能忘金水橋
他日青鞵尋舊侶更燒官燭話深宵
約略前塵記不全江雲淮月薊門煙病軀那復思千里

游刃何妨試小鮮逝歲堂堂同一慨諸公袞袞讓三遷
誠知棲鳳條非易早晚高車賜潁川

白雲精舍贈松亭上人

松亭非俗士性靜愛雲泉散盡千金產來參一指禪飛
花浮鉢水細雨溼茶煙我亦離塵坱閒思結淨緣

東畬訂遊西湖余未及往東畬歸作畫題詩見
調次韻答之

西湖風景與年新湖上桃花苦憶人羨煞扁舟能獨往
墨池收得六橋春

布韈青鞵發興新白雲却笑遠遊人笑君一語君難解

是否蘇杭兩樣春

尺幅湖光照眼新稽留愧我倦游人明年待放臨平棹共賞蘇隄爛漫春

林遠峰招集繡谷餞春

今歲非閏歲頗怪春來遲來遲去何速欲去方依依遠峰澹蕩人摛藻與春馳折柬水芝邀選勝繡谷期謂此日可惜殷勤酬一卮拌傾酒入酒來聽詩翁詩詩翁果不拒瀟灑開軒墀同調四五人磊落皆奇姿委懷步林壑高唱騁珠璣興來忘主賓觴到甯復辭是日晚放晴和風吹袷衣堂前新綠藹堂後餘花飛蜂蝶戀故枝似

惜紅已稀好鳥亦迎人恰恰林間啼低徊物之情流轉天之機相期飲酩酊不覺春逶迤逶迤春已去屈指重來時明年春自好今日春難持春去不我别我餞春豈知我本非詩人逢春聊自嬉勸君且引滿亦莫耽苦思苦思琢肝腎催白鬢邊絲

立夏後一日山塘泛舟

樹𥊍生公石雲深萬歲樓花殘人漸少春去我來遊新月生前渚明妝隱暮舟桐橋歸路晚四月尚披裘

蔣謙齋餉山漆湘蓮

上藥稱延壽仙芝紀補中病思乞鹿脯珍喜致筠籠入
市求非易分甘匱許通拜嘗康子惠賦媿簡文工湖目
湘江上南丹百粵東圓勻擕貝闕糾結出夷峒採擷房
初綻含茹液漸融水應汲玉井方擬問龍宮益血陰能
助安神氣自充參名黨有忝建產未堪同配佐扶兒弱
留賓御婦窮辨形殊芨白論品壓菱紅定去心中苦兼
收意外功貴知金不換本認蕃成叢本草山漆一名金不換說文蕃芙蕖
本似漆徵投契相憐荷始終貽瓊慚報缺濡翰著銘衷

唐李巨山詠物甚富皆典麗工整爲後世楷則

雨窗無事因倣其體得十二首

風

飄忽上簷楹靑蘋涼意生爽開依幙靄暖送賣花聲破浪雄非昔淩虛馭欲行襟披沖可挹那有不平鳴

花

一樹明晴旭千株拂曙霞防他春夜雨看到野人家鎖院香生筆宮垣色映麻風前慚鬢改依舊帽簷斜

雪

素影侵書幌寒輝上月臺鉤簾宜獨賞埽徑有誰來潔助孤山鶴香生鄧尉梅晨朝晴放棹粉本畫圖開

月

良夜思悠悠金波入畫樓從來閒客少未許片雲留春院花明席秋江露滿洲賦成搔白首不獨念應劉

水

浩浩源頭活溶溶縠影長花溪烘日暖柳岸助風涼舟楫材非任江湖與未忘孤蓬葭菼裏高枕聽鳴榔

香

小閣淸無客鑪香細細添瓶花纔墮凡梅雨正飄檐篝潤衣偏惹心閒夢亦甜蒲團舒淨眼縈裊半依簾

燈

鬓白成今我燈靑似往年冷依殘夢影暗觸舊塵緣雨

滴初寒夜蟲吟欲曙天遙憐待漏者正憶對牀眠

酒

掩卷嫌孤寂迎涼進一巵風情檀板在心事菊花知兀兀遺諸相騰騰暖四肢勞生愁萬緒除酒更無醫

書

蔡邕今不作筆法更誰師篆隸如規矩眞行別正奇蕭齋營十笏兔管禿千枝莫費臨池力家雞厭小兒

畫

棐几墨香橫溪藤照眼明直須師造化可以送浮生好鳥知人意青山不世情憑軒槃礴贏畫史或傳名

琴

獨坐理瑤琴枯桐古意深清風來北戸涼月吐遥岑漁唱閒中適山居靜裏吟子春嗟已遠海上想遺音

棊

一院梧陰碧簾疏隔市塵聊停戸外屨來訪橘中人得失神無累乘除局轉新宣城憑賭取柯爛有閒身

歸田以來京華舊侶音問稀疏張桐谷兄榮擢比部闕于馳賀夏窗閒坐感念舊遊因成長句聊寄鄙懷不自知其詞之拙也

上夜同聽玉漏長分司獨坐白雲涼故人從此官應貴

倦客而今鬢已蒼午枕默慚逃暑適晚衙遙憶慮囚忙

天邊鴻影江邊鯉盼望秋來字數行

雨窗即事

一雨又連朝吟情愛寂寥閒花飄躑躅急響聽芭蕉珠柱絃方潤香篝火未銷高車同省客此刻正鳴鑣

去年張瘦銅卒于燕今春孔谷園逝于魯孔有玉虹樓墨刻張有竹葉庵詩集閒窗檢閱慨焉成詠

去夏瘦銅京邸逝今春曲阜谷園亡玉虹樓下新音渺孔好音樂玉虹樓帖甚傳于時四雨莊頭宿草荒四雨莊爲張氏舊居張著竹葉庵詩集詩

中官念及之虛有聲名傳翰墨枉勞精力撰篇章此身長短
均如夢夢裏何堪著意忙

題自然僧像

菩提明鏡原無有枯木寒崖悟未能識得自然眞自在
在家僧勝出家僧

夢遊郊外至一園亭修篁古松軒几幽靚得詩
一首醒後憶之僅遺數字因足成録而識之

別業臨青何修篁夾綠渠春生雨霽後客止燕來初計
晼滋香草論車收祕書元亭甘寂寂題柱陋相如

雨窗偶書

春半寒猶劇年衰鬢已蒼閉門人事簡高枕雨聲長徑竹穿泥茁瓶花墮几香客心齊得喪不用問行藏

宿白雲精舍

春遊每獨往雲臥喜尋僧不見壽長老空懷范致能懸泉流古穴絕壁掛新藤羣動此俱息一龕熒佛燈白樂天有詩云天平山上白雲泉雲自無心水自閒世皆以爲此泉即香山所詠而范文穆公詩集有題天平壽老方丈詩云二十三年再入山此山於我有前緣時人不用憐衰病天與丹房一線泉自註云壽老近于半山石壁之中得泉眼如筯清泉如一線涓涓而出大旱不減欲爲余作小庵于泉傍以鍊丹據此則此泉當是壽老始得抑或唐後湮沒至壽老而復顯耶然此泉之曾爲文穆所有此地之爲壽老卓錫舊處則無疑矣

王鶴書遺照

雲鶴依長松不受塵網械幽人栖邱樊坐覺庭宇隘尺幅寫曠懷聊用寄一快古來賢達士不遇老巖呰至今生水灣誰弔方三拜藻質既杳冥濤聲尚澎湃我懷松筠堂攬卷發長喟

朱敬亭乘槎圖

方丈蓬壺路渺漫人間鳥道劇千盤知君自有淩虛想欲采珊瑚作釣竿

飄然一葉入空明指點虛無是去程攜得支機宜自葆不須市上訪君平

石湖春遊詞

雙橋櫂轉是橫塘一塔船頭指上方蕭寺搖風楊柳綠
接天夾岸菜花黃
昏月橋邊水拍天范公祠畔柳含煙朝來一陣開門雨（吳語以晨雨爲開門雨無妨晴也）
洗得嵐光分外妍
春遊最好是春陰金粟山門薝蔔林曲磴弓蹊渾不怯
上樓虔禮石觀音
漁唱悠然出遠汀酒香花氣上湖亭何當小築來新郭
日日煙波醉醁醽（近湖一帶居民以釀酒爲業）
海潮庵外綠波平畫舫眞如鏡裏行幾日春寒愁夜雨
今朝恰喜是新晴

紅蓼村（俗名烏喔村）頭旭日升，桃花一簇暖雲蒸。沿溪待放漁郎棹，應有仙源似武陵。

茶嶼風清野草香，登臨懷古意茫茫。危峰突兀麒麟倒，誰向荒阡弔侍郎。（陳黃門侍郎顧野王墓在山南，墓有大石，云落星所化。）

擬把西湖比石湖，水窗點筆倩倪迂。倣他湖上丹青手，那有風帆入畫圖。

連朝聽喚鵓鴣聲，湖上春畦綠未耕。料得今宵還有雨，郊臺一縷白雲生。

行春橋影臥晴虹，山似蓬壺浸碧空。待到月明移短艇，恍疑身入水晶宮。

春寒閉戸卽事書懷

春寒經月掩柴荆目絮蒙頭聽雨聲行筆調心疑有癖詠詩寫意不求名傍身只要烏皮几適口惟須骨董羹擬約鄰翁來小飲地鑪圍火話無生

閱性命圭旨書後

著有都成妄相觀空誰是眞吾莫言烏兎龍虎最忌騎驢覓驢

念動漂流鬼國心空却走魔軍但得牟尼常朗不勞篤耨頻薰

身外有何金鼎腹中好治玉田仙人密諦一語收斂神

光默然
梵夾云空卽色道書言老復丁不作人間傀儡肯圖身後碑銘

過永定寺用壁間贈展靜長老舊作韻

海印堂前一盞茶卅年前此諷毗耶老僧去後餘詩在病客重來坐日斜尙記古香吟綠蕚虛教妙墨憶蓮華禪門興替猶如此何與遊人一歎嗟寺中方丈綠蕚梅古榦盤挐花開極盛今已摧折舊藏松雪翁妙法蓮華經墨蹟全部今亦無存矣

題周靜香畫冊

紅塵滚滚歎勞生坐對溪山寫性情滿隖白雲滿湖水

此間風月有誰爭
地僻幽栖徑掩苔柴門經月不曾開河頭忽聽竹篙響
小艇何人送酒來
擬泛煙波覓釣徒溪藤先寫水村圖來朝便約元眞子
篛笠蓑衣入太湖
黑雲垂幙竹鳴廊一雨虛堂十日涼潑墨淋漓揮散卓
錯疑人是米襄陽
一嶝荒寒仿范寬重岡飛棧入雲盤窗間倦客頭全白
猶記籠鞭立馬看
拈得筇枝探早梅意行隨處儘徘徊酸香觸鼻花無影

詩思忽從林罅來

園林春到雪全消已有晅風入柳條寄語山翁先瀹茗
便攜藤杖過溪橋

芒屩一徑白雲深何處胎仙下碧岑不是孤山林處士
肯將幽響和清吟

萬壑千巖一卷收向禽有願幾時酬祇應聘取荊關手
四壁圖來當臥遊自題行山水眞可樂未得長蹻攀之句故云

四山風緊不飛鴉雪霽春寒一倍加凍合玉樓高閣裏
有人拈韻賦尖叉

共說頻年慶屢豐東臯極目水雲空誰將樂歲終身苦

縮入豳風圖畫中靜香自題句云有田必種禾禾熟農應息誰知禾熟時農家反無食

清閟清風不可攀高松修竹亦彫殘聞來貌得蕭疏景寄與枯僧娛歲寒

茅齋清絕對漁磯罷釣歸來不掩扉過客莫談城市事道人心已久忘機

是香池上草萋萋留得雲煙待我題歎息風流前輩遠空餘翰墨說花谿是香池三字額爲俞君宜書今額猶存池上而屋已爲他姓所居矣末幅自寫池上景也

三松堂集卷八　始辛亥春至壬子夏

吳縣潘奕雋榕臯

雨窗對酒二首寄東畬

城東一迂士，未老歸田園。歸來何所事，萬事耳不聞。惟餘事二者，自謂差關身。有山過輒遊，有酒過輒醺。遊以暢吾懷，醺以返吾眞。一辭度支印，三見金閶春。偶從芝巖遊，五宿上白雲。時與二雅飲，樂圃逮日曛。沈沈絃管夕，澹澹風花晨。恒期今已往，遊飲無隔旬。自從首夏來，苦雨掩重門。對酒忽停觴，因憶平生人。逝者不可作，生者今幾存。遠者不可招，近者胡弗親。水芝館有梧，梧下

賓榻陳話雨樓有竹竹外煙景新我懶既不往子來復逡巡迢遞限重闉望望勞心神城濠張正高村店醅亦醇安得此雨中相對傾一尊

昔君遊京師我亦官於閣茶山尚書第過從事如昨後君宦之蜀我有送行作謂言耐久朋莫負青山約秋風白帝雲春雨豐臺蕚蹉跎二十年歲月眞電爍相逢各華顚勇退同解縛南陔君潔膳東郭我行藥如騁脫韁馬似放沖霄鶴私心竊自幸幸踐平生諾登山或扶攜逢酒互獻酢玉蘭引畫船香雪移芒屩虎邱千頭雲玉蘭花最盛香雪海鄧尉山中梅花最盛處也已拋身外事不許心頭灼但願掌中杯

共坐花間嚼俗士笑支離高情甘濩落寸進嗤苟營尋直各無怍杜康古達人爲餉閒中樂老思萬事慵悟覺羣妄廓晨雞不我欺風雨依簾幙膠膠復瀟瀟且盡杯中酌

邱醒蘭給諫營葬歸里枉過小齋

握手升沉共白鬚新詩吟罷一嗟吁可堪暮齒長年別太息勞生百事迂金液玉爐君自保君善養生導引術去年遘疾不藥而愈寸田尺宅我全蕪相逢已負探梅約且鱠秋風雪色鱸

東華委佩記隨肩況復情親廿九年燕市晨星瞻落落

丹山雛鳳羡翩翩豪簪柏府霜凝簡表立瀧岡樹鬱阡只恐鳴騶催上道江鄉可許儘留連

題喬墨莊竹刻印譜兼以寄懷

篆法誰矜獨江東得墨莊費甯煩紙筆值欲抵琳琅詩畫兼餘事斯冰並擅場承家有驥子學亦究三倉作者三吳重文彭與顧苓斯文非小道老腕自通靈屈曲蟠龍勢紛披倒薤形蕭齋梅雨裏遥想一燈青

李滄雲給諫過訪山齋用贈醒蘭同年詩韻奉柬

官高猶未白髭鬚把袂相看祇自吁别久但嗟雲路遠

歸遲頗訝水程迂君言故里新知少我愧間身舊學蕪暑雨澌闌秋正好鄉心能不戀蓴鱸

暫辭清禁息吟肩僂指樞廷二十年桃蔭門前方藹藹鳳毛階下早翩翩歸帆自訂黃門集（君與醒蘭聯檣南下唱和甚夥）封鬣咸瞻京兆阡（君歸營葬）莫笑故人耽寂寞刺船正擬訪成連

松下清齋圖爲陸孝廉謹庭

松下清齋松偃牆齋清風靜墨花香何人放筆揮東絹有客科頭坐石牀露滴衣巾寒月朗濤翻几簟夏雲涼采蘭歸去濃陰滿試聽高枝鶴韻長

滄雲見酬鄙作兼示相憶昔詠感歎不足次和原韻二首

聽漏同趨直，聯茵憶坐曹。交親同臭味，筆健有風濤。遠札長江鯉，新篇金錯刀。清思兼古誼，落落與雲高。

脫綬頗懷侶，吟詩荷念曹。巢痕依海燕，夜夢隔江濤。寂寞萋憑几，躊躇丁善刀。惟君知拙懶，不是慕名高。

贈秀水譚芳谷

著作人何處（著作堂爲祭酒貞默公舊第），諸孫文采存。司成緬遺澤，甪里重清門。舊夢縈煙雨（煙雨樓余不到廿餘年矣），新篇佩芷蓀（芳谷示新詩詣日益進）。青氈餘味在，暇擬一尊論。

閒與

名念靜投絨機心謝息輟學書專取擔索句怕妨閒琴
裏泉流石屏間雨過山守中新得訣經月不開關

白蓮

直榦亭亭出水深生來泥滓不能侵難將本色娛時眼
自有微香契佛心紫府眞人雲作佩花宮仙子玉爲簪
從渠賞徧紅衣好未滌塵襟未許吟

吳古堂孝廉柳外曉風圖

一天涼露柳風微柳外人家霧掩扉莫道途中好景少
前村桃李正芳菲時需次教諭里居

長隄策蹇聳吟肩半落星河欲曙天待寫新詞塡舊譜
紅牙不唱柳屯田

袁簡齋生輓詩

塵世多新鬼天星望老人德機知久杜方術那能神自
說無生話長留不壞身海山花院鎖白傅未歸眞
聞說陶宏景⿰阝童神近漸方仙班虛碧落天意護靈光應
待玉棺下還嫌上界忙輓詞同祝嘏用以侑霞觴

消暑八詠和袁簡齋

辭客

閒門無剝啄息影謝塵緣梧院暑方午竹窗涼自眠屏

看山過雨琴聽石流泉此味何人領難邀世外仙

補竹

疏影覆方池移來竹數枝淸風環枕簟緣意上鬚眉鳥語客初去日斜人未知碧鮮良可賦吟嘯坐忘疲

曝書

三伏乘朝爽閒庭散舊編如遊千載上與結半生緣讀喜年非耄題驚歲又遷呼兒勤檢點家世只靑氊

把釣

臨淵非有羨把釣亦何求形影憐雙鬢兒童笑直鉤鷺洲新月上荷港好風留一壑吾將老魚經細校讐

滌硯

拂拭晨窗硯提攜更濯波誰能如汝壽未免受人磨舊冢堆千管新泉試一螺書成聊自賞不擬換羣鵝

待月

玉宇清宵迥涼蟾出海遲停琴聊命酒滅燭且敲詩浩浩銀河瀉離離珠斗移如盤看漸湧未肯下軒墀

避蚊

白鳥方爲患紗幮未許開似遊極樂國儼築避風臺跡陋潛如鬼聲憎聚若雷蕭閒頗有地笑爾不能來

采蓮

采采下蓮塘隨園野典長遙憐疎鬢影分得裏湖涼露
滴襟還逕船迴水亦香涉江誰可贈吾欲集爲裳

甫里祠作

登山動古懷前輩不可作散人寄江湖跡或似脫略當
其應舉時意豈在林壑及乎饒州歸決念謝朝爵薄田
躬畚鍤歲潦苦無穫惟與鹿門子吟唱娛寂寞李蔚彼
何人欲以微官縛至今臨頓里清風緬如昨勝地跡已
迷壞砌無翹鶴徒然誦佳句惝怳眺城郭後裔念舊德
相地名山度山前七里塘塘外新祠拓廊廡旣結構池
館亦疏鑿我來拜祠下塵慮一以廓愧乏杞菊羞敢奠

行潦酌斜日下祠門涼風墮蓮萼

袁月渚招飲柏庭方丈和喬墨莊韻

地是城心境轉幽吳語謂城中央爲城心庭空柏翠與雲流閒房喜下詩人榻喬時新寓柏庭小户難分酒客籌月好上輸昨夜早桂香濃似去年秋相期更躡鍾吾屐紅葉林間坐獻酬

送李滄雲給諫還朝用東坡送劉景文韻兼柬山東沈青齋觀察

風情霜鶚雲中呼綿蠻一鳥吟邱隅秋林送别不忍别欲訂後會期猶無君行服除入青瑣珥筆接武文寬夫

謝雲巖相公　我署頭銜號散人但願身健把犁扶春庚秋蟀自鳴止無益枉使霜盈鬢舊遊廿年一夢耳荒江獨唱憐愚迂君家父子洵與軾品望今日眉山蘇潁行索詩無俊語空詠何告懷彼姝計程九月達濟北南池月好應憶吾休文把袂爲致訊有句莫惜傳江湖

風帆

歷盡津塗到岸邊平生雲水結深緣低收曲港非無路飽挂長江得幾年何處歸心懸暮雨有人袖手立寒煙篙師破浪成虛願菰葉蘆根要穩眠吳語謂倒檣曰眠桅

竹柏圖爲袁節㽘韓孺人題圖爲錢籜石侍郎作

危樓猜延風翠竹勁含淚莫道霜颸寒雛鳳看呈瑞
修影月蕭蕭孤根雪不彫孫枝新沐雨一夜欲淩霄

右竹

叢篁自有筠古柏自有心虬枝撐雨勁黛色參雲森侍
郎老腕健筆挾風雷音千春香葉底恍聽孤鸞吟

右柏

九月八日郭匏雅學正邀同孫竹尹宋奕巖陸
默齋泛舟山塘余以往石湖未赴次日竹尹
作詩以重陽登高四字爲韻如數和答

秋光招客上層峰探借佳辰策短筇風壑快聞聯舊雨

緲池側風壑雲泉四字相傳米元章題草堂漫擬訪遺蹤今石湖草堂非故址矣閒來筋力身還健老去詩篇律轉鬆可惜同心不同賞白隄回首翠煙重

側想清遊步夕陽茱萸枝老菊花黃星文知聚千人坐鸞嘯應聞七里塘可許新詞歌櫂女定將好句質鐙王酒闌莫便循歸路無雨無風夜正良

梅花樓憶昨朝登前五日余與弟雲浦來遊坐梅花樓三泉亭觀覽竟日抵暮乃返曲檻危闌次第憑放眼懶看雲似狗當壚喜有酒如澠渡頭波遠風飄笛沙尾船迴樹隱燈此景不歸能領否宦情甯戀醞三升

仙舟點筆盡風騷貂續何堪附檜曹人事番番隨逝水天涯落落幾同袍朋非交面何妨晚余神交竹尹近始識面論到傾心不厭高北郭祗今吟社給要從樵李借詩豪謂竹尹

鶴竹二咏爲陸貞母宋宜人作

有鶴來青田獨立霜比潔辛勤哺其雛健翮凌風掣孤雛毛羽豐獨鶴心力竭謂言期千齡委化何訣絶返哺瞻林烏惻愴復嗚咽何年華表歸歲月驚電瞥

有竹挺苦節結根堅以貞烈風不能摧哀鸞時或鳴上有慈雲護下見孫枝生枝枝拂煙霄節節中咸英孫枝日以蘩孤榦難重榮物理盡如此哀感何由平至今北

堂上霜月留餘清

題任香雨松泉圖

緣鈫滴露響蕭騷謖謖風襟鶴與高讀罷黃庭閒步遠

一天凉韻落雲濤

物外閒情迥絶塵勞生汩汩笑逡巡茅齋擬仿圖中景

剳取清泉結淨因

未向圖中認彥昇柴門聞說對秋塍只愁他日扁舟訪

生客敲門定不譍

贈方坳堂同年觀察兼柬劉芷林給諫

卿雲移蔭闔閭城喜聽軍門鼓角聲南國兒童迎豸繡

西江士女戀蜺旌坳堂自饒州守奉命觀察吳中坐看通境民風轉

要使全吳吏牘清中丞長公調審積案次第按部清理莫憶故山蘄霖雨

菰蒲一我亦蒼生坳堂寄芷林詩有蒼生霖雨非吾事悔作天邊出岫雲之句故云

簪毫聯珮憶鑾坡斂退慚余鬢欲皤試數同年京國

少壬午同年在京者惟蔗林尚書雲椒侍郎稷堂閣學秋室宮贊數人而已向時名士濟南

多芷林亦先生同鄉人繡衣遵海重持節芷林前巡視南漕今歲復奉命巡視天津漕

務茅屋迎秋慣補蘿余自戊申十月歸里今三年矣勳業隆平公等在

儘容拙者臥雲窩

坳堂觀察招飲觀劇即席口占

此心出處貴堅持只怕魔多見佛遲高坐蓮臺羣焰息

當筵隱語耐深思演西遊記火焰山收服紅孩兒事

濟公遺事類顛蠢靈隱山門對浙江會得禪家堅定意

虎威狐媚一齊降演濟顛僧伏虎醒妓事

金二雅禊遊圖集蘭亭敘字

此日可以樂風和時又春禊敘仰昔遊觴詠娛今人竹

氣暢幽寄蘭言契靜因虛懷隨所遇異抱當同陳

俯仰歲若流林亭目暫騁遊絲天宇清觀化樂日永內

朗己斯得情躁妄或引因知欣與悲一一在自領

昔賢抱殊致虛己天與遊羣類品豈齊靜躁信異流同

時若述者相左固有由未知今世人斯懷能喻不

集古因有作欣然坐長林趣舍世雖殊言同文可臨閒
情攬在昔幽興暢自今無爲生嗟感遺迹懷山陰

方坳堂靈臺觀瀑圖

靈臺回首白雲深百尺飛泉界碧岑莫道故山離別久
出山心是在山心
大抵繁華汨性眞要從岑寂鍊精神懸流挂壁松蟠澗
長白齋鹽憶古人

方坳堂探梅圖

廿年塵海夢西湖鴻爪春泥指畫圖今日滄浪亭上坐
幽香可似卷中無

且看江南萬樹梅衝寒山意臘前催定知新歲春風早
不到春分便盛開

爲吳竹堂同年題江村旅況圖圖爲陳堯峰煥作圖後有詞係夷使作

拍岸江湖暮雨寒離懷重疊淚汍瀾分明一曲風光好
撥盡琵琶憶若蘭
堯峰妙筆態橫生爲埽鵝溪繪別情可惜當時好事者
新詞傳得不題名

謝湖草堂圖明錢穀爲袁尙之寫後有彭年記

青山潑黛波搖綠行春橋亙楞伽足石湖渺瀰謝湖連

中有幽人寄遐躅湖陽一堂當翠微編籬種竹開荆扉
菰蒲繞舍游魚樂楊柳垂簷白鷺飛苔階春到香風暖
薜户秋深明月滿入城不奉子公書枕煙頗似盧鴻館
清福人間未可求草堂吟嘯眞優悠浮雲富貴何須問
菰雪蘆煙可釣遊君平身世兩相棄一時肥遯多同志
磬室圖成晝裏身隆池記寫心中事梯榮當日豈無門
丈夫身不輕受恩鳴鳩巧黠鳩難信賚室那得延芳蓀
星移物換雲煙在逸韻流傳翰墨貴平世圖書自可娛
清門文采期無媿得失雞蟲感慨多等閒歲月付消磨
昨朝倚棹湖邊入但見閒鷗占白波

汪愛廬先生二耕堂前薜荔芳蘭幽意滿目門人金忠萃爲作二賦裝成長卷命余題後

薜荔何心緣蔭牆幽蘭幽處自生香先生吟罷門生詠鼓瑟聲中味正長

東龔同年匏伯舟次

討春我擬向金牛挂席君偏指石頭泥滑夜深難過訪連江寒雨只添愁

閒坐偶吟

浮生如客況衰年忍復臨危再著鞭不病須知由病病人元要識又元元田園官祿非吾事衣食妻孥亦外緣

小憩閒窗人籟寂一聲啼鳥最清圓

行素家叔贈詩和韻二首

閱盡榮枯各灑然肯將暮景逐時賢相看白髮三千丈
試數前塵四十年金穴眼前誰是主名山身後幾人傳
竹林但覺春遊好未許閒愁到酒邊

抽身人海意翛然退士何心慕古賢綬解粉闈纔五紀
花看香雪又三年委懷夙好應難棄脫手新吟或可傳
一枕午窗塵夢醒坐看飛絮研池邊

雨窗靜坐疊用前韻

梧窗竟日雨瀟然賓退時還中聖賢入世本無龜手藥

抱山要盡曲轅年泉看珠韞波留折指識薪窮火自傳天籟不聞塵念埽玉池甜味徹中邊

族叔濟菴來自歙州小酌荒齋敘往言懷因成六絶

一棹婁江溯昔緣素心相對理冰絃琴聲竹色依然好彈指驚心廿五年

宗黨論心略輩行交情兩世意偏長山邱華屋同增慨小阮而今鬢已蒼

歸田彌勒與同龕宦海津涯味頗諳博克飛雲菩薩頂剩將奇景佐閒談博克達坂木蘭行圍地名飛雲巖黔中勝景菩薩頂五臺山最高處也

蒲團啜茗記吾曾可惜雲梯不共登蒲團石在文殊院百步雲梯下余丙申年啜茗坐此布韈青鞵身健在深秋果否理行縢

轉眼尊前跡又陳莫談往事損心神尖山海色西湖柳且屬人間現在身時有結伴遊尖山西湖之約

黃雞白筍勸加餐苦說中年聚首難十幅蒲帆來往易釣臺煙水路漫漫

滄浪亭和張芝岡廣文韻

城南一阜翠盤空勝地登臨勝侶同卽事賞心成美景快晴長日有和風肯將閒處攖沖抱欲以淸遊蕩鬱衷莫道林間春事晩桃花人面正爭紅

往跡蒼茫不可尋水軒虛敞竹亭深新詩美酒懷前輩明月清風留淨音新詩美酒聊窮年清風明月本無價可惜祇買四萬錢歐陽公詠子美滄浪亭詩也得喪無端眞是妄榮枯如夢古猶今多君物外能遐覽獨向滄浪寄靜吟

王西林秀才覆舟丁堰作歌紀事詩以和之

破浪乘風抱未開年年空賦涉江來琴高赤鯉騎能慣不信陽侯解愛才

入坎安危信不常乘蓮畫羽語荒唐布帆無恙人安穩引得新詩出肺腸

吸盡西江氣轉遒蛟宮貝闕詫奇遊知君詩盡人間典

國初世系表相業昭乾坤元戚集餘慶健翮淩霄翻九年侍金閨十載鎮大藩萱庭春正永未許棲邱樊此行對溫室披膈陳本根北門管鑰重佇見馮熊轓聞風墨吏免望歲疲民存察屬大僚責濟時吾道尊雲怡有遺訓冀與同志論迢迢緬前修藹藹瞻行軒旌紅林際遠雲白巖中屯臨歧何所贈莫負平生言

胡菊村得硯繪圖索詩

筆壽以日計墨壽以月計惟硯壽無窮不能計其歲問其何以然靜者心默契菊村屏城西嗜好異於世敦敦几案間墨汁染衣袂平生不玩物愛此可遊藝方巖見

古心温潤異時製翳余塵鞅縛斂退墓已誓殘碑讀嶧山肥本臨修禊多好竟何成枉使精神徹逝將學君苗焚硯庶靜憩羨君腕通靈揮灑神無滯閉戶訂石交餘事置瑣細鍾張嗟已遠顏栁幸得替柴門秋水深仄徑幽花麗展卷企高懷白雲渺天際

明妃曲

見畫何如見面眞誰將此柄授貪人長門多少無金者豈但琵琶怨苦辛

五月二日山塘訪友不值陸豫齋留飲四美樓

觀競渡歸途得詩三首

荊州故事盛蘇州，閶左相邀作勝遊。訪客未妨從獵較，綠陰濃處倣高樓。

暖風晴日繡旂開，簫鼓中流去復迴。莫訝客來今不速，此來却勝兩年來。庚戌辛亥豫齋兩次招觀競渡，皆遇風雨敗興。

畫船夾岸柳陰斜，曼綠嬌紅豔晚霞。却笑書生偏愛寂，更從花戸去看花。

張拜石蒲團靜坐圖

讀書與靜坐，一日各居半。所以收放心，儒墨本同貫。俗士强分别，遂若膺背判。紛紛世網攖，誰與解其絆。釋子居深山，跡與塵緣斷。靜中不自勝，坐馳更棼亂。豈知如如心超境兩無扞平生婚宦淡萬事何足算無須聽鐘魚亦不師可粲悠然一室中趺坐默澄觀嗟余世味薄但把黄庭玩息踵胎未成守雌卵或蝦夜氣偶然存凡骨何由換是身如芭蕉披卷轉增惋羡君梨棗熟冀我醍醐灌旨哉藥珠言出入二氣煥

張端峰淮陰挂帆圖名謣海鹽人乾隆己酉庚戌開鄉會萬壽恩科以年逾八十賜舉人翰林院檢討銜

斜日輕帆遠靄明白頭眞見弟兄情遥知後夜蓬窗夢尚記松廳聽雨聲端峰弟官于淮安留寓官齋作是圖也

破浪平生信有才果然風利到蓬萊虛舟今是收帆客

卧聽春潮枕上來

吳頭楚尾幾經過漂母祠前夕照多今日虛堂看畫卷又牽殘夢渡黃河

雨窗讀漱霞亭詩寄懷汪訒菴水部

閔旱得微雨虛堂生晚涼故人貽新詩珍重侔琳琅一詠散煩暑長吟寬愁腸翹首天都峰道里阻且長却憶東華居下直同迴翔宵談壺轉漏晝飲蟻浮觴高懷厭承明野性便滄浪勇退欣合志離懷悵各方衡門掩兩版沉默窺縹緗竹影靜棐几桐花落長廊非君能好我誰以瑤華將申章報蘭言久要期無忘

鍵戶

鍵戶絶塵想開函發古香門前方日午竹下有風涼寂寂從人笑憧憧秖自傷眞詮遺冊在何處訪寥陽眞詮二卷葆眞子陽道生所贈元同子者自云道生受諸太虛太虛受諸寥陽所言皆養生修性之旨吾鄉彭訪濂先生刊以行世實爲入道正宗

寒碧莊十二峰圖爲劉蓉峰觀察

奎宿峰

書堂異石應星文冠頂飛來縹緲雲要與傳經誌奇瑞奎光夜夜映香芸

玉女峰

淩波彷彿珮聲遲霧鬢風鬟世外姿擬借湖亭來避暑
拈毫先賦影娥池

箬帽峰

從來强項驚凡眼不必低頭效苦吟識得丈人心是石
肯將篛笠換華簪

青芝峰

可是東園甪里遺肉芝何似石芝奇仙家服食能知否
試問蘭陵蕭靜之

累黍峰

累處直疑從黍谷移來或恐是愚公還須更乞麻姑手

撒與茅檐聊禦窮

一雲峰

一雲山下卸春帆嵐翠湖光記滿衫道是此峰纔半角
却疑徑轉到靈巖

月印峰

我欲乘風到廣寒瓊樓矯首路漫漫何當秋月如珪夜
來看瑤峰上玉盤

獮猴峰

禪心試向六窗看似戒飛騰學靜觀莫厭此君太頑鈍
四三朝暮怕相謾

雞冠峰

縱不能言未可烹此生久矣倦飛鳴祇應喚取窠中叟
同聽瀟瀟風雨聲

拂袖峰

介石心原不染塵餐霞幾歲學修眞浮邱把袂還招手
同調應呼澹蕩人

仙掌峰

勝蹟當年擘巨靈誰分嶽色到閒庭天瓢可酌憑君酌
定有三霄玉液零

干霄峰

夏天濃翠落衣涼未覺捎雲竹影長聞說桐杉甘露滿

共傳一品屬元章

三松堂集卷九 始壬子夏至甲寅春

吳縣潘奕雋榕臯

柏庭方丈古柏歌

琳宮三伏淸無暑我來柏庭尋道侶一株最古導我看香葉如鸞韻諧呂問誰手植云周郎千五百歲淩冰霜坼枝似遭雷斧劈空腹疑有妖魑藏煙含姿兮風助冷月凝輝兮雲漾影託根此日傍神靈攬秀何人弔淒耿廣庭天籟飄泠泠騰蚪夭矯拏青冥當年顧曲想閒暇散步披襟時一聆根槃不畏蛇蟲蝕材大不願工師得難辭廟祝笑支離向南一枝爲昔日住持斫去自有詩仙賞奇特〈月湑〉

言舊時題詠俱已毀廢今邀同人補題蒼皮溜雨色參天忽憶孔明祠宇前愧無杜老驚人語匹美成都古柏篇

過二梧弟荷蘭盛放折贈二枝因賦

一簾花氣擁詩人喜趁閒身結靜因領取阿連投贈意軍持斜倚露華新

羅襪凌波意靜閒洛川彷彿盼和顏老夫已入東林社不向花房覓玉環

秋風香到美人心渺渺余懷湘水深擬寫一枝頻顧影鈎簾先與奏瑤琴

聯枝臭味本無差相對惟應誦楚辭紉佩集裳慚報缺

但拈幽韻寫芳姿

畫梅自題

客從庾嶺來贈此一枝雪莫怕春風寒道人心是鐵

七夕用義山韻

纖雲漠漠斗離離兒女關心是此期縱使仙家能不老那堪别恨動經時靈禽解意橋初就銀箭無緣漏肯遲莫盼金梭談往事艷情銷盡鬢邊絲

盆中白蓮

淩波仙子綠雲扶一片光明鏡裏鋪淨攝佛香開世界遠移客夢到江湖珠凝濃露煙疑化粉墮涼蟾影欲無

底事廬山懷舊隱高齋靜侶未全孤

立崖司馬姬人王氏勤慎和婉能得立崖之心相隨二十一年生有子成立矣今年六月姬暴卒立崖悼之因爲歌詩以宣其戚庶立崖之紓其哀焉

一夜風飄玉井蓮白頭奉倩涕雙懸何堪更聽傷心語辛苦持家廿一年

塞北天南萬里身歸來三徑樂餘春知君蔗境嘗無盡難必新人似故人

妙子稠桑不可尋營陵聽鼓信沈沈朝來繐帳看虛位

昨夜紗窗伴獨吟

早聞絡秀有賢聲，雛鳳丹山韻更清。莫怪驚呼青咄咄，曾經平視許劉楨。

爲周半池題扇頭枇杷

白沙此地稱仙品，便面何人擅寫生。記得山中投贈意，筠籃鮮帶露華傾。

范丈恬庵行看子

石鼎烹雲韻最清，樵青兩腋有風生。飯餘吟罷閒無事，坐看茶煙一縷橫。

閒拂蒼苔坐石牀，林深客散竹風涼。喜看鳳尾煙霄迴

又見孫枝月影長
由來黃嬭可頤生老去方瞳翦水明聞說諸孫勤夜課
木樨香裏聽書聲
香林小憩日如年無隱禪機悟眼前却笑吳剛太拘苦
斫根常守一輪圓

題虎阜勝跡圖

白隄春泛

湖天新霽春風軟青山橋外春光展樓閣高低樹淺深
綠楊影裏珠簾卷畫舫相邀入畫圖醉倒正要蛾眉扶
笑他寒儉煙波叟篛笠斜風傍蔣蒲

可中玩月

落日下遥嶺煙嵐無定姿蟾光海底升倏忽印劒池泠夜氣清形影相娛嬉梵放出殿角佛燈明樹枝姮娥不厭客漏盡還相隨清遊憶如昨恨少圖兼詩誰知尺幅中今日更遇之巖前風壑靜亭下林影移始信徵逐場自有清涼時寄言塵中客役役無乃疲

舅氏汪愛廬先生輓詩

老屋楓江上書堂古寺邊一星處士朗半夜壑舟遷升屋悲遺蛻彈琴痛逝川舊遊如夢杳往事到心偏外氏門才盛先生學行堅宮牆曾緩步邱索早精研少歲詞

華擅中年著述專九師祛舊解七錄抉真詮桂掩尋芳日瑜沈采玉年名場頻坦率世路歎屯邅薄俗儒爲戲孤蹤佛有緣六時珠百八丈室界三千臭味彭(尺木)兼李(涪江)磁鍼王(西莊)與錢(竹汀)齒衰安命蹇身困喜名全原子貧非病崔兒命不延齋惟修法喜占肯問筵篿宅相眞慚舅覊遊憶各天半安憑問訊遲暮想栖禪戊臘農曹假雲帆日下旋見公猶却杖喜我早歸田謂可几長侍何期館竟捐十旬稍間闊小疾遽沈綿望望饘銜雀飛飛鵬集筵草元嗟已矣知白亦徒然好句今誰似鴻文後孰傳含珠虛酹酒拜幕更呼船幻影三幡靜塵勞五蓋

羣羊曇空有淚和墨灑重泉

乾隆壬子十月余過謹庭孝廉松下清齋出示秀水錢蘀石侍郎所畫水仙蓋謹庭在京師時侍郎寫贈張吟薌舍人吟薌以贈謹庭者今侍郎謝病里居吟薌歸道山已數年矣晴窗相對既歎筆墨之妙復感歲月之駛因賦詩三首吟薌一號瘦銅工詩詞著有竹葉庵集二十卷

天風環珮水雲涼往與侍郎論畫云見松雪翁水仙畫蘭花有天風環珮不可摹擬之妙筆通靈老侍郎聞道秀州今健在南湖煙雨夢微茫

籠燈讀畫過橫街，街鼓沉沉坐小齋。吟薌寓橫街官菜園，謹庭與之論畫談詩，常至夜分不倦。珍重故人持贈意，空餘翰墨感吾儕。

松下清齋又小春，知君振觸記前塵。吟來好句真如畫，妙墨名香有一人。謹庭作松下清齋圖，吟薌題詩有妙墨名香有一人之句，覃溪學士歎爲絕唱。今當小春，余與謹庭嘗茶展卷，風日暄妍，恍與詩境相遇云。

以詩代柬爲芝巖乞天竹

山莊風物最清嘉，曾見離離綴晚霞。岑寂歲寒小閣裏，軍持要乞一枝斜。

爲秦澹園題其亡姬葛秀英澹香樓詩鈔後

落盡名花剩好詩，少游傷逝寫哀辭。人間清福難消受

捧硯司香又一時

水晶宫裏兩嬋娟畫舫清遊八月天明月六橋秋自好

玉簫重覿是何年

妙兼羊體與嵇心巧有迴文宛轉吟岑寂幽閨香夢遠

數行淡墨一張琴

太息琵琶事已非丹青難挽彩雲飛仙宫縹緲人何處

冷蘂疏花淡夕暉

范芝巖見示嚴愛亭編修哀詞同賦

春官擢秀領羣英　紫禁垂紳望最清已爲讀書傾薄

產翻教徇祿戀微名遺車雪夜曾邀飲贈扇炎天憶送

行余在京師與燮亭寓僅隔一街今年燮亭入都索書因贈以扇同里同年今有幾故交能不淚縱橫

遊畫眉寺飲畫眉泉有懷徐榆村

言尋雲臥侶不厭入山深竹色淨塵慮泉聲清道心四圍嵐影合一徑石苔陰何日重攜手臨流聽玉琴

喜王秋樵儀曹見過

喜君今退勇顧我昔情長屈指流年駛驚心兩鬢蒼分無經世略可有養生方臘酒村頭熟相邀入醉鄉秋樵最善飲

蠟梅盛放偶折一枝以供清玩賦詩賞之

臘月南枝未有花蜜蜂先已上窗紗最嫌舊譜遺仙品却怪宮妝倣道家開閤素心堪晤語倚闌紅袖似繁華歲寒綈几薰鑪暖坐領甜香到日斜

白蓮和韻

體素不矜豔含芳自遠塵澄波堪鑑影皓月與傳神淨悟觀空旨香依業白人惟應招惠遠結社葆吾眞自蒔蓮移溪僧舍

爲友人題登穹窿山圖

諸布諸嚴記莫傳鍊丹臺指蔚藍天虔祈呼吸眞通座齋宿原非爲訪仙

路轉靈巖十里餘裹糧曾到化人廬何當小築依丹嶂同漱飛泉讀道書穹窿山去城三十里路由木瀆經靈巖山下余于庚戌三宿山中得攬三茅峰諸勝

余賦蠟梅詩立崖芝巖雲濤玉松皆有和作復疊前韻

冷客眞宜冷淡花香融晴旭透窗紗幽姿不入調羹手正色還留臥雪家銀燭照來忘世味銅瓶敧處感年華知君歲晏知心少只憶疏枝竹外斜

除夕大雪

踁足趄猶遲開軒雪滿墀却寒聊命酒寄賞只題詩傲

骨松堪對清愁梅未知生涯甘冷淡不用賣㰤癡

喜晤王西園侍御

尙記分襟地驚心十五年相看疑昨夢所得各華顛脫綏初心在循陔樂事偏知余塵慮盡邀飲惠山泉

偕西園遊惠山寺

訪友尋山趁霽天風光妍暖入新年身無官守心無事陸有籃輿水有船閒拓僧窗看畫卷坐移竹几品春泉不須更作勞生慨塵世紛紛盡偶然

題惠山寺王孟端漁隱圖卷恭和

御題原韻先是寺藏孟端所畫竹鑪圖爲火所燬因

賜是卷

翰墨流傳古未易

恩榮題跋遇尤難重　須祕笈儐僧寶展閱新圖儼舊

觀恍惚煙波來腕底蒼茫風雨入毫端人間漁隱眞堪

樂白首何能更戀官孟端自題詩有白首無成盛年不再之語展卷三復不勝慨然

寄暢園有懷漪園小峴端崖諸君子

修竹娟娟蔭小亭古梅疏冷浸遙汀檻前流水鋪明鏡

牆外春山列畫屏退士乍醒塵海夢勞生恐負草堂靈

何時更與同袍子並坐觀魚倒綠醽園有軒名觀魚

張橋潘士俊服田疇能吟詠春日偶過其居嘉

其特立贈詩一章庶幾其德之不孤以厎於成焉

雪盡喜郊行前村略彴横川融堪浴犢樹暖有啼鶯業可供衣食詩能寫性情因知肥遯者端不慕華纓

題王子秉惜花圖

畫屏低唱陽春曲繡闥風微射晴旭乳燕斜飛絮作團綠趺紫萼紅心簇美人睡起倚闌干蝦鬚半卷愁輕寒眉尖有恨何人會折得花枝露未乾香生玉腕羅衫舉粉蝶尋香迷處所花如人面面如花人自不言花欲語君不見一片西飛一片東墮茵飄溷隨春風無情歲月

眞匆匆明朝葉底餘殘紅

郊行偶作

脫綬年將艾尋山力尚强難逢玉印女肯羨紫薇郎雲過樹移影風微草遞香蕭然成獨往不是慕隨光

爲方大章寫蘭題後（大章夫人亦能畫蘭）

國香何礙老衡門寫出風枝帶露痕倒薤折釵同一訣小窗試與仲姬論

立崖司馬招同王西沚光祿范芝巖編修陸默齋舍人集交翠堂芝巖有詩因和其韻兼寄二雅

繡谷春深淑景偏故人促席許留連壺觴談詠歡今夕裙屐風流憶去年（去年四月袁簡齋來吳於繡谷集女士爲詩會）抽雨嫩篁初解籜蘸波新柳欲含煙君看老輩交情古題壁詩存墨尚鮮（謂時庵侍郎習庵學士諸題詠）

閉門春盡雨連朝人過中年壯志消三徑招邀來舊侶曲欄宛轉破新寮（立崖新築山亭於堂後極奧曠之致）盟聯鷗鷺情逾淡話到鵷鸞夢已遙彌欲垂虹延病叟一枝柔艣入雲搖（二雅養病初痊不到郡城半年矣）

次日默齋招同立崖芝巖匏雅集一枝軒再用前韻

知足由來樂事偏故人尊酒喜相連雲霄放眼無餘子
風雨論心近卅年修竹㛹娟看引露蒼松盤屈自淩煙
丹山飲啄眞閒適況復新雛振采鮮
瀟瀟夜雨又連朝振觸幽憂未肯消玉斝金罍宜暮齒
山邱華屋念同寮敧旐露薤迎眸艷挂壁煙巒引興遥
九十春光眞浪擲破愁今日得消搖

移居詩

三年擇得一枝棲皮墅東偏臨頓西脫綬乍欣依白社
卜鄰兼喜近花溪松風庭敞蒼濤迥竹徑門幽碧蔭齊
最是退閒心跡冷牓書不乞達官題

勞生織路不常居廣厦千間願總虛屏跡此心齊木石
安神無夢到軒輿南阡東陌遊非遠紙閣蘆簾意儘餘
莫笑腐儒家具少皂廚還有未看書
市遠坊間戶不譁幽居原有淡生涯兒言仁里斯爲美
客笑書生是過奢著我東頭宜宴坐憶他作手未還家
擬與畏堂弟同居戀故用陸機王維事
恩忍說巢痕埽奈此蕭疏鬢已華
巡檐徙倚眄庭柯鳩拙居然占一窠敢覬逍遙重闢館
不妨安樂襲名窩操鏝初謝王承福種樹新延郭橐駝
幽興漸添秋漸爽退翁心事未蹉跎

題植桂藝蘭圖

種桂冀枝繁藝蘭竢花茂封殖固由人滋榮亦有候悠忽懼失時助長又嫌驟卓哉達觀人冥心坐巖岫呼兒勤耰鋤方法以口授不與穠艷馳不與紛華鬬禮耕與學耨相期維世守佇看秋風生馨香滿襟袖

岡篁獨立圖

塵海收回自在身竹間水際有精神世間不少丹青手腦滿從他寫市人

此君聞說能醫俗我俗而今不可醫安得小園栽萬本與君並坐看風枝

題學耕圖爲王述緡

無田肯退豈非賢回首前塵廿二年記否横街街鼓靜與君讀畫話歸田

寫出雲山不療貧崧廳潑墨氣輪囷知君欲學樊遲稼卜宅何妨來結鄰

八月二十日芝巖招飲春暉草堂默齋有詩次韻

夫君養志歸田里邀我常過城北莊竹屋松扉堪宴語倒羅側弁又升堂池邊疏柳如人懶簾外繁花入酒香不是遺榮能作達可容開徑有求羊

不上山塘載妓船，相逢且醉桂花前。能閒風月眞成主，並退江湖亦有緣。却老故應求上藥，尊生聊復閱瑤箋。道人磨得心如鏡，肯向禪師更乞甎。芝巖默齋皆深得養生之旨，時論及容成素女之術，皆屏其非，故及之。

秋日偕東畬同年遊師林寺晤昂峯禪師茶話移時越日東畬作師林圖并系以詩因次原韻贈昂峯俾藏諸寺

西風蕩頫襟，秋光集古寺。東畬北郭居，好尚不我異。休官喜同時，探幽結微契。但求魂夢安，肯爲升斗計。朝來偶相過，聯袂登初地。層樓面松林，虬枝舞蒼翠。昂峯今辨才宗風幸未墜禪門有廢興雲煙慨往事因諧翰墨緣爲仿倪迂意林巒與水石一以臆布置固知磊落人邱壑蟠胸次晴窗想揮毫話雨東畬作畫小樓名同清閟俯視塵中人酸鹹信殊致寥寥横幅間淡泊出奇麗持贈藏山門他時緬古誼傳燈定有人昌歎倘同嗜逸事留珠林風流庶無替

胡丹崖司馬席上晤泖湖山長祝芝塘知家蘭垞侍御亦掌教南匯詩以寄懷

人到衰年念舊朋前塵回首憶曹騰石渠多少鳴珂侶半作山房退院僧

客問出山之期口占答之

一蓑一笠一漁竿排日清遊興未闌自揣頭顱量筋力祇宜風月不宜官

石湖謁范文穆公祠

巾幘會聞慕遠夷洞胷再領已衰遲早拚生死扶孱主却卷經綸入小詩古渡放船懷病起公有病起出關傍漕河望楓橋横塘卽事詠景之作横塘古渡横塘橋勝題也上方山名蠟屐想花時湖光嵐翠猶堪詠太息何由操几隨

送甄青圃比部同年歸粤

早拚筋力就虛名肯染髭鬚事後生漸老要求歸宿地

相逢轉益別離情胥江波冷停征棹庾嶺梅開算去程到及羊城正東作好從亞旅課春耕

題世恩姪秋帆歸興畫冊

玉堂歸娶艷神仙放眼雲山分外妍淡著粉痕濃蘸墨更添佳話與人傳

湖天欲雪念衣單坦率曾嗟行路難甲午庚子雲浦弟兩試京兆下第余送至彰儀門贈詩有湖天欲雪之句夢堂相國極爲歎賞此日宮袍來視膳故應置膝爲加餐

天子呼來不上船元臣諧語一時傳己丑殿試進呈十卷余名列第七以得信遲誤引對後期後直內閣劉文正公笑語同列曰是天子呼來不上船者錦標奪得全

家喜振觸前塵廿五年

尚記含飴笑語春果然吉夢驗。麒麟姪誕前夕先大夫夢麟墮于庭取置諸掌化爲嬰兒傳家有訓宜深懔努力登朝作寶臣

歲首山塘送汝行秋窗歸到話春明最懶黃閣調元老猶記菰蘆退士名己酉榜發畏堂弟書到云阿雲巖相公曾詢近狀知兒世璜膺鄉薦爲之色喜今歲姪臚唱日公詢問家世復提及賤名聞之不勝懶感

點筆仙舟語不凡青衫一例換朝衫歸舟四人皆同榜同館阿婆塗抹東西慣風利今眞遜阿咸吳玉松庶常題詩摭及鄙人有順風何似竹林咸之句故戲答之

余以道德經求匏雅書紙往而經遺于架匏雅

以詩徵經因藉使奉呈亦侑以詩兼索庭梅
以爲清供

欲將陳冊換新書側想臨池興有餘豈料元珠遺赤水
漫勞彩筆賁衡廬銜泥不許稽前諾染翰垂煩賦子虛
却笑鄙人還望蜀蠟丸芳信問何如

東畬借讀爾雅先之以詩次韻

幽人結宇傍城灣閉戶遺編自討刪鼷鼠早徵書笥富
蠹魚莫笑鬢毛斑一瓻借愜良朋願二事閒愁造物慳（放翁詩目昏罷觀書足蹇停遊山二事差可樂造物乃復慳）準約新年長日暖嬉春
抛卷步郊闗

和徐復堂海棠巢詩韻

庭下三松露滴梢，窗中日暖翠陰交。常時閉戶還閒卷，底事尋山更葺茅。麟閣幾人餘鹿夢，蓬廬有客戀雲坳。時賢莫訝林居久，已向靈禽借隱巢。

早起二首

早起吾何事，晨光透碧紗。焚香薰架帙，添水養瓶花。霧徑蘭芽茁，風軒竹影斜。遙憐華省客，鵠立聽宮鴉。謂畏堂

待漏思前事，窗燈暗綠紗。螭頭看月影，龍尾踏霜花。蹇拙閒身在，飛騰急景斜。重衾聊自適，臥聽出林鴉。

讀宋史

王文正公

魚水君臣眷注深誰教晚節易初心一尊歸與妻孥享
朗朗天書下禁林

寇萊公

樓臺無地仰孤淸燭淚成堆忌滿盈北客彈冠南士抑
相公界限太分明

范忠宣公

天窮人厄不須論白首扁舟病獨存爲語家人須信命
莫將墮水怨章惇

養拙

養拙辭朝侶幽居閱歲華物情風卷絮人事鼓催花役役身將老憧憧念總差明朝約侯旅負耒問桑麻

沈葭濱輓詩

交君今十載相賞以天眞冷面能諧俗虛懷慣受辛早知輕世味誰遣老風塵倦客長安市多應憶此人

偕雲浦鄧尉探梅再用詩字韻

又是春山拄杖時吟香踏影憶抽思林泉跌宕吾將老澗壑登臨弟肯隨古寺煙消晴雪滿小橋水暖午風吹欲憑花史爲年譜歲首探芳例有詩

盆蘭二首

息交謝世慮索處神不怡閒闊念素心何以慰我思香風藹然來覯此絶世姿冰肌與玉質竟體無纖疵吟餘煙景澄坐處淸芬隨閒愁我已滌幽意人未知願言結同心紉佩甯復辭

眞香不可匿孤根貴善植晻玆幽貞姿擢秀湘江側有美本內含天然謝膏飾豈無桃李容相賞非在色未免塵氛侵淸風與拂拭九畹寬以閒移植不可得磁盆閒文石默默意掩抑猶勝老巖阿零落委荊棘

三月下澣三松堂小飮次韻

細雨輕寒送杪春濃陰如幄草如茵分無傾國娛人老

幸有名花照眼新新得河南牡丹一本入世求盈眞自苦當杯引滿莫辭頻相期共浴湯泉去不許襟留半點塵芝巖有游黄山之興故云

占得溪橋碧一灣客來蒿徑不教刪埽軒聊復陳三雅閉戶何妨賦小山愛聽淸談消白日暫憑濁酒借朱顏故人潤筆無消息用蔡君謨故人馬五許以精婢潤筆事自笑摧頹鬢已斑

三月廿九日過孫家橋訪呂修林山人遂同遊中峯寺

武子橋邊碧樹陰畫船稀少有鳴禽言尋漱石餐霞侶

要聽高山流水音世慮淡隨清磬遠閒情笑指白雲深邀余更入中峯去爲喚籃輿攜素琴

偕修林山人過中峯寺訪念亭上人不遇

中峯昔未到靜侶喜同登竹密疑過雨茶來知有僧客曾師賀若吾自憶盧能夏首期琴友重遊興可乘是日聽修林山人彈靜觀吟并訂四月中約月池諸琴友同過

何亭喜晤雪舟禪師

老僧今退院結宇傍青岑已斷語言路雪舟能詩而不吟更無來去心聞鐘晴翠合呪鉢白雲深是日并遊聞鐘呪鉢二庵何似何亭坐拈花契靜襟雪舟贈蘭三枝

題石門施少峯紀哀詩後

孝子有孺慕哀詞見性眞因君手澤感使我淚痕新鬱鬱陔蘭願匆匆石火身伯俞年七十何福尚娛親

范芝巖歸自苕溪以詩招飲和韻

入世誰能脫世氛幽人跡已遠人羣榴皮書自回翁贈荻江仙壇降乩爲芝巖書楹帖筆法超勁有晉人風致竹葉杯從東老分破械可能持道莞忘機只擬養心君白衣蒼狗須臾事懶看紛綸過眼雲

昨朝示我荻江詩勝境南苕引夢思灑脫眞輸入社早低徊自笑著鞭遲菰蘆煙裏蓬門掩桑柘陰中畫舫移

儗續淸游畧退後齋心未肯負前期

題汪訒庵水部亡姬楊芳卿畫海棠卷

仙姿已逐彩雲飄畫裏芳魂不可招想得小樓春睡起一枝和露寫生綃

詠絮吟香又一時數行淡墨誌相思樂天老去風情減坐對春光憶結之

蔣徑齋種竹圖

我來个中庵三徑絶塵俗旨哉昔人言何可居無竹雨過影生凉風微葉有香知君三伏裏夢已到瀟湘

三松堂集卷十　始甲寅夏至乙卯秋

吳縣潘奕雋榕臯

送劉崧嵐赴任奉天

觸熱更何去臨歧各黯然人榮歸捧檄我信退無田鐵嶺雲千樹金閶月一船相思不相見鴻影盼遥天

山行得僧舍小憩

雨止溼雲飛行行入翠微嵐光環竹隖溪響集松扉香爐茶初熟日斜僧未歸浮生偷景迫息影願皈依

銅井獨遊感懷程在山有作

山深鐘不到格格野禽鳴雨歇徑逾淨衣單體自輕沿

溪尋鹿跡入竹聽泉聲只合呼林叟閒拖笻杖行

春風引短策記款逸園扉花影移吟几湖光上客衣年華彈指換人事轉頭非欲問清暉閣長松斜照微

爲張東畬寫蘭

秋風昨夜到幽齋一片芳心印素懷寄語湘江紉佩者莫教蕭艾長庭階

讀南唐書

賀監遺榮亮節孤靑門佳話近時無笑他競進馮延己也乞君王元武湖

瘦童羸馬苦伶仃詩就鍾山筆不停莫道主司精鑒別

老僧先識伍喬星
霞裾玉貌似瓊英雪錠金盆唾手成𨚫笑方山詸道士
寫眞猶奉耿先生
胸次崚嶒氣鬱盤酒酣斫地夜漫漫誰令野客深宮老
閒煞筍中兩錫丸

朱蕉圃避暑圖

松濤繞螢淵泉流六月林閒似早秋始信蕭閒原有地
蒼蠅白鳥一齊休
翦冰作佩集荷衣我亦經年坐釣磯布韈靑鞵還健在
與君並坐看雲飛

題李補樵畫卷

曾作鍾吾五日留甯邦晚眺憶同游知君袖有倪迂手畫本詩材到處收

松徑蒼茫夕照曛上方樵唱下方聞何當更結芒鞋侶與爾平分半嶺雲

爲韓旭亭題小林屋圖

天地一逆旅林壑甯有私偶爲君子居遂令後世思豈惟賢子孫緬想先澤遺我來小林屋洽隱追前徽遯世無所疑飲水可療飢迄今二百載世世清芬貽奇峰含雨意老樹抽孫枝種德古有亭爲誦坡仙詩

張芝岡讀書秋樹根圖

玉堂茅舍總南柯，拙得閒身足嘯歌。黃葉滿頭風滿袖，一枝穩處是吟窩。

老樹柴門寄此身，青氈故物味偏新。錢刀粉黛吾無分，合共芸編伴古人。

即事

巧拙人生最不同，守雌何必更知雄。春蠶作繭蛛成網，一樣辛勤一樣空。

題周東田畫

懸崖古木鬱蒼蒼，絕磴淩虛鳥道長。記得飛雲秋正好，

聽泉啜茗贊公房

遠水粼粼碧映空菰蒲含雨柳搖風何當小築前村住

同作春溪放鴨翁

于忠肅公遺墨

兩帝兩帝城門閉一腔熱血灑何地救時宰相呂飴甥

謀國身家原不計隻手乾坤看獨擎倚公當日如長城

朝廷清晏邀天祐荷眷摛詞慶太平篇中有朝廷清晏等語又有自天祐之荷天寵諸印厚此書奉敕何年月讌喜君臣誌相悅衢尊場藿頌含箴想見垂紳立殿闕衢尊意洽揚藿思苗賦我有嘉賓之詩作君臣相悅之樂皆篇中語大節堂堂不世勳豈以筆墨誇通神故知骨力

本天授卓犖揮毫自不羣即今寃獄留青史此舉無名公竟死朵兒痛哭酬忠魂側注從兄能不恥尺幅流傳歷幾春甘棠愛護由思人千秋翰墨存精魂莫教蟫食塵煤涅

題駱佩香女史秋燈課女圖

秋聲寥落漏聲遲繡閣風清夜課時吟到柏舟神慘淡半生心事一燈知

世業青氊未肯忘謝庭有女守巾箱玉臺他日傳新詠不數松陵午夢堂

十月下澣默齋供菊招飲次立崖韻

四事從來巧合難邀賓好趁未風寒休思緝闕書靑簡
且對金英倒玉團歲晚不憂無伴賞開遲偏耐帶霜看
短屏翦取疏籬影留與吾儕作古歡
收拾籬香到畫堂錦屏綈几爛生光亞枝未礙聊隨俗
晚節何心欲避霜試酌仙家益壽酒閒尋秘笈駐顔方
請看耐久秋容好肯與春花競豔陽

春草閒房圖爲郭菀雅郎和原韻

莫笑詩人性太憨閉門吾亦樂幽探北風正厲冬迎九
舊雨重來徑啟三世慮似塵宜漸埽交情如水不求甘
寒窗只愛梅花好雪壓霜侵意轉酣

虎邱寺用東坡韻

茲山雖名邱而自具岡嶺古跡指劍池森沉似陰井行人春游集談往心徒耿樹古拏龍蛇泉清絕蝦黽生公不重來誰與悟頑礦空餘魯公書抉石怒猊猛紛紛塵網中役役羣動騁青松多悲風鬼語夜淒哽我來秋方中看雲坐千頃花木已蕭瑟節候未寒冷老僧爲開軒境靜趣彌永近游體無疲天與娛閒景鐘動出寺門斜輝淡嵐影哂彼帶瓢人捐蘿應辟請

東畬齋中盆梅大放宛成鳳形作花鳳詩紀瑞索和因次其韻

元日高齋送喜新奇祥舞鳳現花身和羹預識丹山瑞諧律先回庾嶺春蠟樹戲餘珠彩合元亭夢醒墨香勻逋仙莫厭孤山冷十賚看須臥雪人

走訪東畬欲觀花鳳適東畬往山塘留贈

寒水一篙橫尋君趁曉晴城樓餘雪色市鼓散春聲花好不同賞詩成空復情終期同泛艇和暖白堤行東畬訂游山塘以天寒遲之而東畬已先往故云

寄懷王翠庭太守

枌闈當日重才名畿輔連年聽頌聲雲樹江天春漠漠舊游回首不勝情

長城陡絶復縈紆移帳聯鑣夜疾趨記否清明菩薩頂
四山風雪坐圍鑪
掖垣旭日上觚棱小立清言每服膺自笑鷦鷯甘處睫
却瞻溟渤憶鯤鵬
生涯寥落我堪嗟只合扶犁送歲華一語寄聲差自喜
春來七度看梅花

掩關

星象無心占少微掩關久矣息塵鞿浮生但欲從吾好
壯志何能與命違腐草露濃螢自化茂林霜隕葉還飛
細思物理須行樂奚事區區悔昨非

送何春巖之任袁州司馬

易于政績兩江推緊望頻聞薦上才茂苑共期迎五馬詔書先已下三臺班春好鼓劉河舵按部行看庾嶺梅會見　恩綸重疊降吳儂引領繡衣來

寄左蘭城鎮江

綠陰濃合劍池邊憶結僧窗翰墨緣詩逼小倉傾老輩書摹快雨壓時賢（蘭城學書于夢樓學詩于簡齋）山塘棹遠曾牽夢京口箋來又隔年鄧尉梅花今正好渡頭重望鄂君船

送畢補垣赴開化任

沖霄幾輩翮連翩十載雲衢悔著鞭賦雪但傾梁苑酒

哦松且放剡溪船市橋春漲迷嵐影官閣秋雲帶橘煙
聞道風流重袁尹肯教百里滯名賢

題畫蟹

被野熟香秔如聞郭索聲直思傾玉醴猶想對金英孤
艇蘆中宿一燈簖上明莫矜螯爪利信爾可横行

胡丹崖同年擢守鳳陽郎送之任

詔書昨日拜　恩榮方面真宜任老成直以樸誠邀
特簡不將鉤距博虚名松高得露枝添翠鶴瘦盤雲韻
轉清莫怪歡聲徧閭左十年前已望専城
歐陽門下盡賢才先生會試出定圃師門江左循聲廿載推屬吏

已深來暮感故人自切去思懷後期屈指迎行帳前夜論心勸引杯佇見恩綸稠疊賁碧幢還擁繡衣來

探梅鄧尉不果豫齋邀遊佛華禪院俗所謂小袁墓者也適汪郎中訒葊至遂拉同游

花信山僧報衰年愛近游同心來靜侶攜酒放扁舟野色晴沙暖春光古寺幽潭東應自好一壑且淹留

喧處偏耽寂禪房一徑深別開香世界自有小園林花氣薰斜照鐘聲落遠岑憑軒聊放眼吾已滌煩襟

虎阜禪寺玉蘭花下徙倚竟日得詩二首

爲訪前朝樹重遊薝蔔林諸天晴靄合一塢白雲深不

作書空字如呈無垢心笑他車馬客花發便相尋

選佛場仍做聯吟社久荒余年十五六時先大父先君子詩人汪山樵常春遊看花于此

顔非當日少花似往時香日落人還集枝高蝶轉忙

緣衣何處女異事憶唐昌

憶蘭

同心經歲別芳信問江蘺夜雨湘波闊春風澗草披韻

宜柔翰寫香有素琴知迢遞汀洲夢何人遺一枝

種蘭

九畹許招尋交情契斷金直緣臭味合肯使萊蒼侵細

雨香泥潤微風翠幙深虛堂松竹裏紉佩幾同心

對蘭

高館疑空谷忘言意自親幽甯能媚世香本不因人脈脈琴書畔瀟瀟風雨晨相看芳竟體晤對亦前因

畫蘭

棐几臨風坐悠然逸興生露凝筠管重香入墨池縈倚石枝偏瘦添苔韻更淸曲屏霜不到長傍謝庭榮

題吳槎客桐陰小牘後

幾寄宮亭亦偶然香添紅袖或前緣豈知姹女河間杳忽化明珠掌上圓賦白頭吟甯有婦放楊枝事笑當年鍾離高誼眞千古合譜新詞付管絃

訪呂修林至天平山遇范湘筠昆仲遂同游白雲精舍

訪友因浮艇探幽遂入山雲房依翠巘春樹護晴闌聯璧欣同趣層崖許共攀泉聲留客坐日暮不知還

宿兼山閣聞鳥聲

卅年前憶宿天平宦海浮沉事隔生誰料兼山孤夢醒擁衾重聽畫眉聲

乙卯會試子世璜捷南宮

恩賜一甲三名及第授職編修詩以紀恩兼示世璜姪世恩

投紱飛騰暮景斜一經世業望傳家欣添插架登科記
笑看沿階及第花祖德深長培豈易
國恩重疊報無涯金階滑懍前賢語著腳甯容一步差

胡丹崖同年擢守鳳陽余既有詩送行别後半
月伻來持吳竹堂同年所作煙林送别圖索
題用卷中李松雲太守韻二首

臨濠人喜獲賢侯吳下心知念昔游試看煙林圖舊雨
豈無驛夢到蘇州春山雲樹征帆遠綠浪東西惠澤留
料得攜賓頻嘯詠有時還話阿儂不
知己天涯若比鄰一江何慮隔音塵最憐退士甘沉默

苦憶淸言接燕申地瘠自來風氣古居高難得部民親山川信美官多暇莫惜魚箋惠遠春

西窗竹下書寄畏堂

種竹西軒筍已生佇看來歲綠陰成白頭何日依窗坐同對寒燈聽雨聲

試硯齋圖爲汪心農

端溪綠淨不可唾踏天割雲雲乍破何年巧匠運神斤一片寒光驚李賀試硯齋如寶晉齋蕉桐引露覆苔階井華初汲簾初卷滿院天香金粟開心農好古今無匹暇日逍遥坐硯北雪繭新塡白石詞烏絲閒試廷珪墨

姬人聞學太淸樓格仿簪花不礙柔想見捧來棐几側看君懸腕灑銀鉤

秋林獨坐圖

白雲盪我胸紅葉舞我袂幽人寂無言心與太虛契

獨坐秋林裏山深日更長笑他車馬客朝市一生忙

初夏漫興

短榻茶煙颺鬢絲呼童試把竹窗支晴光澹沱閒能領

衰境侵尋靜始知生客漸欣投刺少故人應怪答書遲

幽懷只愛吾廬好新筍林間茁兩枝

鍾吾道士採藥圖

嘗茶看畫坐山房六十輸君鬢未蒼一柄長鑱生計好仙家原有駐顔方

竹夫人

桃笙展處帳如煙好伴幽窗一枕眠豈有閒情嫌骨出本來無色况心堅凉生蝶夢餘殘暑香惹冰肌亦夙緣喚作青奴原不惜要他擁髻鎮相憐

居然嚼蠟䙡横陳試認芭蕉一様身爲雨爲雲疑夢杳不言不笑却情親天寒袖薄思前事林下風淸憶古人最是虚心能任運肯隨團扇嘆凝塵

高眠羸得是平安早有秋聲到碧欄色相已從空相悟

此君合作細君看平鋪滑簟宜同夢薄疊輕羅似合歡
新粉尚含香汗漬錯疑湘淚未曾乾
清凉又送一年秋訣絶何須賦白頭與我周旋同法喜
靜人紛擾是天遊虚空早識身爲幻棄置誰憐命不猶
但得忘情能免俗長門金屋總無愁

送熊蔚亭方伯之任雲南

我
后重岳牧勤恤在黎元溫溫鉛山公江介駐鹿轓春風
藹然來蕡棘成蘭蓀皎日一以照岸獄無覆盆公或不
自愜民咸戴公恩昨日賁

鸞書句宣

命南轅甘棠聽訟樹勿拜遺愛存賤子慕仁聲受廛栖
故園燕見不敢數每見欽溫言風淸晝戟靜雲動隼旟
翻借寇願虛切攀稽情彌敦衮衣頌他時重莅金閶門

和韓梅坡移居韻

廡下無勞借一椽肯將傲骨受時憐試看慧曉池邊柳
何似張融岸上船屋角小溪晴漲滿門前老樹午陰圓
伯休名姓今眞隱底事尋山更訪仙
竹屋松扉薜荔牆早聞畏壘祝庚桑能辭世網何營競
漸淡名心可退藏花徑討春還得句墨池試筆自生香

鐵門限外屨恒滿只恐書逋未易償

埽盡塵緣夢亦清息交我擬學淵明移來密竹篩蟾影
種得甘蕉送雨聲長劍華纓除妄想濁醪粗飯足餘生
惟應東郭忘機叟脈脈相看識此情

學荒一任此心聾蹤跡年來似泿翁閉戶已甘長抱甕
休糧何處問埋蔥未能大隱聊中隱要擲詩筒把釣筒
最愛梅花風雪句醉鄉還擬訪無功

題吳竹虛臨馬湘蘭畫幅

雪窗官舍月如銀八幅臨來韻逼眞他日藝林傳逸事
不知誰是賞音人

句容駱秋亭女史四十壽寄詩索和十六韻

生世慨浮休所遇時亦偶區區強分別窮通與夭壽達人悟其旨一笑置已久熙朝盛文儒著作數某某鍾秀逮閨閣秋亭實推首詩篇謝家女經術韋氏母束身闈閫間上與古人友門前山光浮屋後江聲走委懷空塵緣游心騁文藪清福天所慳賦畀艮獨厚窮通本度外夭壽更何有飛騰光景馳初度謝置酒作詩記感懷咳吐成珠玖天才追道韞鄙見愧劉柳濡毫陳蕪詞用代酌大斗非徒祈長生庶以蘄不朽

同李筠林雲隱寺看桂花

中峰高躅遠雲隱寺門荒老樹何年植游人此日忙塵看封佛座花自散天香一燈應遺物題名認子昂碑蝕前朝字香濃別院樓禪門慨興廢人世洒浮休衣鉢誰能守茶瓜客暫留斜陽歸騎緩聊復散吾憂

三松堂對月

何以天邊月今宵分外圓濤聲松韻遠霜影菊枝妍靜喜塵氛洗清聯翰墨緣姮娥應戀客露重不知眠

十六夜對月復用圓字韻

銀蟾眞解事爲我十分圓桂影濃移幙松風涼拂絃讌

談欣夜永晴暖喜句連水調歌休按淩虛怕欲仙

蔣謙齋太守輓詩

識君逾卅載投老更情親各有難酬願相憐勇退身寒廳嫌燭短春徑賞花新北郭談心侶傷哉少一人

網師園二十韻爲瞿遠村賦

金閶苦喧闐南城喜閒敞網師宋家園興廢一俯仰俗士馳紛華高情愛疏爽搉頹改前規締搆寄新賞修廊臥晴波幽館施疏幌疊巘排玲瓏虛亭面滉瀁樹密涼蔭濃磵深晴溜響曲折奧曠兼遠近心目放開軒延古歡埽徑招吾黨是時夏之初氣和天澄朗繁葩送幽馨

微禽弄清吭境靜合元虛神怡蕩塵坱翰墨緣契今管
絃輿殊曩伊余秉微尚泉石結遐想秋風澧水帆細雨
飛雲輞歸耕守一廛濟勝阻修廣茲焉滌煩襟佳景誠
無兩爲樂當及時古人豈我罔塗迴宜巾車濠通可理
榜不速期同心風流庶來往

懷人詩四首

魯南畹給諫蘭枝

魚頭風節自堂堂廿載含香夕拜郎月落參橫街鼓靜
記銜卮酒話江鄉

顧約齋郎中勒布

綠陰晝靜正鳴珂色養萊庭樂事多彈指年光眞逝水簿書風月等消磨來書有僶俛簿書與經綸風月孰勞孰逸之語故云

馮魚山農部敏昌

寫得芳蘭如藓石吟成好句似覃溪海南名士黎簡張錦芳並欲擬魚山未許齊

劉崧嵐刺史大觀

每從海舶誦新詩苦恨酬箋去燕遲捧硯司香還進酒風懷是否似年時捧硯司香還進酒崧嵐自賦湘花詞也

三松堂集卷十一 始乙卯冬至丁巳春

吳縣潘奕雋榕皋

十月廿七日默齋招飲

西風埽落葉凜然歲將終閒身無遠圖閉戶歌豳風故人具杯盤邀我銷寒同吾聞古人語至樂惟杯中一引俗慮散三爵天懷空毋爲嫌小戶一勺同千鍾

貴人愛新交退士戀舊友士衡我同袍取友固不苟非徒期眞率意在能耐久破甕登香秔冒雨翦初韭莫更談鼎鐘聊復酌瓦缶不見東方士三旬食遇九

年增世味衰百念俱灰冷放誕喜縱遊東縛畏干請今

朝樂復樂樂在意得逞初筵末節捐改席雄辯騁小令戲藏鉤徵事更說餅卜晝有成言晷短燭仍秉魚沫思江濤鳥鳴求匹曹有生各有願願外心徒勞瀟瀟風雨晨相對宜餔糟鑪香浮靄靄窗竹鳴騷騷欣吾心體適慕君志趣高浮沉何足道妙理咀醇醪

張廣文芝岡招爲消寒第二集

我愛張平子秋霜鬢未侵交能全死友義不問千金斗室觀羣動高懷寄短吟諸公從衮衮自葆歲寒心

門對婁江水尊移孟氏鄰飲於周氏書齋家風傳退讓酒味領清醇急景潛迴九疎枝暗逗春桑榆同逐暖不是慕沉

淪

陸謹庭默齋范芝巖張芝岡弟雲浦飲三松堂

消寒三集和韻

耳熱何嫌數爵頻近頻得京華故人陞轉消息心寛喜作自由身相逢且酌逡巡酒同調宜呼澹蕩人庭竹經霜初解籜庭前方竹入秋乃茁砌萱迎臘又回春醉餘坐石思烹茗笑拾松根墮地鱗

分無仙骨似蘇耽眞訣閒從內景探丈室元神惟抱一衡門曲徑乍開三寒蔬未足娛嘉客小飲聊思博劇談消息天心君悟否盆梅紅已十分酣

復和芝巖韻兼寄立崖

兩春逢閏歲，臘月不知寒（吳諺有兩春夾一冬無被暖烘烘之語今年尤驗）。徑或開禪伯，門還閉達官。袪愁傾竹葉，返照護泥丸。却怪蘇齋叟，迎冬何鮮歡（前集立崖先散今復不至故云）。

老范長城壇，吟來韻最高。騷情濃近柳，古味淡於陶。涉筆深三昧，銜杯藐二豪。竹林遊可續，不必慕山濤（六人同聚余邀謹庭而成七）。

題汪訒庵玩印圖

龜迴左顧曾呈瑞，鵲化林間亦兆祥。料得高人心似水，不將蕙帶換金章。

生公石上記論文漢玉秦銅變體紛最憶錦函親拂拭
土花紅暈認文君訒庵藏銅章三千方以文君印爲最古

陸孝廉沅赴試春官張東畬畫墨梅佛手送行
索題

墨池靄春雲畫好詩亦好持贈平原君善頌推張老
羹待和瑤席花先報小園華堂晴晝暖應手掇春元

雪後尋梅步司徒廟下

山深瀌瀌響溪流清景難邀熱客遊記得春宵新霽夜
滿身花影宿僧樓

雨次京口有懷雲浦

柳暗闔閭城春流接岸平知君聽雨坐憶我挂帆行鐵甕夜潮落蒜山涇翠横晨朝渡揚子愁聽鷓鴣聲

王家營登車作

草緑江南正好春閒吟喜作自由身誰知棲谷犁雲客重作登車攬轡人翦燭論心懷舊侶鳴珂待漏記前塵料他京國團圞者計我行程屈指頻

重興道中

河濱陳迹此重經牛鐸車鈴耳倦聽尙是江南好風景菜花黄間麥苗青

心自歸田甘靜寂身從行役覺衰遲閒雲舒卷原無意

羸得燕遊數首詩

楊化道中桃花

一樹天紅出短牆，最憐絶豔託窮鄉。風前雀護頭全白，無復情懷更乞漿。

車中靜坐

養生固多方，止念要第一。平生苦紛挐，瞬息慮百出。何知塵勞中，埽除得靜謐。豈惟謝應酬，兼亦捐卷帙。無須鼓記里，儼學僧趺膝。河車依車輪，旋轉工夫密。疲驢如解意，透遲不復疾。息息復深深，身勞心轉逸。日昳指前

村言投順河驛

五鼓發順河

四更客夢醒五更脂車行行戒徒御途遠宜宵征是日自順河至紅花鋪入山東界計百二十里春暮時候和沙軟驛路平濛濛微月中村落梨花明假寐須臾聞天曙雞亦鳴初陽升柔祇默禱一路講年豐菜麥熟彌望青黃盈莫謂征人勞農家已曉耕

紅花鋪始入山東界以詩代柬寄弟畏堂子世璜各一首

出處非意料離合由天成我昔歸吳門君方出 帝城還朝知我去倉卒心應驚間濶幾何時歲琯已八更看

雲白日永聽雨寒燈青我衰不再出君歸未成行豈知
入今年京華重合并懸知連夜坐喜見燈花生所恨不
能留北轅仍南征歡悰今未展別緒先交縈世味嘗乃
淡名心老逾輕菟裘他日計爲君已先營何時三松堂
同聽松風聲花明春放棹月皎秋飛舲佇君二三年來
就沙鷗盟歡聲報童僕晝舫花橋橫
昨暮宿吳域今旦來青齊歸田年已艾何爲是棲棲行
役豈不勞念爾身留稽爲汝挈家累與爾司鹽齏居官
不知儉後悔徒噬臍報　國更何持空疎恐貽誚我來
行當去莫但心含淒同　朝父事人一一羅天墀汝能

自得師何異我耳提仲父況汝愛晨夕能指迷升沉命已定無爲效突梯我今雖衰孱尚未須扶攜春遊還東山秋賞時西溪汝能守汝身吾自安吾犁不願肘懸印不願手執圭淸班本分官緩步或可躋還期早歸舍與我耡春畦

車過傾葢亭有懷孔葒谷谷園顨軒三故人東

朱滄湄比部亭在郯城縣北十里鋪

平生投分與誰親膠漆金蘭亦宿因傾葢千秋傳故事停車有客正懷人書傳葒谷留遺墨樹敧微波又好春更愛一編儀鄭刻滄湄風義世無倫谷園自號葒谷所書玉虹樓墨刻盛

行於時微波榭葒谷家園書齋滄湄爲槧軒之甥槧軒逝後滄湄爲刻儀鄭堂遺文

李家莊道中有懷立崖時立崖先余赴都計當至直隸矣

七十懸車歲脂車何所之此心原不繫千里有相思日落河間府風高董子祠何如繡谷裏臨水看花枝

過沂水

我來沂水上正是暮春時狂者不可作風乎孰與期澹煙浮漵浦清影鑒鬚眉安得招童冠時來偕詠詩

半城遇雨

平遠山如埽黛蛾討程明日過青駝瀟瀟恍聽蓬窗雨

只欠吳孃一曲歌

大風發半城行九十里抵杜莊

土舍夢難成登車第六程山容初洗雨風意欲回晴戶少倉庾積田欣豆麥盈沙輕塵不起柳下小車行

宮城道中

車行日日苦塵土北風蕭颯送微雨雨止風和塵不飛馬蹄輕疾與人舞小車按轡月明中遠山無數擁螺峰雞聲何處催曙色平沙一道車燈紅此來自了名山願渡澗涉岡曾不憚蒙陰迢遞接敖陽我馬虺隤我僕怨春深擁被猶曉寒計程三日抵泰安云亭勝跡曾經覽

漢栢泰松今再看

羊流道中

緑楊敧斷岸花鴨唼清流何異横塘路春遊放小舟
山路甯云險徐行馬自馴君看平地者不少覆車人

泰安道中大風寒甚

三月今將半泰安春未回重雲全護嶺旭日不驅霾風
欲吹車轉沙疑挾雨來山塘晴泛艇應有牡丹開

登岱

紫氣瞻城北眞形鎮魯東柴燔先五嶽祀秩配三公花
洞仙蹤祕桃花洞在絶頂天階磴道崇徂徠作屏障鳧繹失從

龍物象諸天外乾坤一氣中吳門馬練白海上市樓紅
初步微風藹升高旭日曨仙樓層棋矗御帳水聲淙萬仙樓御帳泉爲中途最勝處月色懷淸夜風濤散碧空有月色泉聲風濤雲壑諸大字
蒼茫天可問呼吸氣能通隸體開元勒宏規
聖代隆層霄通廣術千嶂護神宮
睿藻今摹石豐碑昔範銅摩崖存古意鞠跽展微衷路
爲曾遊熟心因過客忽他時更題壁遥石待磨礱

十六日至張夏

盤盤曲徑石崎嶇著足人間有畏途明日開山山路盡
莫言平地可馳驅

晏城

近市人何處囂塵古跡存惟慚書社沮或恐類臧孫

平原道上寄芝巖

聽鶯樓畔記春遊杏子單衫映碧流誰信平原今轂雨北風卓午尚重裘

德州晤汪鹿園徐鐵崖

今朝風日更暄妍自喜潛心默禱虔卽景微吟聊適己此生何事不關天故人相見顔如舊往事重提記不全一笑登車仍北首綠楊影裏夕陽懸

漫河

漫河北去是交河陳迹團團復此過自笑紅塵緣未盡更將馬策換漁蓑

趙北口

十幅蒲帆漾碧流微茫遠樹認沙洲分明一派江鄉景欲買漁竿上釣舟

不通車馬絕塵埃臨水柴門一道開隔浦人家應最樂買魚沽酒打船回

和邱醒蘭給諫

意外獲攜手相看未改顏榮華君自異膠擾我能刪幻態嗤蒼狗歸心寄白鷳來朝須秣馬先擬入西山

和吳少甫吏部見贈韻並柬龔壽觀察

聯佩東華記擘箋觚棱回首夢依然綠蓑乞泛煙波叟
畫省香薰上界仙雲鶴回翔超物表江鷗飲啄慣沙邊
酒闌莫怪疎狂甚膠漆情親卅載前

花開芍藥卸征衣邀我重聽鋸屑霏紅旆乍欣歸玉壘
青鞵差喜謝塵鞿文章軾轍君家擅風義陳雷鄙指希
尺素天南煩寄語白頭相對話依依

顧星橋吏部招飲用少甫韻奉柬二首即以誌
別

重來賓座拂吟箋振觸閒愁一惘然薇省簪毫無伴侶

余初直閣同事者爲陳雲岡郭晴湖嚴愛亭任領從孫春臺陸蘧庵今皆物化藤廳聯袂有神仙君與少甫同直內閣今同官吏部升沉事已拋雲外現在身還闕酒邊莫道飄蕭雙鬢改此心何異廿年前

歸裝重理舊行衣要趁清和柳絮霏早覺形骸非我有肯教局促更人鞿飲來醇味心先醉聽到朱絃識恐希見示新詩一冊後夜酒闌吟落月應知遠客夢相依

喜晤馮玉圃給諫再用前韻

墨林珍重襲吟箋送抱推襟意藹然久識禁中推大手又看門下列羣仙近分校禮闈所得皆名士結鄰曾約栖吳會君與余有卜築瀆川之訂攬袂何期到日邊想見櫻甯心澹定德容豐

似十年前

酒痕點滴檢春衣揮麈重聽玉屑霏肅羽鷞應長耀采嘶羣馬已久辭鞿舊遊殘夢尋無緒同輩晨星看漸希煨栗燔豚溫濁酒宵分憶否一燈依

寄懷圖月村郎中

魚書寥落幾經春臭味金蘭憶最親　行殿簪毫曾並轡粉垣判事每聯茵多生文字留餘習淨業栴檀悟夙因寄語吳儂還望歲隼旟何日下江津

彭守約松下聽泉圖

我愛逃名客悠然世慮輕穿雲看岫影過雨聽泉聲自

得琴書樂全無俗累攖惟應抱朴子知爾獨吟情

青松白鶴篇贈魏松濤同年

青松挺勁質謖謖含清風天生楨幹材占象協棟隆亭亭冰雪姿獨立枳棘叢非無匠石顧小試甯固窮仰承雨露恩葆葆茲正直衷君子有本性不受霜霰攻下枝施蔦蘿高枝摩蒼穹我昨行空山白石清泉中愛此堅貞心懷與金玉同寄語植根者莫作春花紅

雲中有白鶴乃自青田來誰與拔相經賞此沖霄材何知崐閬質不受雕籠摧冥冥物外翮肅肅風前開昔依清獻琴今伴孤山梅華軒豈不貴鷹隼還相猜珍木豈

不高金丸懼生災何如淸迴心飄忽超塵埃馴養守千
齡潔羽如雪皚回頭謝儔侶毋乃羡瑶臺

和范芝巖移居韻

埽除塵夢得幽棲新築平江路過西試問小園營梓里
何如別館對沙隄水潭憶賞池邊柳梨帶曾留爪上泥
芝巖本居香山之梨帶里寄居閶門之水潭頭
却愛煙巒此地好數峯高與畫
檐齊

雲松煙蔦可因依今是何須說昨非羃翠庭原無俗客
猗玗子已久忘機風淸泮水聽鳴鳳酒湛春巵著舞衣
況復聯牀來話雨德門樂事似君稀

祖德先型誌歲寒誦芬路指數弓寬蒼雲舊仰崧千尺
碧蔭新移竹幾竿試拓軒窗延杳靄重裝碑版理叢殘
知君幽賞家園好縮本天平正耐看
丈室閒將篤耨薰過從兄丈喚張般波通南北扁舟近
路隔東西一巷分好約士龍來避暑更邀平子細論文
從今來往知無厭同作天邊自在雲

盛蘋洲新得荔枝一本寫圖作詩邀余同作

閩水何時初上船蘇臺昨日乍停驂磁盆一本矜殊絕
風味移來越嶺南
嫩葉猶含碧玉芽薰風山館綻丹葩藍紅陳紫知難得

香味還應問宋家
耳食從他誑側生朱苞曬日熟三庚火雲香雪知誰勝
鄉味何須執意爭
何當纖手擘輕紅仙液神膏美在中却似玉環新浴罷
豐肌如雪絳紗籠
貌得新圖態逼眞涪州品遜福州純寫生也擬煩崔慤
輸爾芳香味入脣白香山有崔慤寫荔枝圖
一株三實比神丹瘴雨蠻煙翠葉溥午枕松風蝶夢醒
紅雲遺事話長安
和黃蕘圃移居韻

幽棲何事賦郊居，新葺司空郡北盧（宅爲 國初顧司空舊第）。亭就定應名燕喜，室深端合記清虛。待開三徑延蘭臭，好列長筵侍板輿。聞道移家圖可畫，茂先惟有卅車書。

難將薄俗盡還淳，千萬曾聞說買鄰。往事山塘徵太僕（宅爲明吳因之故居，相傳魏璫之禍，因之家居，購五人頭藏于家，事已合葬山塘），遺封古廟飾春申。文彊少歲知勤學，摩詰閒居貴養眞。爲問伯通橋畔客，近時可有姓梁人（君居宅去臯橋最近，故云）。

花橋小築爲耽幽，和韻詩新壁上留（余移居詩四首，君和作最爲典博）。竹榻晚涼敲綠玉，松飀風細舞蒼虯。委懷我欲師前哲，抗志君眞出輩流。他日叢書徵野客，里言重喜驗黃由。

用野客叢書載黃由得狀頭事

古井由來靜不波未能入甕學蘇何折枝聊復舒疲體伸紙惟應擬放歌側想高齋成蝶夢尙憐陳迹作牛磨

余于二月入都而今鍊得安心訣攝盡修行十種魔五月始歸故云

題徐榆村鏡光緣傳奇

碧柳深藏小玉家桃花隖畔夕陽斜傷心鸚鵡空傳語那得當年古押衙

一曲琵琶聽未終天荒地老恨無窮征車迢遞關山遠尺素驚傳塞北鴻

殘編零墨裏重重想見妝臺手自封他日搜神餘韻在

不知誰復弔昭容

樂昌安得鏡重圓聽罷新聲淚泫然香土一坏秋草滿
至今風雨怨啼鵑

虎邱詩和熊謙山方伯

桐橋迢遞接金閶天與貧民覓食鄉柳外煙濃停畫舫
隄邊日暖敞花房石闌塔影連雲影經院衣香又佛香
不是能詩白太傅誰能領此好風光

牛蟻難醫病耳聽隔溪誰遣唱玲瓏雲開頗憶遊千頃
月皎曾來坐可中水樹淸華尋惠遠酒壚零落感黃公
瀟瀟暮雨哭孃艇擬譜新詞愧未工

奢俗從來少蓋藏，江河日下也須防。愛看臺笠東郊聚，厭聽笙歌北里颺。不信風難將草偃，固知水本逐盂方。句宣豈弟期無忝，但覺曹參治最良。

散步何妨脫珮冠，閒從物外得遐觀。可無笛舫横花渚，却羨漁翁坐石磐。客到定增鴻雪感，我來直作畫圖看。憑誰翦取西溪景，半幅煙林倣范寬。

陸謹庭默齋招遊山塘

青帘畫舫泛山塘，早有歌聲出野芳（浜名）。今日不須愁毒熱，綠陰濃處水風涼。

機雲才調近無倫，勝日招呼澹蕩人。試問浮杯臨淥水

何如東帶抗黃塵
白隄柳色尚含煙可有當時態滿蟬爲語使君莫打鴨
好將餘韻繼前賢
丈八溝前好納涼何妨獵較也浮航人言蕩子銷金窟
我道貧兒覓食鄉
新署頭銜號四休散花著袂故難留衣香鬢影波光裏
不礙來迎夏統舟
東船西舫送新聲銀漢敧斜月不行待理蘭橈回曲渚
莫教魚鑰阻更深
門生李芬將歸黔中枉道過訪詩以送之

芬也黔中秀飄然出　帝京看花虛遠志負米愜深情
氛靖征途穩秋高涼意生正須六月息且課兩年耕

贈袁月渚鍊師

六十鬢猶綠疑君術近仙閒中觀物化醉裏得天全客
到吟新句吾衰治寸田柏庭秋正爽還擬叩眞詮

題朱磵東畫蘭

紉佩誰憐臭味同孤芳空谷自含風故知碧玉闌干裏
不許荆蓁長一叢
輶軒曾浥楚雲涼回首東風憶國香今日松堂秋雨裏
爲君清夢度瀟湘

三松堂集　卷十一

唐陶山明府前令荆溪寫船入荆溪圖今調任

吴江以圖索題

此邦舊日東坡遊買田築室願未酬岸容山意今猶昔沙鳥汀花避俗客使君夙世疑坡仙陽羨溪山定有緣開閣渚煙琴几底放衙嵐翠隼旟前紺輪移駐虹亭側聞說寇君借不得詩襟看惹莫釐雲畫圖猶染荆溪色州迴路轉竹雞啼十四年前徑欲迷秋爽善卷應更好扁舟也擬泛晴溪

詩人盛青嶁遺照

東吴詩伯歸愚叟同時作者惟青嶁歸愚晚達入　承

明靑嶁棲遲老林藪卅年人事如浮雲剩有詩篇在人口竹嘯軒前秋草荒鷺飛橋外晴波瀏誰寫溪南寄興圖補景篁村推好手淸泉白石可怡情冥心欲到無何有乃知翰墨可寶貴其骨已埋神不朽竹井老人有題句江南冀北懷良友想見當時舊雨情肝腸氷雪陳雷偶我亦因之憶昔遊歸帆人去空回首粉墨能將情性傳畫圖端賴雲仍守臨風三歎發長謠滾滾紅塵隙駒走歸帆亭夢堂先生讀書處先生自號竹井

題荷亭獨坐圖爲族叔皆山

高柳蟬不鳴淸波靜無暑幽人坐磐陀心與几遽侶

弱植無所倚汙泥不敢侵知公愛蓮意欲證妙明心

遊畫禪寺寄懷昆峰在鎮江

昆公飛錫去屈指兩經春應結逍遥侣還憐膠擾身紛紛人事異汨汨物華新何日相隨往安禪靜世塵

題南田仿雲林山水并序

師林寺今爲畫禪寺寺故有闌爲元倪瓚所造名師子林林今歸于黄倪又有圖圖今亦失東畬張子以所藏惲壽平仿倪畫一幅藏于寺寺僧昆峰索余題未果今春來遊爲題其後嘉慶二年人日

祇樹有園歸江夏東畬遺墨珍南田是圖非爲師林寫
其妙眞得倪迂傳僧房啜茗慨逝歲人日讀畫懷前賢
山門玉帶有故事畫禪佳話留他年

題獨鶴圖

林間無數亂鴉啼獨影翩然下碧溪想見石壇瑶草夢
應嫌舞市格還低

題秦淮水榭圖爲陸孝廉沅

曾向淮淸橋上行絲絲煙柳最關情長條秋影渾如舊
何處樓邊有笛聲

輓褚筠心學士

富貴天所命神仙不可求百年一俛仰身世亙悠悠褚公璠璵器少歲班揚儔及乎登　承明名譽滿八州歐虞盛著作閶楚瞻軒輶學士位非卑黼黻君所優健翮乍騰騫高才仍滯留一朝脫簪紱翩然狎海鷗回看門下士幾輩擁旌斿人生非金石早退誠亙謀遺榮曾幾時忽與雲將遊兒孫可繼志翰墨能千秋生死屈伸爾觀化公何憂所嗟獨唱人有獻公不酬長謠用代誄聊以慰冥幽

輓汪竹香

琢腎雕肝過此生到門疑有苦吟聲中年慕宦將心織

晚歲無田用筆耕同榜故人持使節高才弟子列清卿
嗟君窮巷栖遲老贏得區區世上名

吳秋鶴秋水懷人圖

襲芬誰信扈江蘺落日停雲獨坐時吟罷四愁人不見
玉盤錦段費相思

雲岫千重樹萬重妝樓點筆墨花濃國香零落秋風弱
留與他時話玉儂圖中畫蘭人也

二月中旬默齋招飲觀梅

晴廊春暖風不埃仙洲內史邀觀梅梅花鄧尉號花海
賞此似雪檐前堆君家庭階森玉樹長此花下開書齋

横斜月影動幽意淸圓禽韻抒吟懷氷姿可方詩老格
鼎味預識諸郎才我來恍如到銅井何必攀陵淩崔巍
攀條弄蕊淸興足一株萬樹何殊哉君言此花得地氣
灌溉不藉勤栽培秋深蟲蝕葉再茁歲寒蓓蕾盈條枚
乃知託根貴深固外境未足相磨摧春風披拂玉蕊坼
冬雪醞釀瓊葩胎高枝不許俗眼賞繁花眞爲吾儕開
東郊桃李紛滿眼嫣紅姹紫同輿臺詩成大笑聊引滿
飛英一片浮金罍

三松堂集卷十二 始丁巳春至己未秋

吴縣潘奕雋榕臯

立崖司馬用蘇東坡虎邱寺詩韻繪圖作詩同人既和之矣趙雲崧前輩據杜少陵壯遊篇謂宜作懷杜閣以配仰蘇樓復作一首立崖邀和再用蘇韻

後生瞻前賢如依麓仰嶺虛懷探詞源如以綆汲井每從登覽餘望古發淒耿蔣侯詩中豪鯨吼噤蛙黽曩者和蘇詩精比鏐出礦毘陵老詞伯繼聲氣愈猛高詠壯遊篇筆健懷與騁嗟我學久荒欲和喉爲哽昨過青山

橋平田俯千頃側想高閣成拾遺跡未泠結構毫端工名竝仰蘇丞豈徒尺幅間圖繪空中景僧房多隙地新綠橫窗影盛事不可虛左券持詩請

題方春之刺史觀我圖

竹淨不受暑蘭芳自搖風知君寫圖意諸相已全空試問我爲誰云何復有我無我更何觀一笑當印可

張東畬雲津待渡圖

茫茫塵海苦無津勇退回頭得幾人讀畫小窗閒袖手收帆眞有自由身

萬里溪山尺幅收宦情冷似一天秋當年誰信乘槎客

今日清波狎白鷗

我亦人間一斷蓬渡頭無復問長風沉舟破浪何窮事來伴漁師理釣筒

白公祠成趙雲崧前輩李松雲太守皆次公虎邱寺路韻作詩輒和二首

武邱山下路游賞白公頻懷古尋遺跡聯吟見替人林亭如有待池館又重新可許花船泊隄留一道春花船載麗人公虎邱詩句也時頗有花船之禁故戲及之

配食宜同調應煩相度頻湖山開畫景客主總詩人塔影前規舊蔣園舊爲顧云美別業名塔影園雲巖傑搆新虎邱山名雲巖山卻

因今載酒更憶昔班春

袁又凱招同錢辛楣少詹王西莊光祿段懋堂

明府集漁隱小圃賞桂分韻得十三元

春風昨夜來高軒小山幽處香溫黁入門金粟枝頭繁衆賓列坐靜不喧霏霏玉屑聆淸言微波曲榭圍雲根虛亭四面天香屯飛蕊往往浮金樽人生適意餘莫論此樂可以袪憂煩何必圖記摹西園我衰守拙甘邱樊君亦養素栖江村有花可嗅酒可吞即此已足娛朝昏況復夙好詩書敦無營自見天爵尊相期於淡安心魂興闌穿林枝更捫笑指暮靄遙山痕肩輿兀睡入郭門

酒醒衫袖香猶存

范笏峰塞北省親圖　圖爲董東山宗伯作

塞垣草樹搖清秋綵衣才子馳驊騮富春詞伯華亭儔濡染巨筆寫壯遊一時題者皆名流百年光景掣電逍俯仰陳跡水上漚拂拭絹素墨韻浮二株園荒世澤留清門文采冶紹裘珍此一卷如珙璆我題卷尾豁病眸長城峻絶石印幽白雲鴻爪何處求臺懷昔夢思悠悠　余於丙午春扈蹕五臺山長城嶺爲由京出口之路石印山房嶺畔僧舍白雲寺五臺最勝處也

重陽後二日畫眉泉補登高寄懷徐榆村

選勝停橈憶古歡籃輿一徑入層巒試拈竹葉憑烏几

更采黃花綴鷃冠松露滴衣渾欲溼山風吹面未全寒
何當長結棲巖侶翠柏蒼筠鎮日看

九月十四日邀畏堂雲浦兩弟虎阜補登高用
少陵藍田崔氏莊韻

輕橈出郭便心寬撰得良辰拾墜歡娛老最宜竹葉酒
銜煙不礙切雲冠霜風初緊全無暑晴日微曛尙未寒
記取卄年黃菊好三八第一次同看

訪道圖爲汪梅村

至人去已遠大道無由聞卮言雜然陳羣生日紛紜仙
山有紫芝餌之冀葆眞還憂精華竭故者難重新所以

曠達士思與佺喬倫遙遙九層臺藹藹三素雲寄言獨往者吾亦辭塵氛

倚松圖爲汪梅村

向平愛讀易亦愛名山遊長松怪石間興到竟日西茫茫塵事何時了我亦抽身學幽討披圖恍遇商山翁可許相從拾瑤草

吳臯村桃花塢圖

子畏今安存桃花亦無有徒令風雅士讀畫思尚友爲問都太僕何如唐解元扁舟濠上泊試與竹虛論子畏科場之獄實都元敬搆成之

同雲浦至城南游瑞光寺

荒殿僧寥落長空塔影圓壇松搖旭景庭鳥啄寒煙棟宇規模在村墟井陌聯禪門與廢異緬想赤烏年

歸途游開元寺

城南游迹少歸路此重過殿古無梁異碑殘有字磨東雲屯靉靆禪語證多羅（殿門篆字三通一曰毗奈耶一曰修多羅一曰阿毗曇）莫問孫吳事寒鴉下逝波

張芝圃有端溪方硯余欲以銅雀瓦硯易之先寄以詩

君不見君家幾仲龍尾硯曾與東坡易銅劍投桃報李

兩無嫌白琥黃琮良可賤又不見子瞻藏護涵星硯以贈純夫絕不戀前輩風流吾所師韻事流傳君亦羨端溪君硯方而窪瓦石我硯橢無瑕二物於人初不擇流轉移易甯殊差三松堂外雲影移瑞芝閣裏香煙霏君才繡虎硯固幸我腕紆蛇硯豈辭開函拂拭登文席非比貪夫愛懷璧兩家珍祕傳子孫視草草元惟所適相期介節磨不磷應識石交眞似石

林屋夜游圖爲錢子梟上舍

方壺在八世喬偓難形求金庭玉柱閒洞壑聊可游錢郎夙具淩霄翮選勝探幽忘日夕麗句能參陶謝壇新

圖直奪倪王席秉燭追歡逸興騰春來也擬理行縢青鞵布韈平生願捫葛攀蘿我亦能

梅石心知圖爲法梧門司成

散人耽幽棲愛梅復愛石結廬銅井畔興至便蠟屐香風渡太湖黛色橫西磧青鞵與布韈恒作獨往客豈知玉堂夢亦復到山澤晴窗一展卷相視眞莫逆所恨十年餘人海未接席江南春信動又理尋芳策冥濛入煙岑游蜂上衫幘側想圖中人仿彿林間格古來賢達士心契不以迹吟思何遙豔拜憶米老癖題詩寄詩龕淸夢定不隔瑤華儻有贈好附姑蘇驛

瞿安槎椿庭讀禮圖

孝子有孺慕導衣哀未忘新篇吟束晳古冊挾高堂竹徑春暉短椿庭愛日長似聞鯉對語博覽企文彊黃香喪母力學不倦

十二月十九日默齋招飲一枝軒

屈指殘年剩一旬土牛昨已早迎春紛綸塵世何窮事淡蕩尊前自在身閒客正宜排日飲寒梅又是一番新孤山憶否移湖舫光景眞如下坂輪

丁巳十二月十九日飲於默齋一枝軒歸夢訪彭尺木於南園相與郊遊尺木先去余與二

三人不識者俱塗泥汚不可踐淩跨而過登一樓則一麗人在焉又傍至一小樓尺木默齋芝巖畏堂雲浦皆已先在茗飲其中尺木離席似爲主者樓下紅蓮盛開尺木憑闌似有索句意芝巖先得句用一先韻默齋次之畏堂又次之次至余思苦澀不能成欄外紅蓮花葉皆化爲人俯仰磬折游戲余卽續吟雲浦曰絶似山谷憬然而寤寤後思之不能記一字豈尺木刻意淨土身後人有異論故於余微示往生之兆邪抑余與諸公皆有淨

士緣尺木先逝故露其倪如海月師故事邪

因用一先韻補作一首以示諸君子索和焉

層樓傑閣開雲煙香風掩冉搖紅蓮朱闌徙倚有六客碧波游戲來羣仙懸崖撒手成獨往西方作主期他年勤修升濟示微意妙語卻想心茫然

喜獲端溪方硯名之曰習卿呵凍試墨柬芝岡

退士成書癖貧家仗筆耕敢希青鐵賜如拜許田盟妙製遵前式良材重老阬懷方能守黑善下儼持盈綈几塵氛遠文窗耳目清憑抽思乙乙細玩理庚庚厚意誇吟客歡心動獻伻深慚平子餽肇錫習卿名象坎期虛

受如珪利永貞換疑迎愛麦珍抵獲連城畫手能傳意（東畬作易硯圖）新詩擬定情吟成寄張老一笑絕冠纓

以銅雀瓦式端硯歸芝岡再賦十六韻

格自隨園創珍從繡谷貽（硯爲袁簡齋贈繡谷主人轉以贈余）陶泓新樣改銅雀舊模垂楕角形摹漢園中象取規何妨瓦石混直擬冶弓遺不劇眞如玉無言善守雌潤疑檐溜滴滑想粵溪移幾歲依繩牖今番上碧墀篆書楊子擅（銘爲友人楊迂村鐫）紫氣茂先知（借用張華事）拂拭辭湘佩摩挲祕瑞芝（湘佩余齋名瑞芝張子書齋也）生花開不律舒錦試喩糜濃瀉金壺汁香摛齏臼辭殘年吾輩暇好事後生嗤龔定同璆璲銘宜

倩頡斯捧煩樊素手洗向右軍池几淨諧新賞氈寒免故思春深晴閣暖待詠二喬詩

穹窿山羅省齋鍊師索詩二首

上界鐘聲下界聞結廬最羨傍茅君但留青眼看丹嶂不許紅塵到白雲天際碧簫原縹緲人間蒼狗任紛紜莫驚七十顏長好鶴骨生來本不羣

曾作鍾吾五日游愛君談笑異恒流簾前嵐翠疑排闥檻外湖光欲上樓啜茗聽琴眞不惡看山讀畫得無愁乾坤壺裏常如此卻怪塵寰歲月遒

聞張東畬買宅木瀆

衰年厭世態野性便林居聞說靈巖下新營一畝餘波光環户牖嵐翠上衣裾會問東家宅相依共結廬東畬語我東家有宅可卜鄰也

題東畬靈巖草堂圖

野曠塵氛遠心安世慮無晴窗山翠裏自寫輞川圖

流水淡無意孤雲去自閒黄塵消緑鬢白髮對青山

我亦歸田久齋心學鍊形何當成二老偕隱誦黄庭

自題畫

隔岸山容翠欲流門前桑柘緑雲稠幽人獨坐默無語疑是當時公闇休

吳心耕行看子

與君晤語松風中怪君五十有少容識君微趣圖畫裏
愛君早悟養生旨同年秋室我心知心耕妙理留好詩
采蘭最羨循陔暇觀道澄懷獨坐時靜中樂事知多少
阿買題詞意頗好逸性看飛嶺上雲生機留得窗前草
白頭高臥對青山我亦收心但愛閒花時三徑還相訪
莫遣應門早上關

袁綬階招同王述庵侍郎錢竹汀少詹段懋堂
明府蔣立崖司馬方大章諸君子飲牡丹下
以是日也天朗氣清惠風和暢爲韻分得也

字

漁隱好林亭結搆最瀟灑主人隱硯北名利兩俱捨憑軒撫流光邀我來花下風微翠幙張日暖黃蜂惹巨公當代望羣彥擅姱雅蘭亭緬羲之淸平懷白也良辰可以歡幽憂聊復寫吾亦無事人深杯竟日把小樓面遙岑秀色壓平野何當同鼓枻更訪巖棲者余將作西山之遊

瑤島返魂圖爲葉東泉上舍

人天同一夢何處眞吾鄉偶然落塵網修短非意量懸知觀化心來去無迎將二土本如一屈伸理亦常汩汩世緣盡悠悠仙路長無須尋妙子悽惻懷稠桑

書袁綬階夜遊林屋圖詩册後

杜公送老憶仇池韓子山尖索禹碑何似綬階林屋裏挈朋秉燭共題詩

具區七十二峰青記坐籃輿入翠屏却愧題名期不至負他玉柱與金庭

閱姜貞毅公藝圃諫草樓二圖題後爲其曾孫師蘧

否泰信有數窮達亘由天從來大廈傾一木支難堅巍巍貞毅公峻節何懔然至今流寓地迹没名猶傳思陵非弱主奮志求安全惜哉宵旰心不辨奸與賢我瞻諫

草樓想見拜杖年遺圖覘世澤足以愧寒蟬

范文穆公祠和芝巖韻時祠新葺

城灣指點古重闉別館當年寄退身國賴藎臣弭外患天供暇日作詩人就荒久悵雲仍杳起廢重瞻丹艧新記爇心香薦湖水春風少歲往來頻

觀成此日喜重過四壁詩篇字未磨南渡勳名餘晚照西征文采付晴波公有西征集可無蓮幕參吟席謂陸渭南尚有奎章耀碉阿壽皇賜石湖二字尚存却憶鏡湖三百里龜堂遺址近如何

題翟安槎林屋訪刻圖兼簡竹汀詹事

左神幽虛天迴與塵凡隔自非餐霞儔未許駐遊屐安
槎好奇士揆日竟挂席仲冬氣候佳一葉入空碧遂造
神景宮再宿仙靈宅靜聆夕籟淸暖曦晨霞赤石壇肅
朝禮玉簡恣紬繹探幽愜勝情訪古矜創獲詩成三十
首警逸可鐫壁作記四千言典核補遺籍歸來復寫圖
持以誇吟客伊余慾幽期望洋蕩精魄金庭與玉柱惝
怳阻咫尺何時拾墜歡更擬理輕策風林雲竇間聊欲
岸吾幘白芝如瑱花一一手自摘道芽期日長世慮庶
冰釋却愁仙骨之滯留仍物役三復紀遊篇習習風生
腋題詩堅後約兼以質詞伯

盆菊已殘移置牆下慨然成詠

衰謝存高格遷移近短牆物情知去就客意豈炎涼遇賞憐遲暮隨時甘退藏卓哉霜下傑誰復采餘芳

題畫二首

秋山淡似客秋樹艷於霞寄語塵中人莫但矜春花

雲外聞鐘聲有寺不知路何當邀詩僧煮茶共聯句

秋林散帙圖爲錢竹汀前輩

山居塵事息爽氣疏林橫車馬謝時客義皇怡我情義皇去已久縹緗遇以神古來賢達士內重外自輕知公沖夷胷無殊在 承明竹素亘可悅繕性非近名時披

天賜帖或聽松風聲優哉適其適所欣心太平

哭平陽姊

鼓盆哀運蹇摧折又同根痛我今無母嗟君未抱孫貧難尋上藥書不信東垣素幔陳蔬奠平生忍復論

槖砧年六十終夜獨含悲縱使長開眼難酬未展眉塵緣今日斷淨業夙根持泉路迷誰引還憑我佛慈

喜徐榆村過訪訂遊畫眉泉

負疚過新年經旬謝世緣今宵迎好友翦燭讀新篇無藥能醫老得閒便是仙寒輕期放艇同酌畫眉泉

太上皇帝賓天在籍臣工集永定講院述哀二律

哀詔頒南國悲聲動北辰雨花如濺淚風柳不搖春瑞
紀山呼杳寒徵鶴語神（連日風雨寒甚）普天同喪考至孝頒
皇仁
武烈兼
文德涵濡徧八荒生民眞未有沒世不能忘脫綬慚樗
質聽
天忝鷺行攀髯恨無路灑涕仰穹蒼

嘉慶四年三月三日値曲水觴詠之辰爲八音遏密之歲磵東朱子壽階袁子招集漁隱小圃迺屏嘉肴瀹苦茗是日也微雨初晴六合

生潤有樂不設虛觴停流談藝論古列坐移晷闊蹤既接鬱情以宣雖狂狷殊懷而俯仰俱適言志有作繼聲並陳同集者范來宗方燮鈕樹玉黄丕烈瞿中溶顧廣圻夏文燾孫延許鑑暨主人朱成袁廷檮兆蕖與奕雋期而未至者李福也

小雨何妨踐夙期筍輿出郭路威遲樹頭花少春垂老池面風柔魚未知可使林亭虛故事直將絃管換新詞生涯冷淡真堪記翦取吳縑付畫師

三月初六日朱礀東袁綬階同遊天平山夜宿

白雲精舍子世璜侍

退身合向白雲藏振策今朝到上方已喜清言有客領更將閒味引兒嘗弄晴鳥語晨偏好疑雨泉聲夜轉長信宿僧窗塵事絶衰年那肯伴人忙

六十生辰述懷

荏苒吾生甲子周匆匆羲馭若爲留花鬚柳眼延新賞黃壤青霄念舊游老物自來甘棄置餘齡從此付浮休尊前莫笑摧頹甚羣從相看半白頭

采藻猶思舞象年垂髫俯仰已華顛　螭頭夜聽銀壺漏　豹尾秋穿紫塞煙南國輶軒餘短夢

橋山風雨愴遙天退飛鷁翮飛眞倦報答
昇平但力田

歸休魂夢此心安修竹東軒種幾竿隱几但攜無患子
括囊自守太和官黃庭經口爲玉池太和官鬢皤李勣憐同氣盆鼓
莊周庶達觀差喜三枝荆竝茂飛騰暮景要追歡
禽聲花影護三松有子歸來共課農飽飯殘年時屏藥
隻雞近局不扶笻蚓紆雪蘚聊排悶蝶化桃笙任放慵
聞道天平晴正好待攜吟侶入雲峰

垂釣圖爲單蘭浦

柳陰濃處波紋細倚艇持竿聊小憩浮雲流水契幽襟

三松堂集　卷十二

有魚無魚甯復計綠晦山房枕碧流紅塵滚滚白人頭棕鞵桐帽思閒味也擬敲鍼作釣鉤

默齋送菊詩以招飲

淵明昔賦歸來辭不肯折腰向小兒入門松菊喜無恙一尊日夕東籬持我庭有松竟無菊松若有知笑人俗士龍憐我太荒寒貽贈黃金聯碧玉白頭同對傲霜枝霜清月冷蟹正肥相期卜夜開家醞何必王宏遣白衣

同年王秋樵儀曹令子友硯畫看松調鶴圖索題詩以勉之

仙禽抱奇質喬柯挺殊姿沖煙在羽豐植根斯蕃枝遡

爲君子心迴與雲霄期朝菌憐小年斥鷃陋小知寄言
自立者培養須乘時
朱彌東將之京師寫北遊圖冊索題
漁隱春晴修禊飲白雲夜坐聽泉聲人間俛仰成陳迹
又向江頭送客旌
南天門外曉煙浮月色泉聲話舊游絶頂他時看練影
詩成好附向南郵彌東將作登岱之遊
征衫不點驛程埃四月燕郊淑景催芍藥滿街新雨霽
題詩先上郭隗臺
寒碧莊雜詠爲劉蓉峰

傳經堂

讀書貴明心詳說要反約六經如衢尊深淺隨人酌於中苟有得諸子可屏卻君家守世業豈爲博人爵卻笑嗷名子紛紛矜著作

綠蔭軒

華軒窈且曠結搆依平林春風一以吹衆綠森成陰流波漾倒影時鳥送好音欄邊花氣聚柳外湖光沉自非餐霞客誰識幽居心

聽雨樓

小樓春睡足檐溜聲方長遙想東西畦沃我麻與桑耳

根既已淨恍疑聽笙簧槽牀新霧滴相和聲淋浪我亦將飲酒雨行甯慕臧

卷石山房

卷石洵幽奇一一羅窗戶根含莫釐雲穴滴太湖雨秀色分遥岑煙光來隔浦幽人不出門嵐翠環廊廡疑有舊題名剜苔坐懷古

空翠閣

傑閣出林間卓立企幽致蕭蕭青琅玕藹藹團空翠側想古高士於中遺世累我來散塵氛清風灑然至坐久身已忘何況身外事

琴山叢桂圖爲范芳谷

聞說幽棲日林深愜勝遊秋風一夜動香氣四山浮入夢花枝好關心蟾影流何當重挈侶吟嘯坐峰頭

贈硯圖爲范芝巖

吳中韻事近今無易硯圖煩妙手摹笑破老元偷格律更將贈硯寫新圖余以銅雀瓦硯易得張芝岡端溪方硯圖以紀事芝巖因東畬贈硯作七古一首并乞同年東畬寫易七古乞東畬寫贈硯圖故戲云爾

墨池試筆戲羣鴻記取陶泓第一功高誼指囷眞不愧硯田從此歲常豐

佳話流傳憶去年披圖筆勢認翩翩空憐粉墨隨長夜

三絶何人似鄭虔東畬下世今一年矣

爲王一亭題其尊人養术先生鴻雪仙蹤遺影

秦淮泛舟

畫舫青帘記俊游絲絲楊柳蘸明流招人波影渾如舊羸得朱顏盡白頭

榆關秋獵

獸肥草淺馬蹄輕應手驚飛霹靂聲紫塞穹廬前夢杳披圖耳後有風生

東亭納涼

署字哦松鬢雪侵欲將雲水洗塵襟仙翁老去東湖冷

誰識輪囷報國心

襄江夜泊

襄江落日漾西風驛路秋光畫裏同輪輿扁舟吟興好坐看蟾魄浸鮫宫

鮑氏慈孝堂詩

歙水奇蹤在龍山世澤傳倉皇天性見慈孝一家全往事垂遺冊新題煥後賢虬枝深谷裏千載起寒煙

卧游圖

青山門外學王裳棐几湘簾興未窮鎮日高齋閒讀畫不知身在畫圖中

我已山居近十年閒身久擬老雲泉臥游輸爾幽棲穩
只恐松風攪畫眠

黃小松司馬得胡玉潤松下清齋圖寄贈陸孝
廉謹庭謹庭索詩和翁覃溪學士韻

濤聲謖謖飛天外排闥龍蛇駭神怪清齋松下招客談
出入仙禪兩無礙啜茗敲詩記數遊科頭箕踞長相對
秋士晨同讀畫來風窗夜作銷寒會小松圖補覃溪詩
和篇曾破雕肝戒（謹庭松下清齋翁覃溪先有詩小松補圖余曾和翁詩）何來舊
本得胡三巧合相投似針芥幽秀眞同大陸居清蒼不
異西洽派昨朝陸子到荒齋徵詩累我添吟債我家堂

下有松三時亦舊雨來情話月色泉聲憶昔游層巒曲磴如登岱歸田前事悼趨營蹇免新知歸斂退有口不其阮生論有絹不索韋侯畫晴色惟看鶴背雲雨聲恍聽春溪瀨今朝展卷忽回頭几上庭前同偃蓋摩挲病眼試隃糜呼童更把烏絲界詩成拂檻松風來收視處堂還艮背

歷巖道士雲泉獨坐圖

白雲出層岡清泉滴幽竇靜是動之君剎處已含姤游山得真詮心契亦目覩試與問希夷吾言似非謬

世外傳薪圖爲道士羅覺非

昔歲庚戌游鍾吾看山讀畫與不孤靜者羅君公遠後
談笑灑落如吾徒別來於今忽十載鬚鬢未改神彌腴
乃知棲巖汲谷侶得道迥與塵凡殊當年鐵竹得眞授
師弟問道曾傳圖今之此圖意不異世外密諦心相符
我今歸田世味薄元覽亦欲棲神區蹉跎顚頂空積雪
決驟隙影無畱駒延齡非乏松菊好味道何時得道樞
披圖起敬復發喟寸田尺宅吾其蕪

和范芝巖同李涪江遊上眞觀韻

新詩吟大范格勝六朝陰撰日良朋共探奇疊嶂深湖
光披萬頃松蔭仰千尋拂拭題名處應憐碧蘚侵庚戌歲除

與芝巖同遊題名石壁

方外羅金侶修眞翠靄間焚香依絳闕列屋儼仙班身退吟情健心閒世慮刪遥知攜手日笑我戀塵寰來詩有閒居懷騎省之句故云

龔孝廉仕達不繫舟圖

身世原無繫羣情自繫之惟應見獨者心與水雲期

葭菼渺無際孤舟意自長濟川能展抱不必戀瀟湘

三松堂集卷十三　始己未冬至庚申秋

吳縣潘奕雋榕皐

十月八日范芝巖編修芳谷司馬招同吳縠人侍讀郭曉泉編修飲白公祠時縠人將入都

挐榼飛觥不記巡歸田舊雨最情親同舟況復迎仙侶促席何妨中聖人曉泉爲縠人庚戌會試所得士同舟而至到眼秋山還瀲蕩沿隄霜蕊正鮮新升沈進退君休問贏得尊前現在身

畫舫聯翩繫白祠石闌徙倚日斜時相看各有多生習此別能無兩地思好詠新詩傳韻事最憨小戶怯深巵

榜人莫道歸途晚街鼓沉沉正未遲

十月九日招穀人星橋芝巖曉泉芳谷集三松堂翼日星橋復招飲芝巖復用前韻和次二首一贈星橋一送穀人入都

分曹射覆不依巡白首心朋誼更親此處寬閒原有地吾儕冷熱肯因人右軍筆到休官老玉局詩從過嶺新莫爲浮生增百感且將雲水樂吟身

別筵昨日白公祠攬袂今朝是去時布韈青鞵容嘯傲玉堂 金殿待論思加餐遠信憑雙鯉披膈連宵拌百卮笑指山頭雲夭矯爲余離岫尚遲遲

十月二十日芝巖芝岡默齋小飲三松堂復用巡字韻

算是銷寒第一巡衰年要與酒懷親聊嘗秋末春初味來喚街南巷北人霜入籬花香自遠月摇簷竹韻逾新蛤蜊可食君須食同作優游物外身

西風昨入子游祠又到蕭森落木時有限光陰宜共惜無窮塵事莫深思閒消白日憑書卷暫博朱顔仗酒巵醉裏微吟聊自適那須殘錦乞邱遲

錢梅溪梅花溪上圖

梅溪住梅里繞屋種梅花艤坐黄昏月枝枝疎影斜

西溪西去路來往我年年何日從君住吟香抱影眠

養竹山房圖爲錢梅溪尊甫錦翁題時翁已下世

高人抱節江村卧繞屋篔簹手自栽碎影三春搖細雨新泥一夜拆輕雷於今落落風標在會聽蕭蕭玉韻來他日西溪閒放艇幽扉可許爲余開

題畫

霜牓極目淡斜暉一片寒鴉接翅飛爲語忍飢松下鶴此生莫羨稻粱肥

病樹

十年曾作計一畝望餘陰無復雲霄意誰憐勁直心嶧桐已百尺社櫟亦千尋笑爾支離態山中歲月深

舊井

舊井無人汲波瀾永不興地甯瑤殿廢居憶仲宣曾村遠愁貧女厨荒哀病僧莫言闌半缺亦足溉秋塍

閒田

虞芮竟無爭平田廢不耕農還愁未飽天亦惜新晴脈脈膏初動離離草又生鄰家犂犖确猶得獻蕪菁

老馬

伏櫪有何怨鹽車力已殫無心戀苜蓿直恐老雕鞍草

盡朔風緊林深落日寒王良天上去硉兀歎皮乾

古硯

古樸傳家硯摩挲舊有銘自憐守是黑不敢眼邀青世或嗤方板吾能寫性靈惟應依淨几相伴老元亭

敝袍

黯淡稱身長曳婁丗載强從來知冷暖未肯怨炎涼袖漬邊斕雪襟餘畫省香錦袍原可貴莫便羨東方

廢絃

繭説貽國客聲曾叶鳳皇昭文今不鼓陶令但持觴天遠鴻初去窗虛月自涼鍾期嗟已矣誰復聽高張

退筆

五色今無色勞生太苦辛消磨閒裏歲孤負夢中人埽
處知無敵拈來尚有神蘭亭如許敘内史或前身

村居

辟穀無方學耦耕幽居地僻少逢迎老夫飽飯閒拖杖
來聽村村打稻聲

柳湖雲舫圖爲王述庵前輩

巨川濟了作虛舟進退　昇平得自由茶竈筆牀安頓
好綠陰濃處看浮鷗
恩許抽簪作散仙潞河晴暖柳含煙紅旗黃紙前塵遠

畫舫青帘樂事偏

若箇浮生肯息機抽帆直指舊漁磯笑他名輩空囂語

鳥入青雲倦亦飛

白衣蒼狗任紛紜十載閒看嶺上雲蓑笠倘容同泛宅

五湖煙水欲平分

雪夜

雪屋寒燈燄不明擁衾孤坐欲三更窗虛側想穿簾影

院靜惟聞瀉竹聲緘恨新詩吟未穩到心往事夢難成

軍持凍合梅花冷難與桃根喻此情時吳興君下世年餘矣

正月二十五日默齋招飲一枝軒

春雪纔融徑辛盤又引觴相從曲室語不怪次公狂身健門常閉窗明日漸長羨君眼似月一卷手丹黃卅載交情密忘形任滑稽達看同輩宦穩但一枝棲環几梅花放依檐竹蔭齊高齋幽意足不必到潭西時邀同遊鄧尉不果故云

芝巖招飲即席二首

名園割洽隱園爲明歸太學洽隱園之半勝日許招尋入坐無生客銜杯散鬱襟水軒宜洗硯風磴可橫琴只合林居子于焉來盍簪

高館依疎柳方亭面古薇魚應知凍解鳥亦喜春歸徑

熟經過密年增筋力非神仙原可學第一要忘機

余築生壙於陸墓山下於其東偏營葺丙舍數椽清流環映碧嶂屏擁頗有幽致題曰綠畮山房庚申二月來此信宿得詩六首

越來溪上路放艇自年年小築依生壙開軒面墓田炊煙樵客舍帆影太湖船莫笑耽幽寂吾將簡世緣

東風吹草綠寒樹亦回春小住頻來我長眠早有人了知身是寄誰識夢非真信衜遺塵慮悠然悟夙因

疊巘青浮案晴瀾碧上襟泉能忘世味鳥本息機心笠聚東菑影榔鳴隔浦音何當約同老來此坐横琴山人呂修

林善琴屢訂來游未果

西成看穫稻俯仰又春耕物態閒中覺風光暗裏更退身宜用拙晚歲識尊生慚愧鄰翁語吟詩是近名

我友巖棲近泉聲聽畫眉貽花爲洗俗饋藥與扶衰論曠吾能領才高世或嗤從今成二老來往不須期友人徐楡村有名花妙藥之贈近在畫眉泉時相過從

傍水先栽柳編籬待引瓜窗虛移短榻几淨讀南華嶺樹濃陰合人煙遠岸斜漁郎莫誤問也擬種桃花

黄蕘圃移居擔書圖

綠陰遶舍書沉沉傍架齊籤走白蟫一笑奚奴眞解事

不妨人喚作書淫

炳燭餘齡習未除摩挲老眼注蟲魚攜筇暇日還乘興

竹屋來讎善本書

白雲精舍見壁間陳古華太守唐陶山明府和

余贈一峰上人詩二首復用前韻寄東並柬

支山

晴欄當翠巘復此酌天泉覓句猶餘習逢僧不語禪澗

聲疑過雨嵐影欲沉煙待約蕭閒侶重聯翰墨緣池邊桂樹甚茂一峰約於秋間入山看花故云

何亭小憩

入山此孔道閉戶境偏幽時有春人過能令文士留壁間有王述葊劉崧嵐吳蘭雪諸君題詠檐前花自放檻外水長流憶共參寥坐驚心歲月遒時雪舟禪師已化去

題畫菊

不共天桃鬬艷春漫隨蒼菉長泥塵西風三徑霜華冷誰向東籬問故人

黃蕘圃孝廉招同吳玉松汪澥雲蔣賓嵎夏方米沈書三周香巖李子仙顧澗薲袁壽階共飲牡丹花下分韻得青字

高齋花正好延客敞疏櫺素簡發古艷幽魂留餘馨蕘圃

出示家藏宋本各種客攜趙忠毅公鐵如意周孝子茂蘭血疏傳觀色甯輸玉蕊聲已屏

秦青文飲眞堪樂無妨微雨零

客有獻鼈者思放之芝巖以爲不如烹之遂以相餽芝巖仍放諸河作詩索和次韻一首

書生無寸權何能談利物饋生思畜池恐墮校人術然而此心萌培之不敢失君家鄰大河生意日洋溢爲開甘露門會般遮於瑟遂使刀俎脫頓就波濤汨死生俄頃間機轉如箭疾其樂不可支其德筆難述持此慈悲心可以質我佛作詩寄神守鼈一名神守勿再隨綸出

芝巖來詩有悔失言之語前詩意猶未盡復次

去醜著於經髓本厨中物見生不忍死遠庖有仁術前言戲之耳而亦未爲失臺餽君不摽喜氣眉宇溢夙根具菩提微命憐縮瑟開網縱諸河一一澄波汨吾願慚不堅君機轉何疾作詩記始末莫與腐儒述腐儒識迂拘或謂是佞佛大哉善同人恩何必己出

一首

小園春憩圖爲瞿遠村

春風昨夜來南園春波澹沱搖江村春雲掩藹覆春樹春花高下香溫磨人間汨汨精神倣誰肯抽身閒處憩卜築知君瀟灑心天眞不受塵緣蔽滋蘭堂外嵐翠濃

濯纓閣下晴光溶漾煩不異茱萸泝遠俗何如雲錦淙我老耽幽思小築寤言空自吟薖軸那有香山五畝園但栽庾信三竿竹科頭時復來君家相從溪上斟流霞他日城南傳勝事須知對酒最宜花用白樂天尙齒會中吉皎詩意

青溪書院十景詩

青溪一曲

清溪不可唾淨漾生微淪我欲泛杯湖路長難問津惟應攜箬笠來此從元眞

五峰拱翠

晴光上書帷嵐翠落硯几五峰遠近列一一皆可指定

有眠雲入臨風企遐軌

雉堞連雲

南門景物美雉堞凌晴空莘莘絃誦入游息於焉同斜川緬曾城遥情契春風

煙村杳靄

碧漲浸柴門江村春事晚煙林杳靄中一角露晴巘安得襄陽翁短幅畫平遠

遠浦雲帆

江城積雨後三徑生莓苔漠漠雲中颿冥冥天際開呼童瀹新茗應有良朋來

禮門桃李

禮門淸且謐化雨當春滋植根貴深堅擢秀皆殊姿寄言育材者無使長茨葹

芸籤小閣

讀書如游山深淺皆可樂苟能破萬卷胸自具邱壑試問歷層巒何如坐小閣

講院梧陰

良材欣得地特立由天成薰風送微涼高館延餘淸何須橫絲綺自有雝喈聲

層樓釋菜

層樓緬三楹釋菜歲集此先儒去已遙遺編有微旨莫
但希經明拾芥誇青紫

紺塔淩雲

招提涌窣堵萬景澄新秋世網信不嬰雲表可以游霜
鐘醒塵夢明日尋湯休

題自寫蘭

委風自舒香俯溪獨憐影深崖爛漫春付與樵人領
飛瓊散天香獨秀層巖側守墨自含芳不隨衆草碧

苦雨和支山韻

虛館偏耽寂經旬但掩扉壞牆蟲引篆敧樹水生衣說文

徑溼人難過林深蝶不飛遥知高閣底新漲已平磯苔水衣少陵詩歸楫生衣臥

晚晴疊韻

密林含宿霧返照上柴扉竹色淨侵几桐花香墮衣蜂還覓蕊抱燕已掠波飛便想攜藤杖衝泥坐釣磯

聞馮星實鴻臚王翠庭廉訪先後辭世詩以志悼馮家於禾王官於陝

雨暗三青鳥雲沉大漏天素書開昨日余于四月二十日接星實手書紅旆望經年翠庭於去年遷浙臬留軍營未赴任露電增新慨行藏憶舊緣浮生同一軌薪火可能傳莊子有薪窮火傳不知其盡之說余謂前薪非後薪

此火究非彼火佛家有夙世之言史書亦有再生之事而不常見蓋人之神氣其靜定而得所養者偶或散而仍聚如宿草之再茁其馳騖而耗散者便澌滅無餘如陳根之就萎耳山川出雲雲蒸成雨雨化為水水復歸海造化升降一氣鼓盪推陳出新皆非故物此理甚確願與達者證之

飲酒歌

僕素不能飲而頗知酒趣三蕉之後醺然與酌一斗者同其適也讀芝巖飲酒詩雨窗無聊輒復引滿醒後戲和一首

飲我酒歌我歌俯仰日月如飛梭昨日紅顏今鬢皤歡樂苦少憂苦多鵔鸃之冠高峩峩諂諛未足償詆訶富貴空悲春夢婆不如且倒金叵羅歌我歌飲我酒人生

幾箇能不朽莫思翰墨侔鍾王莫說文章配韓柳春蠶作繭把身纏蜜蜂成蜜供人口不如兀兀飲一斗天刑可以脫桎梏螟蛉果蠃空自豪胡蝶栩栩堪作友朝來荷鍤訪劉伶午後投牀覓莊叟相期竟造無何有

老態

老態遽如許流年去似飛眼昏書字大氣短語聲微步月嫌腰弱簪花感髮稀魯陽今不作斜景若為揮

讀太平廣記雜詩

三寸純鉤一葉身銛鋒慘淡氣輪囷青山若箇堪偕隱只合相攜淬鏡人　隱孃

直將奇氣懾司空喜得佳人逆旅中刷馬鑪前看斂袂始知一妹是英雄 紅拂

金波如鏡夜三更深院微聞歎息聲不是崑崙能報主良緣無復望今生 紅綃

寄跡青衣十九年殊恩酬了謝塵緣餞行我若參吟座投筆相從便學仙 紅線

五色瑶箋字半斜相逢咫尺渺天涯人間無限沉淪苦何處重尋古押衙 無雙

鸚鵡無言漏點長夢迴紅淚有千行人生離合由天定多事偏銜十一孃 小玉

文綱庵荷笠遺像先生爲衡山後人生於明末

虛堂讀畫洗煩蒸心跡壺中一片冰最是南雲詩句好
愛閒多半似山僧

圖成乙卯又庚申二百年前一逸民留與淸門覘世澤
西山原有釆薇人

蔣立厓蒼茫獨立圖用卷中孫淵如韻

匹馬輪臺自往還詩名早歲動江關收身退谷杯湖裏
得意長松怪石間剩有雄心消蠹簡閒將倦眼看雲山
羨君七十神逾王雙鬢年來尙未斑

余於庚戌探梅鄧尉有詩記游翟雲屏作圖金

二雅范芝巖張東畬皆有和章裝成卷軸自

後辛亥以至甲寅無歲不遊亦無歲無詩也

閒窗偶閱復用前韻葢不遊者六年矣

尋芳載酒憶年時老去人間百不思樗散自憐同漫叟蕭閒人擬似天隨頹齡急景閑中覺幽澗香風卷裏吹濡筆微吟還獨慨負花六載已無詩

龔匏伯哀詞

前年湖上泊猶記到君家又灑知交淚能無遲暮嗟政應留渤海文可付侯芭未得生芻奠哀吟急景斜

吳少甫哀詞

童年相識看騰達，隔歲開函感別離。去年八月君寄和余六十自壽詩花滿豐臺春澹蕩，余丙辰春復入京師，少甫供芍藥招飲齋中鵑啼閣道路倭遲。君爲四川學政，署號鵑客，余惡其不祥，今官四川道卒，遂以成讖摶沙散手吾增慨，翦紙招魂子豈知。京國故人今漸少，爲搜陳篋掇遺詩。余彙昔日知交之詩未成專集者付梓，名曰同岑偶編

千人石獨立

此石閱人多，我亦時登眺。回看石上人，視我年皆少。

徐緯堂孝廉眉泉觀瀑圖

滌煩拂拭舊題名，泉邊石壁余曾題字曰滌煩洗盡塵心是此聲。不礙奔衝下山去，出山何異在山清。

分來玉乳到山房小築三間似野航憶向沙頭望山頂碧波飛濺白雲涼余於山下泉水縈帶之處築室三楹題曰綠晦山房開窗北望正對畫眉泉也

杜梅溪大令招同孫孝廉趙秀才看芍藥賦詩

疊韻孫夫人席韻芬趙夫人屈秉筠各和韻屈併寫圖梅溪裝成卷軸索余題詩

廿年不見梅溪面今日披圖引我思想見玉山佳勝處酒香花氣撲簾時

韻芬詩筆擅清新同調香閨大有人璧合珠聯雙翠管爲君留住草堂春

妙智庵觀姚少師像

詩集曾披御製詞古庵來此訪遺碑錫飛誰遣逃虛子少師詩名逃虛子集明文皇爲製序虎嘯來與靖難師北郭社荒餘白草北郭十友少師與焉相城冢敗長茅茨殘僧衣鉢憑絲管軼事前朝總不知庵僧皆習絲管名曰佛曲

八月十二日遊華山小憩積翠寺

松風引我入雲煙夢想天池二十年天池爲山最高處古有天池寺今廢磴道盤空開淨域寺門環翠俯諸天詩僧未盡多生習僧妙昌以新詩呈秋士來參無隱禪方丈木樨一本相傳爲宋時物花開極繁小坐石闌聊啜茗勝遊能果是前緣向與彭尺木汪愛廬談華山鳥道並天池之勝

皆云路極峻險難上思遊者屢而未果今始得遊之

中秋日芝巖招同抑亭默齋畏堂飲於園中風雨不止和芝巖韻

姮娥不肯放清光似妬詩人興太狂良夜最歡來舊雨閏年早已作重陽事因有意期難果十四日芝巖預訂飲後步月故云交到忘形味轉長留得溼香供細飲勝他艇子泛山塘

十六日抑亭招飲白公祠復用前韻

登艫出郭盼晴光今日天公助我狂篷背潤猶含宿雨山頭開已透初陽行廚花下追歡好畫舫欄邊引興長戀賞不知歸路晚玉盤遙指湧銀塘

葉竹虛道士載鶴圖

埽除塵夢揖浮邱身世眞同不繫舟載得胎仙何處去詩情澹似一天秋

供菊三松堂留客小飲輒題

老夫懶看山塘菊兒子攜歸百本香收拾秋光依曲几招呼閒客坐茅堂開來天意憐遲暮冷處人情愛久長裛露掇英吾不惜一花準擬一飛觴

杜梅溪見示餞春疊韻詩刻卽用其韻奉柬

聞說花開婪尾時高齋清讌正相宜賞心兼有詩書畫韻事何須竹肉絲人世忙閒原自取吾儕臭味本無差

玉盤盂韻曾三疊陳迹回頭愴夢思（乙巳歲余居京師芍藥花開用東坡玉盤盂詩韻作詩星橋嘯崖少甫皆疊韻和之今星橋歸掌珠湖書院嘯崖少甫皆歸道山矣）

閉門又是菊花時瘦影偏於病客宜最喜新篇吟杜牧爲譚往事憶袁絲（卷中女士席韻芬袁簡齋詩弟子也）看來開落微分别會得逍遥何等差他日清香凝燕寢可能疊韻慰相思（時梅溪又將出山矣）

三松堂集卷十四

始庚申秋至辛酉秋

吳縣潘奕雋榕皋

感舊詩

武進程文恭公

橫街有老屋相國最清貧但得抒忠悃何妨守質貞應門唯一僕私謁更無賓公退食暇輒手一編賓座塵滿門生故舊亦無有敢干以私者歲首辛盤會還招梓里人公原籍歙縣每于正月召同鄉歡讌竟日奕雋亦以原籍得與

諸城劉文正公

鎖院開門日向例鄉會典試官不得與外相通辛卯公典試禮闈以承審事開門令內閣侍讀嚴

長明至闈中而人無異議灤河獨對時癸巳　上幸熱河公留京辦事　召至　行在獨對移時卽命還京廉能絶物議公不畏人疑得謗眞無忝承恩在勿欺西州感華屋揮涕豈因私

涿郡馮文肅公

金吾官自貴習靜愛三餘雋登第日公以侍郎兼九門提督爲讀卷官以雋策進呈既謁公於私第有舊業不可荒之勖任劇才能副名高心轉虛公管轄事極繁而處之極暇長身山立聲如洪鐘有凛凛不可犯之色而接見談論極風雅和藹論詩於時賢極推重禾中錢籜石先生杜蘇今渺矣公論詩以學杜忌艱澀學蘇忌滑易當以杜入以蘇出示讀夢堂詩集皆嚴謹渾厚無愧杜蘇騰達命何如雋於戊戌奉太夫人諱公賻之服闋補官有望汝騰達之語不兩月又奉先贈公諱歸里尙憶歸帆坐言詩過歲除

長白德大宗伯

歐陽門下士，白首歎無成。上苑花長好，公屢典春闈榜發奏對西苑雋至別墅謁見以得士爲慶未嘗不以額溢遺珠爲憾也南池月自明。庚子秋服闋北上公爲漕督駐濟甯召飲南池月中遺騎送至舟次鳳毛覘世業，公子煦齋今官內閣學士衣鉢負今生。手澤珍遺墨，冷冷玉韻清。公嘗手寫新詩見寄

長洲彭大司馬

尚書年八十，鬢鬚未全蒼。北闕訏謨遠，南園歲月長。公六十歸田又二十年而歿老猶耽翰墨，音但愛松篁。公於文史泉石外絕無他好餘慶孫曾集，綿延正未央。公一門科第相繼顯貴於時

高郵任吏部基振

松齋如璞玉薇省早相於官冷能勤職家貧藉課書君退直暇以課讀自給無心戀簪紱常日註蟲魚註爾雅有成書未刻雅意留屏際風蘭葉葉舒君自命畫蘭能手贈余尺幅猶留於屏

日照蕭檢討九成

文淵同退食玉尺共論文丙午鄉試余與檢討奉使黔中玉尺樓衡文處也畫筆謙師我君善六法始學畫時嘗與余講論爲余寫畫每稱畫師詩才敏遜君談心神慘淡錄君意殷勤虛有勞山約長天卷片雲君談勞山之勝相訂歸田後同游

閩縣鄭內閣學士際唐

瀛洲十九載時至歲三遷君爲己丑同年至丁未歲三遷至內閣學士湘水

貽吟什汾陽賸手箋君典試湖南歸視學山西奇文摹頡誦謌說訂郢燕記駐西郊騎澄懷訪鄭虔君長于篆籀校勘金石最精核澄懷園上書房下直邸寓也

吳縣張舍人塤

舍人官不達老去意頹唐淚灑微波榭魂歸四雨莊物情供一笑心事付千觴九十成虛語將毋麴蘗傷君與曲阜孔農部繼涵交最密孔逝後君意氣漸衰微波榭孔氏書舍四雨莊爲君先世舊居今廢詩中每念之不置君善笑能飲豪情逸氣不可一世余故善病君嘗寬解之曰我輩年壽約以九十爲率及余歸里後詢及近狀亦無復當年意氣竟病肺癰卒

興化任御史大椿

任子來興化驚才壓輩流逢時無媚骨汲古得源頭天與年庚蹇人知品學優銘旌書御史何補一生愁君[illegible]儀曹極爲上官倚重而遷轉甚遲含殮之日家無餘財

元和江徵君聲

老成紅豆謝師說守江君君爲惠定宇先生弟子世所稱小紅豆也作字無新附篆書屏古文君篤信說文作字參用篆體屏黜新附註書經不從孔傳人還嗤樸學世已重方聞君以孝廉方正薦授六品職此日三吳彥能無憶叔澐

吳縣汪上舍縉

文章與福命豐嗇本由天拾芥童年技先生小試輒高等踏省門屢蹶

研朱晚歲緣詳周易私記成書未刻豪情同俠客冷面類枯禪昨夜楓橋泊聽鐘意惘然先生居楓橋寒山寺之東

長洲胡待詔士震

一第將人誤微官歎數奇仳離生抱恨留滯死含悲遺槀供蟫鼠荒墳長棘茨朋交有達者振起望孤兒君舉壬午鄉試即留京師前後幾二十年家業日落後官翰林待詔爲人校書屢蹶春闈歿于邸舍

題唐陶山明府枯桐詩卷

孤標絕塵跡淵抱含冬心風泉雲壑間歲月亦已深從來杜德機甯復嗟湮沉異地結遐契希聲流元音落落奇士懷澹澹幽人襟顯晦信有時拂拭徽黄金何當三

五夜窈渺絃新吟

十月二十二日獨遊呂仙祠

支公海上去歲晚未言歸徑曲寺門靜山寒遊屐稀浮生嗟役物一壑可忘機會待梅花放還來款竹扉

范芳谷得子詩以馳賀兼柬芝巖時芳谷往楚中

商瞿年五十佳氣昨充閭喜送雲中雁歡騰漢口魚明朝索湯餅計日付琴書英物啼能識聲聽墮地初

汪蓮亭水部招飲山塘出示雲無心以出岫鳥倦飛而知還卷子索題

莢庭五色騰輪囷雝喈梧鳳鳴青春省郎鵠立依紅雲
窗間夜聞呼孔賓一枝柔觽破白蘋欲與沙鷺棲煙津
花橋老圃濩落身十年歸臥荒江濱有扇不受元規塵
喜予來作東家鄰山亭促席共飲醇狂言不怕俗士瞋
雞蟲得失徒紛紜仰天大笑酒半醺白雲一片涼墮巾
翩翩逸翮誰能馴

書宋忠烈公崇禎三年鄉試卷後

百年故紙見精神鍼芥師生結契真（是科主試爲新建姜公）始信
科名能得士可憐中外已無人籌邊矮屋先幾識報國
南門盡瘁身想像英靈來惝怳丹心碧簡氣嶙峋

三松堂集　卷十四　五

七友歌 并引

昔竹溪有六逸竹林有七賢吳中北郭有十子至今稱焉而顏光祿五君詠少陵飲中八仙皆以詩篇名垂於後歸田以來頗事文讌今茲長至偶招素心因放山谷老人體作消寒七友歌

平江路上春未歸三家村中雪已飛元眞之裔歲寒友
翩然惠我攀書帷高梧隕霜碧影瘦老梅皴墼紅葩肥
知君松桂本無慕桑榆暖處來相依　芝岡
翰林昔日京華居與我並校　文淵書蒲颿半幅先後

挂十年相伴婁江漁浮生栩栩俄蘧蘧百榼嗑嗑計不疎湘舲鶻客嗟已矣翠庭星實悲何如 芝巖

玉峰刺史居長洲罷官黔南政績留心空初無冰炭入才大不拒親朋求揚州一病勿藥瘳歸來促席聊獻酬君家食品我所飫腐儒粗糲慚珍羞 抑亭

士龍才調宜臺閣籍甚聲名初入洛年來閉戶擁青瑣懶看翻階紅芍藥崢嶸歲月奔輪馳幾輩校書復著作相逢且覆掌中杯簾外霜濃風卷撵 默齋

吾家子由家北郭掘地獲石瘦有紋好事小軒開面石我爲題額名歸雲閒雲舒卷本無意清切曹司曾小試

問君呼友中聖人何似薇四環黠吏　畏堂

蔭松松色能怡情主人壯歲捐浮榮一經傳家有兒子校士六詔官聲清軒前蠟梅昨初放亞枝山茶並我餉當杯香味如蜜甜莫言戶小辭家釀　雲浦

水雲漫士眞漫郎學稼喜遇年豐穰閒時墨池事遊戲自詡筆力追鍾張東塗西抹歲云莫左餐右粥身其康二三子者不我遐相與終老菰蘆鄉　榕皋

爲張用蕃題其尊甫東畬同年山水障子

故人不見已三年翰墨今生信有緣想見江山驅腕底恍疑談笑接風前虛堂素壁飛晴翠荒徑寒林起暮煙

我爲題詩增悵惋餘芬付與後賢傳

默齋招飲一枝軒

漸老身還健聯吟歲又闌酒人甘戢影詞客愛雕肝書許更番借花邀次第看庭階饒喜氣新茁一枝蘭

題吳竹虛苦茶僧二十五首詩後

尫山有吟客病起但耽吟靜自得眞味閒能生道心泉流松下石風入壁間琴近日無同調寥寥懷谷音

顧南雅孝廉將試春官出從遊赤壁圖索題

山高月小霜華白有鶴橫江破空碧古人往矣留古蹟不能從遊嗤二客心香一瓣是坡仙後生何必輸前賢

莫羨還家謀斗酒待圖歸院擕金蓮

攬鏡

攬鏡憐雙鬢揮毫署四休何妨醞釀舞不夢穴車遊晴郭紅梅綻春溪碧草抽來朝約閒侶便放石湖舟

除日蓮亭送盆花

和風扇南國花圃春先回庭前老梅瘦未有羯鼓催我友惠好我走送煩輿臺幽香拂琴几古艷浮尊罍懿茲出世姿自具和羹才水仙山礬弟亦復兄視梅天竹垂丹實燦若火齊堆一一羅坐隅使我沉襟開木瓜感厚意欲報無瓊瑰裁詩詩未就且進屠蘇杯

殘歲去似蛻老懷閒於僧偶邀素心人市坊去買燈歸來拜嘉貺名花致良朋懸燈復供花喜氣臧獲騰花光與燈光春意一室凝東鄰富餽歲燿座翻綺繒西鄰貧守歲儲甕乏斗升不富亦不貧老夫荷天矜酸寒賴君慰立達力未能安居逢樂歲擊壤歌豐登

喜雪歌和支山

春回漸喜寒威挫驟熱生風愁堀堁雷聲昨夜殷地鳴雪片今朝如手大侵帷映几色晶瑩冒棟穿簾勢掀簸典衣鄰媪凍欲僵憂旱村農走相賀麥苗滋潤菜苗肥今歲吾民可無餓騷人清興發園林忍凍孤吟高閣坐

銀杯縞帶陋陳言抽秘長謠索我和我懷忽憶晉公軍
此際歡聲騰將佐鵝鴨喧鳴劍戟寒擒渠定撤巡邊邏
元和聖德淮西碑濡染淋漓應繼作又聞五風十雨玉
燭調不及堪虞亦忌過祥霙應候兆豐年何異如膏塊
不破垂老曾無康濟謀投閒但把陰晴課詩成稽首謝
穹蒼扶桑曜采陽和播

為丹徒馮秭生題潘蓮巢畫卷時蓮巢已下世
巧偷豪奪笑前人持贈良朋結契眞愛畫莫嫌偏有癖
三生原是水雲身
白雲無盡水悠然領取山居味十年那得蓮巢重握管

科頭著我坐溪邊

馮秭生索題五洲煙雨圖丹徒潘恭壽所臨董文敏摹米敷文筆也圖後王夢樓錄前人題米畫詩十首

溼雲四合山迷離天邊漠漠歸帆遲五洲之圖恭壽筆直是思翁與虎兒夢樓爲錄前賢詩我不能奪心妬之勸君珍重藏篋笥靈物變化恐有時

題葉雲和道士讀書圖

幽人坐磐石嗒然遺其形手持一卷書疑是黃庭經紛紛世網中誰歟能獨醒羨子契元旨默坐心神甯何當

偕予隱保我三奇靈

海會禪林訪杲堂上人

上家泛城南晨風忽淩暴言尋物外蹤反櫂停迴隩祇林面城堞俗客所不到杲公今遠公一室厲高操入門竹色靜幽徑爲余導竹外有殘梅飛花時著帽因言廿年前扁舟同笑傲二林逝已久憶往祇增悼杲堂逝二十年前與余偕尺木同舟放生事羨師脫世網六十老未耄升濟在勤脩非虛信果報嗟余塵坱縛十載枉請告役役迷未知憧憧默自悔蓮社倘許隨茲焉息吾躁行參玉版禪夏首期重造

洽園玉蘭大放芝巖招飲賦詩

雪花飛盡梅花殘春分芳信到玉蘭洽園地迴春意滿
一株琪樹千葩攢我昨扁舟散煩鬱偕儕啜茗聊遊般
千頃雲邊倚檻坐繁枝似雪堆層巒逍遙心意頗放適
登頓足力愁蹣跚豈如此地此樹近跬步不慮攀躋難
皎如羣玉峰頂坐皓若白鶴翔雲端清晨露彩散吟几
卓午香氣浮晴欄主人園居將十載華省昔歲吾同官
棲遲瀟灑送日月唱和過從忘暄寒逢花遇酒共促席
但有歌笑無嗟歎庭前子弟有如樹玉立到眼心神歡
隔陂紅杏亦盛放爭妍鬬艷紛成團風來花似爲君舞

鳥語花下如吹彈客歌無歸主既醉花自酣娟人闌珊
日斜風定鬪更好挈朋明日重來看

春日偶吟

夢醒華胥日已中匡牀坐愛竹窗風靜聽穿樹鉤輈語
倦看當階躑躅紅靈宅要令通道路妙門可許悟元同
長天渺渺雲無影懶與時人證乙鴻
生怕筇枝損蘚苔故迂步屧上平臺碧桃紅杏似相妬
紫燕黃鸝不我猜縱筆書時參篆隸適情詩偶近歐梅
閒門月上且休掩恐有談元道士來
齧缺披衣不可期掩關塊坐歎吾衰山中屢負看花約

卷裹頻添哭友詩鵠白烏黔甯變化鶴長鳧短任差池
憑將丈室泠泠水照見餘生了自知

底事揮戈問魯陽任他白日去堂堂此生未免多情累
已老猶爲好事忙不信鸞鷹同競鼠早知臧穀等亡羊
季咸莫更誇神術得喪年來已兩忘

上巳與汪甥文蕙子世璜同遊師子林有懷江
夏昆仲並柬寄小迂

佳辰憚遠涉覽勝園林宜嬉春皆少年自笑翁何爲此
間地非廣奥曠能兼之怪石與長松高下呈奇姿游魚
唼喋波好鳥啼蚪枝風和天宇清俛仰心神怡因思内

史敘即景非虛詞昭明強解事墟見良可嗤我來似脩
禊照影臨清池石闌坐移時聊息足力疲
流覽欣茲遊徘徊念往迹溯昔園主人與我敦莫逆飛
騰伯與仲相繼注朝籍摶沙聚散殊驚電幽明隔乃知
園林主眞是園林客松間石丈人哀我鬢亦白季氏最
晚達鹽車驥伏軛似聞苜蓿盤未足飫晨夕甯爲良醞
戀可惜美景擲何年重偕余啜茗對松石
立崖司馬於戊戌歲假歸吳門寫行看子題曰
天遠歸雲繼之任楚中旋有輪臺之行逮丁
未歲歸里而是圖已失令弟賓嵎購之市中

立崖重裝屬題

蔣侯持圖索我題滃滃白雲起尺幅云是良工爲寫眞
驚心光景奔輪速憶昔人歸晝錦堂扶簷碧樹新於沐
逸興蕭疎寄暇晨英姿颯爽流遐矚溪藤散彩頻添毫
棐几湘簾幽賞足紅塵滚滚歲堂堂過眼雲煙甯省錄
飄零流轉幾經春收庋何人秘深櫝阿連購贈意良厚
紙色淨如手未觸當時寫圖亦偶耳誰料先幾若預卜
天遠曾穿塞北煙雲歸仍戀吴山麓敕勒川邊秋草黄
晴川閣下江波綠船脣馬脊夢模糊蒼狗白衣紛滿目
人生行止或使尼得喪悲愉互倚伏君今七十正康强

白日看雲臥繡谷晴窗故物重摩挲何異楚弓與鄭鹿
題詩作記憶前塵失馬塞翁眞是福因君我亦念行藏
輪蹄半世空馳逐老矣身同退院僧童焉心似新生犢
閒雲一片許相依二老風流庶可續試問爲霖天畔飛
何如含雨巖前宿

重過海會寺

扁舟物外果幽期正是淸和首夏時坡老蒲團惟坐睡
義公禪宇可題詩林間劚筍晴煙散竹裏烹茶旭景移
坐久此身忘去住榜人莫訝客歸遲

舟行婁葑之閒見水中有以竹爲圍覆之以草

者舟子曰是名爲罟魚入不能出取之巧而甚逸也慨然有咏

吾吳本水鄉繞郭波環帶水族之所居涵濡無小大何人思竭澤儼作水中寨布之竹叢叢覆之草薈薈其利獲以逸其害乘所昧苟或入其中莫能逃乎外因思宇宙間俯仰是機械偶然性有嗜遂與禍機會炳燭誰幾先臨風發長喟

夜坐

一氣存中夜無爲得自然聲希聞地籟味淡酌天泉未要河車轉先教害馬捐道芽能自養口訣亦言詮

杲堂劚筍同飯并呈新詩

幽人甘寂寞遯跡入緇林閉戸不尋友吟詩惟寫心我來忘世味坐久靜塵襟日落泛歸櫂門前煙水深

杲堂錄寄新詩皆清雅可誦其庵居三首尤淡遠有味和作一首

一水隔城市十年長掩關荒階無客過高樹有禽還春到筍初茁天空雲自閒因知遠俗者不必入深山

張蘭沚廉訪擢任晉藩用范芝巖編修韻

吳天蔽芾仰棠陰傾耳三年來暮吟能以從容移積習每因談讌挹沖襟官清素稟趨庭訓

恩重難紓報 國心申命

宸衷垂注切要令垓宇遍為霖

雲山三晉鬱嵯峨五馬當年膏雨多襦袴蒼生還企望

旌幢青鬢又經過金從冶化功惟漸水逐盂方諭不磨

為問東華舊鴛侶遺風唐魏近如何金筠莊觀察張小令太守余內閣同官皆公同年友也

揮毫 朶殿日遲遲藉甚聲華早歲馳下水船為同輩

服洞簫賦已

九重知古稱灑落君臣契今遇

明良際會時此去屏藩資幹濟他年心膂倚論思

軾轍才名海內聞（伯兄鄂樓觀察以軍功賜花翎）鄉邦地近比榆枌
廿年契密眞慚我兩世情深最荷君（公於余兄弟爲館閣同官姪世恩爲館後進子世璜乙卯會試又出門下）耳熱頻聽宣紫誥肩隨猶憶侍紅
雲重來後會期非遠惜別能無戀夕曛

嚴香府自寫行看子索題

宦退身如退院僧墨池猶自興飛騰詩名一代常盱眙
畫筆千秋王右丞三泖五湖尋釣侶（君松江人）青山綠水挈
行縢（君常寓虎邱青山綠水山塘二橋名）看君六十神逾旺束帛元纁應
尚能（君常以畫冊進呈選入石渠寶笈故以徵召期之）

送雪樸族叔之和林格爾巡檢任

京國十年住宦情知已闌歸來喜捧檄此去勸加餐身健輕長路家貧仗一官關門嵐翠擁立馬憶須看奕雋於丙午三月扈　蹕五臺山出固關俗所謂長城嶺也嵐光樹影日不暇賞正叔此行必由之路

曉晴

曉晴曳杖步莓苔喜有松風拂面來懶向東郊看桃李一邊零落一邊開

綠陰

綠陰庭院日遲遲誰識當年杜牧之吟罷新詩應獨慨枕中春夢不多時

蔣雲篋孝廉集陶淵明歸去來辭作詩見贈次

韻二首

物役幾時息委懷命賦天雲心悅歸鳥春事問農田經鑿或擕酒就松還酌泉親知不我遠嘯傲倚風前

老矣復何悵遺榮聊任天人情向雲路我願事心田中酒窗搖菊膝琴風引泉衡門良可樂遊息憩庭前

夜泊崑山城外訪吳擕齋不値

蕩舟出東郭瀰渺沙河平片帆整復斜天氣時陰晴榜人怯修途日落不敢行輟棹艤渡口疎林隱孤城濛濛煙激雨脈脈懷人情徘徊夜已半林外涼蟾生

青浦道中有懷王逑庵侍郎

憶從漁隱別王維（去年正月雪中招飲袁氏漁隱小築中）夏首開函讀和詩（今年四月接和生曠詩）欲向闡思叩精舍（闡思精舍公讀書齋余爲題額）萬松煙雨夢迷離（公主敷文書院講席院在萬松嶺）

舟行無事復用雲箕韻集歸去來辭

請告自爲樂安心奚問天憂來時命酒老去不求田風引入雲棹觴流歸壑泉微生知是寄已矣悟生前

三松邱壑窈遊憩樂吾天怡老將何策爲生猶有田壺時酌菊酒棹或入雲泉迷復夫奚恨余非已悟前

北幹山道中

層坡疊阜堆新綠平遠篷窗開短幅沿流兩岸水車聲

柳陰老翁叱黃犢煙林漠漠竹青青小橋一葉扁舟橫
枳籬荻岸門常閉吾疑中有濾陽亭

青浦歸棹遇順風

岸闊風颿駛篙師喜欲顛孤村暑雨外野店夕陽邊竹
色圍茅屋蛙聲沸稻田篷窗無箇事長日枕書眠

蔣梅厂招同李松雲朱蔬坪范芝巖蔣立崖雲
篷集白公祠雲篷復用前韻集歸去來辭因
和一首

邱壑有微趣登臨眄遠天憂懷舒引棹樂事得歸田翳
翳入雲鳥涓涓流徑泉時光容易去遊憩話春前松雲談往

歲春月建造祠宇想地始末

題夢因圖爲黃家鳳

處世若大夢吾聞達者言佺喬不可親塵寰苦喧煩茫茫邯鄲道昔歲曾停轅呂仙去已久荒祠餘蘭蓀廿年如一夢夢覺何由分羨君夢同覺歷歷遊仙源仙人付密諦語語淸心魂疑爲長官靖或是蘇門孫回看世上人何異蟻處褌歎君具仙骨知君有夙根吾衰甘自廢五藴嗟糾紛因君發覺悟一氣中夜存琴心旣三疊胎仙舞翩翩何時鶴和軒夢中所遊地也同讀丹篆文

題唐六如滄浪圖卷卽用卷中沈石田韻

六月門前暑氣多掩關吾欲學蘇何簾間修竹戛清響
檻外白蓮搖素波放意且看居士畫會心誰聽濯纓歌
城南亭子今猶昔準待西風涼冷過

鮑雪樵采芝遺照

松陰覆地松花香采芝深谷聊相羊清泉白石歲月長
出機入機不可詳偃偃乎歸從雲將披圖尚見鬚眉蒼
余懷渺矣松風涼

題秋夜讀書圖卷爲何澹園

一抹明河瀉遠天秋聲館裏夜如年主人大有耽書癖
未信今人讓昔賢

老學庵中漏點遲一編猶記下吟帷回頭萬事成陳迹只有青燈似故知

題何夢華蠹蝶冊

童佛庵篋中有故冊爲白魚所齧細視鑿空處栩栩然蝴蝶也以遺夢華夢華裝成小冊索題

栩栩眞疑羽化仙幻形猶自戀芸編笑他食字成規者未結莊生夢裏緣

桃花隖唐六如先生祠墓歲久頹廢陶山明府重爲修葺賦詩四章余未和也辛酉八月上

澣二日偶然獨遊小憩桃花仙館得詩如數

卽次原韻

綈袍瓩罐話前塵交遊零落綈袍冷風雪欺淩瓩罐冰先生漫與詩句也老屋荒阡喜就新一事廢與眞有數此生行止豈由人壺觴不散幽憂疾花月能娛放浪身試向東風酹杯酒夭桃何似昔時春

折除官祿是才名咫尺滄浪帶水淸兩地風流同不朽百年恩怨最難平人間何物都元敬海內知音祝允明濁酒滿瓶花滿眼未妨絃索送浮生

地下何須歎數奇憐才曠世有心知放懷早悟如如旨

感過曾賡悵悵詞余昔年有弔先生墓用先生悵悵詞韻詩一首聽說深亭營廢冢欣看彩筆賁新祠他時盛事傳吳會燕寢清香憶左司

仙館依然傍佛燈閒將往事問殘僧三生幸接枌榆社半偈來參大小乘茗啜晴窗領法乳碑珍遺墨拓溪藤祠屋桃花庵歌先生自書古宕秀逸非近人所可幾及從搨碑者購一本歸何當十笏分餘地長此齋居養絳陵

題祭書圖爲黄蕘圃

昔齊隱士臧榮緒陳設五經肅拜之甄明至道著序論重是先聖所留貽君言往哲餉我厚拜手稽首徒虛儀

高齋精禋庶答貺欲以脯醴明其私今人不作古人事我自作古人或嗤豈知一氣默相感肸蠁仿佛儼格思芸編秘冊羅秩秩敢曰糟粕神明離禮緣義起卽祭法一任下士嘲書癡新圖長篇妙摹寫苦茶庵畫貞蕤詩圖爲秀水吳竹虛寫竹虛自號苦茶庵僧卷中有朝鮮國奎章閣檢書樸齊家古詩一首極典雅樸自號貞蕤居士嗚呼小儒工發冢控頤別類歌陵陂思原報本義已昧何異來耳忘宗支有其舉之莫可廢是典君創吾當師

題馬湘蘭畫蘭冊

湘簾棐几日遲遲修竹㛹娟碧蘚滋想見晴窗揎妙腕

拈毫和露寫風枝

金鏡湖舟夜

金鏡愛湖名秋高夜氣清天隨兩岸闊月送一舟行滅燭光堪掬憑闌露已盈堯心憂可釋南國慶西成時北方被水聖心軫念災黎甚殷而吾鄉秋收豐稔故喜誌之

雨中唐陶山招同王述庵李松雲張雪樵萬廉山方鈞亭范芝巖蔣立崖瞿花農王仲瞿一榭園賞桂

爲赴小山約因成曲徑遊濃香團丈室溼翠入層樓秉

燭且爲樂飛凫何處留厭厭吾旣醉不待酌言酬主人以事未至而余與芝巖因道遠先起故云

九月十三日偕蔣雲簪孝廉陶凫薌秀才山塘看桂喜遇程愛廬侍御

林巒天與助淸狂寒露花過尙有香偶共門生浮短艇喜逢閒客話斜陽雲泉風壑劍池米襄陽題字秋逾好驄馬籃輿味孰長寄語掖垣舊鴛侶此間鷗鷺也成行

三松堂集卷十五 始辛酉秋至壬戌冬

吳縣潘奕雋榕皋

范芳谷招飲齋中出示李滸江所畫武昌送別圖索題時芳谷又將入楚因賦長歌卽以贈行

男兒墮地門懸弧，俯視六合同庭衢。一生齎鹽伴妻孥，朝欷暮唶何爲乎。吾友倜儻宗慤徒，負才濩落猶江湖。乘風來往隨檣烏，欲借雲夢蠲煩紆。武昌樊口煙水區，騷人屈宋相招呼。壯遊放曠無憂虞，絕勝宦游纓紱拘。一朝歸思縈蒓鱸，買舟便發不少須。吟朋墨客攜殽醹

沙頭醉傾白玉壺輕颿飄忽如飛鳧雲鬟霧髻大小孤
放眼捩舵心神愉拂拭束絹煩顛迂昨宵看畫驚歲徂
壯心又欲辭東吳冬窗晴暖霜花敷張燈宴客邀我俱
燈光花影照座隅雲山指點修以嶇飲我索我歌吳歈
憶昔我爲時所驅塞垣邊徼鞅軿艫滹沱沅灘灤潞沽
香臺白雲洞牟珠南行亦經熊繹都陰晴川陸變態殊
不少好景供嬉娛維時趨程心氣麤豈暇吟弄羅墨朱
回頭往事真須臾年來戢影伏櫪笯衰怯斂退慚非夫
楚山楚水夢模糊何能並掛十幅蒲爲君題畫增感吁
金昌亭下日欲晡西風獵獵擢蔣菰君言計日當首塗

索詩火急如索逋不勞含悽唱驪駒詩成筆禿墨未杔
山塘折柳合作圖何當更乞龍眠摹

芳谷復寫金閶折柳圖率題二絶

楚王古殿闔閭城水郭煙村幾驛程兩岸青山如畫裏
羨君來往一帆輕

離亭折柳柳依依玉笛聲寒雁影稀記取山塘春色早
已舒青眼盼君歸

題文徵仲蘭冊

畫蘭仙品溯王孫徵仲揮毫古法存記得東坡留筆訣
風枝一一可尋源

停雲家世擅才華翰墨風流子姓誇今日烏衣來燕子壞牆閒啄野棠花

呂修林哀詞

六旬鬢未白羨汝有精神憶聽風前弄驚爲泉下人琴君精琴理悲沙雁冷笛怨嶺梅春痛絶魂歸夜寒燈泣老親兼善吹鐵笛

題范夫人徐媛臨董思翁書後

行草華亭抗素芝閨中摹倣愛臨池試觀垂露懸針格何似前朝李茂漪

鐵筆於今重云美顧苓八分當日擅牆東徐樹丕標題前輩

畱遺墨過眼風燈感慨同

搆一室廣一丈高七尺周以板啟其南以納日爲避寒偃息之所名之曰蟄室詩以落成之

年老愁寒劇因營十笏廬何妨學坯戶不避誚懷居隱几閒天籟游心到物初打頭客莫慮安穩傲高車

窗暖薰花氣帷低裊篆煙心空無等咒體適小周天勝合題新懦銜應署樂全蘇何聊戢影不必慕前賢

題嚴香府畫册

白塔明斜照青林淡晚煙舊游如夢裏記泛富春船

扁舟蕩明流欲訪塵外侶日落不逢人長吟自來去

寺遠鐘聲杳溪迴石磴斜晚來嵐翠合何處問山家

風吹篛笠煙日漾釣絲影身世已兩忘何必問箕潁

韓旭亭屬題其外祖陳霌齋先生長江放眼圖

高人胸次無纖塵俯視富貴如浮雲偶圖江山寄逸興羽服瀟灑佺喬倫誰歟作記窮江源松陵吳生山秀論瀾翻仙翁已往不可問墟見恐非公意存遠峰近岫開眼界怒潮急浪驚耳門畫圖流傳八十載粉墨猶帶波濤痕樂餘東老公外孫揮灑落筆江可吞人間萬事不掛眼珍此遺篋侔璵璠我衰蟄室收放紛戢影朝暮占蒙屯觀圖披豁發遐想淩虛飄忽飛吟魂浮生擾擾塵

世喧此事難與下士言九原不作生也晚安得操几從

公論

贈韓聽秋

道園塵海本殊塗收視天將衆妄驅試向黄庭尋玉籥

好憑象罔獲元珠牛屯慧眼泉猶冽水部新詩味轉腴

識得安心更無藥佇看秋水湛清矑

沈青齋哀詞

故交霜後葉辭樹漸紛紛哀度袁江雁寒凝烏鎮雲青齋

家烏鎮老難安偃仰壽恐損辛勤記竝東郊步堅强最羨

君

送蔣生雲篋應試春官

之子吳中傑論文於我親白頭攲枕客（時余抱病）綵筆看花人風翮初辭樹霜蹄本絕塵昨朝三徑裏先報一枝春

除日偕芝巖叚堂子世璜登彌羅寶閣

臘盡身初健春回氣尚寒層樓淩碧宇傑搆溯黃冠心已羣氛遠人從下界看三尸如可絕結侶事星壇

人日過訪韓旭亭適開尊宴客拉余入坐即用芝巖巡字韻得詩一首

初正招客日逢人長命祥徵五百春（同席八人皆六十外合計之得五百三十四歲）古器摩挲陳鑿落新篘斟酌試逡巡醉揮如意心

還壯（出示趙忠毅公鐵如意）健和新篇筆有神莫訝酒狂來不速尊前也擬斸閒身

旭亭席上喜晤韓梅坡有贈

世人多慕勢達者獨遺榮門有承師鐵杯無妻護鯖知君學爲己愧我老同庚會挾毛錐去相從戲墨兵

袁月渚柏庭方丈作

物外寄吟身韜精自葆眞問年忘甲子坐夜守庚申古井寒泉冽閒庭翠柏春登山還健否三宿憶前因（歲庚戌偕月渚同遊穹窿山三宿上眞觀）

琴養圖爲汪漱雲題

濟時佇碩彥愛日依慈幃試問單父琴何如老萊衣白華晨膳潔珠柱清音希傷哉寸草心難駐三春暉松風入塵絃拂拭思遺徽我讀琴養圖掩卷增歔欷

題管韞山詩後

夜永燈寒一卷陳唾壺敲缺氣嶙峋客言是集能千古我爲同袍惜此人論事獨敦風義古詠懷兼愛性情眞觀槖絕筆餘忠悃太息陽城志未申

正月二十六日招友同飲蟄室

晴日烘窗淑氣回相邀蟄室倒深杯羣情自媚木居士吾輩合尋麴秀才病骨蘇醒聊自喜新詩頹放任人咍

相期更買扁舟去鄧尉同看萬樹梅

聽雨圖爲韓聽秋孝廉兼簡桂舲觀察

人生因境成離合至性難忘是弟兄每誦韋詩知别苦憶吟蘇句覺官輕歸田我踐聯牀約獨夜君深念遠情料得寒燈湘浦夢此時也繞闔閭城

寄懷秦小峴廉訪

恩綸下白麻盂水令行民不擾繡衣威肅吏無邪三湘蘭芷閒吟遍兩浙湖山入夢賒記否德生情話久畫船歸去日西斜丁巳春偶游西泠招飲湖舫同至德生庵訪華秋槎肩隨委佩入東華耳熱

徐復堂輓詩

街南巷北路非賒孝穆驚才少歲誇入重田園爲世業
君耽文史作生涯科名他日方三拜詩句今時溫八叉
猶記庭梅貽短幅孤標清絶似霜葩

生前同調幾貧交莫以高寒擬島郊時彥尚傳銀甕啟
新詩曾和海棠巢復堂海棠巢詩余有和作病餘習靜矢薖軸老去
觀空悟幻泡種德徐卿應食報定知階下有騰蛟令子頲文名藉甚中式副車今應試京兆

送陳稽亭水部假滿還朝即次留別韻

別山詩合勒槃阿南史何允作別山詩風月曹司屬老何　輩下

聯鑣吟侶喜尋前攬袂酒人多誰能平世甘棲遯不少
高才嘆轗軻今日鳴騶看上道飛騰光景未蹉跎
元方聲價重璠璵憶解金龜賦遂初蓬徑嘯歌眞自若
春風詠歸好相於（從鄭康成解）岫雲早識心無繫隙影頻驚
歲不居出處吾儕惟委運漫勞敦促故人書
親朋出祖意殷勤回首金閶日暮雲話到前塵殊惘惘
論從餘子各紜紜收身髮短應憐我報　國年長最羨
君從此心期庶無負任教猿鶴誚移文
奔輪義馭暗中催堅質何憂世故摧遇事不回晛素守
於時有濟貴通材壯懷肯羨依林鳥芳訊無忘附驛梅

宦績四詩留左券知君心跡絕塵埃

題張南華畫册八幀

春林漠漠溼煙浮林外春波澹不流想見　南齋纔退直西山晴翠恰迎眸

五月京師苦鬱蒸每思赤脚踏層冰人間此景誰能領合讓深山結夏僧

憑將雪繭寫家山苦憶當時供奉班慙愧水雲一漫叟西風吟眺十年閒

冷煙溼雪草堂深妙理義爻未易尋我亦避寒營蟄室閉門或可見天心

玉堂散直日遲遲門外紅塵十丈時繞屋扶疎浮樹影自和殘墨寫陶詩

天平誰送草堂貲曾寫溪山索我詩短幅晴窗閒點筆清門文采最堪思先生哲嗣楞亭亦能畫山水甲申乙酉間僑寓天平山下

北苑煙雲昔少偶南華翰墨近無倫興來涉筆妙神似莫謂今人遜古人

小憩曾登接葉亭先生京師寓齋舊地在爛麪胡同松間嵐影晚逾青殘膏零落彌增重始信當年筆硯靈

春雨齋圖爲陸甫元舍人

湖雲吹暗闔閭城竟日高齋聽雨聲想見齋中清似水

瓶花鑪几篆煙橫

山塘怡賢祠壁見寄塵和尚墨蹟感賦 寄塵名衡麓

蠅頭懸腕風神朗椽筆搴雲結構精今日禪門應寡偶前身智永或重生吳頭楚尾閒雲遠海角天涯一葉輕我爲題詩感陳迹他時人識寄塵名 寄塵來往吳中隨冊使趙翰林文楷至琉球歸卒于閩

閉戶著書圖爲吳竹橋禮部

投紱歸來萬慮空妙門早已契元同庭前但有支離叟硯北還招無是公

玉堂粉署付前塵汩汩人間太微神彩筆一枝書萬卷

廿年眞羨自由身

我賦閒居十五年東書焚硯日高眠何當來問東家住同注南華内外篇

穹窿山上眞觀有懷支山月渚

洞天尋古路一徑入煙巒八異當年健山猶昨日看碧桃開𥦗戸清磬落雲端憶共探幽客聯吟倚石闌

上眞觀醮壇作

繡嶺開珠館瑤壇集羽流栴檀寶鼎爇旌節洞天留侍從雲爲馬眞官玉作旒經聲將磬響飄渺下層樓

窈窕飛仙閣森沉白玉墀焚香披碧簡浥露草青詞神

遠誠能格天高聽本卑迎釐先首過非與赤松期

壬戌二月廿八日同曹恂愚李補樵遊甯邦鴿酌鳴珠泉逾中茅峰憩茅篷遂遊拈花寺上竹竿嶺歸宿上眞觀

遊山獲同志飯罷攜枯藤仄徑尋舊題捫蘿憶吾曾庚戌秋日同芝巖月渚題名石壁祇林面修竹院靜疑無僧溯昔遺榮人於此避弋矰隨行老兵去逸事今誰徵相傳宋韓蘄王隱此山山腰探泉脈峭壁青崚嶒鳴珠手可掬石磴三人憑一酌百慮釋再酌塵心澂

甯邦茅峰左茅蓬茅峰右峰鴿開寺門諸峰獻羣秀我

來當仲春晴翠落襟袖寺僧八十餘以靜獲老壽飢掘山筍燒渴汲山泉漱爲言靜中味可會不可授嗟哉塵世客自愛實自寇吾亦未離塵將衰悟計謬

鍾吾本僧廬今爲羽士宅拈花占山麓依然古香積門前澗水清門內峰巒碧庭陰喬柯列下有舊行蹟僧雛供伊蒲一飽聊岸幘菡增雪盈顛歲逝駒過隙回思十二年汨汨竟何獲默愧耽幽人長年憩泉石余不到山十二年矣

斜陽忽西下林外嵐光沈拄策尋歸途竹竿路嵚崟徑轉睇雲間遙傳笙磬音層波太湖白重岫靈巖陰意適興有餘茲游愜素心道契性不隔味澹情彌深蕭蕭松

風中孤燈照幽襟題詩待補圖並以諸玉琴補樵善畫其侶能琴故云

暮春修禊同人分韻得和字

撰辰修故事祓禊向晴波節正春三月人疑晉永和管弦喧可謝觴詠興偏多連袂循芳甸分曹占綠莎遙岑簪是玉曲水帶爲蘿內史眞千載餘徽近若何

治園石筍歌爲范芝巖

治園佳日吾頻過高下犖确窮煙蘿園中奇石森成列形具堂密岡巒阿今來方亭復小憩亭北忽矗雙髻螺籬根新筍初解籜訝此甲坼青嵯峨主人爲言此石古

入世閱劫如觀河宮詹勿齋雅尚愛林壑太守雲泉投老遺簪紱當時名園寄清暇先後石畔來婆娑風前坐品幾嘆賞月下醉倚頻摩挲百年人事轉頭換兩番興廢眞刹那奇章不作米顛老委此異質僵煙莎園丁寵養豈知惜荒榛枯蔓紛成窠昨朝移致爲拂拭故知有美難埋磨剜沙剔蘚位置妥瘦骨漱水寒生波含風清韻鏗可扣溜雨翠色圓成渦高齋新霽卷簾坐紀事灑墨揮長歌惟君好異天所與用助歡宴供吟哦菱溪傑作憶六一雪浪遺事追東坡不須對石更增慨觴客且倒金叵羅

石湖舟次作

乾隆乙亥余年十六游於庠因至新郭登京兆之靄春堂泛舟石湖戊寅京兆君來歸乙未而京兆君卒於京今春重過行春橋登天鏡閣回憶初泛舟時蓋四十七年矣撫時憶往作是詩也壬戌三月二日記

乙年初放胥江棹新郭重開此日舫贏得白鬚聯白髮
卻思青鬢映青衫行春風暖晴波皺天鏡雲低夕照銜
四十七年人事換楞伽依舊碧巉巖

何亭觀牡丹時長老雪舟已化去

依山禪室似山家竹徑藤籬石磴斜自有春光娛過客
不妨淨眼對繁花色空非二能觀否香味全無可會麽
默坐吾增身世感沙彌但解獻茶瓜

郭匏雅招同守約芝巖芝岡默齋畏堂雲浦集

春草閒房觀牡丹

分明月下舞嬌嬈彷彿闌邊倚洞簫喜對名花兼美酒
況聯舊雨又良宵（坐中無生客）白頭身健豪情在翠幙風微
香氣飄莫爲急觴辭伯雅看余小戸盡三蕉

雨中過嘉興不得登岸感懷錢蘀石侍郎百泉
檢討東寄子壽編修

輕帆過秀州繞郭溼煙浮百福子壽所居巷憶吟侶宣南感舊游交情三世永詩筆一家遒相望不相見長謠倚柂樓

泛舟西湖

湖心弄水捉冰輪屈指初游五十春雙鬢驚非前度客六橋重著畫中身晴添柳色沿隄碧雨洗嵐光照眼新筋力已衰緣欲簡筍輿不擬入城闉

華秋槎北山旅館圖

叚家橋畔有精廬嵐翠湖光畫不如三宿王莊解纜去輸君十載此安居

馮玉圃見示洽園之作和韻奉酬

共辭塵海傍邱樊勝日招尋洽隱園洽園爲明洽隱園舊地入過中年宜放曠坐無生客略寒暄委懷莫歎霜盈鬢積愫同傾酒一尊晚計郊扉殊有味祇應閒與素心論

題李桐臯詩後

五日隄邊住籃輿不入城喜君閒過訪遇我疾初平詩似山雲藹心同湖水清明年重放艇竹馬聽歡聲

過陳花南梅莊索詩賦贈

溜水橋邊石徑斜竹籬松鳴有雲遮亭深好引林逋鶴客到還烹顧渚茶六一頌東虛抱願坡仙陽羨未移家

輸君吏隱情兼遂管領湖山閱歲華

娑羅樹花歌爲王松泉作

松泉手栽娑羅樹邀我來看娑羅花云此攜自華頂寺川路紆折山峆岈又云是樹佛所遺移植往往枯不華怪君兩本特豐茂敷葉吐蕚淩晨霞輕紅浥露蒂密簇幽香散日陰交加婆娑映蔚昔所頌隨方靈異言非誇我來清和逢淑序恍入薝蔔聆頻伽大方等大集經迦陵頻伽或作毗伽迦陵者好毗伽者聲名好聲鳥也嗅香數蕊讚嘆絕齋肅有手敢牽挐登樓五體自投地心口默誦阿梨耶法炬陀羅尼經譯云出苦者亦言聖者因知此樹有由茂帝釋臨汝惟汝嘉松泉築樓供佛此行矢

願陟台嶺當暑刦畏程塗睽楚州遺碑不可見鶴翎想
像如栴樺娑羅一名鶴翎今晨花下獲靜憩我佛屭我來君家
雙林挺秀光四照七葉布蔭枝分椏松泉供佛更採擷
贈我使我心咨嗟磁瓶五日色不壞肯與淚蕊隨泥沙
吾聞天台人罕到到亦未必花揚葩循溪曲折蛇虺伏
五界迢遞荆榛遮何如跬步勝因轃無異翠岫登耆闍
此緣非偶竊自幸奚事攀涉窮幽遐

由六橋入理安寺

雨霽沙隄淨峰迴磵道平參天萬樹影赴壑百泉聲濃
翠寺門合幽香溪鳴生石橋人籟絶時有鳥呼名

江行雜詩

隔江雲樹指西興江口人家已上燈十幅蒲帆風力軟
卅年往事憶曹騰

六和塔下晚潮平虎爪山頭暮靄横牐口今宵宜小住
明朝早到富陽城

山重水複路盤紆横幅晨窗展畫圖閒拂生綃汲新水
天然粉本有顛迂

飽餐嵐翠度朝昏嚴瀨風清散霧痕除却泉聲與鳥語
更無凡響觸聞根

鷺鳥烏鴉二種船名篛作篷下灘趁溜上灘風舟人不識江

山好卻厭紆迴七里瀧

白雲如絮擁孱顏懸瀑晴飛雨後山世上紅塵全隔斷煙蓑眞欲伴漁蠻

釣臺

何處雲臺跡此臺萬古留倉皇憐豆粥雲水樂羊裘頗憶貪天語難爲越俎謀嗤他氣厭者晚作赤松遊

金華道中

昏旦晅寒異東西時雨懸火雲看硉兀雌霓入聲忽連蜷水驛灘聲裏山城暮靄邊牧羊遺蹟在吾欲息塵緣

八詠樓今祀婺女星郡人呼爲星君樓

山城吾再宿，訪舊意偏勤。八詠留遺蹟，千秋仰令聞。古名揭元暢（古元暢樓四字額爲昔郡守王以巽書，筆法雄勁），邦典祀星君。細雨憑闌坐，愁看隔浦雲。

和錢竹汀前輩重游泮宮賦贈新先輩因追懷西莊光祿之作

杖國重逢采藻年，新詩脫手韻泠然。白頭心跡超塵外，青鬢風光在眼前。大祿班將聳彥領，儒林事以一身肩。轉頭佳話傳春榜，莫爲懷人慨逝川（乾隆甲戌先生登第，今屈指重赴瓊林僅十二年耳）。

劉醇齋同年過訪見贈和韻

剝啄誰敲雨版門披襟重喜挹淸溫摧頹我已辭塵網斂退君方探道根古寺澗空無舞鶴高峰泉冷有吟猨君寓居虎邱鶴澗之傍近自西泠返棹冷泉亭呼猨洞西湖最勝處也年來會得逍遙旨椿菌鳩鵬莫更論

棨戟歡騰萬戶春召棠郇雨迹俱陳無田肯退眞知止有硯能耕豈患貧君書擅名于時老去但尋行樂地詩來懶鬭苦吟身靑鞵布韈須强健同作　昇平自在人

何處能消暑

何處能消暑雲峰憶萬層譚元攜道士結夏訂詩僧幽㵎六時雨陰崖太古冰孤亭修竹裏四面碧崚嶒

何處能消暑清江深復深天紳看瀑布水樂聽鳴琴游
鯉牽蘋躍飲猨聯臂吟溪聲兼竹影不雨亦蕭森
何處能消暑拋書擬刺船新知無賀若舊侶有成連哀
響鴻依渚涼宵月到篷松風頻拂檻謖謖繞冰絃
何處能消暑蕭齋坐隱宜簾疏人影瘦院靜子聲遲不
賭宣城守微吟玉局詩橘中眞可樂熱客未曾知
何處能消暑紗廚一榻橫華胥知不遠軍將莫相驚簟
比琉璃滑身如胡蝶輕門前塵十丈祇襪有人行
何處能消暑尊開竹葉青湖宜浮小舫秋已到殊亭荷
氣入筵淨蘋風吹面醒碧筩彎象鼻不必學劉伶

鍾園生壙圖

乾隆丙申奕雋以病乞假歸里謁芝庭先生于慈竹春暉之堂先生出示生壙圖卷并用昌黎寒食出遊詩韻賦詩索和逮甲辰雋再入都門先生即於是歲偕雲將遊矣今年夏瑶圃侍御因檢遺篋重付裝池索題卷首感念今昔再用原韻

生世難辭衰老病死而不朽德之盛尚書八十身康强洛社風流後先映謝傅林泉興自長恬倓恭謹心無競佳城鬱鬱手親營寒食新詩續舊咏鍾吾山接鍾家園

地脈蜿蜒勢端正自從馬策扣羊曇欲侍笑言那可更
後生安仰愚迷方樂天不憂公知命憶歲戊子月仲冬
公初歸田謝朝柄回頭光景似奔輪繩武孫曾集餘慶
貽來手澤後賢珍述德紹聞心起敬山邱華屋古所嗟
緬溯清芬遐以敻中條山谷指王官曠致當年企表聖
浮生處世一俯仰得喪榮枯哀樂併下士難排膠擾胸
達人自適優悠性見道長篇遐興飛盤空硬語老筆橫
披圖想像坐春暉白髮門生淚空迸一邱也擬下歸藏
峰如屏障波如鏡達觀拌作死前休準敕兒曹付家政
登山濟勝足已孱和韻押強腕猶勁山房小築可春遊

昭儉師門仰遺令余築生壙于綠嗨山下傍建丙舍題曰綠嗨山房

治園紫薇花和芝巖韻

治園幽事實堪誇坐賞行吟興倍賒翠靄壓簷排石筍
紫雲團幔發薇花風翻金縷含晨露煙鎖瓊枝炫晚霞
莫道一邱太岑寂奇姿眞稱退翁家

句詠絲綸早歲誇白頭風月此間賒相看同是閒中客
何礙重吟官樣花香入湘簾凝彩筆光搖玉斝泛流霞
吳天暑退涼生早好把金巵付酒家

雙松圖詩

雙松圖者程愛廬侍御爲其母太夫人作也

始侍御母錢夫人年十八而寡以其娣張夫人所生子侍御公爲後年纔數齡張夫人年三十一亦寡同志守節教養其子庭有雙松錢夫人指語張夫人曰是雙松者如我兩人矣繼侍御成進士官於朝兩太夫人皆享高壽膺榮封侍御繪雙松圖以誌慶今兩太夫人皆即世侍御奉圖索題敬書於後

兩心雙榦比堅貞愛聽寒窗謖謖聲灑雨其瞻同栢直得天自許獨冬榮蒼龍未化孫枝茁白鶴重來歲琯更我爲題詩頻掩卷西風庭樹最關情

破山寺追和常少尉韻（寺今爲興福院）

籃輿尋古寺曲折入楓林門外重岡抱階前一壑深看碑思往哲啜茗滌塵心太息詩人去寥寥鐘磬音

三峰寺

靜侶有支遁同遊獲范雲霜林圍梵宇落葉舞晴雯飯軟飫禪味心空息世氛聽鐘聊小憩下界末斜曛

劍門

虞山如眠牛蜿蜒石戴土翠壁聳峻嶒峆岈劈鬼斧危如陟褒斜仄擬入子午谿豈五丁開矗似巨靈剖或廣如堂皇或壘若岣嶁名之曰劍門開闢想自古愧乏勒

銘才登頓愁栗股山前東西湖滉瀁接晴宇深爲馮夷
宮幽是鮫人府魚鳥所戲遊烏兔迭吞吐漁艇依蘆洲
人煙澹霜浦遠眺目爲搖邇矚背頻俯僧言山色佳遙
望態逾嫵憶昔泛扁舟中流曾目覩反照上層崖恍展
倪黃譜我無濟勝具遇險勇亦賈茲遊恃籃輿足力頗
能努節候況晴和丹楓正明隝指點拂水巖褰裳復率
滸卻羡舟中人咿啞聽鳴艣

維摩寺登望海樓

爲訪維摩寺言登望海樓禪心閒似水客意澹於秋搖
落羣氛靜蒼茫一氣浮方壺不可到吾欲問眉洲

籃輿爲遊山之具芝巖有詩和作一首

平生林壑最情親馬脊船脣厭苦辛獨往正須垂老伴
相依只許看山人樂天乘興還敲句彭澤淸遊合寫眞
絶勝灞橋驢子背不教吟袂惹纖塵

言夫子墓

南方夫子稱言子此地當年文學始墓門窈邃闕展謁
身列儒林潁有泚歲雄在壬月仲冬虞山山麓霜林紅
升階再拜復稽首遙想若堂斬板封習禮家風傳揖讓
山前古巷雲仍旺愛人學道兩坊存干將祠宇還相望
彈丸傾耳絃歌聲琴堂翩然來滅明割雞誰試庖丁手

千載循良憶武城

兕觥歸趙歌爲常熟趙者庭明府作

素衣角帶陳嘉猷相公未肯歸荆州懦夫屏息舌入喉剛腸詎以腹劍柔隳肉如掌氣益遒直爲一代綱常憂當時同袍祖道周共飲止許吳綿修文羊一角勳而觩忠臣口澤垂千秋凶終世或文穆尤亡親今爲江陵羞一觥流轉珍天球汶陽卓行齊中牟慨念杯棬涕泗流不憚辛苦問闕求精誠所格夙願酬顏藏翁介良有由是曰天相甯人謀覃溪樂府可以謳衡齋高義古罕儔用告家廟揚前休子孫永保世澤留足以激厲末俗偷

可憐相公相業優不少圭瓚秬鬯卣貢媢況復羅琳璆
是觥區區何足侔一朝勢盡舉室幽殷家大珠誰復收

題虞山夜泛圖　壬戌十月十三日芝巖翰林邀余同遊虞山適蓉峰觀察過訪以有事不獲同遊爲悵越五日歸蓉峰持是圖索題蓋康熙壬戌十月常熟蔣文從招同閩中張超然翁岸甫金陵武衷白同里錢湘靈陳在三賈幼陶陸覲庵遊虞山作也圖爲武衷白寫詩以人影在地仰見明月爲韻

誰開三徑挈朋儔宛似當年赤壁遊料得前賢也岑寂
故將山水寫幽憂
如此風光如此人幾番甲子幾番新青山久已埋吟魄
畫舫誰能記後身

圖成八客共吟詩擊鉢飛觴彼一時此日山靈嗤二老同遊只有道人支同遊者三峰寺長老一峰

我掛蒲帆到海虞清遊歲月恰相符奔輪光景成陳迹懶倩倪黃更寫圖

題虞山秋眺圖

歸自虞山風信大作掩關不出展閲詩卷戲寫此圖適芳洲沈子過訪遂令足成之而系以詩

寒窗潑墨興淋漓自作横圖自寫詩老去書生何所事破除岑寂仗毛錐

韓旭亭西山記遊圖

憑將妙腕紀清遊衫影笻聲萬壑秋我亦披圖憶吟侶
西風啜茗坐僧樓

送唐陶山之海州牧任

剖竹巖疆重乘轓刺史榮湖雲依去榜海月迓前旌望
歲騰歡口攀條悵別情驪歌且緩唱花塢有新聲

得莫韻亭侍郎書却寄

病夫只合把犂鋤舊侶春明跡總疎却怪燈花何太喜
朝來接得韻亭書

金臺翹首路漫漫苦說相思合併難記得書窗晴旭暖

爲余點筆畫春蘭

三松堂集卷十六 始壬戌冬至甲子夏

吳縣潘奕雋榕皐

黄蕘圃移居載書圖

往年君移居擔書復攜子今君又移居弄孫枕文史寫圖更作記七稔流光駛城西避紛華城東慕醇美欲以耕讀業世守貽令軌吾聞古人言讀書在明理孟氏收放心孔門訓克己語焉不厭詳無非爲心耳塵盡鏡斯明垢去水益泚吾能治吾心數語實足矣奈何後來人志原但窮委迂或疲丹黄點但博朱紫訓詁日支離詞章俳優似如以塵掩鏡如以垢汨水揆諸古人意無乃

謬千里知君高曠懷久已厭薄此一廛供牢蔬一卷訂亥豕掘井及原泉豈問渠與沚治米取精鑿豈復收穅秕于焉啟新知于焉考素履艮田無晚歲斂穫從此始佇見通德門蒸蒸徵後起體用信能賅窮達皆可喜鄙人不工詩惟取辭達已洽聞世所尚玩物吾方恥講習期素心陳編有微旨

于滄來太守婁江施粥圖用卷首同年筠浦制

府韻

誰回枯槁作陽春姓氏書屏

御題新體得如傷懷保意知公眞是讀書人

恩指婁江浩蕩波鳴槌眞見督維那須彌芥子同無際

一點靈臺覆被多

月池兄哀詞

同行長我僅存兄羣從今嗟失老成藝苑有人收畫槀

風軒何日聽琴聲中年頗厭塵緣擾晚歲難辭世網嬰

太息勞生羲馭迅春波孤負舊鷗盟兄與余屢有徜徉山水之約而未果

唐鏡海萬卷書屋圖

炳燭留餘習鑽研力弗勝牙籤羅秩秩羨似日初升

生辰三松堂小集有作

風信初過氣已暄松濤雲影護蓬門年庚自幸六加四

卦數敢希貞起元春服既成宜蠟屐舊書懶讀暫窺園（昨與弟畏堂子世璜姪世榮遊程蔣二園）芳筵桃李天倫樂逆旅衰榮莫更論

登天平山入雲泉精舍有懷一峰長老時在三峰寺

危崖遮客路磴轉一僧迎長日步宜緩綠陰禽自鳴紳袈同寄跡喧寂任芸生却憶三峰頂楓林拄杖行（去年十月與一峰同遊虞山）

那伽室觀壁間詩再用泉字韻

春遊重襆被小住又聽泉興劇不尋侶言忘可證禪遙

村疑有雨高樹靜無煙一宿那伽室聯吟憶舊緣

新晴南窗下作

夜雨快曉晴檐鵲喚人起卷簾南窗坐衆綠映棐几頹齡畏酬接結習愛文史浮生紛殊趨欣戚亦異軌物情蔽所見何處定臧否悠然掩陳編澹爾契無始道勝累斯捐緣簡念自止何能桑榆年學作褦襶子

四月廿二日同人小飲三松堂和芝巖韻

道南巷北路非賒雨檻風廊靜不譁嫩綠乍看搖竹影逕香猶未放桐花唱酬皮陸眞同調宗派蘇黃各一家排得詩成十數卷氣麤語大莫嫌誇芝巖近刻詩十二卷余亦有十餘卷

故用香山詩句爲贈

芳谷和韻見贈再次前韻

判袂頻驚歲月賒開軒喜接笑言譁兩斟漢口屠蘇酒
補看揚州芍藥花君自楚歸復有邗上之遊老筆我貞伏作手舊醅
君莫陋貧家茅齋粉壁騰新采連璧雙金實可誇

送李松雲之徐州守任

天子懷保切使君經綸優　璽書下丹墀隼旟指徐州
使君在　承明公望燕許儔一麾坐石頭再任臨爽鳩
同寮躋三事門下擁八騶萬事豈意料空驚歲月遒人
生五馬貴羨公猶黑頭徐州號難治地劇當黃流質樸

信有餘勁厲艮可憂東坡有遺愛維公能匹休飾治貴經術先平競與緑風清雲龍山月白燕子樓政閒攜賓從可詠亦可遊雖云二千石何異萬戶侯江雲引蜺旌梅雨隨鹿軿受事屬首夏政成期新秋　宣室佇前席蒼生望𦽀謀河東且臥理黃霸甯淹留

五月十八日與畏堂過鄒家水閣用少陵題張氏隱居詩韻

意行出郭偶相求雨舫煙津景最幽繞舍鷗波渺湖海連雲雉堞當林邱茶瓜禪宇懷陳迹絲竹山塘訂後遊我有憂思賴陶寫偷閒何惜更浮舟

偕畏堂坐雨白公祠有懷述葊先生再用幽字韻

笠屐衝泥共子由最喧闐處賞清幽溼雲漠漠依雙槳密樹濛濛抱一邱亭榭高低愜靜對壺觴談笑憶前遊漁莊信宿程非遠要趁西風放小舟

五月廿五日雨中重過山塘聽歌客曰是葉廣平派也回思庚戌八月夢樓太守招飲經訓堂聽葉廣平諸君度曲時蓋十有四年矣感念今昔慨焉成詠

屈指清遊未浹旬柳陰垂幔覆雲津徵歌已許重移櫂

蠟屐何妨更墊巾白社我尋塵外侶黃粱誰認夢中身是日唱邯鄲夢納書快雨都陳迹振觸新聲憶故人葉有納書楹曲譜快雨堂夢樓書室也

書東林五君子手札後

委鬼當頭坐陰霾塞乾坤五虎及五彪十狗方成羣桓桓數君子大聲震濁昏太阿方倒持誰歟發覆盆身亡氣益振陰盡陽乃伸至今翰墨林尺幅天球珍我友知歸子嗜古見性眞玉琘未許混蘭蕡尤當分桐城非可誣奮斯豈其倫去留別黑白亦以判蕕薰非徒欽勁節用褫巧佞魂乃知賢不肖沒世不可泯膺滂古所仰五

君紹清芬寄言立身者毋欺後來人

六月二十一日張燮堂邀過家園觀荷留飲得詩六首

竹深荷淨好林亭雪藕調冰倒綠醽誰信喧闐城市裏翛然清賞有煙汀

選勝迎涼碧澗隈小軒正傍綠陰開倚闌香氣憑誰送一陣微風水面來

極目滄波滇渤寬菰蒲鸂鶒滿風灘老夫堅坐拚窮日斲取新篁作釣竿

聽琴玩月夜忘眠往事龍頭近卅年花似紅雲波似鏡

恍疑重泛太湖船憶己亥六月同月池默齋畏堂洞庭龍頭寺觀荷之遊也

翻翻荷葉欲平橋拍拍飛鳧似雪飄待喚奚奴拏短艇

醉擕笛篳入花搖

峽雨猿聲到座隅重尋舊賞愜新娛風流那得倪黃手

更寫溪亭逭暑圖丁巳六月東畬同年招飲園中出示宦遊蜀中所得錦江文石今燮堂復出見示汲新水設於廊間溪亭逭暑東畬在京爲余寫作長卷已爲友人攫去矣

虎邱雜詩十四首并引

蘇城西北虎邱山者秀挺單椒體包羣壑寺宇丹絢林亭翠交危磴平闌延矚引步嚶聲夭采間發亂飛春秋皆有可觀晴晦迭呈變態洵四方人士遊覽畢

集之地亦是邦英彥吟眺不厭之區也爰有三泖詩翁停橈振響洽園詞客投簡繼聲僕也掩關逃暑索居尠歡愜盍簪於素心慕投桃之高誼喜生見獵醜忘效顰況夫批風抹月本是弱齡遊釣之鄉兼之攄笛彈絲不少上客唱酬之日登高能賦兩美不礙殊姿飾事多欣同調何妨異撰書成拉雜合新愁舊恨以齊宣體仿謳謠彙昔款今情而並鬯慚技道之不兼進按宮商而弗克諧雞希子夜新歌或作歐山故事云爾

亭榭高低樹淺深偶移短棹散幽襟乍看新綠叢祠掩

又聽鳴蜩灌木陰

春風童冠集山塘破曉來登選佛場老輩幾人還健在花時拄策玉蘭房昔年山後玉蘭花開先祖開齋公時偕客登眺常命追隨破曉來登選佛場先祖詩句也

桐帽棕鞵雪鬢毿山光明媚水拖藍小航遊客今如織誰說詩人汪籲三醴泉令汪籲三先生名俊號山樵與先祖爲詩友同遊山塘有小航恰受無多客之句

一片冰心託曉霞澹香詩筆最清華靑衫客子頭全白何處重尋處士家布衣梅澹香居靑山橋一片冰心託曉霞澹香詠庭前紅梅詩句也

泉淸亭古氣蕭森汪老詩篇呂老琴今日挈朋來避暑

荒階苔合一蟲吟（三泉亭地最幽寂往時汪愛廬先生避暑石室有石老汪老問答詩寫冊貽余近年琴友吕修林寓此余爲書修林琴館額春秋佳日來此聽琴）

七子才名海內馳山塘傳唱柳枝詞靈光一老風流劇來倚紅闌賦小詩（沈歸愚宗伯選七子詩王述菴司寇其一人也集中山塘柳枝詞傳誦于時今來寓白祠賦虎邱即事二十六首遍貽同人）

招呼閒侶訪毛公謝客幽探興未窮話到龍湫詑奇絕布帆準擬挂秋風（陽湖趙雲崧前輩訪舊來蘇泊舟白祠拉王孝廉仲瞿同遊洞庭偶談雁蕩之勝訂余入秋同遊）

老手從來便劇郡（老手便劇郡東坡句也）移家眞箇賦閒居漫吟漁火江楓句懶寄雲龍隱者書（白公祠奉祀香山自李松雲太守發其論張雪

樵觀察自西治移寓虎邱去祠數武余來山塘常晤語其地今松雲守徐州雩樵移寓楓橋矣

溪山勝處月如銀鬬鴨闌空碧草新畫舫朝朝還夜夜尊前顧曲是何人溪山勝處盛竹軒刺史別業甫里祠陸豫齋建中有鬬鴨闌諸勝昔與簡齋夢樓蕉團蘋洲觴詠於斯今日過之不勝黃公酒壚之感

五戒誰能認後身山房不見寫經人閒繙祕笈消長日要向三生結淨因半塘龍壽山房藏元僧善繼三世血書華嚴經乾隆乙卯春與西莊辛楣芝巖立崖諸君子同觀題名卷尾

搖碧春晴水潑油闌前花影漾簾鉤何當閒嗅同袍子擊缽飛牋續舊遊瞿遠村別業臨河余爲題額曰搖碧

云美遺蹤渺不存延來吟客寄吟魂溪山風月誰爲主

贏得名留塔影園白公祠爲顧云美塔影園舊址

海燕亭邊燕子飛眞孃墓上草菲菲丹青頗憶秦楊柳

小閣山腰冷夕暉錫山秦儀萬千人石下善山水尤工寫柳時人呼爲秦楊柳云

佛香庭院磬聲殘一樹梅花覆石壇曲徑禪房留韻事

竹屏山水墨泉蘭怡賢寺老僧竹屏善畫山水墨泉善畫蘭竹庭有紅梅花時余與畏堂雲浦過訪墨泉以所畫長卷見貽

褚觀亭同年謁選入都詩以贈行並簡同鄉諸舊好

十年飽苜蓿君現任溧陽教諭同輩擁旌旄謁選者例由撫臣驗看給咨君舉壬午省試今署撫制軍費公亦壬午舉於鄉故云且去戴星治宵嫌束帶勞江風

吹別袂燕月上吟毫昨夜春明夢因君緘舊交

月夜

皎潔松堂月流光上我衣所思渺何處永夜若相依遠樹露華滿明河秋影微冰絃横竹几不與俗人揮

送范芳谷重遊楚中

鼠姑花下話離情叢桂香飄別思盈蔣徑自開臨頓里祖鞭又指漢陽城君行由陸砧聲月色縈新夢橘緑橙黄算去程想見驛亭秋興好天南况已掃欃槍

白祠桂花盛放張雪樵觀察羹湖蓴招飲花下

賦贈

爲賞新秋喚舊朋天香深處與堪乘憑闌鑑影窺潭面步磴鉤衣避石棱幽意共將蘭作佩歡情況把酒如澠知君飽飫閒居味不必臨風慕季鷹

自訟

貪嗔癡愛塵根障得喪榮枯世上魔夜半夢回默自訟澄潭何以更生波

題清溪重臺桂卷

陳彥瑜先生吾友丞齋同年雲濤舍人之祖居城東清溪草堂庭前老桂忽發重臺穉目存爲之圖一時名流歌詩誌瑞逮乾隆己丑

永齋以第一人及第今年八月雲濤持卷索題余以爲重臺之應當有疊見之祥因賦此詩以誌

淸溪古榦吐奇英畫手童心（目存自號童心老人）擅老成翰墨流傳覘世澤鄂跗層疊兆科名一枝郄氏呈先瑞（謂永齋同年）五樹燕山驗並榮（雲濤哲嗣皆績學工文諸孫並開敏穎異重臺之應當在乎是）我賦小詩徵左券重臺舊韻佇重賡

山塘杜氏園亭看菊

招呼靜侶坐東籬小艇重過短簿祠秋後人情都向菊老來世味剩銜卮畫圖前輩風流在屏几幽軒布置宜

且撥閒愁同作達霜髭眞稱傲霜枝

吴竹橋輓詩

撫到枯桐憶子期平生心事幾人知怕繙舊搨三通帖案頭褚河南汝南公主墓誌蘇長公手書煙江疊嶂詩並仙壇唱和詩册皆君所贈枉寄新編千首詩余近刻三松堂詩成從夜航相寄而君已病不起吾谷有僧招放艇去年九月因遊吾谷順道訪君昨三峰僧復以舟來招看紅葉洽園何日更銜巵去年春與松雲玉圃飲于洽園可憐星鬢荆南客猶作聯牀聽雨思謂令弟槐江同年

桃花庵奉祀楊忠節公爲公裔孫孝廉一鴻作

古庵訪桃花流風企前哲仙翁去已遠姓氏人豔說先生後起彥秉性貞且烈昔時兩解元歲祀同奠醊如何

百年內遺跡獨湮滅秋空鶴唳雲春老鵑啼血　熙朝
念藎臣賜卹謚忠節恩榮久下逮俎豆虛未設旌忠
國典昭追遠孝思切僧廬啟幽侐粟圭䴱戔榻備物牲
醴陳薦芬蘊藻擷撰辰肅衣冠卒事毋敢褻虛堂面初
旭霜宇氣寥泬英靈惝怳來遺徽未歇絕𢁥聘溯軼事
品誼真可垮其遭遇殊途其潔身合轍維待詔京兆配
食東西列從此四先生精禋歲無缺題詩誌景仰紀實
代碑碣

王迮庵少司寇八十壽詩

杖朝

恩許主鷗盟洛社優悠詠太平　三殿履聲諸老憶五
湖帆影一身輕松高浥露枝增翠鶴老横煙韻轉清莫
道漁莊穩臥久東山念總繫蒼生公居三泖漁莊繪圖見志
瀉水蘭橈放早春緩程猶記荷
溫綸收將捧日擎天手來作眠雲跂石人蒲褐公山房名拈
毫餘結習閒思公築精舍屬余書額宴坐悟前因連篇近誦山塘
詠老筆摩空覺有神今年公遊山塘賦即事詩二十六首
回首　觚稜歲月深銅墀清切漏聲沉建牙四表壺冰
朗籌筆中年鬢雪侵人信臣時須實學公言執法但虛
心堂開佚老身還健投紱長懷報　國忱

出處依稀似樂天人間今見地行仙詩吟海燕原無競用張曲江事夢哂黃粱亦可憐未許官階妨著述最難鐘鼎又林泉諸生誰奏南飛曲待譜新詞付管絃公少工樂府近又有續詞綜之刻門下士得指授者皆有玉田白石遺韻

金瑤岡舍人芝原百二十本梅花書屋圖

龜峰塔下宿霧消青鞵拄策河豚橋山僧與我歲有約每到驚蟄沙彌邀却愁春來風雨橫目絮蒙頭寒正勁菟裘未築借僧樓往往忽忽理歸櫂羨君家住松陵灣屋前屋後梅花環繁柯壓欄英墮几討春不用窮躋攀巡簷索笑疏枝冷仿佛移家入銅井日高惹袂有蜂聲

月上滿身是花影百二十本書堂前閉門那怕春風顛
閒來自袖調羹手興到還移放鶴船幽尋一棹閒能過
定有新詩索我和埽苔鋪簟醉松醪可許師雄花下臥
昔君懷鄉作此圖問君能住圖中無似聞梅兒相與語
舍人骨相非林逋紅塵滚滚眯人目東閣西溪緬遺躅
富貴逍遥未可兼君今得全眞是福酸香破鼻水邊籬
轉頭又是尋芳時白頭應笑陳驚坐畫裏相看但詠詩

同年陳春瀫副憲有何當惬芳
願吟賞水邊籬之句故調之

題褚寄汀觀亭瀨江倡和詩後觀亭任溧陽教諭寄汀至署因成是卷

昔賢作尉此邦留文士詩人共獻酬（孟東野招文士飲詩有文士莫辭酒詩人命屬花之句）何似壎篪迭倡和諸家兄弟擅風流

庭下梧桐見客心夢中蟋蟀感秋音（二句皆用東坡贈子由詩意）故知旅館寒燈夜正憶官齋對榻吟（時觀亭謁選入都）

畫竹歌贈夏羽谷（翬）

植物之中竹難寫在昔樂天曾有云崑山夏翬擅家學
酒瓢畫筆常隨身三杯到口吐芒角百榼入腹堆輪囷
興酣直視揮勁腕著紙滿幅抽春筤一枝怒抉嶰谷石
千枝中有湘妃魂低枝含煙拂蒼蘚高枝解籜干青雲
橫斜遠近紛異態風露晴雨能傳神鳴呼太常不可作

風流文采今有孫兒翬畫蘭臻妙品偶寫梅菊亦逼眞
吳門流寓今幾春軀幹瘦弱胷嶙峋暗投或遭俗眼白
遇賞時與文人親吾聞書畫同一訣支分派別皆同原
高才能工在熟習要須書卷培其根古來能手不數遘
吳興趙與衡山文翬也抗手未肯讓欲兼二子成三人
西泠徐袖東吳趨陳石岷近時藝苑推軼羣未若翬也
下筆橫逸罕與倫晴窗拂硯看揮灑恍悟折釵屋漏痕
故知翬畫乃非畫以篆作骨草作筋畫成鋪几索我句
謂欲吾集其名存我衰詩劣非世重作歌聊與酬殷勤

朱香巖雙松圖歌

香巖近作雙松卷示我索我雙松歌雙松已老枝半折
百年世澤存喬柯憶昔高齋開賜硯蒼雲翠黛圍吟窩
三槐桐樹誌異瑞俯仰日月如飛梭摧頹未免風雪橫
正直尙荷神靈呵淩霄勁榦栖舞鶴含風淸籟諧雲和
王生好手追韋偃筆與霜榦爭嵯峨披圖香巖發長喟
墨池灑汁傾天河我家庭松亦奇古三株離立垂藤蘿
長身磊落似君子芒寒色正鬚髯皤難辭古貌笑桃李
肯效嫵媚隨嫦娥虛堂風雨共晨夕支離叟伴哀駘佗
雙松三松地雖異葆眞同此依巖阿山紅澗碧春競艷
紛紛開落埋煙莎奇姿偃蹇天所放豈以蕭瑟嗟蹉跎

三松堂集　卷十六

勸君且倒金叵羅勸君莫惜朱顏酡人生那得似松壽
榮枯閱歷松更多詩成掩卷對松坐謖謖似和詩翁哦

題李涪江海棠卷涪江庭有海棠花時極盛自
寫長卷王惕甫爲題曰蜀客寫生以海棠號
蜀客而涪江本蜀籍也爲題短句二首

春雨淫裦斜到家還憶家閒將供奉筆貌取故園花
一樹如雲幔紅深老學庵我來尋蜀客疑到百花潭

涪江復以蕉葉作箋索詩因題其上

鋪几滑於紙泠泠風露清不須尋覆鹿且共聽秋聲

于滄來太守餉木瓜

乍喜清談洽何期淑貺邀緘情同木李琢句愧瓊瑤幽興移吟几濃香滿藥寮願持永好意風雅近寥寥

滄來出示思園雅集圖記題後

良辰眷清暇歡言盍朋簪側聞思園中同心共招尋池館晝藹藹琴尊靜愔愔寫圖留韻事作記攄素襟顧名義斯在卽景思彌深因知遊衍日未釋痌瘝忱鄙人秉微尚息慮棲林岑出位懔前鬨朋從懼難禁鴻篇日三復尋繹眞余箴默觀憧擾胸益愧金玉音吾人內省學出處甯殊心相期葆沖抱勿使塵氛侵

河決衡家樓奉

旨分别各州縣被水輕重蠲賑兼施恭紀二律

飛章馳豫省決口報衡樓歸鑿時方殺衡堤漲忽浮茭

芻輸近邑鴻雁集傍州三策誰能究其咨釋

聖憂

野戍留孤樹荒村擁急湍何人籌曲突此地本安瀾醫

有陳方在樸無閒著難

恩綸歡萬户俯仰已先寬

贈韓旭亭旭亭明年七十自賦述懷詩邀同人

和作

七十未華顛封君猶少年閒能聽絲管健不鍊丹鉛道

士貽藤杖諸郎寄俸錢一燈老屋裏未肯棄青氈

使節膺

新命南韓指武夷次君桂舲廉訪昨奉旨調任閩中旌幢自榮貴林壑慣栖遲几上劉安札檀尊世子爲受業弟子原唱有却有王孫問起居之句故云屏間李委詞山僧知謝客預訂看花期先生誕辰在明年二月正梅花盛開時也

郭匏雅築珠華山館成以詩紀事因次其韻

縈柯汾豔園新築誰拓疏櫺俯平麓倪家巷外珠華山流水小橋横獨木幽人愛此遠塵氛欲以蕭閒解局促泥飲時從田父遊閉門但把南華讀暗香疏影月昏黄

舊韻通仙定能續我家两舍近潭東青蘋每苦春遊獨羨君卜築贈君詩縞衣想像闌干曲君昔畫長卷余題詩有人與梅花共一樓之句今即屬余書爲額樓頭放眼領清曠樓下支笻散羈東君吟我句索我書漫許塗鴉署華屋尋芳載酒放孤篷爲問素心今有孰自憐衰鈍樂沉埋何意疏頑蒙采錄回頭却憶贈詩時彈指流年十五六詩清頗喜骨耐寒書瘦未嫌筋勝肉明年驚蟄香風吹一棹相期過光福犬聲如豹華子岡王維裴迪還同宿梅花深處可幽栖高詠考槃矢弗告

立春日雨窗試筆

帖子裁箋手自書墨香暖注玉蟾蜍冬終春蠢年將改出甲孳萌瑞紀初漢書出甲于甲孳萌于子明年歲紀甲子今歲立春實甲子年第一日也早有晅風披徑草喜添膏雨潤園蔬遥知銅井雲深處萬樹梅花昨已舒梅爲驚蟄花今冬晴暖爲向年所無花已大放矣

次韻滄來太守除夕前一日對梅之作

只有梅花不世情巡檐心跡喜雙清吟成官閣邀誰賞開徧江村憶獨行溼雪冷煙三徑靜暗香疏影曲屏橫使君袖有陽春譜散作千家萬戶聲

陳雲濤見示東林寓館書懷之作次韻四首

浮生若箇不蹉跎知止何妨老薜蘿我擬逍遥尋退谷

君眞安樂得吟窩檻前草樹生機滿曷下雲煙變態多
爲問依庸堂上課工夫疏密近如何

水木清華傍古祠城東隅爲道南祠莘莘絃誦集于斯百年興
廢遊人說一代賢奸老衲知過隝松聲還謖謖抱山雲
影自遲遲此邦風節今猶昔憑仗前型作導師

靑蘿留得不憂貧莞秸虛堂迥絕塵直以丹鉛傲朱紫
肯教蘭茝雜荊榛攬將嵐翠心同靜飲到山泉味儘醇
領略梁谿好風景始知清福屬閒身

坯戶衰年等蟄蟲新詩吟諷脇生風欲商此事談何易雲濤詩用顧端文高忠憲學規語故云差喜吾儕道未窮燈火靑熒當歲

晚墨香和潤已春融請看冷蕊初陽裏暖意枝頭漸漸烘

顧南雅庶常以白隄送别圖索題因賦二首即送入都

春風昨夜到江城太史還朝畫舫輕夾岸柳枝鶯百囀催君去聽上林聲

青山橋外水拖藍驪唱聲中酒半酣他日銷寒兼話雨披圖能不憶江南

題范芝巖獨坐幽篁圖圖作於乾隆壬辰迄今嘉慶甲子葢三十三年矣

小園竟夜春雨，橫卷滿幅蒼煙，竹色嫩于往歲，客容腴似當年

龍眠墓木已拱（畫師李點）子建翰墨如新（謂慕堂先生）留與故人題句，白頭同話前塵

獨坐君能長嘯，閒來我欲攜琴，試看卅年前月，照人依舊深林

正月十七日馮玉圃過三松堂

經旬風雨掩蓬廬，有客翩然慰索居。積疢尚能陪茗飲，拗春大恐損園蔬（吴人以春寒爲拗春）。丹黃結習知難解，歲月名山信不虛（以近刻詩賦並選定天崇新鈔見惠）。待向皋亭山下去，仙源同

訪武陵漁皋亭山俗名半山桃花最盛擬二月中觀之

李子仙紫薇花下塡詞圖

拜玉人傳李五詞曲屛團扇寫烏絲如何天與生花管
但譜紅牙付雪兒
淸才合住紫薇天一樹繁紅劇可憐樹上芻尼頻送喜
春風待爾試如椽

韜光寺贈心安長老心安自靈隱退院居此

頓覺塵氛遠層岡振策行嵐光沉竹影鳥語學泉聲僧
老禪心定吾衰世味輕何能割妻子一鉢證無生

岳忠武王墓

墓門春水綠沄沄宰樹寒煙鎖夕曛五國羈魂歸望帝深宮遺恨失將軍郎瑛七修類稾韋太后歸至臨安問大小眼將軍安在左右以死獄對怒欲出家遂終身道服騎驢客灑風前淚薙髮仙啼嶺上雲來集之樵書大理卿周三畏不肯鞫武穆棄官去後有人于葭州嶺上遇一人號翦頭仙人者問及獄事大哭問其姓曰姓周須臾不見自雲中遺一紙曰周三畏拜謝猶有餘威應金鼓墓後爲金鼓洞怒濤松響震湖瀆

東風陌上又花開泥馬康王信再來康王誕夕韋太后夢一錦袍人曰還我故土人以爲錢武肅王也半壁自甘蒙垢辱長城可惜壞奸回牲碑祠宇輝金碧麥飯攢宮徧草萊此日忠魂歸鶴表更無餘恨但銜哀

三月中澣八日偕紅珊弟往歙展謁先塋錢唐江登舟作

松楸飛布（山名）夢迢迢又促輕裝趁早潮木本水源應共切風餐露宿敢辭遙二橋嵐影橫蒼黛七里波光蘸翠綃陳迹卅年重著脚自憐青鬢雪飄蕭

江船竹枝詞

聽風聽水自年年紫陌黃塵欲漲天硯匣鏡奩晴翠裏人生只合住江船

船頭四艣劃煙開一曲清歌酒一杯長願郎心似江水早潮纔去晚潮來

三松堂集　卷十六

日上三竿尙穩眠輕寒乍暖杪春天故知翠被香衾夢
只在青山綠水邊

纖趺微露縠羅裳一搦紅菱三寸强却怪詩人太輕薄
漫誇兩足白於霜

茗椀香鑪坐水窗四山飛瀑響淙淙窗前玉腕金條脫
笑指眠沙野鴨雙

香燼衣篝被擁綾酒闌燈炧思瞢騰劉郎漫悵蓬山遠
綺隔疏櫺只一層

驟雨狂風長怒濤灘頭坐水集輕舠隔船閒話同年嫂
新漲平添幾尺高（舟人以水長守灘爲坐水其舟子相呼女曰同年嫂男曰同年哥）

無數春禽樹杪啼冥濛孤驛水雲低儂家自愛桐廬景不羡江南罨畫溪

大程村謁五世祖塋地名鳳形

佛嶺迢遙地脉長由大阜村至大程村路經佛嶺山勢蜿蜒重疊最爲高秀鳳形翔舞指層岡一千里外來陳俎百十年前仰若堂雨露松楸懷永慕簪纓子姓集嘉祥苔階瞻拜重回首光景奔輪卌載強奕雋壬午舉于鄉來拜墓下屈指于今四十二年矣

潛莊拜先高祖墓

村頭晴溜響笙竽林外遙岑擁畫圖已痛種松來觸鹿時因墓傍山田盜賣歸里清理可能助祭下馴烏陳牲奉醴嗟容渺剔

蘚看題感歲徂好飭雲仍勤守護根培枝茂語非誣

擺鴣口羅家鳩五渡上坑苦干源羊鵝坑茂林

偏謁祖塋敬賦

村居能聚族守墓古風敦窆自宋元日拜經來耳孫山
阿體永託哀慕意猶存作息安耕鑿相期同葆根

巖市訪方藝蘭侍御不值翌日枉答又復相左

奉柬寄懷

燕臺猶記惜分襟尺素頻年訂盍簪誰料良緣阻故里
漫勞旅夢繞遙岑銜杯翦燭思前事落月停雲感昔吟
莫更臨風期後會飛騰暮景最驚心

傍溪寺

僧寮依雉堞岑寂似山家嵐氣六時變溪光一道斜未移梁下棹重喫趙州茶欲采黄精去蓮峰路正賒

河西橋閒眺

河西聊散步徙倚到斜曛灘淺纔通筏山深慣出雲人煙當隝聚禽語隔溪聞何處茅堪結吾將收放紛

張仙槎自寫乘槎圖索題

飄然一葉入雲煙錯認淩波太乙仙識得此心無所住知君早悟畫中禪

將歸吳門由五渡經林樹嶺道中作

一路灘聲送我行擔夫莫訝客裝輕渡頭雲密猶含雨嶺脚林開漸放晴地是故鄉餘眷戀路因重過記分明來朝解纜湻安去萬疊蒼山翠靄横

乳香巖

積翠如畫屏扁舟入暝色懸崖呈異境可望不可即云有玉乳垂服之生羽翼香風發幽竇欲上徑阻絶蘊靈世共傳賞異忘曛逼巖前宿霧重壁字人莫識仙蹤寄想像幽意緘冥默何當遲佺喬築舍雲峰側

江口夜坐

桂棹移前月煙帆卸此宵雲飄浙東雨風送海門潮燈

火明龍口雷聲過二橋鄰舟吹玉笛不管客魂消

同愚村弟登萬松嶺

夜泊錢唐江晨指萬松嶺初陽靄空濛宿霧羃松頂泠泠石流泉脩脩竹横影有弟奉板輿安穩娱暮景吾行與之偕首塗發深省嗟哉鮮民生羨兹春暉永人生無窮達眞樂只此境遊目散鬱陶含情默悽耿日午循沙隄更泛西湖艇

蘇州全書

甲編

·三松堂集

《蘇州全書》編纂出版委員會 編

古吳軒出版社
蘇州大學出版社

三松堂集卷十七

始甲子夏至丁卯春

吳縣潘奕雋榕皐

寄懷圓津院慧照長老

參寥經歲別，幽事憶圓津。洗硯斞新水，謄詩寄故人。承錄新詩見示。懶尋雲外侶，自寫畫中身。何日清華閣，相依結淨因。

三松堂夜坐

林下暑初退，道人心自閒。溼螢依露草，纖月挂松關。物態番番換，塵緣漸漸刪。悠然深夜裏，城市靜於山。

重修泰伯墓詩

文身端委訂前聞左傳哀七年泰伯端委以治周禮仲雍嗣之斷髮文身史記世家則云二人之荆蠻斷髮文身與左氏異馬鬣重新古聚墳史記泰伯世家皇覽曰泰伯冢在吳縣北梅里聚去城十里往事墨胎齊逸軌家風季札紹餘芬皐橋遺廟生春草今閶門內皐橋東有泰伯廟梅里豐碑對夕曛欲訪孰哉攜手處三峯晴卷海門雲姑蘇城北常熟縣虞山有仲雍墓

題胡黃海臚詩圖

判袂頻將別酒斟天涯珍重故人心雲山萬疊詩千首不羨當年陸賈金

雨

春殘寒尙劇一雨欲成霖菜圃餘花墮麥溝行潦深占

晴遊女念憂澇老農心破悶吾何術聊沽濁酒斟

雨中遠村招飲牡丹花下

積雨春垂盡追歡客又來林亭溼翠合水檻暝煙開花氣寒猶斂香雲濃作堆愁城吾欲破壺箭莫頻催

芝巖招飲牡丹花下

紫豔紅酣翠幙遮輕陰天意護瓊葩聚頭世外蕭閒侶照眼人間富貴花暫借笙歌蕩沈悶底須池館鬭繁華裁雲書葉誰能手試譜新聲付笛家

古風四首

羣情紛萬端浮生爭一息有身卽有障誰復能自克得

者喪之根利者義之賊邈焉君子交如水淡可式
大道貴無爲萬物乃竝作憧憧朋從思是處逢六鑿懷
惠小人心貢媚更可怍何人和天倪與我翔寥廓
一雨生衆綠軒窗明朝暾余心澹無營聊取竹素溫昔
人去已遠故冊微言存於中苟有得可以見道根彼哉
夸毗子毋乃心神昏
前有千萬年後來無紀極藐焉茲微軀百歲亦瞬息悠
悠復膠膠白日忽西匿高名與厚實兩者竟何得復其
見天心吾將學蟲蟄

苦雨

眘寒連晦朔釀此兼旬霖濛濛霧藏村淰淰雲埋岑簾櫳無晨昏惟聞簷溜音有書廢不覲有帖亦罷臨樹頭啼滑滑渺焉阻同心豈無尊中酒掩戶愁孤斟誰稽廣川籍開陽閉諸陰飛廉解人意謖謖來松林何能驅積靄豁目披沈襟

雨中聞剝啄有客西泠旋歸途紀聞見一一爲我宣上言紫竹林天竺祈禱虔下言麥已秀過潦氣不全嗟哉農無麥何以力陌阡書生不稼穡俛仰藉粥饘雖無十千取亦望囷與廛昨宵鬼車聲啾啾度遙天淚淚勢未已默默憂心煎

喜晴

禽語弄晅妍開軒望遠天晨光入重幙林彩散寒煙便
擬擕筇屐還教命管絃來朝約吟侶同聽白雲泉

偕畏堂登靈巖入崇報禪院遂遊畢氏山館得
詩二首

上冢乘新霽歸途得勝遊石亭嵐翠湧松徑磬聲幽竝
轡遲靈鷲（雲浦書來訂遊西湖未果故云）扶筇共子由湖光浮樹杪小
憩竹邊樓

山腰穿曲徑零落舊池臺三宿人何處（庚戌辛亥余偕夢樓芝原兩遊宿此）閒吟我又來吞沙潛涸咽依樹雜花開綈搆曾親見

憑闌首更回

四月初三日爲京兆君三十周忌卽事志感

卅載一交睫浮生歎逝川紛紜身後事辛苦夢中緣偕老虛今世重來應壯年營齋子婦願消息渺重泉

吾與菴贈寒石長老

林木過溪秀已公茅屋深一菴忘世味五字有唐音榻爲詩人下門無俗客臨石樓茶話久引我住山心

夜宿白雲精舍

懶厭寰中味閒爲物外遊春歸喜客少夜靜覺山幽往事僧能記餘年我自由惟應松際月相伴宿岑樓

遊石屋贈昆峯禪師

京口昔駐錫，天平今安禪迢遙中白雲茅屋六七椽邈爾人事隔悠然時序遷我來當春殘氣候初晅姸石亭面絶壁一線中見天岌業登頓疲始得臻其顛跫然聞音喜迓我來山前詫我腰脚健引我穿雲煙危峯有舊題拂蘚認歲年入門几硯淨翰墨尋前緣曛黑下山腰分手蒼崖邊偕歸雲中去我亦雲中眠遙岑蟾影吐半嶺鐘聲傳清晨復相過晴窗聳吟肩同心來靜侶謂寒石濡筆還分箋隱几坐啜茗支筇行聽泉離緒旣云展鬱襟因以宣逍遙羨解脫蹇劣仍纏牽歸途寄長謠愧未

雜言詮天平倘有記他日當同編

陸默齋輓詩

花下共嚲危回頭曾幾時屏間金縷曲卷裏牡丹詩
今年三月同入集山塘芝巖塡金縷曲余換韻和之默齋兩用韻見和余賦牡丹遞字韻詩默齋和作最爲新警

泡影原知妄浮休洵可悲尋芳重挈侶忍聽唱新詞
客冬嘉平默齋招飲一枝軒余賦探春令有等轉頭九九寒消相與再結尋芳伴之句命工譜之管絃今譜成而默齋逝矣

送郭狷甫重遊蕪湖玆東悦研觀察

柳外子規啼山塘柳色齊來朝帆又挂何日手重攜江
闊雲低樹湖明水拍隄定多酬唱什莫更懶封題

芳谷歸自楚中以詩見投兼有佳茗香佩之餽

次韻酬謝

西風池館竹便娟錄別裁箋記聳肩落月梁間縈旅夢
歸帆江上盼經年味分楚尾吳頭遠香散衣篝硯匣前
一握歡聲堪共慰晝能飽飯夜能眠
檻外紅榴照眼明心花粲與鬬華英連篇寵璧兼金重
老筆摩空一鶴橫庭下鵷雛將振采沙邊鷗侶欲尋盟
寒輕煙暖屏間句待拍新翻舊譜聲春間哲兄芝巖填惜餘春慢一闋余和作有郭外寒輕池邊煙暖之句已命工以笛譜之暇日當請正拍也

和懶菴上人見懷之作

桐花墮地欲平堦正是梅黃雨密時晝寢乍興聞剝啄
鈎簾喜誦碧雲詞

題葉懷庭遺照

直將心事付枯桐消盡清愁是九宮博帶深衣巖壑裏
風流何似紫霞翁懷庭所著納楹樓曲譜一時度曲者奉爲圭臬
換徵移宮響遏雲桂庭涼月白紛紛蔡邕仙去桓譚老
清梵魚山不可聞庚戌八月夢樓招飲經訓堂聽懷庭度曲今懷庭與夢樓俱謝世故云
紅藥才名海內馳傷心鵬集日斜時裁雲鏤月原家學
未得和聲佐后夔悼哲嗣巾翰君也
手澤珍藏有後賢清門文采自翩翩斜川宛似東坡老

水調重翻萬口傳　哲嗣羽和深明律呂承示新詞俊逸有宋人風味

四上誰爲賦大招虛堂蕭瑟展生綃何能喚起鄱陽叟譜我新詞入洞簫　自元人製曲詩餘久不播絃管矣余得白石老仙詞譜以問國工無有能解者今之言詞者動謂大晟樂譜失傳時譜工尺不合於古不知楚詞大招已有四上競氣字則唐宋以來諒亦同此雖有異名實無異用安得起白石講明融貫之乎

章咸熙以尊甫二梧方伯問花圖索題感念今昔輒成截句二首

早從茵溷悟前因腸斷江南二月春短幅又增身世感夢中蝴蝶卷中人　作圖者王蓬心前輩題詩者沈雲椒趙損之同年暨曹劍亭宋小巖褚筠心俱余夙好墓木皆拱矣

尙記薇垣對直時更無彩筆譜新詞青山橋外東風暖嬴得花前兩鬢絲（余於乾隆辛卯壬辰間與先生同直內閣）

立崖以淵如觀察所貽杜陵三徑玉印並自賦新詩見示謂杜陵爲子美三徑爲陶徵君鄙意以爲若自鐫印章似未應以陶杜自命若鐫以贈人不應時代倒置若但曰子美則少陵草堂中並無三徑按三輔決錄蔣詡字元卿隱於杜陵舍中有三徑惟求仲羊仲與之遊皆挫廉逃名則是印當是蔣姓所鐫或是杜陵人所藏抑豈竟是元卿故物耶其與少

陵彭澤無涉而其爲宜歸立崖則無疑矣因
成此歌以贈立崖并質諸淵如

繆文小印何人製珍重瑤華寄無棣錯刀玉案不足誇
錦段襜褕那須計盤拏瘦勁字出棱拂拭題識認杜陵
挫廉逃名緬高致往來二仲惟心朋瑳璘璣璖光明瑩
持贈蘇齋恰相稱莫言三輔非三吳姓氏居然是前定
孫郎矯矯人中豪頻年東國持旌旄握瑜心共玉壺潔
投瓊誼並雲天高早知化鵲徵奇瑞更以烹魚結遙企
燕南趙北路迢迢佳話新詩由驛致一物因人係重輕
摩挲什襲歲時更直爲立崖能好事令人懷古憶元卿

門生吳集齋大勳自閩來蘇訪余三松堂不值

翌日復過留飲有作

廿載始相見，寥寥兩地心。尋山遊興懶（屢欲遊武夷未果故云），繫纜故情深。室自盈蘭臭（戊午年集齋寄余龍巖蘭兩盆今正放花），人將老墨林（集齋乞余詩稾畫冊）。松堂談讌罷，惆悵欲分襟。

乾隆庚戌余登穹窿山與道士金虛舟遊甯邦塢憩甯邦寺酌明珠泉題名石壁今年九月虛舟七十初度以紙索詩回首舊遊葢十六年矣俯仰今昔率成長歌以贈

參天鴨脚僧廬扃遊屐昔向甯邦停有泉竹下流且渟

與君竝坐傾耳聽掬之味之塵夢醒拂拭蒼蘚題翠屏
君時五十纔有零牙齒未墮雙鬢青竭來又繫沙尾船
屈指幾換砌下蓂喜君七十老復丁一卷背誦黃庭經
如珠在貫水瀉瓶中充未改昔歲形固知縣解辭天刑
積精自葆三奇靈瑤簪浥露風泠泠月明斗壇來歲星
長生滿酌引綠醽黃花灩灩搖窗櫺令君忘憂制頹齡
秋澄萬景羅山亭酒酣我欲掘茯苓披榛一徑幽草馨
斜陽滿塢山未暝山腰重讀舊日銘

會賓谷都轉母夫人七十壽詩

僮祁欽壺範燕喜獻瑤觴愛日暄慈竹干霄挺豫章起

居揄狄貴侍從板輿康綵服馨晨膳春暉蔭正長
守官懔母敎移孝勵臣心霽月當空朗澄江與澤深斤
宜劉晏法屏勒茂先箴願挹如淮酒躋堂歲歲斟

津門待渡圖送劉蓉峯入都候補

指點虛舟渡口橫沙邊幾輩問征程濟川作楫平生願
最好中流自在行
我挂歸颿十七年蘆花淺水伴鷗眠胥江浩蕩春波暖
打鼓明年看放船

伊墨卿太守過訪三松堂見示新詩次韻奉寄
兼柬同年雲林光祿

金昌亭西日欲暮五馬嘶風挽不住使君清節侔松筠收帆宦海重問津揚州官梅照官閣飄然一琴又一鶴凝香燕寢賦新詩前塵回首秋雲廓江天月白江波深一輪印澈冰壺心芃芃待膏黍苗雨肅肅愁聽飛鴻音今年秋收頗稔而淮徐決口居民流徙他郡者相望於道故云畫班春夜說史敬事端須命以始高旻寺三賢祠歌聲來暮徧竹西奉親安樂今其時往事一笑姑置之趨庭服官有彝訓儒林丈人吾所師吾衰自棄歸田早輪與榮華兼壽考高軒鶴市昨相過剝啄投瓊志永好拏雲健筆淩鍾張洽洽三復金玉章寄語阿翁應念我明年聽雨來聯牀

次韻芝巖臘月初七日對雪見懷之作

飄瞥初從松頂看裹帷旋喜絮成團未妨縞帶賡陳句自愛蕭鑪卻曉寒驢背慣吟餘兔管江天入畫有漁竿尖叉檢點年時咏更爲新篇憶舊歡雪窗檢篋見悅研香巖立崖諸君子喜雪投贈諸作今又得芝巖新詠故云

雪霽疊用前韻柬芝巖

初陽破曉樹頭看伴客烏圓暖作團雙槳可能遊汗漫一尊聊與慰荒寒裁紅圖出烘窗蕊飛白鉤來亞徑竿莫道生涯太岑寂須知冷淡有餘歡

蟄室獨坐三疊前韻柬芝巖

風景殘年次第看老來情味愛蒲團預占去臘除孟瑞
難庇茅檐蔀屋寒擲簡想傾酒百盞擁衾抃臥日三竿
青天又散黃綿襖喜聽聲騰萬戶歡

雪止復作四疊前韻柬芝巖

林亭一色畫圖看不是楊花也作團聽到雲窗眞冷淡
吟成冰柱最酸寒庭空雅噪猶爭樹江靜魚潛不上竿
誰似田間兩迂叟但呵禿管鬭清歡

五疊前韻答玉圃

三白歸耕幾度看緩緩如舞又如團難邀郢客來同賞
只有梅花耐此寒鋪徑漸平支磴石壓枝欲折拂窗竿

淸虚佳話真千古肯羨豪門轟飲歡

七姬廟

張羽七姬權厝志七姬皆良家子爲張士誠浙江行省左丞潘元紹側室皆溫柔端麗事主及夫人以禮其羣居和而有序不爲怙寵忮美之行至正丁未七月五日明師圍蘇州城垂破七人同日相繼經死元紹殮其屍焚之以其骸瘞于後圃合爲一冢屬潯陽張羽作權厝志列其姓氏于石而系以銘程氏蜀郡人翟氏廣陵人徐氏黄岡人羅氏濮州人

卞氏彭氏海陵人段氏大甯人元紹字仲昭宋魏王廷美之裔其先以避禍易姓未復云

滿城黃葉卷西風谷應泰紀事本末張士誠以弟士信爲相專任黃敬夫蔡彥文葉德新僨事吳人爲十七字詩云丞相做事業專用黃菜葉一朝西風起乾癟齊女門前烽火紅半壁已看殘局盡七人難得一心同廬龕寂寞流雲磬環珮淒涼傍佛宮今廟中供奉大士七姬合爲一龕附右剩有荒池清見底聯裾照影想驚鴻廟東偏敗牆外有池廣二畝許應是當日後園故址其七姬冢今已不復可見矣

張芝岡輓詩名鳳翼乾隆辛丑進士前任安徽太平府教授

夫君聞道早葆素亦同塵退有青氈樂交能白首新歿

甯何怛化神返或歸真我本忘情者難禁涕滿巾

蓉峯又以乘舟圖索題得詩二首

劉侯作楫材素願在經世有如萬斛舟所載不可計云何十年來杯水坳堂滯同年王椒畦寫圖特相勵頓令利涉心一往不能繫春波漲胥江風正舵初掀吳天氣融和燕山路迢遞計日晦朔弦計程江河濟船頭旌容與船尾旆搖曳行看貫月槎飄飄到天際

天際望無極余懷渺以紆自君居城西來往德不孤讀書晝啜茗言詩夜引觚追歡驚別遽憶往嗟年徂鸞凰志雲漢魴鱮遊江湖飛沈跡或睽出處中不殊知君超

曠趣迥異競進徒夙抱既云展初心未肯渝蓬窗坐嘯餘披卷當念吾還期政成後更寫歸舟圖

和段懋堂偕張涵齋探梅鄧尉遂遊靈巖之作

聞說銅坑路花開勝往年孤村殘雪裏萬樹短筇前雲氣連諸嶺晴光獻衆妍行吟想二老欲去尚遲延

春遊會襆被訪友到山居花影渾無際詩篇愧弗如人今鬢鬢改夢與歲時疏社柏參天古臨風還苛予程在山秀才居山間築清暉閣以吟咏自娛乾隆丁酉余病歸里來遊山中宿柏因社僧房翼日往訪在山登閣吟眺湖光花影與琴尊圖史相映主人出新詩諷賞皆清遠有致在山物故地爲畢氏所有閣今亦頽廢矣柏因社即司徒廟廟中四柏俗指爲清奇古怪者今巋然尚存

路轉又移舠晴波綠半篙千盤淩石磴十里聽松濤遊興春能健吟情老更豪因君思鼓舵信宿不辭勞

三月初七日春在軒牡丹盛放招諸弟姪輩小飲有作

世外閒容我人間重此花莫嫌太岑寂故與炫繁華日上紅雲擁風微翠幙遮遲遲春正好相對酌流霞

弟姪輩並有和作再用前韻

布席依芳樹分牋賦大花宋時謂牡丹爲花猶今嘉湖人呼桑曰葉也周草窗樂府有塡霞翁譜賦大花詞春光眞澹沱陋室也清華品豔劉師閣詞翻蘇幙遮憑將書葉管散作滿天霞

宿李涪江别業餘清室題壁

逸客幽棲處門前嵐翠橫方池魚可數曲徑筍初生小憩因遊倦安眠覺夢清翛然羣籟寂遠寺送鐘聲

白雲泉晤昆峯長老作

討春歲歲訪禪扃手拓疏窗面翠屏脚力已非前度健嵐光不改舊時青細看梵筴經生字（昆峯藏有唐經生書毗婆娑論一卷）擬搨焦山瘞鶴銘話到輞川最淒絶松門深鎖忍重經（昆峯昔居京口與夢樓最相契密時訂作焦山之遊故云）

思作焦山之遊未能成行雨窗檢篋得新年范芳谷漢陽書言除夕遊山之樂因成二絶卻

寄

衰遲百好已全休擬挈枯藤作近遊昨夜扁舟過京口夢隨鷗鳥宿沙洲

風雪開尊大别山幾人忙處解偷閒何能便放煙江棹同款山僧松下關

丙寅三月二十八日虎邱三泉亭新建倉聖祠落成蔣子于野邀余與支山旭亭同往致祭祭畢登仰蘇樓得詩二首

昨聞三泉亭拓地祀倉聖邦人重文字締搆竭誠敬蔣生頗好事作記才思横撰辰羞藻蘋放艇更我迎是日

微雨過六合纖埃淨緬昔一畫開滈閎代寥敻維聖擅制作利用偏羣姓食德不知酬忘本吾所病虛堂肅明禋悚惕歡欣併虔祈盼蠁通無取牲醴盛祭宜繼自今典未垂於今再拜慶禮成精意神其鏡

茲來非遊山竣事獲幽賞僧廬面盤陀新綠密於幌振策風泠泠曲折層岡上髯蘇遺跡在千載風流仰岑樓拾級升清遊愜吾黨此間百花露名播海寓廣釋子不諷經生計託瓶盎遂令古佛廬維沓失疏爽怪彼方外徒物役劇勞攘因知身是累僧俗固無兩雖無婚嫁迫亦藉口體養小憩嘅浮生誰歟脫塵網

支山見示戊申京兆鄉闈分校時家蘭垞侍御所寫扇頭墨梅竝分校諸君子所題詩句因題於後

煎茶韻事憶坡仙東坡有試院煎茶詩夢醒鈞天十九年贏得暗香留便面雪泥鴻影話前緣

宋汝和觀察餉湖蒪枇杷

食單珍湖蒪風味最幽異當時張季鷹爲爾動鄉思廣平澹蕩人與我有同嗜臺餽拜一提遠自具區至牽風荇帶長含波雉尾膩便思汲井華斟酌下鹽豉登盤滑流匙飽德企高致

炎果當夏熟，白沙乃其尤。分甘逮故人，珍與瓊瑰侔。玲瓏翠箬籠，磊落黄金毬。堆案觀朶頤，愧茲淑貺稠。微吟誠齋詩，未食涎已流。非徒利五臟，先期潤枯喉。旨哉風露足，肺病吾其瘳。

崇眞宫葉竹虛道士性恬靜喜翰墨今年五十初度以紙索詩有贈

我愛竹虛子，心虛鍊五形。離塵能見獨，住世悟攖甯。靜獲長生訣，閒披大洞經。華陽許共戴，飲水學修齡。

題張君度畫

密竹滴殘雨，高峯留夕陽。君度自題句幽人相對坐，心與水

雲涼

止念衆喧寂息營羣妄祛高齋倩題牓合署攖甯廬

頟約齋侍郎奉

命督理兩淮鹽政先施手翰諷誦靡已吟此寄懷

判袂無由更盍簪粉垣投分廿年深貽來尺素情彌摯
話到前塵感不禁春韭秋菘老圃業停雲落月故人心
何當便放邗江棹同上金焦豁滯襟

單竹軒治中晚香圖

萬卉各成歲幽懷獨葆眞偶吟裛露句欲訪漉巾人物
外秋容澹籬邊月色新笑他車馬客但賞豔陽春

送瞿花農運判之官浙中

此日湘江上猶聞竹馬謳（君前通守湖南）新輝分贊治轉運待持籌江白濤聲震湖平嵐翠浮因君動遊興春到欲移舟

郭匏雅以所藏張東畬未竟山水横幅足成長卷題詩屬和因次其韻

剩墨添來峯兩三晴窗點筆興淸酣故人泉下無消息一卷珍藏老學菴

郭匏雅爲其孫倚壽作山水卷屬題

雙林（匏雅所居巷）讀畫吾停屐春草（匏雅齋名）揮毫君課孫他日

客兒能述德風流文采在淸門

李滄雲少京兆輓詩

息轍半年外服官卅載强遺塵捐害馬閱世悟亡羊集已珍吟社（君詩刻有專集行世）貲誰寄草堂（君歸里卜宅未有定居）傷哉望雲客猶誦白華章（令嗣虎觀司馬卓薦引見入都告歸省覲尙未抵家故云）

題鍾吾山李補樵道士畫山水

夾路草生香氣參天樹倚斜曛回首舊遊如夢臺懷古寺白雲（白雲寺爲五臺山最勝處）孟期思今不見老先生住何山但聽讀書聲響撥雲試叩松關（唐紀聞譚武威段碧天寶五載過魏郡逆旅有客市藥碧知是道者旣市畛薦之自言吾姓孟）

三松堂集　卷十七

名期思居在恒山碧祈至山中遂約入山居五日孟先生曰今日盍謁老先生於是啟西室老先生據牀碧謁拜焉碧在山四年見老先生出戶不過五六度但端坐正心禪觀不食每出禪時即飲少藥汁碧問孟叟老先生爲誰叟取晉書郗鑒傳吟讀之曰欲識先生即鑒也

曾爲尋眞移屐石細路古人稀百道泉聲迎我四山晴翠霑衣

淅淅風搖修竹粼粼石漱流泉那得三間茅屋看雲讀畫閒眠

爲徐鈞嶠題其亡姬席澹如畫冊澹如名文卿

何年淪謫下瑤京一夜霜風冷玉笙留得飛瓊名氏在藝林豔說席文卿

搖風修影碧檀欒，墨瀋飛騰露未乾。此日披圖增太息，新詩題得不曾看。鈞嶠以澹如畫索題，題就寄去而澹如已逝

結習多生翰墨緣，故知慧業定生天。彩雲易散琉璃脆，賸粉殘香劇可憐。

舍西闢隙地雜蒔蔬果有作

屋頓材堪撤說文廢屋頓也，庭荒草已刪。吾將以圃老，客笑似兒頑。鋤徑先栽菊，平畦不疊山。無須論結構，聊取養幽閒。

小軒面場圃，俯仰儘寬然。擊壤安耕鑿，開尊對聖賢。病餘宜謝客，慵甚學參禪。夢醒南窗下，還披蔡癸篇。

題徐俟齋高士遺像冊

肥遯入何處荒村剩草堂梅花落殘雪杜宇叫斜陽短冊鬢眉古零箋翰墨香後附裝遺屬一頁清輝不可接徒此挹餘芳

崇眞宮葉鳳梧道士招飲竹虛山房用孟襄陽梅道士水亭詩韻

脫網咀禪味攜朋訪羽流微言原不二創論若爲酬道釋兩教互相詆毀或謂三教同源亦調停之說言其道之同而未云其派之合也余據史記晉書並高僧傳謂老子入流沙爲浮屠之教以爲老子即釋氏之祖嘗於西山僧寒石所刊支遁集序中暢發其旨寒石不謂然即吾儒中亦未有以爲然者近閱後漢書襄楷傳知當時之人已言之矣夫漢去周未遠且漢時佛法始入中國

必更有確見則老子之爲佛法之祖似創論殆確論歟市遠鐘魚靜庭深竹樹幽丹房聊小憩眞似泛虛舟

題馮墨香鄰墅借書圖

虛館耽幽寂翛然寄視聽一瓻鄰肯借兩版晝常扃枕祕誇鴻寶窗明發古馨讀書珍善本吾欲訪元亭

和段懋堂龍樹菴看梅之作

曲徑孤筇得得來祇林古幹問誰栽儘容野衲閒評賞可有春風爲翦裁冷蕊漸看迎旭景疏枝何礙點莓苔羨君新歲新詩好索笑巡檐定百回

余既和懋堂龍樹菴訪梅詩書來訂余同觀遂

至菴中時天氣回暖殘英在枝餘香滿院得

長歌一首

往年看桂雲隱菴今年訪梅龍樹菴菴荒路僻昔未到仄徑曲折輿丁諳度阡越陌步短彴戛天脩竹如梗柟老僧樸野喜牖客升階先引參瞿曇循廊拾級陟小閣憑窗破鼻香風馣段侯嗜好與時異扶筇春到思幽探爲言此梅閱歲古似避俗子依精藍吳人好事說袁墓尋芳放棹停驂驔豈知城西不十里有美掩匿幽香含草深樹雜徑蕪沒梅不自惜僧懷慙有如佳人在蓬戶又似志士棲江潭段侯自許梅知己得我爲二不可三

吟哦翫賞日將夕頗憾未挈酒一瓢小軒石刻舊所皮
捫壁默讀吾猶堪禪門興廢更可嘅往事欲訪誰爲談
僧言徒侶不持鉢耒鋤能舉禾能擔春深雨足秋露飽
香積自給杭菘甘六時禪誦亦不輟雖曰方外如丁男
吾衰于世了無益獨善閉戶師孔聃畏人幽棲宜此地
戢影何必窮煙嵐段侯於我性相契逸興亦復逢花憨
秋來庭桂應更好信宿彌勒期同龕

復次懋堂韻

新詩催我出城來古樹摩挲逝者栽弄月吟風呈道妙
鏤冰斵雪見心裁何須東閣纔留句可惜南枝半委苔

記取僧樓佳話在尋芳二老共裴回

山陰縣治南里許有明徐文長先生故里中有青藤一本蟠屈如虬松爲先生手植藤覆方池池寬徑十尺許冬夏不竭名天池故先生自號天池又號青藤居士後陳老蓮洪綬居此題曰青藤書屋今爲邑人陳氏所有寫青藤古意圖徵詩因寄此作

天池山人今不作池上夭矯餘青藤青藤花開復花落過眼世事如風燈人生知己眞難得命不副才長歎息花前重譜四聲猿此心只有禰衡識越山如黛水如藍

剩有遺聞佐客談一樣數奇同不朽滄浪亭子桃花菴

三松堂集卷十八

吳縣潘奕雋榕皋

試帖

心正則筆正 得懸字

字本從心畫功居運腕前敬原卽是學正亦有由先波磔期無苟精神貴以專靈臺能自主不律詎操權落想眞超矣含毫獨邈然聖應師內史狂不效張顛舞鳳惟矜格簪花漫逞妍宸章程藝苑筆諫重誠懸

顔苦孔卓 得竆字

聖道懸如的賢人殫厥功庶乎原若契卓爾未能融克復工夫密高堅智力窮從來樂不改應識苦能通練曳吳門白瓢懸陋巷空循循歸善誘矻矻嘆難同德冠三千哲心依數仞宮君師皇極建萬國仰崇隆

紀昌貫蝨 得專字

藝士神其業相傳蝨可懸射矜巧力絕貫訝技能偏鵠設同芒忽禪看失僕緣捫來揮麈暇中處應絃穿繳與春風梟弓隨夜月圓蜩如手可掇牛比目無全么響阿房隱新聲貍首宣藝成堪證道用以勵精專

紅鑪點雪 得工字

候火鑪騰燄迎冬雪捲風霏霏看漸灑點點已胥融炭爇雙環熾花飛六出同始然手可炙欲起絮還空暖透書帷裏寒消竹徑中誰矜鑄匠巧不數賦才工積去無邊白鎔來一片紅甄陶逢

聖治精潔勵臣衷

聚米爲山 得山字

制勝憑多算訏謨樽俎間規形聊聚米布畫儼成山積處分鐘龠堆來擁髻鬟靈曾傳孽異丁已陋開艱仿佛聞籌唱逶遲念轍環千盤迷杳靄一握認孱顏地縮三

邊近圖呈八陣嫺
宸衷方略廣不用戍重關

射隼高墉得高字

有隼情非擾乘墉氣轉豪獲之無不利射者豈辭勞一發看抽矢千盤憶下皋危因非所據急亦念其曹未許依人飽甯教帶箭逃血飛山堞迴影落暮雲高刷羽空憑險攖鋒敢恃鷙我
皇方奮武埽穴灑風毛

晴雲如擘絮得晴字

雨止雲猶密長空乍快晴開宜風卷疾擘訝絮飛輕冐

樹枝還亞鋪巖岫欲平散隨初旭暖薄映晚煙明紛作
千團聚低看一縷橫天因新霽曠人喜出郊行似錦裁
猶早如羅織未成熙春迎淑景茂對暢
皇情

汲古得修綆 得懷字

汲古期心獲資深夙志諧及泉功不淺得綆願甯乖軋
軋機初引綿綿趣轉佳淵源探聖典杼軸出余懷學海
非無筏文津詎有涯陳編頻許索妙緒肯教埋縹帙羅
香几朱紘靜竹齋
緝熙欽遜敏文治邁羲媧

登春臺 得臺字

符六天階正登三
聖治該世咸躋壽宇人擬上春臺杳靄和風扇沖融淑
景迴游衢尊正滿拊瑟鳳初來地迥重霄接花繁四面
開聚升占允若交泰詠熙哉麗日暉遙甸彤雲擁上台
由庚
醲化浹萬彙樂滋培

樵夫笑士 得羞字

王道談非易膠庠品最優何來挾策侶騰笑採樵儔野
處才甯乏經橫業未修听然䂓負擔莞爾獻嘲羞白腹

虛聲盜靑山逸氣遒荷蓧甘石隱畫餅陋名流直擬文
移北何堪帛賁邱作八逢
聖世山澤遍薪樵

結網求魚　得筌字

臨政臨淵似名言緬廣川求魚情自切結網計宜先物
想千頭聚張看萬目全沉波蒲影動撒雨瀫文圓江闊
生春水帆輕截暮煙布時雲艇遠跳處錦鱗鮮飛雪還
思鱠收綸不用筌
聖朝綱紀飭烝罩樂與賢

海不揚波　得恬字

海宇登仁壽

恩威仰被漸時和徵化洽風靜識波湉岸接空青杳天連一碧黏更長占候羽程穩報郵籤圓嶠晴雲朗扶桑旭日暹浮看槎舶小幻訝市樓兼煙洗奩同淨瀾迴轂比纖休徵重譯告永遠慶安恬

草以春抽 得抽字

庶草逢時茁春郊碧色浮建寅和氣轉孚甲嫩芽抽纖透微風長濃曛淑景柔青回一夜雨綠到百花洲南浦人迴櫂西園客上樓乍看芳信逗不放燒痕留調馬叢猶淺鋪茵暖正稠由庚

湆化溥生意喜盈眸

若網在綱　得條字

馭物先求本臨淵治理昭綱看提以要網豈紊其條秩
秩疏非漏恢恢布自饒整來殘雨滴撒處溼風飄霧散
沉官渡煙和集市橋一江春瀫展九罭錦鱗跳卽目經
綸寓從心緩急調弛張瞻紀飭
釀化八紘遙

如石投水　得如字

往代明良會人傳契合初受同水瀰瀰投擬石徐徐赤
帝先呈兆黃公更與書他山思少助滄海本兼儲作礪

來雲外爲瀾驗雨餘一卷甯浪擲千頃自涵虚天授誠
非妄人謀信有諸
高深今陋漢
聖量仰淵如

上善若水　得虚字

上善期謙牧矜高聖不居試觀水就下何似量兼儲卑
豈能辭垢澄惟在集虚亨心占習坎得止驗成豬源擬
探星宿盈還洩尾閭洪深窺渺渺涓滴赴徐徐只訝清
如許誰知納有餘
聖衷宏翕受沖抱契淵如

鴻毛遇風　得輕字

聖世明良會賢臣頌載賡鴻如欣所遇風擬御而行蘋末生潛籟雲間趁遠程踏來泥爪杳扶到絳霄輕豐滿原由質吹噓自有情影看翩彼起韻喜穆如淸曰聖休還協爲儀象早呈漸逵符夙願解阜仰衢亨

以恬養知　得恬字

繕性非矜智歸眞在守恬用惟藏乃備神以養而潛定似波涵影澄同鏡啟奩明通公溥合澹泊靜甯兼志自深深斂光還續續添尙元亨有酒生白室垂簾機慮看

消盡塵緣不染纖

亶聰淵鑑朗抱一仰懷謙

他山之石 得他字

畜德求資益鳴皋諷雅歌有山皆蘊藉維石最嵯峨選勝宜于此含輝耀自他一卷攜秀皺數片愛摩挲突兀青凝黛玲瓏翠剳螺堅堪期日錯厲恰稱如磨礲處光常好攻來質若何為章追琢貴

盛世席珍多

禮樂乃興 得成字

盛治興仁讓彌綸大化成禮傳無體意樂著有倫情肅

肅圭初執雝雝鳳叶鳴竹宜裁大夏葩憶集諸生穀地
昭同異爲文驗減盈末妨遲又久但覺美而誠物紀雎
麟瑞人徵血氣平中和欽
聖制萬品樂由庚

天道張弓 得弓字

於穆天難問無爲道秉公敧來圓似蓋張處曲如弓損
益惟參變高卑允執中誰窺持滿意儼示福謙衷彀率
懸無象璣衡運不窮戴盈談漫逞省括視甯崇弦月彎
彎上弧星兩兩同奉三欽
建極巧力仰

神功

微雨種花時　得時字

小雨初過候名花半放時要看生趣滿須趁薄陰移濃淡開如錦橫斜散似絲一天雲意重三徑土華滋溼榦鶯堪坐幽香蝶未知迎風皺嫩蕊得氣占疏籬殘滴猶敲竹微馨欲上墀發生覘萬彙聖澤仰無私

柳汁染衣　得衣字

三峰徵及第九烈示先機小騎芳郊遠柔條嫩葉肥隱林聞吉語彈指染春衣慘綠人原貴紆青願不違故香

披掩冉新色浥芳菲正喜拖藍踠旋欣淺碧依襟開風
淡蕩汁灑雨霏微
太液呈八字明年更賜緋

風不鳴條 得和字

聖德彌天地祥飈扇太和柔條初暖日淑氣不驚柯靄
靄青蘋起泠泠碧檻過時聞啼鳥換但識落花多煙散
靈和柳紋生太乙波嵐光横縹緲樹影颺婆娑紅自翻
階藥輕還拂澗蘿化工神鼓盪煦嫗徧嘉禾

黄入守日 得入字

帝德遐方仰天文垂象新再中五色日有守三黄入自

遠咸輸款相依應浹旬昭彰承一字孳跽擁重輪宛爾
來相附依然莫不親郁紛紫氣繞抱戴瑞光勻玉燭時
方泰金烏夕未淪傾葵眞有願藹藹寸衷伸

德車結旌　得同字

玉輦乘時運金根結束同悠揚原不貴觀飾詎云工曉
靄和風轉光華麗日融雲旗懸縹緲環轡響瓏瓏禮美
輝含內爻占文在中黜浮明主德尚絅聖人衷用識參
衡意羣瞻質樸崇
堯心千古仰黃屋慶延洪

共登青雲梯　得同字

雲路眞迢遞登臨興未窮彙征諧夙願聯袂喜能同自抱淩虛想誰施撥霧功三霄排灝氣千里趁長風碧落清虛府丹霞縹緲宮天衢何浩蕩帝德自幈幪莫憚攀踰遠相期汗漫中同懷欣有客向日共和衷

明月照高樓　得明字

海上冰輪湧樓頭桂彩盈晶瑩澄萬景皎潔照三更纖映蛾眉朗圓齊玉鏡明簾垂人不寐廊靜夜無聲卓午波偏滿昏黃影正橫朦朧看隱樹縹緲聽吹笙鉤自依銀蒜輝還散玉楹美人何處望千里寄遙情

忘機鳥狎人　得衣字

嗒爾人忘我悠然鳥不飛機心渾不動幽境許相依脈脈看舒翼翩翩乍弄暉不須三匝繞初罷五絃揮莎徑花初放湘簾風正微銜泥時落几唼水任霑衣樂意能同領微禽早識幾濠梁濤與並吟眺未言歸

圭璋特達　得圭字

特達由來重彤廷寶介圭榮光騰璐玭異彩煥璇題貴直侔鐘鼎珍甯論玦瑅薦馨尊上帝庇穀惠羣黎叩去聲如樂操來氣似霓方流人共羨重席自堪躋應待元纁裹還宜束

帛齋

聖朝崇至德拂拭仰提攜

刻舟求劍　得如字

劍失何由得舟行信所如求時空想像刻處太拘墟擁楫徒爲爾騰波信有諸靑萍知已化畫舫去猶徐漫想新硎試難將故見除卽看痕尙在至竟願終虛虎氣雖難隱蓬心孰與袪言詮參妙契試證漆園書

破瓠爲圜　得瓠字

大道非矜智還醇更破瓠直須歸渾樸不用飾廉隅土鼓追前範汙樽仿舊模敦龎眞有味琢削更何須柄鑿

甯嫌格規摹莫笑迂質看同太古巧不藉公輸至治名
無象澆風挽競趨無爲瞻
聖化儉德邁唐虞

游絲映空轉 得晴字

空際天光皎絲看一縷橫悠揚渾不定流轉更多情柳
外迎飛絮花間罥落英湖天濃霧霽山市積陰晴忽作
凌虛想眞看照眼明似疑低日午未墮舞風輕松楝卿
雲縵茅階玉柱清
宸襟隨處愜賸賞在蓬瀛

臨風舒錦 得波字

美錦初成製臨流試濯波光明新采煥舒卷好風過出水鯨翻浪懸林花爛柯色看齊霧縠巧擬翦雲羅蘋末潛生籟鮫宮恰罷梭一番剛有信三日未嫌多璀璨人工錯悠揚玉律和明堂瞻藻火逸韻聽絃歌

汲古得修綆　得勤字

學海期修綆功深挹獲聞得來眞不易汲處貴能勤自有逢源樂何憂用志紛及泉防井棄引緒戒絲棼挾策編頻絕窮源膏繼焚孳孳甯力竭矻矻惜陰分務博觴徒濫資深富以文我

皇功一貫酌古意彌殷

鮫豪夏舒 得涼字

豪是鮫人織時當夏日長移來吟榻冷舒處午風涼拔拂清無暑傳看潔比霜淡留新月影濃散一鑪香蘄簟宜堪亞冰綃未許方侵肌瑩且淨盡眼滑生光物以因時貴材緣適用良松窗琴韻靜留與伴琳瑯

卮言日出 得非字

大道無方體卮言未可非天全倪自露語妙理甯違試挹流如水還看吐落璣推移眞善轉斟酌總隨機莫訝瓶難守從教屑屢霏括囊良足貴無當不貽譏娓娓談

時中涓涓滴豈微支詞今日靜
舜殿五絃希

魚星知期 得知字

待澤窺璿管星文驗可知雙魚眞有信十雨不愆期尾
後光常皎河中影漸移自符日肅範預卜作霖時鱗已
臨風動雲看薇野垂
皇心期物澤天意果人隨豕白波頻涉蟾明畢正離莫
嫌瞻有聳賀雨草新詩

學然後知不足 得修字

學中無盡境自足每浮游不覽青箱富甯知白腹羞測

蠡非所貴汲綆在深求觀海眞難水登山自小邱如披千里霧試上一層樓半解何堪詡微長亦可收若非窮眼界未許進竿頭聖主崇稽古儒林懋闡修

白受采得宜字

白賁占无咎鴻章起後緣絶塵能不染受采妙相宜本以含貞吉從教致飾姸人工寗弗貴天分乃居先皎皎臨風色煌煌奪眼鮮誰經爲絢後還憶未施前作會誠如此程材亦類然從茲欣黼黻美質荷成全

密雨如散絲得絲字

天意如人意甘霖恰應時纔欣疎作點倏已密成絲優渥初霑土輕勻更濯枝着花紅纈綻散水縠紋披煙細渾疑織雲濃直欲垂斜飛從絮溼不斷有風吹蟻垤占甯爽魚星驗早知

皇心勤歲事大澤沛無涯

龍星體見　得東字

巳月欣逢夏龍星正見東周天原按度位巽乃居宮奕奕精初耿蒼蒼色正融聯珠環斗極分彩建昏中已卜剛辰吉還將大禮崇祥光瞻有暳渥澤需無窮旦晝占甯異天人氣早通

皇心勤歲事六宇慶和豐

大雩用盛樂　得行字

龍見時惟夏諏辰祀典行禮明鑾輅舉樂備鳳簫迎肅
穆行初獻鏗鏘奏九成近光民協志祈雨
帝含情柳外聽仙韻花間駐
翠旌臣惟將敬志工亦識中聲登降求昭度升歌用達
誠佇看甘澍降四海樂豐盈

夏蟲不可語冰　得時字

堅冰冬用壯盛夏日方曦蟲豈知能飲言徒笑妄施壺
藏同玉映株守等狐疑寒暑原殊候溫涼亦異宜自然

多所怪始信篤於時墟見皆如此微詞漫爾爲向陽甯
有性强聒得毋癡
朗鑑開拘識眞慚篆刻辭

青出於藍得藍字

五色青爲正誰知出自藍漫同拖岸水忽擬過江嵐美
識由中發章原自内含若非功必倍安得采彌酣濃淡
初何別工夫好細探盈襜煩手採如草對袍慙彰水知
源重增華在性耽寓言聊勸學冰水理同參

檢書燒燭短得長字

夜靜檢芸緗高燒樺燭香玉蟲摧不落錦贉卷還將刻

處分偏短回時味較長威靈呈祕旨太乙助餘光跋見更疑盡規看寸尙强鬚燃奴不易屏觸僕應僵壁隙無勞鑿螢乾不用囊焚膏思古哲向晦未能康

誤筆成牛　得牛字

晉代餘佳話淸芬藝苑留欲書因落筆乘興與成牛忽具春塘賞從知野趣浮淡煙新柳外長笛古原頭不用丹靑染還矜楮墨幽畫沙虛客望扣角憶童遊豈有維魚夢甯孤司馬求揮毫徵變化團扇緬風流

其二　得通字

大命傳家學書兼畫並工誰教筆誤落幾訝技應窮妙

儗追張旭名偏掩戴嵩含毫停硯北寄想到滕東未報
籠鵞客先欣叱犢童墨飛篛笠雨扇拂杏花風藝見難
中巧思緣絶處通屏開蠅可拂佳話不與同

琥珀拾芥 得通字

物性潛相感珍傳琥珀紅吸針齊妙理拾芥著奇功荅
化長松底舟浮覆水中分形疑有闕一氣默能通木德
知從類天倪探不窮義均龍應鼓理協虎從風水溢方
諸月聲傳蜀郡桐博徵難究詰推測問鴻濛

夫子之牆 得高字

至詣尼山峻宮牆企每勞千秋瞻卓越數仞面周遭水

自環洙泗門還聚俊髦深難窺富美遂喜遠塵囂古壁絲兼竹春壇杏與桃儘教循以走但覺仰彌高銘鼎傳僂俯編詩戒達挑辟雍醲化普傾耳聽笙鏞

斲雕爲樸得還字

太樸誰初鑿由來政所關雕徵八巧極斲要古風還制必遵規矩師甯重爾班蕩心工有誠傷手匠奚患但得崇眞意何來致飾訕或源惟本務去泰始浮删國尚殷乘輅商嗔鄭寶環我皇敦郅治

盛化遍瀛寰

味別淄澠　得澠字

水性誰能辨微茫淄與澠一瓢從滿酌兩派別奚憑其有思源意偏誇知味能甌看浮雪浪符不調山僧是口舉相似何人得未曾犀分兩故化壺貯妙能凝饔子因邀罷俞兒亦並稱衢尊逢聖世小道莫相矜

李下成蹊　得蹊字

品望名臣峻高標借姓題龍門眞是李畫省不成蹊花自無言放人偏由徑迷介然甯有跡穠矣直平溪密訏

漁樵問濃霑雨露低共看春有腳未許客扶藜癖性鑽堪鄙清標苦欲齊願承封殖意履道上雲梯

河海不擇流得虛字五言八韻己丑會試欽命題

黃河發星宿瀛海號歸墟莫訝流爭赴懸知納有餘派遙終自達源別會兼儲一氣涵諸夏層波注尾閭驚濤奔晝夜新漲護龍魚不用分清濁甯勞更決疏沙痕添雨後水氣靜晴初聖量眞無際含茹遍六虛

羲之換鵞得庭字五言八韻己丑五月保和殿朝考

內史工書最山陰記寫經偶然揮素繭便爾換珍翎野

鵞名休誚生龍筆自靈羣應依墨沼帖共重黃庭妙手從教乞長鳴乍喜聽賭來欣握管攜處待翻萍泛渚姿堪賞霏煙跡未零

盛朝多寶笈鉤搨仰儀型

爲有鵞羣癖臨池筆乍停墨香留道院禽影靜空庭寫出勻霜穎籠歸愛雪翎高風誰計直內景自傳經波磔書原妙飛鳴趣倍形隊翻新漲水人坐綠莎廳別具陂塘賞能添楮翰靈稽山遺蹟在佳話並蘭亭

祕要傳眞侶閒繙笈內經偶因求楷格拌與賭花翎筆挾飛鸞勢工逾瘞鶴銘跡應參玉簡名已重金庭拂紙

松煙裊揮毫蕙露零一羣欣得主數卷自通靈㖂喋浮清渚參差入鏡屏從茲留墨寶洞府晝常扃

晉代風流擅長留翰墨馨右軍矜入聖道士乞書經豈惜揮鈎管都將換素翎贈貽非片羽結撰得眞形計帙窺丹祕開籠愜性靈幽姿移碧沼清韻滿閒庭紅掌牽文荇霜毛映翠萍忘機相對處逸思寄沙汀

惟善爲寶　得良字五言八韻甲午四月正大光明殿　御試考官

白珩豈國寶惟善重巖廊長也元居首溫其質最良席珍早待聘握璧未堪方舍己欽虞帝昌言拜禹王豐年原並玉歉歲可爲糧識藉冰壺朗材資玉尺量譁囂先

屏黜追琢表章相
聖世儲材富璆琳貢玉堂

麥浪　得難字五言八韻丙午四月正大光明殿御試考官

一望平原迥參差麥隴寬煙濃低蹴浪風細軟迴瀾掩映鷗翻白紛披日漾丹翠浮晴靄暖碧捲雨聲寒短笠穿塍過輕帆隔浦看聞香思餅餌發興憶漁竿生意郊坰足田家作息安民依軫
聖慮稼穡念艱難

披沙揀金　得艮字五言八韻丙午奉命典試貴州闈題擬作

沙向披時汰金從揀處彰惟三品最貴無萬數難量淘

洗全憑力埋淪尙斂芒不貪能識氣去滓自生光但使
虛衷採何憂至寶藏輝含知質重心苦顯工艮敢信升
沉偶甯嫌鑑别詳還期勤拂拭追琢貢
巖廊

周而不比得同字五言八韻戊申天津召試題恭和御製原韻

似是非須辨循名實豈同惟周恐涉昵不比乃存公器
廓甯譏小情祛肯尙通無朋期各獻有黨戒交攻月印
潭心皎波涵海量洪剛中君子貴側媚小人工孚自占
盈缶柔仍誠繫叢奉三還抱一
睿照仰無窮

棲鳳難爲條 得年字五言八韻戊申四月 正大光明殿 御試考官

淑晛投良友文披五色宜譬同條莘莘忽枉鳳翩翩小集霑新乳低翻散曙煙最憐枝幹好只羨羽毛鮮丹穴音諧律朝陽韻叶絃若非百尺挺難稱九苞妍振翼看輝遠干霄謝質堅

雲章陋薄技僧達並延年

老當益壯 得方字五言八韻庚戌會試 欽命題恭擬

壯志平生許甯緣老去忘何當勤策厲祇是益堅彊欲澹神逾定年增力更剛從教雙鬢改轉覺寸心長白首非遲暮青雲正激昂聖言仁者靜詩詠壽而康自有淩

霄氣無勞駐景方衢尊陳

化宇願進

萬年觴

循名責實得班字七言八韻乙巳二月　乾清宮

御試翰詹諸臣恭擬

虛名自古原難冒求實須知克副艱先後理甯寬責備

主賓道本似循環採珠遇目應防混剖璞捐珉立辨頑

被褐未妨成我貴不觚還恐致人訕但敦白賁眞无咎

徒飾虛車亦厚顏廢學由來嘲子佩素餐尤懼玷朝班

人惟務本斯爲美事或從浮槪與刪

聖世卽今崇樸學服官何以免譏瘝

三松堂集卷十九

吳縣潘奕雋榕皋

水雲詞一

南鄉子

晝禪寺步月卽送劉嵡嵐之官奉天

良夜碧雲收抽得閒身共獻酬笑指晝禪竹柏好淸幽步月承天故事留　酒半引離愁有客鳴鞭不自由塞北江南無限夢悠悠明歲今宵憶此遊

念奴嬌

西湖泛棹圖

清波門外記一篙撐入畫圖時節萬頃玻璃嵐翠合映我鬢眉都碧宦海浮沈廿年浪走好景輕拋別酒闌燈灺舊遊有客能說　最羨綠鬢朱顏招邀勝侶不負閒風月樂事賞心眞合并塵世何堪一吷清輿能乘扁舟便買西子還應識只愁相笑滿頭贏得霜雪

賣花聲

立秋

置酒賞新秋莫管閒愁碧天如洗月如鉤一派銀河衝浪溼斜入西樓　宛轉聽歌喉自揣心頭今年强似去年不榮世勳名傳世業一槩全休

如夢令

春暮

煙鎖池塘碧樹樹上殘英胥絮酒醒獨尋春春與蜜蜂同去無緒無緒簾外落紅如雨

壺中天

寄懷畏堂

黑頭全白算紅塵勞攘成來何事少歲科名如拾芥妄覬銀青金紫馬脊船脣蝸頭豹尾冉冉今如此浮生同夢一竿閒弄煙水　太息袞袞諸公輕裘肥馬也半歸蒿里老樹柴門來舊雨落落數人而已寄語天涯喞杯

擊鉢清興都無矣黑甜有味化蝶但學莊子

滿庭芳

月夜

煙散衣篝光縈簾押金波涼浸雕櫳清醪盈杓良宴記曾同回首年華荏苒歌聲杳殘夢惺忪關情處酒痕襟上點滴染香濃　臨風嗟路隔年來騎省鬢擬霜蓬念送鬮杯暖射覆燈紅離恨天涯幾許清輝裏佩憶丁東今宵永酒闌更轉雲外有征鴻

浪淘沙

歌筵有贈

禪榻颺茶煙一卷楞嚴花飛釧動又情牽可惜國香天不管零落誰邊　火井出青蓮只要心堅情根俠骨佛生憐塵海收帆須及早莫待他年

一翦梅

憶昔

憶昔妝成上錦車遠向天涯不憚風沙綠窗朱戶繞雲霞食也伊家宿也伊家　而今憔悴感年華鬢改雛鴉曲怨琵琶春風昨夜上窗紗愁煞梅花笑煞桃花

減字木蘭花

送朱㒸東之楚中

桂花香處正好嬉遊何處去草綠平蕪不是行吟學左徒　明朝京口滿眼青山還對酒風緊雲飛一片斜陽上客衣

虞美人

天寒倚竹圖

扁舟繫纜垂楊浦花落如紅雨天寒翠袖畫圖開猶似當時水檻共徘徊　風花煙月知多少故故將人惱小樓風絮又春寒誰竝香肩軟語倚闌干

滿庭芳

陶鼂香蘇臺却扇圖鼂香歸自京師娶于徐

種柳門庭聽松樓閣歸來正是春深蘇臺日暖香氣透疏林却扇新詩賦就鎖窗裏煙靄沈沈湘簾卷重行珠樹雙舞有文禽　蘭心兼蕙質女中孝穆竝坐調琴更不羨秦家耀首金簪縞紵天涯幾許問何似繡閣知音生花管珊瑚高架風絮好同吟

虞美人

徐榆村訂遊畫眉泉雨阻不果寄懷

小樓一夜聽春雨屋角雙鳩語幽齋遙想翠微間窗外泠泠鳴玉漱飛泉　瑤箋枉把佳期訂人事眞難定青鞵只待溼雲開準備筍輿一徑入山來

浪淘沙

辛酉三月一枝軒餞春

把酒問花枝春去何之濃陰如幙雨如絲我惜春歸春戀我欲去遲遲　未免有情癡無語尋思惜春誰爲訴春知且倒金尊拌酩酊不賦新詩

憶江南

丙辰五月雄縣道中

江南好最好石湖船雙屐上方初過雨一篙新郭樹含煙小艇自年年

江南好最好是山塘杏子單衫臨水影鴉雛雙鬢送花

香畫舫繫垂楊
江南好最好是天平來燕榭邊春正午兼山閣下雨初晴一夜聽泉聲
江南好最好是靈巖一逕松風迎步屧半天嵐翠落衣衫雲影太湖帆

南歌子

三松堂芍藥

粉膩翻風重紅嬌怯露寒海棠開盡牡丹殘一任芳姿濃淡占雕欄　瑞不徵金帶詩會和玉盤狂香浩態故依然且向蕭齋幽幌盡情看

賣花聲

新安江舟行即事

滿眼是青山山脚風帆白雲如絮護孱顔身在一峯圖畫裏疊翠浮嵐　細雨獨憑闌乍暖還寒小洋灘接大洋灘孤艇今宵何處泊煙水漫漫

水調歌頭

王蓬心洞庭泛月圖爲瞿花農題

秋氣一何爽青草碧黏天良宵載月輕泛涼入鷺鷥煙風定魚龍吟嘯有客掀髯打槳瀟灑似坡仙河漢夜闌轉露重未能眠　擊桂棹吹玉笛做瓊筵姮娥還憶往

日見潑墨飛箋樂事賞心誰共陳迹回頭若夢圖畫至
今傳惟有蟾宮影不改舊嬋娟

吳山青

竹林靜憩圖

泉聲清竹風輕身遠塵氛心太平閒看溪上雲　養黃
甯葆奇靈我坐林間歲月深輸君雙鬢青

百字令

乾隆甲寅崧嵐將之奉天任余邀張子東畬同
遊畫禪寺訪昆峯長老步月庭中東畬寫圖贈
行並系以詞余繼作南鄉子一首今嘉慶甲子

崧嵐復至吳門出前圖共賞回首舊遊恍如昨日流光彈指蓋已十年東畬歸道山則五年矣喜良會之能再慨逝歲之不居復填此闋以寫離緒記新歡云爾

山塘涿漲報雲帆漠漠仙舟纔泊舊恨新愁難縷述喜看鬚眉如昨細檢行囊重提往事一幨珍林壑故人安在（謂東畬）墨香猶染簾箔　十載按部班春關鴻粱燕矯首天寥廓前席蒼生他日事且把繡衣遲著退院僧歸（謂崧）峯閒吟客健商略吾儕樂清光依舊一尊來共斟酌

菩薩蠻

戴竹友除夕遊山圖

疏林寂歷寒鴉小山塘屐影笻聲杳何處覓閒身祇應三兩人　屠蘇斟歲酒歲去誰能守我也想今年邀君同放船

金縷曲

嘉慶丙辰蔣湛華司馬納姬人妙巾寫瓊樓待月圖同時王夢樓陸謹庭尢二娛皆有詩詞以詠歌其事今湛華候補在都倩哲兄立崖索余題句余以爲瓊樓之景今昔無殊而待月之情今昔則異因填此闋兼寄湛華未識湛華見之

以爲有當于國風草蟲遺意否耶

又是中秋近看樓頭冰輪依舊照人如鏡香霧清輝三徑裏玉臂雲鬟涼映正寶鴨煙沈炷燼千里音塵經歲闋怨征鴻不帶南來信聽嘹唳長天陣　嫦娥相憶重相訊道花前輕顰淺笑倍添風韻但覺腰肢微瘦損莫是多愁多病渾未減搓酥滴粉好倩銀蟾遙寄語問天涯歸計何時定雙照我闌干凭

望海潮

檢篋得高麗墨一挺爲已故兩粤制府吉公有堂同官內閣時所贈墨高三寸三分闊一寸厚

二分有陽文曰翰林風月

森沈庭樹翩翻階蕊濃香記試紅絲風月翰林溝漊使節攜來周道倭遲珍重故人貽念山雞雲鶴宿竝高枝雪爪萍蹤卅年春夢總迷離　松窗興寄臨池歎人亡物在欲見無期眞墨磨人非人磨墨羊城往事難追鄰笛一聲悲漫閒濡筠管閒靠烏皮譜入哀絃錯刀何處報相思

前調

程君房墨一挺爲畫禪寺長老昆峯所贈今昆峯返丹徒云將復來姑蘇晴窗試筆感念舊遊

因填此闋以促其行

庭橫疏翠簾搖嫩綠禪房竹樹清幽貝葉課餘蓮花漏轉文奩點漆香畱分贈許湯休看惜將金比落並煙浮拂拭蠻箋肯教容易把鸞酬　昨朝古寺重遊正錫飛依鶴杯渡隨鷗餘習未除前塵似夢難忘智永風流天際望歸舟更閒依淨几振觸新愁書寄征鴻數行濃淡灑銀鉤

金縷曲

送滄來觀察之任淮徐

畫舫停撾鼓看胥江香盈童叟闐街盈戶綠浪紅欄佳

麗地頗憶當年出祖哂曲罷留人鷓鴣兩載木蘭堂上
月照香山此日心偏苦忍便放峭帆舉　中和樂職誰
能譜引雙旌弓刀千騎按行淮浦到及河清剛獻瑞一
片榮光浮渚想重上黃樓懷古迢遞知音遠道隔悵頹
齡懶把冰絃撫但目斷暮雲樹

鳳凰臺上憶吹簫

新秋三松堂對月用漱玉詞韻

蛩咽籬根露明松頂一輪又見當頭喜畫檐波影冷浸
簾鉤莎徑筠廊宛轉小軒觴自署三休西風爽紅牙鐵
版待賞新秋　悠悠倚闌暗數三十載前塵夢斷痕留

盼廣寒縹緲路阻瓊樓惟有樓中仙子還向我斂黛凝眸銅壺轉夏宵又增一片閒愁

虞美人

詠茉莉

玉簪未放池荷老露朶筠籃小水晶簾卷月遲遲香在烏雲濃處半開時　金絲纖手重重綴蘭麝眞難賽簟紋如水帳如煙涼到靑奴無夢憶當年

鵲橋仙

七夕雨

銀河彩匿金波雲掩羅袖夜涼無寐人間天上一般愁

歎好會原非容易　庭前瓜果樓頭笑語多少悲歡往事天公莫是也多情替牛女暗彈別淚

（沙頭雨）

題蔣春皐遺照

三徑依然湘簾半捲琴聲杳墨香還裊想見幽人抱記坐書堂看畫同談笑循闌遶昨朝重到池上秋風娟

池上書堂春皐齋名

菩薩蠻

雪島禪師行到水窮處坐看雲起時圖

幽棲地僻經過少杜甫一瓶一鉢垂垂老貫休世事總

無心王建 流泉入苦吟皎然 禪心超忍辱李嘉祐 臨路嗟疲足張九齡 雲在意俱遲杜甫 林光澹碧滋李白

前調

詠煙草

何人種出相思草依人欲化情絲裊賦到淡巴菰緡書故事無 香銷吟未就春困鍼停繡合伴一甌茶輕圓泛乳花

羅敷媚

題冒巢民姬人董小宛墨菊

染香小閣秋光裏簾捲波紋貌取煙痕人影如花瘦幾

分　西風畫卷餘香在雅淡輕勻彷彿丰神合配眉樓

九晚春 陸謹庭齋中藏顧橫波蘭冊蒼秀絕倫在薛素素馬湘蘭之上余借觀畱三松堂一月

水調歌頭

三松堂桂花盛放用顧仲瑛宴金粟影亭韻

香氣小山滿靜憩豁開愁西風涼露霑袂猶記廣寒遊屏却舞衫歌扇飄墮瑤笙鳳管幽賞愜新秋且酌掌中酒況有月當頭　卷湘簾揮松麈灑銀鉤玉山深處金粟亭榭擅風流水調歌頭一闋和者袁華子立張遜陞仁佳話在蘇州試聽唱金縷莫更憶瓊樓

三松堂集　卷十九

三松堂集卷二十

吳縣潘奕雋榕皋

水雲詞二

摸魚兒

滄浪亭懷古

傍城南秋光如畫漣漪縈抱層阜林深徑曲宜幽眺正是桂香時候凝佇久記儂侶年時幾度曾攜手觀河面皺認翠牓銀鉤（滄浪亭三字額爲明文徵仲書）蘚階雲磴風景尚依舊平橋外指點涼蟬疏柳廢興冷眼樵叟清風明月原無價只合閒身消受頻搔首問良夜吟魂還到荒亭否

鄰鐘又吼但目極斜陽瓊田一片佳句諷歐九

點絳脣

杜鵑花爲醫者徐鑒泉賦花一紅一白薜一瓢

康作霖兩醫家舊物也

花事闌珊芳情偏爲雕欄駐聲聲歸去記遍青山路

小白嫣紅慣傍丹房吐紛無數鶴林何處此地春長住

摸魚兒

石湖遊海潮菴感賦

泛澄波海潮菴下柳邊短棹還艤鐘魚寥落殘僧去金

像尙明塵几苔殿敞正節過重陽遊舫全無矣滿湖秋

水望荻岸菰鄉孤村如畫一縷爨煙起　草堂裏曲磴層岡迤邐照影更鑒清泚心香曾擷溪毛薦往事憑欄能記行且止歎慘綠人來鬚鬢今如此枯藤倦倚待霜染楓林白雲斜徑吟策會重理

前調

遊靈巖山 山下有韓蘄王墓碑

過塘灣蓬窗閒倚浮嵐引駐歸棹霜花染就山腰樹宿露朝來都埽秋正好聽十里松濤曲折穿雲嶠淩虛縹緲看屧去廊空臺荒琴寂一鴈下林杪　塵寰事今古悠悠多少豐碑突兀雲表清涼居士清遊日曾拾吳宮

花草村路杳問來往甯邦誰識幽人抱穹窿山甯邦寺相傳爲韓蘄王隱處冷吟客老算輸與山僧龕燈芋火鐘磬送昏曉

前調

簡田過訪三松堂喜贈

問何爲年年雙槳栖栖吳越來往新霜又染楓江葉薇省玉堂天上蘆荻港有舊雨漁兒許作去聲五湖長櫻籐竹杖喜別久重逢鬚眉換了眠食勝疇曩 回頭想半世眞憐勞攘卅年一夢虛妄東籬花好身還健且泛殘醪閒賞秋正爽指天際飛雲頃刻紛殊狀呼來都講任擫笛蕢洲聽歌柳院此意儘疏曠

浣溪沙

秋意

曲几蒲團夢醒餘西風凉透碧紗㡡籬邊花影瘦扶疏
别葉蕭蕭堆蘚砌斜陽冉冉下平蕪佩魚能换濁醪
無

滿江紅

詠筆

几靜窗明有毛穎伴人幽獨懸健腕墨磨奚李練裹幾
幅投問封侯可有分拈憐有鬼誇偏速看如椽落處滿
雲煙追芝旭　評聖病論筋肉從愛憎分雞鶩料歌雲

繪日此君無福晝諾前塵渾不記生花舊夢還能續笑
東西塗抹慣年年頭全秃

前調

詠紙

什襲文房展素几晶瑩光溢濡散卓雲藍方滑桃花比
色紓蚓幾人誇翰墨塗鴉大半謀衣食歎鑽求無益費
精神叢殘積　灑不盡金壺汁摹不到簪花格較叺綫
東絹倍加珍惜結習但招文字債一生未得文章力看
張張揭處似人情今猶昔

前調

詠硯

誰割溪雲贈墨客珍如瓊玖拂拭處紅絲明潤青花勻透愛護直同書劍癖流傳幾見雲仍守算心朋不律並隃麋輸君壽　縝密質無塵垢方嚴性從天受鎮傾心輸意要斬不朽竹屋青氈憔悴客春風詞筆生疏手儘相看頑鈍耐人磨真吾友

前調

詠墨

雲護芸窗文匳啟井華纔汲抒妙腕一丸初試黝如點漆古硯有香橫几淨漏痕挂壁生綃逕問從來知白守

何如依然黑　書來滄名誰識眉能畫人空憶自廷珪去後藝林減色未免縱横隨手抹還教矜慎如金惜稱元亭岑寂閉門居娱閒適

摸魚兒

甲子九月山塘看菊載百本歸供三松堂下

放扁舟桐橋西去看花須趁新霽天空雲盡遊氛息老圃秋容明麗開次第愛七里山塘如繡還如繪開來滋味算已嗅天香未看紅葉只此是歡計　呼蘭棹歸路霜風吹袂麗人載去相對白香山虎邱詩花船載麗人　畫欄吟几安排處濃淡高低向背松竹配看疏影斜枝不比春花媚

無嫌瑣碎待堆竝山高持螯斟酹謀取晚來醉

探春令

甲子嘉平一枝軒消寒作

芸窗垂幔雪花微颺深冬晴暖畫屏棐几濃香滿却早又紅梅綻　燈明酒綠重開宴喜年年人健等轉頭九九寒銷相與再結尋芳伴

清平樂

壽筵

繡簾風軟人意如春暖縹緲瑤池吹鳳管璧月十分圓滿　聯翩桂樹蘭枝錦衣介壽雙巵正是玉梅階下百

花頭上開時

前調

荷淨納涼圖

波平雲淨瀉露香搖影屬玉飛來翹雪領也愛銀塘清景曉來月墮前溪水風涼透羅衣莫話遠公遺事畫中人是天隨

前調

三松堂松下作

虛堂疏快謖謖吟天籟暖不加榮寒不悴許我年年相對　任他冶蝶狂蜂儘教雪壓霜封試問山紅澗碧幾

番開落春風

惜餘春慢

洽園池上新柳阿儺可愛芝巖出新詞同賞倚

聲和之

郭外寒輕池邊煙暖壓水紅闌回互嬌黄半坼淺綠纔抽偷樣憶他眉嫵正是春晴晝長一曲新聲聽翻金縷奈凝眸延佇絲絲拖逗慣牽愁緒　猶記得歌散梁塵舞低樓月綽約小鬟三五新鶯欲占姹燕重來依幕向人頻訴彈指前歡夢中殘月曉風年華虛度問春光依舊風前思量可還如故

三松堂集　卷二十　六

齊天樂

樸園探梅鄧尉以詩紀事洽園譜齊天樂一闋和之因次其韻漫填此解

酸香彈指經年別停橈早開笑口徑轉潭東筇拖銅井空谷天寒翠袖凝眸望久想賞遍千林月明吟就譜入冰絲疏枝幽韻闘孤瘦　玉簫入夜吹透晚煙濃淡處歌囀鶯溜豔福清歡賞心樂事須是天容消受閒身那有算眼底韶光幾番輕負聽到更闌肯教杯放手樸園言是日歌臨川曲至錦屏人忒看得韶光賤句有感成詩故及之

金縷曲

乙丑三月芝岡七十生辰同人載酒山塘默齋
譜金縷曲爲祝繼聲和之

滿酌金罍酒借尊前花明柳媚介君眉壽蝶板鶯歌白隄上正是日長時候聽減字偷聲迭奏醉向可中亭畔步問生公見此間人否公道是近無有　蓴鱸飽啖歸田久 翰 嬾乘槎 騫 蓑衣箬笠伴煙波叟 志和 一角雲巖青蒼色抵得華山濃秀 詠 待招取赤松爲友 良 故事君家吾能記要看君倒跨箱驢走 果老 君大笑拌濡首 旭

壺中天慢

網師園牡丹

曉簾風靜在芳園春霽閒移笻屐杏靨桃腮零落盡照眼嬌紅輕坼酒可消愁花眞解語好景能虛擲天香凝袖與君聊共浮白　聽説樂事當年晝闌十二羅袂環歌席晝錦樓臺彈指換遑問姚黃歐碧漾彩杯深護香屏暖良會歡今夕淸平重按盛衰休感疇昔

好事近

勖齋昔宰蜀中作聽秋圖題詠甚夥今歸吳門卜宅於城東後有小園彷彿圖中景象因寫聽秋第二圖合裝成冊屬余題句

飛棹下嘉陵一壑儘容薖軸彷彿昔年遊處指桊頭橫

幅　秋聲又到枕函邊舊夢可還續且自淺斟低唱看
酣紅濃綠

太平時

竹坪竹嶼垂釣圖

修竹檀欒覆碧潯影森沈蕭然心跡喜雙清好垂綸
青篛綠蓑誰是伴憶元眞釣絲裊裊立蜻蜓滿身雲

蘭陵王

城東歸田園明王侍郎心一故第園有蘭雪堂
堂額爲文徵仲書余家藏侍郎招友飲園中札
有人事雖殊清光如故旣是悲秋不可無酒以

澆之語今歲春仲復遊園中則額已無存堂亦頹圮詢其後人無復翰墨留存矣因感昔遊重繙舊札漫塡此調以寫幽情

柳陰碧風暖吹簫巷陌城東路坊過迎春閒向荒園散吟屐歸田緬陳跡留得筠廊舊刻平橋外林密徑幽葉底鶯聲尙延客 前朝事能憶想月榭飛箋風磴移席花明蘭雪香凝筆看疊疊濃靄鱗鱗微漲波光嵐翠且暮色又何異今昔 小立憩磐石嘅剩水殘山草沒苔積雲仍世守還遺宅認零落殘簡蕭疏淡墨飛來雙燕似爲我訴楚惻

木蘭花慢

五月下澣帶星堂讌集

懶尋山問水賴絲竹寫幽思恰小部呼來移將酒醆坐傍花枝相期緩評細品正濃陰深院日遲遲錯落珠璣絃索輕盈楊柳腰肢　金卮到手休辭開笑口展顰眉信離合悲歡逢場竿木今古如斯及時未妨行樂莫匆匆擾擾夢中馳拌是玉山醉倒不須問夜何其

前調

芳谷客楚中識歌者楊郎別已數載今于故里相逢爲述天涯飄泊頗有憔悴之感爲塡此闋

屬余繼聲

問櫻桃信息奈蝶夢兩差池想笑淺顰輕嬌紅姹紫輸與丰姿分飛暗彈粉淚記那回團扇有題詩楚樹吳雲漠漠斷鴻不寄相思　何期意外手重攜低唱捧金卮悵雨跡雲蹤芳情未減心事誰知栖遲自憐瘦影尚依依風裏舞腰肢多少天涯舊恨一尊試聽新詞

翠樓吟

和芳谷喜芝岡月夜過洽園聽歌之作

竹影梳煙松濤捲暑冰匳晚涼高挂胡牀堪坐嘯印心跡桃笙光射簾櫳如畫喜巷北朋來素心情話閒亭榭

忍教輕負好天良夜　況是珠串歌喉有舊時田順淺斟瓊斝銀屏看浸冷歎風月人間無價姮娥應詫恁等是塵寰偏能瀟灑欄干下一聲仙籟露荷珠瀉

如夢令

夏夜

簷角流螢飛去簾外荷香微度月轉小紅闌隱隱簫聲何處閒步閒步惹得滿身涼露

水龍吟

洋海棠又呼象牙紅皆俗名也譜爲扶桑花芝巖有作和之

畫堂銀蒜低垂，一叢豔奪池蓮影。耕園驛畔，臨漳城外，婆娑瘴嶺。狀考嵇含，詩吟玉局，移來煙艇。是何人巧借佳名蜀客，貯金屋丰標湜。　賓鴨海南炷，爐扇薰風，翠深紅映，燒空燄燄。佛桑日及，更誰重省。蕊碎迎曦，葉低含露，一般風韻。試深宵也與，高燒樺燭，照春酲醒。羣芳譜：扶桑一名佛桑，一名日及，產南方。臨漳志：花似槿，一本高四五尺，枝葉婆娑。宋蔡襄有耕園驛佛桑花詩。東坡詩：燄燄燒空紅佛桑。又詠海棠詩：更燒高燭照紅妝。海棠號蜀客。石崇嘗謂海棠若有香，當以金屋貯之。嵇含草木狀：扶桑出南涼郡，花深紅色，五出，日光所耀，疑有燄生。

臨江仙

瓶中白蓮和韻

昨夜小池暑退池邊攜得涼雲玉壺冰簟水晶屏素心
堪晤語清淨契前因　月曉風輕未墮煙鬟霧鬢無痕
金波穆穆與傳神出泥能不染肯惹世間塵

洞仙歌

黄蕘圃逃暑圖

科頭雲磴喜蕉衫風透世界清涼自原有儘行空火繖
赫赫高張信暑氣修竹碧梧不受　抽身閒處好利鎖
名韁熱客招尋但揮手回想舊遊蹤撲面黄塵可也得
調冰雪藕莫更問門前幾人來除舊侶盟鷗有誰相就

浣溪沙

何淡安楓林晚眺圖

遠上寒山一徑幽四山楓樹正酣秋白雲深處好勾留
試坐籃輿眞澹蕩閒拖竹杖也風流劍門吾谷記清
遊壬戌九月三峯僧一峯招看紅葉徧覽劍門吾谷諸勝

前調

素心蘭

簾額低垂小院深冰肌那有俗塵侵祇應入室許同心
采處定聯瓊作佩紉來貞契雪盈襟好將幽意譜瑤
琴

好事近

馮墨香自在舟漁篷圖

橫篷放扁舟吹入碧雲深處不拨嘯翁遺拍有自然風趣　稻村蘆岸儘沿緣得住便教住試問知音若箇指沙邊鷗鷺

三松堂集目錄

卷一　策問　表　序　共十九首

卷三　題跋　共二十七首

目錄

三松堂集卷一

吳縣潘奕雋榕皋

對策

臣對臣聞古聖王之建極綏猷而誕受多福也必本惟精惟一之傳而後足以敕幾而安止必深有翼有嚴之學而後足以熙載而奮庸易曰君子終日乾乾詩曰夙夜基命宥密書曰允迪厥德謨明弼諧蓋自五帝三王以來異治而同揆殊代而合德也是以一人端拱於上本昭事以大翕施簡眞才以宣德化其運量無所不周而精神無所不貫天休滋至而鑒觀求莫之必懍也官

方澄敘而大法小廉之必飭也文治光華而黜浮崇雅之必訓也民風湻古而旌善癉惡之必力也當重熙累洽之時彌切制治保邦之計順命以創制保泰以定功天人協應福祿日來卷阿獻鳴鳳之歌蓂莢有騶虞之瑞是豈能以文具致哉蓋惟健行不息深宮有兢業之忱而百職無曠官之失惟設誠致行明庭有敦本之治而四海覘風俗之同上考唐虞下稽湯武所以永保鴻名而常爲稱首者道莫不由此欽惟

皇帝陛下溥博如天照臨若日道隆繼述光彪炳乎八埏化洽生成澤橫被乎四表固已神人禔福中外乂安

天工人代百職咸遵欽若之忱俗美風清士民均沐昭
明之治矣乃
聖德淵沖彌深採訪進臣等於
廷而策以格天之道察吏之方文體之所以醇治教之
所以盛臣自揣迂疏至愚極陋細流土壤何補於河海
泰山竊慕古人先資拜獻之義敬承
清問敢竭愚忱條次所聞以仰副
高深於萬一伏讀
制策有曰善言天者必有驗於人仲舒之學原本春秋
而因以究術數之失探感應之原臣惟天地之道可一

言而盡亦曰誠而已仲舒三策抉往來通復之機其理最純然而其學之失或流於讖緯其弟子呂步舒已有譏其非是者今讀其書有曰吾人精意與上天流通而往來相應可謂善言天者矣然而言天而不言誠猶未盡天之道卽未盡格天之理也中庸之言天也曰不貳其言至誠也曰可與天地參人君代天理物與庶官億姓不同則夫洗心藏密自有本原所謂神以知來智以藏往誠不外

聖訓所云以實不以文爲獨契乾元之體也易曰天下雷行物與無妄先王以茂對時育萬物無妄者誠也言

先王能以無妄之體合撰
清甯故能上承天眷下庇羣黎也然則闡於穆之藴窺
符合之原推測之說洵屬游移而默契之原可以微悟
已
制策又以君咨臣儆著美唐虞而因以推考課疏密之
由綱紀肅清之治臣考虞廷三載考績五載一巡守羣
后四朝則又敷奏以言明試以功周制六年五服一朝
又六年王乃時巡以明黜陟而冢宰歲終則令百官各
正其治受其會既詔以廢置矣而大計誅賞又以三年
帝王舉典疏密相參損益雖有不同而因時調劑之心

一也三代而下考課之法漢最近古六條之設大槪以
鋤奸去莠爲主而西魏六條則又旌善爵良之意居多
他若荀悅之四考元之五事俱屬察吏之良法而克宅
克俊則惟立政所云迪知忱恂一語盡之夫上賢以崇
德簡不肖以黜惡甄别之深心也公爾忘私國爾忘家
則在庶尹之自盡也
聖天子加意臣鄰外內臣工宜咸知所自奮矣乃察吏
非不嚴而貪墨未盡息鋤惡非不力而縱佚者時聞甚
且上下彌縫就輕避重是豈立法之未盡善歟抑大吏
之所以表率而整齊之者猶未忘乎狥私之見歟宋韓

琦有言公忠之念人人有之患在持之不力耳夫持之不力者狥私之見勝之也祛狥私之見而力挽頹風是惟在乎大僚之求無忝于夙夜而已矣詩曰嘉爾君子無恆安息靖共爾位好是正直神之聽之介爾景福大臣正直而小臣比周未之有也

制策又以言爲心聲而欲收得人之效惟在絕背道之文此誠振興文治之至意也王制詩書禮樂分教四時文與行並重故古之人德蘊于中而文見于外一矢口而性情心術俱于此徵焉孔子曰有德者必有言又曰言以足志文以足言志之不端而欲言之粹然無疵得

乎我

皇上釐正文體

欽定四書文懸爲正鵠而清真雅正之訓又屢行申飭

然而操觚之家尚有勦說雷同艱深怪僻以希倖獲者

果何由而收得人之效耶夫教之不豫則取之無其人

取之不審則所爲教之者又不足信昔歐陽修知貢舉

黜劉幾之險怪一時文風翕然丕變故求人于今日非

教之未盡善爲足憂惟取之或不審爲足患是在司衡

文之任者仰體

聖天子作人之意摭拾浮語者屏勿庸裁割陳言者斥

弗錄以道術文由文觀心則庶乎登進之士罔非端碩之儒擯黜之徒靡有遺珠之怨賢者登庸不肖者愧厲而文運其日昌人才其日盛乎

制策又以風俗爲教化所蒸而欲期於俗返敦龐民無邪慝此誠愛養元元之至意也 臣稽古聖王之教民也司徒修六禮以節性齊八政以防淫其不率教者則移之郊移之遂終身不齒又其甚者則誅無赦先王爲此非忍也以爲不如是不足以一天下而成吾治也故奸民者法之所不赦也然而懸賞格敘超擢則不肖者邀功或反累良善矣無能者避過又坐失渠魁矣

國家承平百數十年拓地數萬里地大物博爲治之道視古爲難比者匪徒邪教尚未悉除去莠養苗致煩
聖慮臣以爲制治貴探其原而除奸貴乎其豫督撫受旬宣之職牧令有撫字之權不止其奸奚以稱旬宣也不除其患奚以稱撫字也奸生患作而求所以止之除之之方此非遏惡未萌起化微渺之意也然則有治民之責者宜何如黽勉以仰副我
聖主懷保之盛心乎凡此者天德備而亮工握其原吏治隆而百僚奏其績多士致師師之頌羣黎歌皞皞之風而要惟在

皇上以聖不自聖之心致治益求治之實所其無逸行之以忠斯道高而恩厚德盛而化神陰陽和風雨時羣生殖萬民遂上咸五下登三我國家億萬載無疆之福基此矣臣草茅新進罔識忌諱干冒宸嚴不勝戰慄隕越之至臣謹對

丙午科貴州鄉試策問

問聖人之學本心法爲治法天德王道一以貫之所以成聖功紹道統也我

皇上聰明天亶懋緝熙敬止之傳定仁義中正之極誠未易窺測於萬一矣粵稽執中授受肇自唐虞孟子曰堯舜性之周子曰性焉安焉之謂聖言聖根於性也孔子集聖之大成乃曰信而好古又曰好古敏以求之豈亦由性而發歟夫主靜立極聖人之全體大用而程子教人只言主敬其旨果有異同歟仁何以有心德愛理之分誠何以有天道人道之別仁統四端誠兼四德其

理之具於人心者同歟異歟若夫聖與天道相合無間易曰君子以自強不息書曰念終始典於學然則聖學之純亦如於穆之運於無心歟或即聖之所以希天者歟下此希聖希賢自當以中庸尊德性道問學爲標準然必如何敦志實踐乃能蘊爲德行徵爲事業而不流於高談性命者歟其各抒所見以對

問三極彝訓其書曰經經也者恆久之至道不刊之鴻教也

皇上稽古右文敦崇實學彙前人未定之論歸於一是俾諸家皆有所折衷聖經垂訓不誠千古爲昭哉案易

有二體陰陽是也互體卦變之說昉於何時陽爻自七至九陰爻自六至八而獨用九六不用七八者何故書有古文今文論者多疑古文其亦有疑今文者歟書序出孔壁馬鄭謂出自孔子或以爲史氏舊本朱子以爲非是宜何從耶詩有六義風冠其首周南何以不及周公召南何以多述召公詩序之作諸說不同朱子詆小序而作集傳何所據依歟春秋何以名書三傳之說互有得失孰爲得聖人之旨春王正月先儒之說多矣孰爲甚當周禮獨闕冬官後世以考工記補之補之者誰歟儀禮爲禮之經禮記爲禮之傳論者謂儀禮有五可

疑禮記多出於漢儒皆能言其義而別白之歟其備述所聞以覘夙抱焉

問史以垂信古者天子諸侯必有史以記言行夏殷以上左史記言右史記事周則太史小史外史御史分掌其事諸侯之國亦置史官可約舉歟古今史家不恆厥體唐劉知幾作史通謂流別有六今約而論之不出編年紀傳二體顧紀傳祖尚書或本於史記編年祖春秋或本於左傳其人可確指歟夫自二體分行各有擅長未易論以優劣惟是編年詳於一國治亂之事紀傳詳於一人善惡之跡後世當何所宗歟至於祖述春秋秉

予奪褒貶之公爲千古編摩師法者何書也何謂三長何謂三等何謂五難正史之外自爲一家者名目繁多體制不純其足爲正史之採擇者可悉陳歟今

國史一書隨時纂緝

皇上特命儒臣詳稽實核據事直書期於瑕瑜不掩名實相符誠春秋筆削之微旨也諸生蒐討信史論列古今必有原本卓識之士盍詳言之

問設吏所以治民安民莫先察吏載稽往冊卓行可師者史記五人前漢書六人後漢書十二人能臚列其姓氏次第其政績歟農桑以足民食庠序以興民行積貯

以備民災保甲以弭民害良法美意具載簡編果何道
而法古可以宜今惠民不至厲民歟周官六計弊吏漢
以六條察二千石立法尚簡魏明帝令劉邵作都官考
課法七十二條杜恕以爲具文無益將爲治固不尚煩
瑣歟唐制則核以四善别以七十二最善最相乘差爲
九等將因時制宜詳略固各有當歟抑綜覈名實惟在
爲大吏者之公忠體國歟我
皇上整飭官方勤求民瘼於
京察大計之年
訓飭所司實力奉行其才堪卓薦者量材陞用以示鼓

勵蓋以知人之哲安民之惠法至備而
恩至渥也膺民社之寄者宜何如奮勵以仰副
聖心下慰民望歟多士學古入官留心經濟其剴切陳
之毋隱

問喜起賡歌肇仿虞代風騷遞降各著鴻篇蘇李爲五言開始柏梁爲七字權輿溯所從來其體皆自三百篇出可得而悉數歟建安諸子風格各殊六朝以還漸趨華縟說者謂諧和聲病已開唐律先聲信歟唐初子昂曲江首開風氣至于李杜遂臻絕詣其間先後扶輪不乏之作手能舉其最著者歟宋金元明風會不同趨向亦

異孰爲正聲孰爲別調孰爲大家孰爲名家能別白而臚列歟明七子言詩自謂追蹤漢魏盛唐當時若李夢陽何景明輩果能駕宋元而上追開寶否也夫詩以道性情必原本忠孝根柢風騷若李杜韓白之于唐蘇陸之于宋乃能當大家而無愧我

皇上文思天縱鴻章鉅什集千古之大成

御選唐宋詩醇

頒行海內已久諸生溯風雅之淵源誦

聖人之制作必有奮勉興起和聲以鳴

國家之盛者願以心得者著於篇

代閩省紳士謝蠲復地丁表 嘉慶元年

欽惟我

皇上

治洽重熙

化成久道六十年漸仁摩義惟日孜孜億萬姓食德飲

和難名蕩蕩偏災偶被賑卹頻加

大慶疊逢蠲除徧逮凡在含齒戴髮靡不浹髓淪肌茲

當週甲紀年舉行

歸政鉅典預需

恩綸重敷

闓澤丕承丕顯普天仰
謨烈之垂重光重輪率土際勳華之盛洒於萬方送喜
之日轉
釐一夫不獲之心
容保無疆
誠求單厚納總納秸停轉運于神倉生粟生金酌盈虛
于蔀屋憶昨歲歡臚童叟既積年之民欠全除慶新正
典軼唐虞復大地之丁錢普免遐方共邇句齊霑新課
與宿逋並豁爲念邊方道遠特于隔歲
綸宣

睿慮周詳
湛恩汪濊維
皇斂福用錫福以敷民與物皆春更先春而布令在羣
黎待
澤于下何敢希
恩外加
恩惟
聖人藏富于民寘不惜損之又損涵濡倍渥銜戴彌深
臣等身依南紀心拱
北辰荷生成于世世暖逐枌榆沐

膏澤于年年歡騰江海

謝蠲免漕糧表嘉慶五年

欽惟我

皇上

治洽重光

道隆繼志

體元立極垓埏共樂春臺食德飲和中外咸登化宇禮

成

升配因深祭如在之誠

慶溥推

恩用體視如傷之念

隆施周溥

孝治旁通爰

申命以迓庥迺

辰告之丕播樂其樂而利其利仰怙冒者本

盛德至善之不能忘宅爾宅而佃爾田

軫痌瘝者統四海八荒而罔弗逮

深仁厚澤六十年以前之冊籍銖粒全蠲髓浹肌淪億

萬姓恐後之輸將追呼頓免納總納秸

念儉啬於三農生粟生金

廑艱難于下戶凡痡瘝未敢龔之隱衷皆

聖主宵旰無不周之至慮從此室家饒益多稌多黍罔
非
帝力之存俯仰寬閒餘一餘三皆出
皇恩所賜涵濡倍渥忭戴彌深臣等心拱
北辰身依南紀沐
罷恩之普被感切枌榆仰
大澤之覃敷歡騰江海

丙午科貴州鄉試錄序

乾隆五十一年歲丙午直省鄉試屆期夏五月禮臣以

貴州考官請奉

旨命臣蕭九成爲正考官臣潘奕雋爲之副竊臣吳下

庸材學識淺陋由乾隆三十四年進士蒙

恩特授內閣中書充四庫全書分校本年陞任典籍

京察引

見奉

旨准其一等加一級

天恩優渥報稱無由茲復承

恩命畀以衡文重任撫衷悚惕莫可名言謹與臣蕭九成星馳抵黔悉心校閱凡二十晝夜得士如額旣撤棘錄其文之尤粹者恭呈

御覽臣例得綴言簡末竊惟

國家之所以取士者文也士之所以報

國者不得徒事文也徒事於文文必不工故曰言者心聲觀其文亦無不可識其人也維黔地處南服枕楚引滇襟帶蜀粵其山蟠固而幽峻其水紆折而清漪士生其間秉山川之靈無耳目之誘一室咏歌希心往哲當必有能自樹立不苟因循畜道德而能文章上應

盛世光昌之治者又況
聖天子文思廣被久道化成雖荒陬僻壤數萬里而遥從古聲教所不及無不有以通其性情同其好惡養之教之不異郊圻之間成均之近安得謂黔在數千里之地涵濡化澤百數十年人材或遜讓他省哉易曰修詞立其誠所以居業也傳曰言之無文行而不遠韓愈之論文曰養其根竢其實仁義之人其言藹如夫惟立其誠而後植其根植其根而後有其實有其實而後敷其文庶乎言以足志文以足言彬彬爾雅之選也黔之風俗湻樸簡靜無一切輕儇靡麗之習其於詞也或質勝

於文若其見理明確有所發揮原本經術文質相宜者亦往往而不乏臣與臣蕭九成恪遵
聖諭敬慎別白惟擇其規矩先民謹守清眞雅正之
訓不失聖賢立言之旨者登之因其文之不務乎時趨徵其人之克懋夫實行他日者以其有體之學出而爲有用之才庶幾篤實務本爲守兼優克副
聖主棫樸作人至意是則臣區區微忱所願與多士共敦勉於無旣者歟

感應篇序

有感必有應其言載於六藝者甚詳書曰作善降之百祥作不善降之百殃易曰積善之家必有餘慶積不善之家必有餘殃詩曰豈弟君子求福不回記曰人有禮則安無禮則危傳曰禍福無門惟人自召感應之理燦然確然不得藉口果報之說儒者弗道以自便其私也然經籍所陳人或習焉不察未若茲篇專言感應深切著明便民易曉也吾鄉惠定宇先生向有箋註自言雍正初因母疾禱于神發願註感應篇以祈母疾天誘其衷母疾有間以爲是書乃古修眞者述太上之旨而爲

之尚德者用茲無悔乃君子之光背義者以此思憂實小人之福文義古雅學者稱之而童蒙訓詁領會爲難癸丑春三月沈子我愚過余齋頭出一編見示曰是亡友韓君　所註易贊之日稽顙見付往來于心久矣今思開雕以踐宿諾藏諸家塾爲童子夜課庶幾先入爲主少成若性乎余讀其書簡切明當善者行之可以擴充其固有之良其不善者觀之亦可以稍戢其逞私悖德之念我愚是刻爲益于世匪淺而其久要不忘好善無已之念爲尤足多云因欣喜而爲之序

支遁集序

支遁字道林姓關氏東晉時陳留人或云河東林慮人太原王濛甚重之曰造微之功不減輔嗣與謝安王洽郄超孫綽等相友善郄嘗謂林法師神理所通元拔獨悟數百年來紹明大道令眞理不絕一人而已注莊子逍遥篇衆咸歎伏來吳中立支山寺今支硎山有放鶴亭相傳爲道林放鶴處也後投迹剡山以晉太和元年閏四月四日終于所住餘姚隖中春秋五十有三梁會稽沙門慧皎輯高僧傳云遁所著文翰集有十卷盛行于世今時海内藏書家當必有全本而吳中未見有存

者此二卷爲明嘉靖中禮部員外郎吳郡楊儀臧本支硎山麓吾與庵僧寒石鈔付剞劂請序于余余觀晉王坦之傳坦之與沙門竺法師甚厚每共論幽明報應便要先死者當報其事後經年師忽來云貧道已死罪福皆不虛惟當勤修道德以升濟神明耳又涼驍騎將軍呂光見鳩摩羅什年齒尚少强妻以龜茲王女羅什不受光曰道士之操不踰先父何所固辭心恆疑之以爲釋也何以稱道及讀史記老子列傳及慧皎高僧傳而知釋與道其始非有二也老子傳老子修道德以無名自隱爲務居周久之見周德衰去之關關令尹喜曰子

將隱矣彊爲我著書於是老子乃著書上下篇言道德之意五千餘言而去劉向列仙傳云與喜俱之流沙之西又高僧傳明帝夢見金人因傅毅言遣人至天竺求佛法遇攝摩騰自流沙入雒帝加賞接築精舍處之騰譯四十二章經一卷佛法之行於中國自此始嘗竊論之老子之流沙後彼土秀挺穎異之士必有得其傳者彼所謂金人當卽道家崇奉元元之意後之學者轉相授受時代既遠論說日繁支派各判名號遂殊故釋與道非有歧也其歧焉者皆其徒也今之釋不復有道稱有禪門宗門律門而北方有黃衣僧青衣僧之別則歧

之中又有歧焉者殆亦如吾儒之學源遠而流益分者歟道林爲釋氏所宗今讀所著大抵脫塵滓尚元同與老莊無異其所云常無爲而天下歸宗執大象而天下自往皆老氏之旨也其詠懷云涉老咍雙元披莊覯太初俛欣質文蔚仰悲二匠徂則其所得固已自言之矣寒石寄迹沙門頤情風雅所爲詩亦翛然有出塵之致宜其于支公嚮往不能已也集分上下二卷計詩十八首書一通銘讚十四首案高僧傳遁所著尚有釋曚論即色遊元論聖不辨智論道行旨歸道誡等篇俱未入錄今亦無從採輯云

余譔此序信者葢寡既閱後漢書襄楷傳而有以自信也楷之言曰或言老子入西域爲浮屠唐章懷太子賢注曰或言當時言也浮屠卽佛陀但聲轉耳並謂佛也然則後漢時卽以老子爲佛佛法至漢明帝時入中國楷亦後漢人所聞所言較諸後世必爲確實爰著于此質諸達者

送舅氏汪愛廬先生之來安序

孔子曰德不孤必有鄰觀韓子之所以聘愛廬先生與先生之所以應韓子者豈不信哉韓子山東濰縣人往在京師與彭子允初相友善能以德孚其友者也已而彭子歸吳韓子出知滁之來安來安故有講院韓子求主講席者難其人訪于彭子彭子以先生應先生吾吳諸生蘊其德執謙不喜爲人師世之言師者弗及也彭子爲韓君擇師薦先生蓋信其德可以爲師也韓子介彭子具書幣延先生蓋以信彭子者信先生之德可以爲師也先生以韓君有嘉惠多士之實心重以彭子勸

駕勤勤黽勉就道蓋能自信于心可以無負于韓子無負于彭子也夫師道之不講久矣論文者有之知德者鮮矣先生非聖人之書不敢觀非聖人之言不敢道其于文也蓋其德之華于外者也其教人也吾固知其不徒以文也于時從先生往者二人其一爲長洲歸立方其一爲昭文陳在仁蓋又慕先生之德相依而不去者也雋于先生之行不能無離別感惟幸吾道之不孤且以得人師爲來安人士慶吾知先生與韓子必能相與以有成也于是乎言

徐大臨說經筆記序

秦人燔書易以卜筮獨存漢魏而後言易諸家幾於充棟而或則雜出于讖緯支離穿鑿君子無取焉宋熙甯間蜀人房審權集康成以下至王介甫易說百家取專明人事者編爲百卷曰周易義海紹興中江都李彥平復加刪訂益以程正叔蘇子瞻之說編義海撮要凡十卷識者稱其精審自功令專以朱子本義取士佔畢之家守兔園一冊有問以箋疏而茫然者矣吾吳徐大臨先生以名翰林歸老里居采漢晉以來至于近代言易之說成筆記八卷所收博而所擇精間附己意皆足發

明先聖奥義一切支離穿鑿之説不得雜乎其間其曰説經筆記者意當日將次第從事諸經惟此易經一記卒業焉爾夫聖人之道載于經守一家之説或失之偏必博觀衆説以折其衷而後可以窺聖人之微旨孟子言守約所以必先博學詳説者也先生名昂發字大臨晚自號畏壘山人長洲縣籍崑山縣人康熙庚辰科進士官編修嘗視學江右以興文教端士習爲己任歸田後鍵戶著書年七十一終於家有詩集四卷此筆記八卷尤爲心力所萃云

汪訒葊漱霞軒詩鈔序

新安縣潭汪與大阜潘世爲婚姻余少時即耳訒葊名雖爲中表親以未識面爲恨歲癸巳訒葊來京師因得晤於陶然亭酒闌出所爲詩誦之由是心折往來無間焉繼訒葊官戶部員外郎遷工部郎中數年飄然賦遂初不復出縣潭故歙中山水勝處訒葊家世鼎盛又素有園亭池館清華明瑟可棲可遊日與二三同志觴詠其中四方賢士聞之無不仰羨以爲知足知止有古人恬退之風而訒葊之學日益富詩日益深造不可窺其津涯矣余嘗以爲天之於人有所豐必有所嗇子齒去

角不可得兼人之精神亦必有所棄而乃可以專于所取訒菴居京師既以交於賢士大夫爲樂退而居于鄉復以山水文字自娱於時俗所榮競奔走惟恐不及者漠然絶無所攖于懐宜其詩之吐棄一切日進于古也歟今余亦歸田而志日衰學日落頽然坐廢間有吟詠祇以自寫其心之所欲言而止以視訒菴之精深古淡卓然成家相去豈可道里計耶歲三月訒菴自歙寄所著漱霞軒集見示因敘余與訒菴相知之素相慕之雅題其後如此

張青在寒坪詩鈔序

歲乙未除夕謁夢堂先生於歸帆亭先生與論近日詩人於東南推錢籜石宗伯宗伯之詩不名一家大約以樸老之筆抒幽麗之思於古淡之中寓生峭之致得少陵香山山谷之神與韻與髓而遺其貌者也余既盡讀宗伯之詩近復見王比部丁辛老屋集今年春宗伯之子慈伯編修復寄示汪考功厚石齋詩既已嘆嘉禾詩人之多而今復得盡讀青在之寒坪詩鈔是何風雅之盛獨萃于嘉禾也青在居海鹽屢試南北闈不售歸而益肆于詩舉一切身世悲愉欣戚可感可愕磊落抑塞

之氣悉於韻語發之其習之也久其攻之也專殆昌黎所謂終身樂之而不厭其於世味淡然無所攖於懷者宜其方駕前賢而無愧色也歟往於友人齋頭見青在所刻李雁湖注荊公集以不得識青在爲憾今青在逝矣雖未得訂縞紵之雅而誦其詩如親謦欬焉令子端峯將梓其集問世請序于余余非能詩者喜能徧讀禾中詩人之詩因不辭固陋而爲之序

董掌衡詩序

余讀歐陽子至江鄰幾文集序曰善人君子難得易失未嘗不掩卷太息不置也余自乙酉獲交吳淒董先生掌衡其交也以醫也久而習焉知先生非世所謂醫者也先生少工帖括爲名諸生困秋試遂棄舉子業肆力詩古文詞以餘力襲其世業隱于醫顧江以南無不稔先生爲今日和緩也先生爲人敦厚靜默與人交恂恂與與似不能語居常乞刀圭者塞戶限先生應之無倦容暇即手一編自三唐兩宋大家名家無不口誦手披丹黄甲乙落筆謹慎不苟所讀書如手未觸偶然寄興

見諸吟詠其于世所貪一無所嗜望江龍鶴柴先生按察吳中贈句有曰清虛已占羣仙籍湻樸還留太古風嗚呼以視世之爭權競智如恐不及者何如耶其所謂善人君子者非邪今春三月余奉母安人諱歸里先生唁之見其意態容與言論沖澹不異曩時心欽其深于養以爲是必靜而壽者乃不一月而先生病病數日遂不起矣俛仰身世奄若浮雲死生聚散之間不大可慨也夫先生爲詩不自收拾令子霞江雲漢學泗景濂等掇其賸稿爲一卷皆渢雅可喜讀之可以想見其爲人

墨準初刻序

國家重熙累洽久道化成文治之隆前代未有
皇上加意作人清真雅正
巽命屢申今春禮闈榜發重頒
諭旨訓誨諄切揭晉陸機詞達理舉無取冗長唐韓愈
陳言務去二語以爲文章正鵠并
命鄉會兩試及學臣取士咸以七百字爲率違者不錄
聖訓煌煌萬世制義之極軌也奕雋讀禮掩關課誦偶
暇因取近科以來鄉會試卷悉心抉擇掇其清醇雅健
精鍊遒古原本六藝模範先民不乖功令可爲準式者

釐爲一編其篇幅不中度者概從割愛操觚之家取而覽之其亦可知清眞雅正之中確有命中□□而繩趨矩步未嘗不可抒寫才情則庶乎能自樹立不苟因循以仰副
聖天子崇雅黜浮之至意也夫

墨準二刻序

歲癸卯鄉試闈墨出披而讀之彬彬乎郁郁乎或爾皇典麗佩玉鳴鸞或寬博從容輕裘緩帶或如高山深林龍跳虎臥或如幽澗峭壁滴翠噴珠或蒼如古松或妍如春卉或鏗鏘如金石間作或淡靄如水雲相依細而審之奇矣不詭乎正豐矣不失諸肥清矣不病其癯麗矣不傷于淫若是者何也惟

聖天子金聲玉振懸彝訓爲軌範司衡諸臣奉

聖訓爲玉尺故承學之士莫不爭自磨厲模範先哲抒其心聲文風所以日上文運所以愈隆也讀既竣掇其

最精者爲家塾課本夫北山黄公善醫者也先寢食而後鍼藥汾陰侯生善筮者也先人事而後説卦今之善時文者其亦知所先後乎制義之道固不廢揣摩而求其原本則先後之間必有輕重矣余向有墨凖刻本坊人見是選請重付梓因復加採輯付之而弁其首

墨準三刻序

國朝制義取士即古言揚之典言者心之聲文詞之於
言其精焉者也易曰辭也者各指其所之之者志也是
故其志絜者其言清其志純者其言眞其志一者其言
正其志和者其言雅非可以襲而取也
皇上釐正文體
訓諭屢申萬邦黎獻罔不鼓舞激濯和其聲以鳴
太和之盛一切支離浮誕詭譎靡雜之習廓然無餘卷
阿之詩曰鳳凰于飛翽翽其羽亦集爰止藹藹王多吉
士惟君子使媚于天子其入章曰藹藹王多吉人惟君

子命媚于庶人言士有馮翼孝德之行而後其矢音也如鳳凰之鳴雝雝然喈喈然上以孚君心而下能宣上德於民也今三年大比登賢書者進則爲

彤廷侍從之臣退亦需次有牧民之責所謂先資拜獻者宜何如砥礪以仰酬

聖天子菁莪育才之化副持衡者爲

國求士之盛意乎而詎能以無本之學僞爲有物之言以邀倖弋獲於一時乎然則制義之學徒從事于其言求其言之當不可得也不從事于其言求其言之所以當而亦不可得也詩曰伐柯伐柯其則不遠語曰前事

之不忘後事之師因其言而求其所以言則修詞立其誠而後言以足其志是制義之原也夫即命中之鵠也夫

三松堂集　卷一

墨準四刻序

歲庚戌

聖天子御極五十五年

八旬萬壽率土歡騰覃敷

恩詔特開鄉會恩科海內懷材之彥莫不爭自磨厲抱

觀光之忱占連茹之吉恭惟我

國家

聖

聖相繼仁漸義摩

皇上化成久道壽考作人春秋兩試慎簡羣僚諄諄以

崇尚經術釐剔流弊爲先此奕雋向日跪奉
恩綸服膺弗敢失者夫上之化下下之從上如泥之在
鈞視甄者之所爲如金之在鎔視冶者之所範惟
皇上陶鑄羣倫文化之隆巍乎煥乎超越往古故士之
蹈德而詠仁者草偃雲蒸蔚然炳然愈進而愈上也奕
雋昔因塾課有墨準之刻茲坊人復以爲請因就所見
擇其萃者釐爲一編雖瑰奇之篇不必盡備于集而風
會所尚畧可以覘其大凡爰識數言用效頌揚之義并
爲士林慶遭際云

嚴道甫詩序

余壬午舉于鄉江甯嚴道甫亦于是歲應　召試賜舉人授中書與余爲同年友因得讀其詩知道甫之于詩深也歲丙戌試禮部同號舍縱談至夜分道甫曰詩莫盛于三唐盛唐尚矣若滄州嘉州摩詰東川詩之能品也杜少陵則神品也至矣乎至矣乎然而得其門戶專意求之無慮不自成家顧吾輩所謂立言不朽者不第在此耳時又竊意道甫之未肯專工于詩也後余成進士授中書於道甫爲同官後輩見道甫之勤于職寅入申出日以爲常時委審巨案襆被宿禁中或經旬不

返舍又竊意道甫之無暇于爲詩也今道甫逝矣令子子進來自江甯出其全集讀之而後知道甫之詩卓然必傳于後無疑焉今之言詩者夥矣或好摹古之作若土偶生氣不存焉或取齒牙之利類俳優古法盡淪焉或標新領異失之巧或怒目張拳失之霸如是乎其言詩果有當于古人之詩否也今觀道甫之作氣恬而法密神清而韻和其才大不矜才其氣盛不使氣讀其詩如見其人殆一代之正聲乎道甫在軍機受知于諸城劉文正公最深文正公歿因疾遂不復出以遊覽著述自娛然則道甫之難進易退合于古君子之道所以見

重于端人者更自有在第以詩言固未爲深于知道甫
者歟道甫著述甚富子進才贍學博能世其業行將次
第刊其遺集問世道甫葢不朽矣

梁野石稗記序

往余讀眞定梁蕉林先生詩與詞思一睹其全而未獲爲憾也繼晤先生曾孫韻亭明府索得全帙縱觀之於以見先生政績之彪炳文詞之卓越情性之沖澹品誼之醇雅快然於心而無憾焉繼明府又出其尊甫野石先生所著稗記見示曰吾父承先人之業備官中外公餘之暇手不釋卷今存所著若干卷惟吾子檢校之有可以信今而垂後者播諸藝林以傳之冀不負前人之志焉余受而讀之大而天地名物細逮草木蟲魚旁及往古政治之得失人品之邪正仙佛經典方言雜說詩

賦書畫與夫生平閱歷可法可戒可喜可愕之事靡不羅列間附論斷用著勸懲識博而賅論創而確殆非近日說家可比其曰稗記者葢先生之謙詞也先生之蘊于中發于事業者不可殫述此稗記一編特一時意與所寄然而所謂性情品誼政績文詞無不可以窺其厓畧葢先生之善承家學以垂裕後昆者即于是編見之不可作尋常稗官小說視也韻亭宰長洲邑中士大夫皆以爲惟世澤之長足以紹名賢之業然則韻亭之所以仰繼前修者亦于是編覘之矣刻既成因不辭固陋而爲之序

徐西灣同年詩集序

虞廷之言詩也曰詩言志歌永言聲依永律和聲孔門之言詩也曰温柔敦厚然則詩之正軌其可識已吳興故多詩人而徐氏尤多達者昔

聖祖仁皇帝南巡翰林侍讀徐方虎先生在籍以所輯

全唐詩錄進呈

仁皇帝嘉奬親加鑒定

御製序文賜帑刊刻並遷秩禮部侍郎以爲天下學者勸詞臣之榮古今稀有今天下揚風扢雅之士久已家置一編口沫手胝奉爲圭臬而宗伯之後五代皆以翰

林起家風流文采照耀無既其於詩也又莫不人有一集矣同年衡士編修爲侍郎曾孫少承家學長入詞垣所著有天藻閣集君既没令子養源等重加修葺將付梓人先以視余余受而讀之自爲諸生逮入　承明贈答之篇　奏進之什言情述德之作罔不具在皆根柢經術抒寫性靈原本風騷出入唐宋渢渢乎温柔敦厚之遺克諧和聲之正則也憶余初識君在乾隆己卯歲後壬午同舉於鄉己丑同捷禮闈同官京師相識最久則知君者固莫余若也君既以上第授職編修入直尚書房駸駸嚮用凡　國家大慶典大恩賚君以詩效

賡歌之盛雍容揄揚傳誦人口同輩咸斂手推服以爲卷阿常武再見於今當與方虎先生後先濟美而君竟以終養告歸歸而病病不復起此同輩之所爲惋惜者也然君雖不得大展其所蘊於時其所著述自足以傳於後今子若孫又皆能以才學自振先後登賢書舉拔萃蒸蒸日起則所以繼君之志紹休前人者固拭目可竢也

三松堂集卷二

吳縣潘奕雋榕臯

錢湘舲閣學詩序

吾誦詩至卷阿烝民崧高而知昔人所云詩必窮而後工者蓋有激之詞非篤論也彼考槃之碩人簡兮之賢者伐檀之君子其窮者已迺若召康公尹吉甫遭時遇主後之達者無以尚焉何其旨之遠而詞之工也顧嘗日如申伯仲山甫張仲諸賢未聞酬答之什卽卷阿之上從遊者奚獨康公一人豈有作而不傳歟抑山甫詩人優于補衮絀於賡颺歟豈歡娛之辭果爲難工歟有

唐一代詩人或謂達者惟高常侍而燕許諸公實推鉅手然則詩之工不工實視乎才之長短而不繫遇之豐嗇也明矣吾吳錢湘舲閣學爲宫聲先生後人少受業於同里陸譫明先生與余爲同門友春秋兩試皆以第一人受知有司至廷對名列第四

高宗純皇帝親拔第一授職脩撰科名之盛與宋王沂

公明商文毅公埒

御製詩章以賜有王會如可繼達彌我心存之句知遇之隆固不特近日儒生未有倫比方諸古人蓋亦僅見繼出入 承明進秩閣學視學滇中遘疾終官舍令子

喬雲等掇其遺稾編爲若干卷屬序於余余觀閤學之詩自應制應教以及遊覽贈答諸作皆矩矱前型自抒機軸不矜才不使氣有合乎詩人穆如清風之旨其殆達而能工者耶余先閤學通籍十二年迨閤學官京師余以憂里居至甲辰歲余重至京師戊申復以病乞歸計與閤學相聚于朝不過五年耳然少同閈長同學稔閤學之性情與出處始末者固莫余若也閤學氣沖和而度淵雅今即其詩可以想見其人後之人當必有珍爲吉光片羽者而余進不能有所建樹于世退又不能自立於作者之林戢影田間老而且僃讀閤學之詩回

憶舊遊恍如昨夢所爲振觸欷歔不能自已也

水雲笛譜自序

唐人歌詩宋人歌詞沿及金元曲行而詞譜亡矣劉昺所編燕樂新書不可復見所可見者白石自度新腔與朱子全書所載宋樂工度曲譜耳非仙現重來未能洞曉於是文人學士專事藻彩鮮有復播之絃管者夫依永和聲著於虞代四上競氣見於大招孟子言今樂猶古樂雖風會所趨日與古遠脣齒喉舌固無異也閒居弄筆偶譜新吟水軒雲舫試以笛度之頗沖和簡淡異乎時曲不知而作難免落韻之譏亦聊以自遣岑寂云爾因索觀者多檢付梓人用貽同好倘有明于二十八

調如堯章叔夏者糾其繆訛示以矩度是所深望焉

青浦圓津庵僧靜遠詩草序

往時余與青浦王逃庵先生論詩爲誦海會庵僧杲堂之句先生賞之因爲余誦其鄉圓津院住持慧照之作以爲兩僧者皆可爲吾徒方外友也既慧照訪余三松堂談論頗洽余亦嘗過其廬宿漕溪草堂登淸華閣愛其地之淸曠又喜慧照之沖淡閒遠工畫能詩翛然塵埃之外也數年來慧照與余倡酬之什甚夥茲復出其全稿屬爲之序余觀其古今諸體皆自出杼軸不乖古法而余尤賞其佳句如婁東道中之千林新雨霽兩岸暮潮平曉發之遠山殘月落雜樹晚煙橫遊理安寺之

疏竹迎雲留半壑瘦筇帶雨入三摩秋日泛泖之古寺鐘聲迴曲岸遥村樹影漾明流諸語皆詩中有畫妙得唐賢三昧其他名言雋旨不可枚舉近日方外詩人惟杲堂爲堪伯仲耳昔唐皎然居杼山能詩維時于頔爲刺史彙而序之貞元中集賢院取其集藏之秘閣余固陋不足以序慧照之詩而慧照之作則固無媿皎然者因其請題數語簡首庶他日采風者之取擇焉

弟畏堂聽雨樓詩稿序

弟畏堂卒閱百六十日猶子世榮刊所遺聽雨樓詩成請序於余余讀之不覺涕泗之橫臆也余年二十始學爲韻語每有吟咏畏堂必和之同就正于舅氏汪愛廬先生先生頗爲許可然皆困于舉子業不克竟所學余不耐苦思有作輒拉雜登錄不復整治以精神所寄雖弗能工不忍棄也畏堂頗自矜慎不苟作少時愛中唐人詩中歲則李杜韓蘇靡不諷誦而尤喜讀淵明遺山兩家其所自作出入唐宋淵雅醇摯無媿古人晚歲惟諷經傳日有課月有程其于韻語不甚留意近年始自

哀集成冊是八卷其手定本也昔東坡與子由在懷遠驛讀韋詩至對牀風雨之句惻然感之相期早退爲閒居之樂後皆以事遷謫東坡思卜居陽羨亦未遂其志卒于毘陵其葬也子由寓潁川病不能赴遣子遠奠祭自爲文哭之悽惻不可卒讀所云閒居聚首之樂者終不可得余兄弟三人身際太平年皆七十余與畏堂先後歸田卜居城北雲浦亦復移居城東隔數日輒相見有談讌之樂無契闊之嗟居常自幸謂蘇家兄弟所不能得者吾兄弟得之豈非天賜今畏堂舍我兩人逝矣卷中所存大半與余相酬相憶之什流覽數四當時情

事恍在目前以貽後人生平出處心跡亦可槪見東坡別子由有句云豈獨爲吾弟要是賢友生嗚呼吾又何能已于悲乎

王敬輿觀察詩序

乾隆二十七年歲次壬午

高宗純皇帝巡幸江浙歸安王君敬輿鑾以諸生應

召試賜舉人授中書是秋余舉於鄉而富陽董文敏公亦以是歲舉順天鄉試明年癸未應試禮部文敏公父文恪公爲禮部尚書集江浙兩省同年生讌於邸第而余始與君相識越歲己丑余捷南宮授中書又與君同官内閣同署侍讀風晨雨夕出入必偕於同寮中又最相契也繼君升侍讀京察記名出爲雲南迤南道以事去官尋起復爲河南河陝汝道又以事詿誤歸歸而不

復出今年春君少子同甫過余三松堂出君遺詩請爲之序將付剞劂蓋去君之殁已十有五年矣余讀之恍若一堂對晤數十年升沉之感離合之思有不能已於言者君長身鶴立不苟言笑外簡默而内寛平與人交不屑作翕翕熱以是多忤於時其所爲詩原本性靈佐以卷軸出入昌黎香山劍南間一切襞積詭異膚熟之習埽而空之爲同輩所推服同年徐君步雲所謂華而不靡質而不俚雖卷帙無多皆卓然可傳者非虚譽也夫詩以言志讀君之詩見君之志矣同甫年方壯盛久宰繁劇著循聲今卓薦入都行見大展所藴上報

天子下芘生民紹先人未竟之志以爲同譜光余雖老
倘拭目俟之

吴江徐氏詩集序

余與吴江徐榆村司馬交二十餘年矣初康熙中徐虹亭先生以博學鴻詞　召試授翰林不數年告歸養志林泉以文章著述爲學者所宗是爲榆村之祖虹亭先生歿子洄溪先生抱倜儻不羈之才隱居不仕以岐黄濟人戶外屨常滿先生雅不欲以此擅名而名益著乾隆中嘗以醫

召至京時余官京師聞其名未識其面也是爲榆村之父嘉慶丙辰余自京歸榆村亦攜其子孝廉垣將由水驛南下遂與同舟水程紆緩晨夕聚首得稔其性情學

衕讀其所爲詩抵家後來往無間榆村世其家學精於醫復工於詩著曲池花影詩鈔頗多遊戲之作然亦多見道之言異於側豔體也有别業在七子山畫眉峯下爲洄溪先生習靜處葺而招僧居之余築生壙于石湖南下澳之張家橋去畫眉泉里許春秋佳日入山嘗過訪之榆村僧服出逗相視而笑清談瀹茗娓娓不能去榆村逝後余入山中未嘗不慨想昔遊不能去懷也嘉慶庚辰六月榆村之孫芝楣文學彙其一家之作上自洄溪下逮伯叔昆季附以已作都爲一編索序于余余讀之數日始竟皆沖和淡逸諷之令人曠然夷然擺脫

塵軮意思開豁蓋其家風如此因不辭衰耄而爲之序并以志吾兩人相與於無與之懷同超然於世網之外也

汪蓮亭水部詩稿序

余少學韻語性喜流覽不能專攻也然愛與當世能詩者遊汪蓮亭水部於余爲中表兄弟亦喜吟詠間有作輒相示與余論詩意頗合然蓮亭雅不欲以詩名蓮亭既逝令子翼銘緝遺藁索序於余夫詩學至今而極盛然風會所趨往往醇駁互見蓮亭既不欲以詩名故生平所作存者什不二三皆沖和婉約如其爲人與時下撦拾雕繪以自誇耀者迥異其官水部也不二年寫雲無心以出岫鳥倦飛而知還圖以見志歸田以後偕二三知己流連文酒間而與丹徒王夢樓雲間許穆堂尤

相契兩君皆近日之能詩而不乖於正者也余嘗與蓮亭泛舟西溪登可中亭酌第三泉歸坐水窗賓朋雜遝偶論史記及報任少卿書蓮亭爲余誦之終篇不脫一字又嘗背誦少陵北征諸將詠懷古蹟秋興等篇余心折其學之精熟爲不可及也其所爲詩不矜才不炫博稱心而言動中節度觀於此可以徵其趨向之醇性情之曠質諸古人其庶乎無愧於穆如清風之旨也歟

錢槃溪詩序

金匱錢君梅溪爲余言其族弟槃溪之爲人而心異之去年秋梅溪來郡寓槃溪園中余過訪梅溪獲與槃溪晤延余登妙嚴臺坐適意軒見夫林木蓊蔚泉石映帶圖書鼎彝左右環列古香古色黝然淵然既出示所作古今體詩瀏覽諷誦因益歎其性情之超曠才氣之橫溢爲不可及也夫詩以道性情譬諸于木性情者其根荄也學殖者其土膏之灌溉培壅也境遇之觸發則風日雨露雷電之晅潤吹噓鼓盪也竹垞朱氏之言詩曰詩也者非夫人而能之者也或失則愚或失則辟雖爲

之弗工也有溺志者矣有姦聲感人者矣有狄成滌濫者矣雖工弗傳也語其難有終身爲之而不合者語其易或爲之而輒工焉此性情之說也槃溪豁達奇邁善騎射耽吟詠其性情既超越流輩矣而又虛懷勤學少歲請纓壯年遊覽徧歷燕趙楚粤與當世賢士大夫遊江山之助麗澤之資兼而有之宜其見諸吟詠騰踔陵厲風發泉涌乃爾哉槃溪自言初不爲詩見小倉山房集而愛之而學之蓋其性情與簡齋有水乳之投故其所作超脱俊妙處有置之小倉山房集中不能復辨者宜簡齋之心賞之也昔唐高達夫喜言霸王畧務功名

尚氣節年過五十始留意篇什每吟一詩爲時稱誦其
參哥舒翰軍也少陵送之有饑鷹未飽肉側翅隨人飛
高生跨鞍馬有似幽并兒男兒功名遂亦在老大時之
句至今諷之想見其倜儻不羈之槪今槃溪年正壯聞
近有出山志則夫藉麗澤之資江山之助以發抒其磊
落自喜之才蕭閒自適之趣境與情相引而學與年俱
深必有日新富有上躡前賢者余更樂得而觀其備也

范芳谷江行記程詩序

昔錢唐余丈紹文貽余桑弢甫水部五嶽集維時年少氣盛讀而慕之繼識丹徒萬君少滄葢詩人而隱於賈者也往來荆襄間數爲言江行之樂余聞而又慕之長隨計吏兩遊泰山壯歲服官倭遲周道　鉤陳豹尾候館驛亭馬脊船唇鑾煙塞月亦幾幾疲于津梁矣歸田以來竊思山行之勞不若水程之逸擬製一小舟北出京口上泝武昌青箬綠蓑從元眞子遊忽忽二十餘年此願未果今茲六月溽暑掩關范子芳谷枉過荒齋出示所著江行記程及詩一卷讀之未竟恍如身入扁舟

乘風挂席兩岸青山蒼翠撲人眉宇又如月滿潯陽荻花楓葉瑟瑟生秋水上琵琶撩人幽思葢余數十年來夢想所不能得者今一旦於几席間遇之固不待四壁畫圖可當卧遊也芳谷洵移我情哉至文筆之妙如讀柳子厚永州小紀詩則出入眉山放翁間殆昔人所謂得江山之助者芳谷自六十後倦遊不復出然矍鑠不減少壯時倘乘興鼓舵余雖憊尚思載酒攜琴同上金焦也

繡墨軒詩序

吾讀國風至載馳而嘆古女子之工詩彼謂詩非婦人之事者非篤論也秦嘉之配徐淑吉中孚之室張夫人元微之之妻裴柔之楊炯之姪女容華以至七歲女子送兄之作有白首老儒學之不能至者矣我

朝重熙累洽文治之隆逹乎閨闥近日藝林傳播如武林方芷齋之在璞草堂稿歸安周晥湄之梅笑集晉甯李蘭貞之縈香詩草並原本典籍自寫性情一洗脂粉習氣安得以女子而少之哉吾蘇董君琴南有妹曰綺琴工于詩未聞于世也年十七而逝琴南搜其篋得詩

若干首示余余讀之其志和其音雅使永其年進而日上雖左芬鮑妹應無以過而乃曇花一現遺册僅存豈不大可悼耶昔亡友汪水部訒庵有擷芳集之選始于國初以至近日閨中之作得八十卷付諸梓續爲搜采欲薈成百卷而未竣余嘗惜之今綺琴之卷帙雖不富倘有續擷芳之刻編輯閨中韻語者當必以繡墨軒詩爲首選也已

吳中女子詩鈔序

吾讀詩而知詩固女子之所事也周南十一篇女子之詩居其八召南十四篇女子之詩居其十二下至泉水之衞女栢舟之共姜載馳之許穆夫人其詩皆見采孔門列于雅頌葢詩者志也有婉娩聽從之德則必有溫柔敦厚之旨故太史陳之以觀風聖人登之以垂訓也後世不善讀詩泥於無非無儀惟酒食是議之說以爲筆墨非女子之事于是女教廢而女子之能詩者少其能而合乎風人之義者又加少焉此漢班昭作女誡謂禮八歲教之書十五至于學今世但教男而不教女以

爲蔽于彼此之數者也

聖天子大化覃敷文思廣被始于朝廷達乎海宇浹乎里閭能詩之彥往往出于閨闥之間文田任君兆麟居震澤之濱稽古而能文淑配張滋蘭好學而善詠旣刻其唱和之什爲一編一時閨風應和者張紫蘩陸素窗李婉兮席蘭枝朱德音江碧岑沈蕙孫尤素蘭沈佩之皆出其詩以相質于是文田彙而刻之題曰吳中女士詩鈔渢渢乎六義之遺彬彬乎可與道古矣夫有德必有言言于女之四德一耳而冠于容功之先然則女士之詩卽女士之言其卽可以覘女士之德歟詩曰其僕

維何蘁爾女士謂人有士君子之行則天生女之有士行者使爲之配也吾爲文田賦之詩曰琴瑟在御莫不靜好謂夫婦之際以德相說如琴瑟之和有靜志而無淫聲也吾爲滋蘭賦之詩曰嚶其鳴矣求其友聲相彼鳥矣猶求友聲矧伊人矣不求友生神之聽之終和且平釋者曰以可否相增減曰和謂鳥以聲相求人以志相求宜正直切磋相與和以濟於成也吾爲諸女士賦之

顧曉瀾經驗方序

治世在良法治病求良方此良醫之功所以侔於良相也軒岐靈樞素問兩大經所以辨論陰陽五行藏府脈色與夫病之標本輕重無不悉備漢淳于意爲國工詔問其生平爲醫經驗諸證及所受良方意條列以上古聖賢仁壽生民之心後先合轍惜乎究心者之鮮也語曰學醫人費所爲歎也如皋顧曉瀾廣文爲北野侍御令子學博而品純深究乎天人性命之故傍及諸子百家罔不探其本而晰其微溫溫無所試年四十以明經秉鐸晚而息轍乎吳趨雅不欲以醫名而戶外乞刀圭

者踵相接也其於病也殆秦越人之洞見垣一方也生平經驗諸方門弟子筆而録之凡病之本與其變用藥之次第製方之精微及與門弟子之辨論具著於篇余嘗讀史至華元化傳惜其一卷書之不傳以爲後之人病可起而不得受其賜者不知凡幾於曉瀾是刻歎其嘉惠來學無既極也雖然方之經驗可憑病之百出無定書之所及有限心之所逮無窮吾願曉瀾屢刻不一刻以廣惠醫林且望讀是編者心知其意神而明之變而通之將所謂小試則小效大試則大效無所不試則無所不效者其有功于世豈有涯哉

與吳竹橋書

接書欣惟二兒年丈興居之勝消暑詩偶然寄興用博軒渠承過譽愧甚惠賜石刻謝謝說文蠡箋當日課兒之作不過舉一以例其餘未能博引且此固悉數之不能更僕也承示各條中間如騶虞權輿之說眞得古人天然音節爲不刊之論覺才老亭林尚有牽合未得古人天然之妙也說文之學吾鄉惠紅豆與安徽江愼修兩君最爲精深繼之者爲東原東原亦曾云說文非全書惟紅豆弟子吾蘇江君艮庭篤信說文新附字一概擯斥不用近日說文之學大盛令高徒鮑席兩君得指

示必更精核今再送到二部希轉贈如有紕繆望賜批示感泐之至孰留二字漢書作留孰已查明改正至笑字說文注從竹從夭徐鼎臣曰此字本闕李陽冰刊定說文云竹得風其體夭屈如人之笑又哭部哭從吅獄省聲說文吅即古喧字哭有聲故從吅此二字竝非象形皆非從犬至𪇰字說文從黑箴聲古咸切又箴字說文從竹咸聲是古讀𪇰若箴讀箴若咸翻切起于後代廣韻之職深切韻會之諸深切集韻之口減古斬與古音有遠有近耳至史記葴字乃因竹訛廾因咸訛咸說文所無下筆無從不可爲據今當注下添曰坊本訛作

蔵不識高明以爲然乎

書王文成高忠憲兩公手札後

右明王文成公高忠憲公手書各二幅爲吾友彭子尺木所裒今歸其從子守約暇日余過守約齋出以相示余觀二公之政績學問皆彪炳宇宙雖所遇不同其所表見有異而其經世之志救世之苦衷則未嘗有異所謂易地皆然者也顧二公何嘗思以區區翰墨勝人乃其隨意揮灑皆出入晉唐迥絶時俗有白雲從風舒卷自如之妙信乎前輩之不可及矣

題黃石齋先生書周忠介公墓碑後

自古極治之朝未嘗無小人也小人不能行其志耳自古極亂之世未嘗無君子也君子不能行其志耳當明之季天啟中君子道消之時周蓼洲先生不惜奮身碎首以與小人爭雖身亡而奄寺亦爲氣奪君子仰其風爲之悲其遇焉至石齋先生當崇禎時上之求治甚切下亦未嘗無共濟之人乃亦屢起屢躓困於羣小抑又何遇之窮歟逮入　本朝成其致命遂志之忠表其殺身成仁之節千載而下猶將興起焉凜乎秋霜不足比其嚴也皎乎冰輪不足比其潔也挺乎孤松不足並其

貞巍乎泰華不足擬其峻也昔范文正公手書韓昌黎伯夷頌士林珍之謂爲三絕今以周先生事跡黃先生之文與書謂吾吳復有三絕也可顧黃先生豈屑以區區翰墨見長哉卷尾有吾師芝庭先生手跋謂其神歸玉局嘗降蘦園所謂浩然之氣還乎太虛塞乎宇宙者其理信非誣也

書吳太僕札徐巡按揭後

太阿倒柄委鬼當頭閹左愚氓冥行抵網君子哀其昧于保身未嘗不嘆其勇於取義焉冏卿吳先生所爲藏其元于逆閹肆噬之年表其墓於定案毀祠之日也一鷺小夫倉卒告變微巡方一疏吳郡生靈靡有孑遺矣相傳維時吾吳徐念揚先生在銀臺得徐疏上之俟報可然後上毛疏後爲魏豎所覺銀臺仰藥死則巡方一疏有造于吳郡非淺是揭雖副本其可寶重宜何如耶

右冏卿索書墓碑致韓開雲先生札九行徐巡方揭帖計二十九幅凡三百三十行向藏吾友韓君是升所今

合裝成冊以示奕雋奕雋讀而歎曰於戲明祚之不移于天啟也亦倖矣易剝之上九曰碩果不食君子得輿小人剝廬天啟之末陰之剝陽極矣若冏卿巡方一二正人其諸碩果不食而爲民所載者歟冏卿吳名默吳縣人萬歷壬辰進士巡方徐名吉四川内江縣人萬歷丙辰進士開雲韓先生名治吳縣人萬歷丙午舉人官浙江黄巖縣知縣札中所云郎君爲清諧先生清諧先生名馨高尚不仕學者所稱貞文先生也是升貞文先生曾孫也

書宋文恪公募修大道疏手稿後

文恪公爲　本朝名臣宦蹟行誼詳載史册而文章翰墨流傳者少得之者等於吉光片羽是募修大道疏手稿乃公官閣學時爲指明禪師作不足覘公大節而仁民愛物之思藹然流溢楮墨間亦足以窺公之用心公元孫嵩明州刺史鏕重加莊治什襲珍藏洵爲廣平之天球河圖矣公不以書名而書法出入季海思白間至一種寬博古渾温潤秀勁之致後之擅名臨池者莫之能逮因以歎前輩之不可幾及也

中和道院碑記跋

始余年八九歲時即聞長老談湯文正公撫吳時滅上方山淫祀事稍長取公文集誦之竊念生于吳不及公撫吳時親炙公之言論風采以自淑爲可憾也茲中和道院記爲公撰書付院住持薛金堅者敘院之始合而中分與其師弟相傳之緒中和命名之義甚詳按公生于明天啟七年丁卯康熙二十三年甲子來撫吳茲公記撰于康熙二十五年丙寅蓋公撫吳之三年公年已六十矣議論之溫醇筆墨之雅謹盛德之流露有不自知者老子曰多言數窮不如守中又曰萬物負陰而抱

陽沖氣以爲和知和曰常不知常妄作凶中和之旨大之位育天地小之位育一身儒與道無異道也公以理學名儒闡發道家宗旨守是院者能讀是記而體之庶乎道之道其不泯于世焉院住持袁守中出是卷見示言公撫吳時作記二一泰伯廟碑一是院記今泰伯廟碑無可考而是記獨存蓋亦知所寶者矣

題藏經殘字冊

城東畫禪寺長老昰峰藏有唐經生書毗婆沙論第一百五十五卷余嘗題其後今黃君蕘圃復獲是經裝潢成冊與畫禪所藏相校似出一手雖係殘本其筆力之渾厚堅緻迥非宋以後人所能墨香紙色皆可寶玩此係蕘圃搜廢紙所得因歎翰墨流傳其不遇善知識湮沒零落者正自不少耳

書尊聞居士集後

己丑春余計偕京師與弟思質邀瑞金羅臺山僦居水月禪院居同寮出同輿食同案臥同舍身心內外事無所不諱也暇則相與習射荒圃暮則篝燈談藝維時晨夕過從者休甯戴東原宛平陳伯思餘姚邵二雲淮安程魚門海甯祝敬輿落落數人而已余體素羸時倦而臥臺山精悍之色奕奕眉宇人定後猶閉戶償文字逋一燈熒熒達旦不知瘁其年秋余南歸臺山止都門庚寅秋余入都而臺山歸江西戊戌春重聚京師不數月余奉母安人諱奔喪歸臺山唁之雪涕而別精神意氣

蓋非曩比矣己亥秋臺山自京南還至蘇而病止彭子允初齋余時時過之猶上下議論且曰君與余皆中年矣不急自奮尙悠忽將何待余㦬然嗚呼其即以是爲永訣贈言耶予嘗語臺山曰世人隨時起倒不克自立其果決自信者又往往狹小偏僻不足有爲君意思開展志氣堅定果而確肅而寬不愧曾子宏毅二字任重致遠非君其孰與歸臺山亦喜自負以爲然蓋吾儕之所以望臺山與臺山之所自待者誠不在一身一家之故矣顧曾不得少取效于世此同志之所爲痛惜者也方余同寓時臺山或終夕不寐未嘗不規以自愛而臺

山每箴予以自强然臺山竟不自寶嗇耗精勞神得疾以死顧臺山雖不獲享期頤躋通顯大展其所學而律己精密出言有章其於生死去來之際又已洞然而無疑蓋庶幾乎全而歸之者而余無寸進可質同志是則余之不知自强臺山所爲殷殷致勖者其又何時能釋此疚於厥心也耶

書白紫淸眞人墨蹟後

奕儁少歲讀紫淸眞人集而慕之嘗揭其逃陳翠虛安樂法詩於座隅歲庚戌春偕彭子尺木修禊樂圃獲覯眞人遺墨益神往弗能釋於中今復獲覩守約所藏是卷更自幸道緣之非淺也仙凡路隔瞻覲無由展卷三復如接丰儀至其波磔之超妙固非塵土中人所能彷彿者矣

施眞人像題詞

教闡苦縣學究先天玉淸默禮金笈潛研顯神力於元妙之傑閣寄仙蹤於穹窿之層顛鶴石爲友松泉作緣微言歲遠尺幅神全仰雙林之遺像瞻正脈之長延至其一心運化萬象迴旋有感斯應無祈不虔五雷攝於掌握六道伏其精堅掃人間之鬼怪躡天上之星躔律令不忒香火是綿佑民祝　國創刹開筵法宏願廣子繼孫賢是固非長房法善之所企及而豈僧繇道子之能墨寫而豪宣

為葉鳳梧住持題崇眞宮祖德卷後

史稱老子之學以虛無為宗為關尹著五千言度流沙去不知所終則其視人間一切皆如敝屣所謂子孫吾委蛻者豈所計哉自道教陵遲汩沒於衣食聲利之途有能守清規以承先啟後為事者雖於知白守黑之旨歸根復命之妙槩乎未聞君子許之以為加人一等焉鄭知微之學吾未知於老子元同之旨何如而其栖心塵外篤志焚脩實為元元正宗自是而後代興代廢葉鳳梧法師念締造創建之勞懼後世因循之失重加脩輯是亦儒者數典不忘其祖之意也至於探元牝之奧

妙窮虛極之祕傳則又在好學深思能自樹立者矣余歸田以來喜從黃冠者遊冀有蟬蛻塵氛遊神淡漠如陳泥丸白紫淸其人者而卒不可遇暇與郭鉋雅范芝巖韓旭亭遊崇眞宮晤葉鳳梧見其氣沖和而神靜定心頗異之繼鳳梧出是卷索題因書於後夫道緣日深則世緣日遠鳳梧固學道者也其以余言爲然乎否耶

三松堂集卷三

吳縣潘奕雋榕皋

題張魏公書後

宋紹興四年高宗詔起魏公樞密使公受命即日視師江上五年除右僕射都督諸路軍馬趙豐公爲左僕射此在視師江上時與豐公書也所稱韓帥一軍蓋韓蘄王劉張二軍乃劉光世張俊也所云椿下四十萬貫者朱勝非呂頤浩刱立江浙湖南諸路大軍月椿錢也於時郡邑多橫賦爲東南患雖張趙兩公同心輔政不能除此弊書中所言不令分文加夾更不擅支一錢蓋深

以浮冒爲慮亦可以見兩公當日補苴調劑之苦心矣

題劉穆父書顔魯公書後

穆父以忤介甫元祐間以龍圖閣待制出知開封府此則其在開封筆也行或使之止或尼之魯公穆父後先一轍書中蓋感慨係之閲罷爲之三嘆

跋范忠貞公獄中詩

右范忠貞公獄中詩十三紙虞山瞿鞠亭明府得於京師不知何以零落入市肆顧不落他人手而歸於鞠亭豈鞠亭爲瞿忠宣後裔一氣相感陰以相畀歟丹心碧血流溢行間是册所在定有神物護持非獨范氏一家鴻寶也

題張仙圖

瑞稽往牒候誌三春𦒱翺元鳥集於芳辰帶以弓𩌍高禖是禋曰祈曰茀必躬必親降及後葉前典斯淪惟神降祉福我民人越𨺗顯蹟如意効靈迺圖迺祀古禮式遵桑弧蓬矢男子之徵祥開燕翼慶衍麟振以榖士女以宜子孫提戈取印鳳翽蘭馨綿綿繩繩肸蠁常申

袁氏文徵明八札跋

吾郡當勝國時人才之盛推袁氏文氏爲最一時風流文采照耀藝林兩家又舊有姻媾往來無間此八札爲待詔與懷雪翁手書可以想見前輩高致今文氏少衰矣而六俊賢裔獨能誦先芬述祖德收輯遺失綿綿繩繩延令聞於無窮於戲豈不休哉

跋董華亭尚書畫

密雲禪師興教天童寺海内宗之華亭尚書寫寺景以贈其契慕可知衣鉢流傳不知幾經法嗣昱峰爲天童七世孫來主畫禪道行精嚴與吾友東畬爲翰墨交東畬得是幀以贈昱峰余謂是天童法寶假手東畬以歸昱峰歸昱峰無異藏天童也因爲誌其顛末密雲有知亦當欣然於付託之得人矣乎

三樹堂集　卷三　九

書吳留村制府品硯圖後

朱庵吳先生名鼎科以名孝廉爲蒙城縣學校官篤行而工文既告歸余延至家訓子與姪課誦之暇爲道其先世事出是圖見示告曰是鼎科之祖留村公秉節兩廣時獲有佳硯所作品硯圖也疏髯豐下几列數硯據几而坐于樹根者吾祖留村公也廣額疏髯去几數武手持佛手坐于樹根者叔祖柳州公也獨立大樹下者吾父竹亭公後立兩童一童執如意而侍坐太湖石上者吾兄臥雲時尚稚齒也身衣藍袍罩以粉紅半臂立于柳州公膝前者卽鼎科也朱庵之語余者如是時

國家削平海寓治蹟大猷公以名進士起家致身通顯民戴其德吏服其威因以政閒從容談讌一時賓從之美翰墨之娛家門之鼎盛披覽斯圖令人慨慕無已焉朱庵既歿令子梧岡上舍復以圖索題因憶當時之語爲題卷尾葢又不勝今昔之感也

仙山樓閣圖題跋

此張成寫仙山樓閣圖爲吾五世祖作上有雲間張君蓼匪題七言長歌一章畫筆蒼潤詩亦清超雄健緬惟五世祖生于明萬歷己酉卒于　本朝康熙丁巳計作是圖時歲在辛卯爲　國朝順治八年五世祖年四十有三迄今嘉慶十一年蓋一百五十六年矣落他人之手久不可蹤跡今年正月族姪禹範攜來自歙復歸于我因付裝池重加整理絹素墨采煥然如新于以徵我先人世澤之遠其性情者好不同乎俗如此至百數十年舊物展轉流傳昔似延津之劍杳不可尋今如合浦

之珠自還故處事非偶然因題識歲月貽我後人夫數典而忘古人所病我子孫其世守勿忘哉

跋大汕和尚白描摩詰問疾圖卷

方外大汕能詩工書兼精於畫余曾見所著離六堂集出入青蓮少陵間惜其恃才奢汰昧禪家清淨寂滅之旨以遘禍君子弗許焉然觀其集中所交游皆一時名流奇士翰墨之妙技巧之精固自有足傳者是卷玉峰夏羽谷暈所藏羽谷其珍之弗爲巧偷豪奪也道光三年穀雨

余爲羽谷題是卷羽谷既珍而藏之吾姪謹庭見而愛之羽谷慨然爲贈夫物貴得所其在人也猶在己也羽谷以吾姪之嗜古遂割所愛此風近古而吾姪之所嗜

亦可謂與俗殊酸鹹者矣是皆可記也道光四年甲申
春日

沈石田東莊圖跋

吾吳白石翁墨妙著名於時者有二一爲話雨圖一爲東莊圖皆爲吳文定公作而東莊圖尤烜赫李少師之題董文敏之跋當時稱三絶話雨圖吾見之于歙州汪心農家以未見東莊圖爲憾今京口馮君秭生購得之因得假歸三松堂晤對十日更喜秭生之博雅好古又自念老眼獲覯奇跡翰墨緣深爲可慶也

題明少司寇王元珠山水長幅

王元珠先生丁明末造文章風節爲世所仰而翰墨流傳者罕余嘗過先生之居登蘭雪之堂先生元孫曉叔出示所藏歸田園圖獲瞻先生遺像摩挲卷軸俯仰林泉爲慨然者久之今曉叔亦作古人閱其圖又不勝慨然也圖迺先生所自作曉叔以畀其女夫陳君沛霖者筆墨蒼秀在北苑仲圭之間圖作于崇禎癸未去明社之屋僅一年先生之歸田葢已久矣其自題云風波吾道穩垂釣一舟安不勝身世之感焉沛霖其寶藏諸勿爲巧偷勿爲豪奪庶無負婦翁珍重相付之意也歟

題張蓼匪畫幅

張君安茂字美文號蓼匪華亭張瀛海諱以誠殿撰第三子明末爲幾社領袖中順治乙酉舉人丁亥會試成進士授工部主事出督清江船務攝漕政兼理鹽務晉工部員外擢浙江提學戊子分校順天鄉試拔熊伯龍于遺卷中熊稱其經術湛深詩尤雄駿又嫻武事能于馬上揮戈官至陜西西甯道康熙四年致仕歸年六十二卒于家著有蓴溪詩稾棐英堂集題是圖時歲在壬辰蓋登第後之五年也

題費西墉給諫奉使册封琉球圖册

乾隆四十九年歲次甲辰

高宗純皇帝巡幸江浙於時費京兆西墉以諸生應

召試賜舉人授內閣中書歷官至順天府府尹嘉慶十

三年琉球國世子嗣位請封于　天朝禮部請堪膺是

選者

天子臨軒策遣先生奉命遄行禮成而返繪圖賦詩在

廷諸臣復相與作歌詩以贊美傳之海內士林艷稱之

昔余在薇省與西墉爲同寮奉使過吳訪余三松堂今

先生歸道山已數年先生弟石屏出圖索題余以爲皇

華四牡世人以爲榮而古人以爲未易副靡盬之思靡及之懷所爲深也先生遭際昇平躋三事擅九能揚仁風於海外垂令聞于無窮洵不朽之盛業而余所心欽者尤在卻金釋囚二事夫卻金義也釋囚仁也仁則懷之義則畏之合於九經之義於以對揚

天子綏輯四方之休命無愧焉然則是圖之作非一身之榮乃邦國之光也若夫行邁之光華馳征之勞勤與夫彼土山川之形勝吾兩人前後離合之蹤今昔存沒之感不復具論云

明宋克書七姬權厝志跋

往余見仲溫書千字文行草有晉人風味而未獲覩其眞書爲憾聞有七姬權厝志刻本因偕友人至城北訪之有七姬廟在任蔣橋之南中供大士傍有一龕翠羽明璫塵封簾几問所謂後圃及冢皆不可蹤跡至權厝志則知者鮮矣顧君凝園藏有是冊因以相示觀其溫潤疏宕之致眞與洛神曹娥相埒推爲勝國書家之冠非虛譽也上有題籤爲　國初僧正詣書筆力謹嚴勁峭亦有唐賢風致良可珍翫

三松堂集　卷三

跋姜貞女桂寫生卷

貞女姜氏名桂字芳垂晚自號古研道人萊陽姜如農給諫之女孫也已字未行而寡守貞不字依親以居夜夢大士教以六法遂通畫理山水翎毛花果偶有臨橅無不肖兼能自出新意士大夫俱推重之今度香制府給諫之元孫也嘗以給諫荷戈圖索張瘦銅舍人題時度香爲侍郎舍人詩曰昔與侍郎同書塾塾中萬朶紅薔薇花時示我靈雨卷雨點淚點相霏霏作畫之人女貞樹壓倒眼下諸芳菲靈雨卷者貞女所作靈雨春耕圖蓋因給諫並及貞女以見奇節出于一門爲可敬也

是卷爲先贈公貢湖府君所藏今存吾弟畏堂所暇日過弟歸雲書舍出以相示遂攜以歸明窗展閲不獨勁節可欽即畫亦非近人所可企及因識數語歸之歸雲

單太君七十壽言跋

右單母胡太君七十壽言二通余於單氏五君誼忝世好又附戚末次君竹軒治中過從尤密稔太夫人之才之德夙詳且審而於此又以歎竹軒之孝思不匱爲可愛敬也詩大雅既醉之篇序曰既醉太平也太平之世人有士君子之行其六章曰孝子不匱永錫爾類其類維何室家之壼說者曰類善也壼廣也言以善道施於室家又廣裕於天下也其卒章曰釐爾女士從以孫子言人有士君子之行天必生女子之有士行者以爲之配又使生賢知之子孫隨之也觀太夫人之所以宜家

所以教子五君之稟太夫人之教以善其身以顯其親以裕其後者詩人之言不信而有徵哉今太夫人行開九秩之觴康彊逢吉子孫繩繩居者修白華之養仕者厲素絲之節德門盛事太平上瑞其孰能踰於斯歟壽言二通一爲朱石君文正公撰梁山舟學士書一爲袁簡齋太史撰錢竹汀少詹事書四先生之文與書洵足爲太夫人壽矣竹軒治中復壽諸石以壽其親可不謂不匱之孝思乎刻既竣余因誦既醉之詩申其義以書于後

題倪節母沈孺人傳後

易於坤言臣道婦道著含章代終之義而於家人言利女貞婦德之繫於家重矣范氏作史自桓少君以下采其才行高秀者爲列女傳而梁嫕李姬能振其父母家者各附見於梁竦李固傳遺風餘烈百世咸仰焉吾讀惕甫王君所著倪節婦沈孺人傳徵孺人行事歎其有造於倪沈兩家者甚大準諸坤六三之義范氏諸所載固無以異也惕甫任華亭校官久采風亦校官職也故知孺人之行事也審其言之詳如此他日國史氏表幽蹤訪懿行必於惕甫是文乎徵信焉

静春齋翰墨跋

袁通甫先生名易爲吾吳長洲縣人生當元末明初隱居不仕築室于葑門外蛟龍圩名其堂曰静春齋著有静春齋集子寓齋名泰承其家學書法入歐虞之室兹其所藏一時名流贈答之作今其家衰替盡落他人手復不知珍惜海甯陳徵君於敗簏中見之購歸裝成長卷攜過荒齋出以相示余慨氏族之廢興靡常又幸翰墨之寄託得所因欣喜而跋其尾徵君字仲魚名鱣蓋今日之能文善書而好古者

題明毛貞甫贈別卷後

是明毛貞甫中丞官南京給諫親交贈別詩卷，繼流轉遺失，復歸於公之元孫公輿光祿公。時顯時晦，迄今數百年矣。詩文皆出名公巨手，而李文正、王文恪、姚文毅三公之序尤爲詳讀之，可以見當日政事之盛衰，友朋之風誼，固非徒以官階重也。門人春門吏部復加裝治，請爲之跋，因留齋中，書之卷尾。是卷固不徒爲毛氏之赤刀陳寶，乃吾吳通國之夏鼎商盤。余以衰年獲附名鄉先達後，其爲幸何如耶。

陸氏先世誥敕跋

三國志陸伯言傳吳郡吳人也世爲江東大族蓋陸之著於吳久矣自漢而後代有聞人至唐天隨子博學工詩以高士召不至隱於郡之臨頓里與襲美皮博士友善襲美言臨頓爲吳偏勝之地曾望居之不出郛郭曠若郊野每一過訪款然惜去爲賦郊居詩有繞屋親栽竹堆牀手寫書之句迄今過城北緬遺風猶令人低徊不置云昔孔門言志由求以功名自許而沂水春風喟然神遠然則天隨雖不遇其高致豈遜卷中諸先哲哉今先生三十四世孫豫齋居相城抱才不試孝養其親

捐田建甫里祠又裒其先世誥敕傳記名人題跋裝潢什襲以爲世守春秋佳日扁舟來往於西溪間於一切嗜好泊然夷然可不謂無忝前修者與今歲五月余來祠中因出其所藏墨寶見示爰題其後以志景仰云

題饒介之卷

解春雨謂康里子山在南臺時臨川危素饒介實得其傳介以授宋仲溫按介字介之自翰林應奉出僉江浙廉訪司事日以觴咏爲事自號醉翁豈其有所託而逃耶世稱其書醉後入神今觀此卷蒼勁橫逸眞可追蹤旭素宜爲汝和觀察所珍賞也

跋楊金獻四書題解

文以理爲主氣次之法次之詞又次之理不足則幹不植也氣不盛則詞不舉也詞不足則采不振也三者備而無法以運之猶工之無規矩雖有良材不能成室矣梁谿楊君金獻慮世之操觚者偭規矩而妄爲無以合乎先正之遺法也著題解一編凡審題鍊局用筆之法無不一一備舉洵初學之津梁制義之班爾也學者得是編而引伸之更求之六經諸史唐宋諸大家之文以裕其理以養其氣以昌其詞吾知其所爲文雖榮世傳世無愧可矣

題梁山舟書王對亭通副墓誌後

通政司副使王公友亮泉配潘恭人卒其子浙江候補通判鳳生旣請刑部郎中姚君鼐翰林院侍講梁君同書譔文書丹泐石納壙復裝其稿乞題於當代士大夫記有之曰先祖無美而稱之是誣也有而弗知不明也知而不傳不仁也於是鳳生之求所以傳其親者葢久而未懈也嗚呼孝矣憶奕雋與通政相交在乾隆年間離而合合而離最後嘉慶丙辰一遇於揚州遂不復相見今展是卷死生聚散之感有不能自釋于懷者顧吾以不見副使爲悲猶以雖老獲見通判爲喜詩曰君子

有穀貽孫子言君子以善道遺其子孫其子孫亦以善道燕翼其後也觀副使之行與恭人之所以治家其貽孫子者周矣以誦清芬以綿世澤傳之家乘垂于無窮不其休歟

明廣東布政使汪來虞先生像跋

有明一代與閹寺相終始而君子小人之消長因之汪來虞方伯以獨立不懼之操秉難進易退之節屢起屢蹶爲羣邪側目雖不罹其禍而終擯海疆未竟其用詩曰皐皐訿訿曾不知其玷兢兢業業孔塡不甯我位孔貶此之謂歟公既騎箕明社亦屋殆所謂履霜堅冰至者非一朝一夕之故矣君子小人之消長家國安危所係豈不鉅哉豈不可畏哉

三[illegible]堂集　卷三

先祖閒齋公研說齋遺文跋

乾隆乙亥歲余年十六補博士弟子員先祖贈資政公攜赴鄉試于時吾祖年六十七試秋闈者十三科矣榜發不售遂絕意進取閉門課孫擇先正諸大家文口講指畫爲示命意搆局措詞之訣諸孫中所作有可採者拈毫點竄之或不當意必搆一篇以示程式同時如李炎金宋櫟齋吳筠竹楊損齋諸先生深于文者咸嘆賞以爲非時輩所及也繼奕雋登壬午榜奕藻登乙酉榜己丑奕雋捷禮闈先祖皆及見之年八十四捐館舍吾祖之訓于家以忠信篤敬爲本其論文也以清眞雅正

爲宗中年喜方百川望溪兩先生文晚歲則愛徐思曠高東生兩先生稿所爲文格亦屢變奕雋等世守青籍稍有知識不迷所向倖獲科名者皆吾祖之教也是編爲手定本間有手自謄寫者皆七十以後書工整秀勁出入松雪香光間藏于篋笥久矣今謹爲校閱付之梓使後世子孫無忘先澤云夫言者心聲吾祖之所以教子孫者固不徒以言而即言以挹其冲和粹穆之氣亦可以窺所養也已詩云無念爾祖聿修厥德我子孫其念之哉

題與畏堂書簡後

右余與弟畏堂書簡卌六通詩五首皆一時興到隨筆揮寫意達而止翰墨工拙不復計也姪錦堂收而藏之姪孫寬夫復裝而治之筆墨狼藉徒滋吾愧耳夫愛野鶩賤家雞古人所病而寬夫嗜痂之癖不將又爲後人所哂耶然其性情好尚之不同乎俗則有可嘉者因喜而跋其後辛未五月雨窗題

題陳葯洲中丞夢禪小影冊後

乾隆乙未丙申間余官中書時商邱陳伯恭副憲官編修昕夕過從稔聞　尊甫葯洲中丞風雅好古以未獲瞻韓爲憾繼中丞歸道山所藏祕笈流落人間嘉慶二十五年夏江西陳玉方侍御來蘇出示董香光書養生論冊前有夢禪小影知爲中丞故物繼侍御亦即世道光五年令子登之來吳復以董冊索題副憲哲嗣柘慈上舍見之介余子世璜請於登之欲歸之以爲家寶登之慨然割冊首圖以贈柘慈重加莊治來請加跋余既嘉登之高誼又喜柘慈之合浦珠還也因書此跋詩曰

孝子不匱永錫爾類登之可謂錫類矣又曰無念爾祖聿修厥德栢慈可謂念祖矣是則皆可記也

三松堂集卷四

吳縣潘奕雋榕皐

蘇州府城隍廟重修碑記

蘇郡城隍廟在流化坊北考諸志乘建自明洪武三年地爲周瑜宅故址宏治間修之少傅守溪王公鏊爲之記嘉靖中復加葺治　本朝順治十一年巡撫張公中元捐俸增修康熙六年道士沈圓等募創後宮未成殿廡摧頹不稱瞻仰長沙陳公鵬年來守是邦重加修葺迄今七十餘年矣後殿穿堂梁傾墄圮無以展誠敬爰神靈歲戊申秋邑人復有興修之謀維時中丞閔公鶚

元方伯奇公豐額咸捐俸爲倡一時僚屬紳士踴躍樂施惟恐後卽于其年九月經始迄己酉五月蕆事正殿後宮亭臺門廡庫藏庫者崇之傾者建之朽者易葺之泐者甃之剝蝕者塗茨而丹雘之其木石土瓦髹漆金碧之材以值數之凡　千　百有奇用人之力以工數之亦　千　百有奇奕雋舊居流化坊於廟爲近去年冬請假旋里羽士袁守中爲述樂施之衆襄事之誠請爲文以誌其事按城隍之祀始于吳赤烏二年由唐迄宋或賜廟號或頒封爵明初則詔封天下城隍府者公州者侯縣者伯敕郡邑里社各設厲壇以城隍神主其

祭著爲令春秋二祭與風雲雷雨山川同壇並享雍正
十年奉
旨修理以嚴祀事乾隆二年禮部題覆省會則大中丞
率屬享祀典至鉅也況吾郡城隍保佑生民靈異尤著
各省士商及九邑三衞之人有報有祈虔禱輒應則堂
構妥侑體制宜隆今以數十年因循未修之舉不一載
而觀厥成整齊嚴肅巍乎煥乎以仰體我　國家務民
敬神之意以遂我士庶事神如在之忱可不謂急公而
好善者歟爰記歲月勒諸石用告來者備覽稽焉

重修三茅君殿記

蘇州府治之山聚于郡城西南其最高聳而綿亘者曰穹窿故穹窿山者吳郡之祖山也嘗登其巔周覽其勝槪疊嶂重岡宛延鬱積蓋坤靈之奥區神仙之窟宅也山有三茅峰峰建上眞觀觀祀三茅君故茅君殿者又穹窿山上眞觀之主殿也殿自　本朝鐵竹施眞人興復以來屢加修葺乾隆乙巳燬于火方丈張神西與其徒朱神馭等籲募重建平度牧錢君鳴萃慨然引以爲己任謀于同志斂財鳩工于丙申五月經始九月落成廣殿修廊墻花香火之供修舉增飾視昔有加盛無衰

滅焉今方丈朱神馭等請余文爲記考府志上眞觀建自漢平帝初年以祀三茅君始名道院宋天禧五年易院爲觀由元迄明屢廢屢興至本朝施眞人亮生而締搆整齊規模廣大矣順治十五年
敕賜原額
聖祖仁皇帝今
皇上屢次巡幸顯隆焜燿超越往代於皇三君威神在天赫赫明明延禧錫祚識者謂今兹工之成實爲三君之神陰隲而默相之而捐資倡善塑像鑄鐘贊襄左右者皆不可無記也于是乎書

重修畫禪寺大殿記

元至正二年高僧天如禪師於郡城之東北隅建師林佛刹賜額菩提正宗寺明洪武初歸并承天能仁寺嘉靖中爲勢家所佔止存彌陀院萬歷二十年奏請追復敕賜聖恩寺當崇禎末年居士陳日親自會稽來閲藏三載倡建經閣復搆大殿　本朝順治八年又建修之乾隆十二年住持杲徹禪師自南徐來吳卓錫於此一時道德之隆緇白咸仰其徒宏通上人又重整之
高宗純皇帝南巡親臨其地賜名畫禪寺迄于今蓋五十餘年矣杲徹之曾孫昂峰之徒曰道林見大殿之有

朽蠹無以垂永久也曰是余之責也夫俟其圮而建之不若及其未圮而撤之而重整之易爲力也於是誓願積誠節縮鉢資會郡人錢君鴻輝承母之志首先捐貲於是郡中士庶無不踴躍樂施爭先恐後鳩工庀材址仍其舊規擴於前於嘉慶四年三月經始而於五年四月落成費白金五千兩有奇道林告余曰此舉之所以成惟居士錢君之力都人士襄助之功願爲文刊於石以垂諸後余曰道林可謂志之篤者矣夫錢君與都人士出其貲與力而不少遴者非道林積其誠而能感動之歟吾聞天下事圖之於其豫則易爲力從其後而救

之則不及今道林視殿之稍有損壞奮志圖之不使就
圮矣之以樸誠持之以果確不籲於衆而衆自集所謂
事半功倍者歟抑佛力之廣大有以護持之敬牖之而
能若是歟前此茲殿之修郡人李灌谿繆歌起諸先生
皆有記今余亦幸覩是役之成而并幸道林之獲遂其
志也都人士其矢其志相與以有成也於是乎記

重修北禪寺碑記

嘉慶十六年歲在辛未春二月金匱錢君立羣過余三松堂告余北禪寺僧祖印之言曰維兹北禪寺爲晉戴處士故宅在唐則司勳陸郎中居之後廢爲寺名乾元寺宋賜名大慈寺寺居郡城東北隅齊門内前俯平田左抱城河規模宏敞林木蓊鬱爲吳名刹久矣自元迄明以至于今屢興屢廢祖印于乾隆五十二年自虞山來郡住持兹寺立願興修維時官斯土者則有方伯李公慶棻捐俸爲倡祖印晝則鳴板通衢夜則禪誦禮拜盛暑祁寒不敢懈也郡城内外士庶亦相繼樂輸二十

年來銖積寸累鳩工庀材傾者建之圮者扶之頹者築之缺者補之旁風上雨者修葺而塗茨之中建大通閣四天王殿外自大雄寶殿以及東西廊廡山門橋道牌坊次第完整維我佛之佑諸檀越之護持黽勉從事以濆于成不有所述無以垂後願得一言以記之余曰善哉吾與子皆儒者也儒之學不外于誠釋豈外是哉易坎之彖曰習坎有孚維心亨行有尚說者曰坎勞卦也有孚者誠也習于勞而行以誠則內孚于心者外孚于衆心未有不亨行未有不有功者也若不誠則僞僞而望其孚得乎而能冀其有功乎昔余交于李公矣李公

自吳移節撫黔余以試事奉使至黔挹其言論稔其居官行政知其爲君子人也誠也非僞也今公沒已久黔民思之吳民猶誦之是皆誠之所孚也其捐金倡修兹寺也以視夫行有不慊于心佞佛以求福田利益者非可同年語也此寺當頽廢之時可不謂坎乎祖印毅然引爲己任積二十年曾不少懈其志堅其行苦訖能遂其素願非習坎有孚而能若是乎若是者皆吾儒之所樂得而稱道者也立峯曰然遂書之以爲記

重修吳越廣陵郡王墓記

按史載吳越錢氏既定十三州之地分命諸子守疆土以第六子元璙嘗解姑蘇之厄征戰有功命守蘇州同光二年詔升蘇州爲中吳軍授元璙爲節度使鎮撫之天福七年封廣陵郡王薨謚宣義子文奉嗣薨謚威顯父子治蘇六十餘年祠墓皆在吳郡橫山一名薦福山稽諸郡志所載相符志稱王儉約鎮靜羣理悉張天祐元年置都水營田使疏導諸河歲書大有又按錢氏家譜廣陵威顯皆有傳宋錢景陽有約束墳山疏强浚明有壽聖院碑明黃省曾有南園記俱載廣陵王墓彰彰

可考

國朝吳中裔孫有顯爵者咸曾展省繼因丁齒日蕃祭產不貲歲久漸形蕪廢嘉慶十六年裔孫鋒偕宗人呈請大府請建武肅王分祠并祀廣陵威顯以復其舊而廣陵王墓已被匪人盜葬履地勘明雖旁地侵削而正穴石人古蹟未湮爰封樹表石呈請歲時致祀誠盛舉也當五季時中原板蕩干戈雲擾吳越肩齒相依百年康乂惟廣陵威顯之功德鎮撫而保護之禮記祭法言能禦大菑則祀之能捍大患則祀之惟王之功德合於祀典而墓道不修子孫之責也今一旦克復其舊後裔

追遠之孝思也賢有司修廢舉墜之盛意也然非王保
乂吳越之餘慶不足以致此是不可以無記至墓地修
廣塋兆規模並詳錢氏家譜不具述

錢氏家祠記

皇清康熙四十一年

誥授驍騎將軍廣東春江協副將錢公以平苗功升任
南韶總兵官逾年以疾卒於位歸葬蘇州之虎阜山下
公諱嘉字麟圖武肅王二十六世孫也武肅王當五代
干戈雲擾之際保障十三州子廣陵王爲中吳軍節度
使分守吳會逮宋受命闔屬納土歸朝高宗南渡復歸
於吳子孫蕃衍散處吳越者甚衆寖微寖昌或顯或晦
維將軍少嫺詩禮壯習韜鈐當
國初海疆初靖之時膺干城禦侮之寄初任江南江北

泰州營遊擊再任福建提標中軍參將三任廣東春江副將四任至廣東南韶總兵官宣力戎行嘉猷丕著逢
國大慶疊荷
恩綸其所建豎洵足匹美前人垂示罔極而廟祀未隆
宗祊未立無以紀
寵錫志前休孝子慈孫惄焉憂之嘉慶十六年歲在辛未將軍曾孫思九於虎邱千人石南購地建立家祠以奉俎豆春露秋霜悽愴怵惕之思于是乎大慰乙亥秋日余來祠中思九之子秀來出所藏誥軸及倚劍圖卷見示祇肅諷誦想見當日敵愾獻功矯矯桓桓之概讀

卷中題詠如胄辟疆徐方虎范秋濤孫松坪徐健菴查二瞻諸先生皆與將軍有蘭臭之契又想見將軍輕裘緩帶雅歌投壺儒將之流風餘韻也秀來勉乎哉守先人之餘業述祖德之清芬以享以祀以妥以侑子子孫孫勿替引之吾願歌楚茨大田之篇爲迎神送神之曲焉

三泉亭記

虎邱劍池之旁古木虯蟠峭石壁立清泉瀏如蒼蘚斑如有明申文定公祠存焉明當嘉靖之年粃政日滋公以和平寬裕之才從容補救逮乎晚歲養望林泉吾鄉稱相業者有明一代王文恪公而後推文定公後嗣聯翩皆躋華秩蓋其所培者厚矣祠建于萬歷四十五年公子冏卿司理屬陳眉公爲之記至　本朝順治五年石室僧湛聞謀估搆訟請于當事立案給帖勒碑以記其事至乾隆丙辰堂屋圮傾公裔孫名厚曾者復出義莊餘力鼎而新之因葺三泉亭小五臺文昌閣諸勝虎

邱爲遊人徵逐之場春秋佳日肩摩襼連余至其地每厭山之喧而愛祠之靜往往肅拜廡前憩息宇後仰觀石壁俯視澄潭高樹圍簷遠岫橫黛耳目爲之淸而心神爲之曠流連移晷恒不知日之夕也今歲四月沈子我愚謀於公之裔孫　糾同志卽其地重加修葺設放生惜字會公之雲仍與鄉之俊彥習制舉業者以時肄講于其中屬余書天下第三泉五字以誌其勝復請爲之記余喜公之後裔能守其遺業同志之友好善不倦亦因以見公所以垂裕後人而蔭庇閭黨者澤甚長也書其事勒諸石庶無忘焉

歸硯圖記

綬階袁子好學嗜古築室于楓橋之西沿塘藏其先世遺硯名之曰三硯齋青浦王述菴侍郎過之贈以所藏清容居士澄泥硯曰是亦君家物也宜以歸君於是袁子喜甚屬錢唐奚鐵生繪歸硯圖而屬余爲之記余觀古之君子帶經而耡有以田比硯稱硯爲田者矣然而田之於人養其身而已硯則以養其心田以貽子孫使之不飢寒而已硯則使之讀書稽古出可以濟世而處可以淑身其大小輕重緩急久暫有非可以道里計者今之人有不能守其田者悄然以爲憂其戚與友亦唱

然爲之喟其於硯則弁髦視之即其甚相親相愛之人亦等諸可有可無之數得與失不屑計也今袁子珍其先世之物視侍郎所贈之重若此其重硯也吾知其必有獲于硯也傳曰譬如農夫是穮是蓘雖有饑饉必有豐年可爲袁子信之然則袁子之所好視人之所好何如而侍郎之所以贈袁子者又豈僅以毋忘先澤爲勖乎哉余亦有硯癖而不能讀書雖有先世所貽之硯等諸石田而不耕爲袁子記益增愧焉

省墓記

先高祖主政公之墓在徽州歙縣之飛布山下名金盆坦俗所謂汪兒潭者也配羅宜人生子九人長敷九公諱兆鼎卽奕儁曾祖次舜鄰公兆臣次維倩公兆綱次顥尊公兆縉次兆夔公次兆科公次兆青公次兆聰公次兆垂公皆遷于蘇舜鄰公生子十人其長二三四居于歙主政公旣歿葬金盆坦地廣袤計　畝又置田　畝春秋享祀于是取給名曰膳塋歲久而弛或剖分以鬻于人近年以來兼有侵及墓傍之地者矣嘗剖分之時舜鄰公之曾孫君艮以所分應得者隱于族之

人收其入以供春秋享祀所僅存者葢　畝耳于是在蘇之子孫相與謀曰于此而若罔聞其安用吾子孫具舟齋糧于　月　日啟行于　月　日至墓下按冊規地究盜賣之人而得其名究盜賣之值而得其數舍其不能歸者贖其可歸者計丈其地　畝繪爲圖又贖田　畝并君艮所存者計共　畝捐于祠令司祠者主之爲主政公墓祭掃費請于官泐石以誌之夫報本反始仁人之心而追遠愼終孝子之志也今之人生子而愛之有欺之者未有不護之也今祖先既歿其墓與田他人未有欺而侵之者而子孫羣起而剖

分之而延他人以蠶食之尙可謂之有人理哉而尙望其所生之子孫孝于爾護爾之墓以時享祀哉而何面目他日見祖先于地下哉今淸理既竣呈于當事彼冥然者當必有默然愧憬然悔者矣至諸叔諸弟姪等能各捐資以成斯舉皆可嘉尙而君良于衆人昏昏擾擾之中能曲爲保護使幾廢之業失而復存是又先人之所陰鑒而默佑之者也既竣事因記顛末附于圖後自今以往惟願我族人其切報本追遠之衷念前人經營之非易各激天良永永保護是則區區之忱所不能無望于來者也

重修鳳形五世祖塋丙舍記

康熙庚辰我高祖葬五世祖于歙縣大程村鳳形山之隝于塋前僧舍準提閣建屋三楹爲春秋上冢憩息之所歷年既久漸形傾廢乾隆二十七年壬午夏支下子孫修之郡人吳觀察煒題額誌之迄今嘉慶丙子又四十二年矣四月初吉奕雋歸里省墓周覽松楸小憩禪宇見榱桷之就頹牆垣之將圮商諸在蘇諸叔弟姪等捐青蚨七十千命僧竹坪重加葺治守墓人程平祉董其成庀材鳩工頓還舊觀爰識顛末用告來者使毋忘焉

歙縣大阜村重修宗祠後廊記

記曰君子將營宮室宗廟爲先蓋孝子之用心也先其所生而後及其身使生者有棟宇之適而先靈所棲不免風雨之漂摇孝子之心必有愀然不安者矣吾潘氏世居大阜建有宗祠山川映帶土厚風涓數百年來子姓蕃衍科第聯接其秀者敦詩書其樸者服田畝歲時祭享追遠合族之誼愾乎如接油然以生今因年久後廊爲山泉激射漸就傾攲司事者憂之謀于合族斂資庀材擇日鳩工不半年而規模煥然廓于其舊工既竣司祠奕延等泐石書名記輸金數而命奕雋記其事雋

自慚譾劣不能紹修先業有愧前人嘉我族人之能相與有成也不敢以不文辭夫根之固者其枝茂祖也者身之本也我族人能培其本必昌其枝矣至于歲遠年湮需次繼修則善繼善述是又在我後之人無忘追遠者已是爲記

女孫敬之權厝記

女孫敬之生於嘉慶丙寅九月十四日歿於丙子六月二十二日得年十有一歲始余子世璜娶婦二十年而未有孫納簉袁氏生敬之時余年六十七雖非男不異得孫也後舉二孫又舉一女而敬之年稍長漸有知識偕弟妹分塾讀書敬之往往能先成誦因鈔錄經書古文授之詩之二南書之洪範易之乾坤咸恒家人謙節上下繫辭傳禮記之內則左氏之涉婦德者皆背誦如瓶瀉水復課以唐詩其少陵之五七言近體尤喜吟諷能背諷者約十之五六余不諧於時閉戸閒居借以消

遺世慮每篝燈令坐於傍誦之輒娓娓忘倦也今年五月末感微疾延醫治之數日病又數日劇又數日竟死嗚呼其醫之無良耶抑余之不德以致斯耶抑其命耶可哀也已其父斂而殯之厝於城南之横塘丙舍將擇地而瘞之嘉慶丙子六月三松老人記

陝西乾州州判錢獻之傳

君諱坫字獻之中式乾隆甲午科順天鄉試副榜貢生就職州判遊關中巡撫畢公沅以其才奏留陝西補授乾州直隸州州判歷署興平韓城等縣又以乾州兼署武功縣請終養回籍病風痺親沒終制不復出僑居蘇州客游維揚歸而疾作卒于蘇州春秋六十有三君之兼理武功也白蓮教匪滋事闌入盩厔武功去盩厔六十里中界渭河賊嘯聚河濱君糾鄉勇分據要害賊不能度渭夜自城懸燈達城外離地八尺四寸周望如火龍凡守禦之具無不備君循河夜守衣不解帶者二十

二晝夜危城以全乾州採買米穀向派里役吏冒其利派于民君令赴隔縣採買吏聳刁民控君忌君者欲以此傾君適奉　旨一體隔縣採買而忌者計不售葢君之爲吏位雖卑而能盡其職如此君又深通小學兼工篆隸書晚病風痺以左手作書時人珍之所注書已刻者有漢地理志十六卷石經文字通正書十四卷論語後錄六卷爾雅釋地四篇註二卷車制考一卷詩音表一卷古器款識四卷古鏡圖二卷說文解字斠詮十五卷行於時未刻者有史記補註一百三十卷漢書十表註十卷內則註二卷聖賢冢墓圖考十二卷駢體文二

卷藏于家配曾氏子三人喬生同生悦生

樊處士硯雲傳畧

處士諱紹堂字硯雲一字篠香長洲縣人也生而骨格清癯手有方印紋父母異之戲謂是老道士輪迴者性聰穎年十五學爲制舉文字無時下習氣又喜作畫賦詩落筆超逸得前賢風格赴縣府試屢前列屢不售胡鑒泉太守數延至署索其筆墨嘗隨從父泛海至日本慷慨賦歌行近體積成帙遇巨風漂入薩摩國越歲歸學益進乞詩畫者門無虛日識者以爲得遊覽之助焉錢唐袁簡齋明府遊吳門賞其詩收爲門下士採其詩入詩話體故羸弱甲寅秋七月示微疾預作慰别詩十

二絶以不獲終養其父爲憾其餘師友皆有句留别惻愴纏綿字字從至性流出七月十八日索素箋臨曹娥碑貽其室人中有訛字猶令洗刷重書書訖語曰樊硯雲逝矣遂兀坐握固逝噫亦異矣始余于同年吴竹堂齋頭見硯雲所畫花卉心識之繼乃於友人袁綬階所得稔其生平今歲五月訪余於三松堂爲余寫花卉二幅並劇談遊日本事具述日本之風土俗尚娓娓竟日别去閲月偶遣家僮持柬出城問訊而硯雲已斂二日矣處世若大夢能不感慨係之乎硯雲生於　年　月　日卒於　年　月　日年僅三十有四世居楓橋鎮

之漁航衙曾祖天溥河南汝甯府通判祖世楷府學增
廣生父質煌國學生母宋氏繼母顧氏硯雲宋氏出配
李氏生女二

駱翁西庚傳

駱翁西庚名肇正字萬春西庚其自號也出唐臨海丞賓王後世居義烏因宦居潤州今遷蘇爲蘇州人也君生十二歲而孤嘗負五斗米二十里外以養母族黨稱孝焉讀書過目成誦家貧遂棄帖括學辛文子術遊於吳越吳越故四方商賈輻湊地與時爭利者變態不可窮詰又習儇薄尚繁華翁獨敦樸自處信然諾慎交遊好施予而矜氣節故老成人皆契翁願與翁交人有事與之謀無不曲盡事勢措於萬全而後已急人之急蓋急於己之急也嘗有不肖子欺其祖若父以萬金託於

翁翁卻之有識者以爲有古人風性好善凡掩骼修路恤寡諸事知無不爲爲無不力也嘗著寓目警心篇以訓子又手書感應篇善書者稱之翁年逾七十健壯如四十許人今年夏偶疾卽不茹葷疾革命扶掖坐堂上正衣冠召家人自子婦以至臧獲訓諭之卽於坐瞑目逝年七十一

論曰司馬子長述白圭之論曰吾治生産猶伊尹呂尚之謀國孫吳之用兵商鞅之行法也故智不足以權變勇不足以決斷仁不能取予彊不能守者雖欲學吾術終不告之矣今吾觀于駱翁而是言也益信彼蓋有見

其大者焉其施於事者特一偏耳昔尹師魯疾范希文視之談論無倦容俄而曰公且出洙將逝矣出即聞其內號哭世相傳以爲異事若駱翁者去來之際神明湛然雖欲不謂之異不可得矣

陸舍人甫元傳

君名沅字甫元蘇州吳縣人登乾隆乙卯江南鄉試榜候補內閣中書舍人於嘉慶十二年正月二十日卒于家年三十一祖字豐字馭平乾隆壬申科舉人祖母徐孺人父華字誠若吳庠生母林孺人淩孺人配趙孺人生子一殤以從兄濬之子佑爲子初馭平公有子五人長曰恭字孟莊乾隆庚子科舉人次曰敬字儼若乾隆戊子科舉人次卽華早卒馭平公有弟用涵先逝無後以儼若爲後生甫元甫元生九日而母汪宜人卒孟莊抱以歸與其配顧孺人鞠之故甫元之事伯父母也如

父母孟莊之視之也如子比長命爲弟誠若後開敏善
讀書孟莊奇愛之年十八補博士弟子十九舉于鄉至
京師座主劉雲房冢宰以國士器之甫元性穎而果喜
交遊能文章又嗜書畫一時名流喜翰墨者至吳門無
不願與甫元遊也淩孺人苦節三十年老且病甫元左
右奉養臚事實呈當事請
旌於
朝今
命未下而甫元病病數日遽不起嗚呼其可哀也已甫
元既歿孟莊哭之哀手一編示余曰此沅之所爲惜不

引其年以竟其業也余爲刪而存之凡一卷

潘奕雋曰吾讀昌黎集至祭兄子十二郎老成文感其詞之哀爲之掩卷而歎也曰嗟乎非獨退之之賢彼老成者其至性必有過人者矣古稱兄弟之子爲從子蓋亦有屬毛離裏之義焉自世風薄而休戚有相視漠然者甞甫元始生時弱而善病徵孟莊卵翼之幾不得生生亦未克成立今既成立有聞於時而中道遽逝孟莊之盡傷于心也固宜迺吾于此徵甫元之所以事孟莊與其所以事淩孺人者而益以信甫元內行之篤也

汪文藹傳

汪文藹字蘭谷余姊子也生而秀穎異常兒年十三爲制舉業讀鄉先生趙明遠炳雲間焦廣期袁熹兩家文心開下筆輒與相近稍長從其從祖愛廬先生縉遊先生故以詩古文爲老師奇愛之教之作賦每一篇出同輩咸屈伏顧屢試有司不售得心疾下帷偃臥余從京師歸過姊氏居文藹已病就與語漫不省後數年卒年僅三十六卒後十年其弟文蕙哀其所作余讀而哀之爲之傳因掇其尤者錄之俾文蕙藏于家皆十六七歲時所作也其尤卓異爲同儕推服者有七問七對擬江

賦擬海賦夢游崑崙賦皆瑰麗可喜有古作者風

潘奕雋曰國家以文取士士束髮受書無不求工于文然而有遇有不遇以文藹之文乃八試不一遇豈其所謂工者固異乎世之所謂工者耶然文藹卽不遇使以其才深造不已卽不獲于時豈不能自見于後彼一時之得喪何足計哉易晉之初六日貞吉罔孚裕無咎惜無有以裕之道寬其中以促其齡也嗚呼其命矣夫

張貞女傳

貞女張吳邑庠生名煥字左金之女也生而端莊淑敏九歲失恃能以父之心爲心事其大母得大母之歡心笄而字于陳陳爲張之甥名翰濬字允斐弱冠補元和博士弟子婚有日矣翰濬以兄喪哀慟遘疾卒貞女聞之晨夕求死勸之不許陳故有孀母在堂有以養姑之說進者許之繼有阻之者仍痛哭不食求死左金遂從其志歸于陳嗚呼可謂明於從一之義者矣邑之人士哀其遇高其行爲之詩歌以褒之余因序以傳之俾觀民風修邑志者有所采擇焉

論曰語曰歲寒然後知松柏雖女子乎彼其矢志堅貞遇變而不能奪古之志士何以加焉余觀華亭王尚書明史稿載慈谿楊氏女字同邑鄭子球子球死楊與孀姑撫諸叔成立以夫從子孔昭爲嗣苦節五十餘年以卒又安邱彭氏女字王枚臯未嫁枚臯歿誓不再適濰縣丁道平欲娶之彭六日不食道平悔而止心敬其節烈後聞其疾革贈以棺彭語父曰急還丁氏棺可束葦埋我地下欲見王枚臯也是皆以未婚之女守節不渝貞白以明其志若貞女者葢與楊彭並傳可也

族祖姑王節母傳

我潘氏有女適于王以節孝著於里旌于　朝者奕儁之祖姑母也母爲曾叔祖候選訓導籲尊公女年十七歸於王爲若滄公配時舅姑旣殁太翁廷珪公祖姑朱老矣母婉娩柔順能得堂上歡心逾年而若滄公卒母悲泣不食誓以身殉祖姑諭之曰爾獨不慮傷兩老人心耶且爾從死不立孤是使爾夫無後也爾夫無後是無爾夫也爾何以報爾夫於地下耶母飲泣受命立夫弟若汾之子朝棟爲子自是而後重闈之衰老且病待母之潔羞膳以娱晨夕也兩世之宅兆未卜待母之封

堂斧以妥魂魄也嗣子之呱呱而泣者恃母之辛勤鞠
育以養以教以底于成人生計之維艱倚母之銖積寸
累黽勉有無丙舍墓田之未置倚母之經營擘畫手口
卒瘏而後生者有以養亡者乃以安也蓋母之稱未亡
人者二十有八年二十八年中母之心力瘁矣母生于
乾隆元年三月十五日卒于乾隆四十六年三月十八
日嗣子一人女一人奕儁于母爲同高祖近族于王氏
世爲中表姻戚稔母之壼範最詳且審故不辭固陋撮
其略著于篇俾采風者有徵信焉

論曰孔子曰歲寒然後知松柏蓋非堅貞之性不能禦

凜冽之威也溯母之初處境之變雖窮陰沍寒無以異向使安常處順履盛席豐其何以顯玆幽操垂名彤管哉昔漢桓氏女少君爲鮑宣妻修行婦道鄉邦稱之後子永爲宣郡太守永子昱從容問少君曰太夫人能復識挽鹿車時否對曰先姑有言存不忘亡安不忘危吾焉敢忘乎班史著其言以爲女範杜有道妻嚴憲貞淑有識年十三適于杜十八而嫠居子女並孤藐訓以禮度子顯名於時女亦有淑德晉史載其事於列女傳此皆遇困能亨先屯後泰者維母既昭婦德並擅母儀乃初歲憂虞丁蹇否之運中年殂謝未獲享豐豫之休此

孝子所以追念生平欲報德而哀深罔極者也要其振高情以獨秀挺峻節而孤標前史所稱柔順無愆徽烈兼劭者雖與桓嚴並傳奚愧焉

孝女王素孝子王如松合傳

王素字瓊章蘇州吳縣人王甸安女也秉志端靜幼習女箴內則諸篇皆能成誦通大義遭家不造母氏先殞父多疾弟浩幼弱素矢志不字孝養其親逮父歿一切喪葬之事咸助弟經紀既弟浩死弟婦丁氏哀慟成疾亦疽發而殂素代撫其孤使之成立娶婦鄉黨欽其貞孝於嘉慶十一年臚具事實大吏題請得

旨旌其廬

王如松者孝女王素弟王浩之子也年五歲入塾卽不好弄師爲講說古典遇孝義事卽傾耳聽無倦容父病

不食亦不食時於庭中俛伏入問其故曰吾籲天祈父速愈耳人以此奇之浩故充吳邑書吏性不能詭隨乾隆五十八年如松年十四冬十二月浩爲同儕倚勢相侮憂憤自經死如松搶地呼曰父死矣吾不能救父之死吾何以生爲亦闔戶自經死蓋父死于申如松死于酉相去僅逾時耳其姑素寃之控于大府太守馮君鼎高嘉其行許立祠以慰之題曰穉齡血性嘉慶十一年請於

朝建坊于虎邱之後山

潘奕雋曰吾觀孝女王素孝子王如松行實而歎

國家教化之隆又益信懿行之不可沒也彼如松者於其父之死有隱痛焉至性所結不能自申至以身殉其志可哀而其孝可謂純矣若素則閨中一弱女子耳孝於親友於弟而於其姪之死能使之不泯於時嗚呼偉矣昔漢壽張人張雨年五十不嫁父母既歿撫孤弟二人教以學問各得通經爲之娶婦二弟皆成善士謝夷吾爲壽張令薦于州府使得選舉又復雨門戶而晉書孝友傳所記盛彥劉殷王談等竝以弱歲篤行天成名垂史冊今素與如松貞孝之行集於一門雖受阨於一時終揚芬於奕禩蓋遇困心亨故先屯後泰乎以古準

今夫又何多讓焉

贈光祿大夫禮部尚書金公墓誌銘

吾郡吳江縣有績學篤行之君子曰金德懷先生旣歿士林尊其學重其行讀其所爲文以爲模楷至于今未衰也先生諱潤字德懷號楓江少稟異材年二十三補博士弟子名益著家貧以脩脯供甘旨幅巾布屨往來郡城其爲文以先正爲宗嘗謂四書文代聖賢立言必一字一句無悖于理無乖於法而後安以是訓其子卽以是教于鄉顧遊其門捷春秋闈者踵相接而先生終覊於一第八或爲先生憾先生處之夷然也歲丙子子士松舉京兆試庚辰捷南宮入詞館先生始絕意仕進

於乾隆某年某月某日卒年五十八封光祿大夫禮部尚書配吳氏封一品夫人子三人士松庚辰進士禮部尚書學詩壬午舉人國子監助教候補主事士模增廣生孫六人芝原己亥舉人內閣中書逢原候選同知達原增廣生縷原羨原穀原曾孫四人顒鐘鏞根金氏上世居千步涇繼遷縣城門有大樹人稱大樹樓金家世以醇謹著至先生以孝友篤行爲里黨所矜式與人交外和易而內方嚴嘗與友夜飲歸友給以訪客至妓館妓出先生駭而走城門閉坐待旦而歸是亦可以見其持己也已奕雋與學詩同舉於鄉於先生爲年家子稔

先生之德行也詳今以乾隆某年某月某日葬于石家港服字圩之新阡請銘不能辭銘曰
其遇嗇其名揚其身屯其嗣昌維德之潛久而彌光嗚呼先生其不亡

廣西太平府明江同知宋君墓誌銘

宋汝和觀察請老里居閉門課孫娛情翰墨令嗣玉羽司馬陳情乞養既得請矣行次長沙遘疾卒觀察哭之慟遣孫承豫承恩迎其喪歸復命承豫等以狀來請銘余與觀察誼忝姻戚又情性相契歸田以來過從甚密不能以不文辭按狀君諱榮字玉羽一字鳳來曾祖喜墨公翰林院編修諱照祖況梅公戸部侍郎倉場總督諱邦綏父汝和公山東督糧道名思仁君生而敦重長而開敏習舉子業日成數藝偕其儕偶屢試京兆不售議敘授西城兵馬司指揮摘伏發奸爲大學士阿文成

公總憲紀曉嵐先生所器京察一等引見奉
旨記名陞授廣西南甯府同知歷署横州知州南甯府
潯州府知府事調任太平府明江同知以廉幹著全州
民變大吏謂非用兵不可君請單騎撫之至則陳說利
害革責蠹役懲其事首衆立解散大吏以爲能繼養利
州左州猺民滋事復檄君往君爲立條約申禁令執其
魁甘學興等數人寘諸法餘悉縱遣之猺民感泣順命
謂宋侯實活我也君爲治能順民之情隨時制變如此
其他治行卓卓多可書書其大者至於事親孝御下嚴
奉己約而與人交以恩禮嘗有至戚負數千金亦不責

償也君於乾隆十九年十月初三日生於嘉慶六年八月二十一日卒春秋四十有八於嘉慶　年　月日葬於吳縣五都五圖白字圩萬祿山之南阡配唐宜人余同曾祖姊氏所生女也子男二承豫貢生承恩分發山東府經歷女一孫男二守珪守璋孫女一宋氏族姓繁衍自喜墨公起家翰林行載郡志司農觀察後先濟美皆以醇謹練達宣力中外受

國厚恩君之年與才勤奮自厲紹休前人可操券竢于其告歸時論方爲惋惜乃又中道殞謝不克遂其循陔之願君所爲抱恨無窮觀察之所以悲不自勝者也然

君有丈夫子二孫亦蔪然露頭角鸞翔鳳翥玉立蘭芽其興起正未有艾況絜晨餐修夕膳絳趺朱萼色養重闈君雖歿如君之存也觀察之悲可以紓君之心其亦可以無憾也已銘曰

宋爲望族君挺奇姿孝乎惟孝作忠移之治劇理繁左右咸宜胡天降割不竟厥施湛湛粵江君澤留貽蜿蜿吳山君神憑依萬祿之麓岡盤土肥卜惟墨食鍾秀延釐我銘尙質亦無溢詞用納幽廬以永遺徽既安孔固令聞是垂

瞿君遠村墓誌銘

君諱兆騤字乘六自號遠村姓瞿氏先世仕宋扈從南渡居上海之下沙里數傳至慕雲公於洪武初居嘉定之高橋鎮是爲嘉定始遷祖又數傳至東周公力行善事設黃浦義渡濟人事載嘉定縣志者君之高祖也授修職郎安徽和州學正諱有恒者君之曾祖也　贈朝議大夫諱大定者君之祖也　封奉政大夫晉朝議大夫諱連璧字學南者君之考也學南公始自嘉定遷居蘇州今入籍爲長洲縣人有丈夫子三君居長少抱偉器持重若成人讀書能領大意長尤勤敏學南公家本

儒素時更中落君年十五廢書歎曰凡爲學者學爲孝弟也今視吾父之辛勤而不能分任所謂服勞之義安在乎吾將從端木氏遊矣遂以誦讀期之兩弟隨學南公晨夕持籌握算學南公倚之如左右手中歲交遊日廣酬應日繁君智慮周密纖悉皆中節不貽學南公憂議敘以知府用親友或勸之謁選而君以戲綵爲歡不以捧檄爲樂也學南公既卒弟塘兆麟皆筮仕于外君爲之代理家事有無緩急未嘗歧視季弟兆麟自安徽歸生計日絀君彌縫調劑鶺令急難之誼里黨至今稱之其自奉也廉其與人交也信其任卹姻黨也周其教

諸子也期以遠大而尤以孝弟禮讓爲先晚歲于城南得宋氏網師園故址經營締搆又于白堤營別墅顏曰抱綠漁莊水竹環繞亭館幽靚一樹一石皆手自位置君雖年逾花甲精力强固鬚鬢黝黑如四十許人春秋佳日延故鄉戚友王西沚光祿錢竹汀宮詹及吳中諸朋友遊讌其中或有吟諷必以紙索書裝成卷册披覽什襲以爲樂識者愛其性之雅尤嘆其才之優以爲過于人遠也嘉慶十三年十一月十七日遘疾卒春秋六十有八子五人中泌昭文縣訓導候補光祿寺典簿先卒中滋候補鹽場大使中瀚浙江候補同知中灝中培

女五人壻彭希鄭禮部儀制司郎中戈鉦國學生蔣光
庭候補州吏目趙宗瑛候補指揮汪承詔孫四人樹基
樹斂樹墉樹勳孫女七人於嘉慶十七年　月　日
葬於吳縣十二都七圖北比字圩蓋自築生壙也將葬
中滋等來請銘昔學南公之葬也竹汀詹事爲誌其墓
稱爲厚德篤行之君子余之文不逮詹事之足以傳後
而君之行則固無忝所生者矣迺銘之曰
剛中易象繫克家潔養笙詩譜白華維君敦行無疵瑕
施于有政非虛夸詒謀式穀似以續食舊德兮耕且讀
福者曰備祿者錄印纍綬若大其族佳城鬱鬱手所營

知君胸有郭氏經水如帶兮山如屏魂所戀兮神所甯
鍾吾之陰雅宜业兆歲陽在壬兮月建子封若堂兮吉祥
止止孔固允臧兮以逬繁祉

三松堂集　卷四

例授文林郎庚子科舉人揀選知縣陸君墓誌銘

往歲謹庭之歿也余既哭而誄之越一年其孫儀卜兆將營葬持年譜來徵銘余憶始識君在乾隆戊子後余官京師君試都門往來甚密申之以婚姻歸田後與君居僅隔一巷敲詩讀畫晨夕過從回憶訂交之初已五十年矣計知交中知君生平者無如余雖不文奚能辭

按譜君姓陸氏諱恭字孟莊謹庭其自號也先世朱姓九世祖諱孟以舅氏姓遊庠因世爲陸氏高祖秉圭考授州同知曾祖純錫吳庠歲貢生候選教諭祖觀潛長庠歲貢生候選教諭父宇豐乾隆壬申　恩科舉人候

選知縣君生而穎異讀書過目成誦年十八補吳庠博士弟子屢薦未售庚子始舉京兆鄉試座主大學士漳浦蔡公新少司寇杜公玉林閣學嵩公貴皆以大器目之時君年已四十矣辛丑甲辰兩試禮闈得而復失旋以母徐太孺人年高侍養絕意進取督課子弟丹黃甲乙至老不衰又精于鑒古法書名畫漢鼎秦碑過眼輒辨時代一時名流碩彥喜翰墨者如覃溪閣學夢樓太守無不傾倒于君也君孝友性成兩遭大故殯葬合禮同懷兄弟五人仲曰敬嗣叔江涵公後生子沅九日失恃君撫爲己子教養兼至年弱冠舉乙卯本省鄉試因

弟中齋歿無嗣命立爲後葢君之篤於倫紀如此其他持躬接物侃直之氣肫摯之心端方之品儉約之風不可殫述後之人讀其自訂年譜可想見其爲人君生于乾隆六年正月十二日卒于嘉慶二十三年九月初四日享年七十有八配顧孺人上舍復庵公女孝養尊嫜慈撫子姪宗黨稱賢助云先君二十三年卒合葬于都　圖乃字圩之新阡子一濬貢生布政司理問先君一年卒今亦祔葬焉女一歸余子世璜孫二儀布政司理問佑嗣姪沅後孫女二長適謝傳熙次歸余姪孫曾彥銘曰

屹屹者山宛宛者塘成此吉壤實維君藏其積也厚其流也長宜爾後嗣爾熾爾昌

貞孝陸母宋太宜人墓志銘

太宜人姓宋氏爲吳望族贈中憲大夫甘肅蘭州府知府庠生諱敏行秉謙公孫女授中憲大夫甘肅蘭州府知府諱安仁瑾懷公女許字贈奉政大夫內閣中書陸公江涵諱寬爲贈朝議大夫歲貢生候選訓導諱純錫湖西公之孫婦贈奉政大夫候選教諭諱觀潛雲圃公之婦許嫁未行而江涵公卒歸于陸以貞旌于　朝以嗣子敬貴封太宜人初太宜人之隨父瑾懷公之任也地當衝梱內事輒先期戒飭不以纖毫累瑾懷公心公喜曰汝善事我他日事舅姑可知其得親之歡心如是

其矢志守貞來歸于陸也君姑既歿太姑汪太恭人在堂見之必泣太宜人婉容以進不以悲哀傷老人心久而相對怡然其從容從義委曲承顏又如是其奉君舅命嗣姪敬以爲子也生彌月耳始困于失乳繼困于痘又困于瘍太宜人鞠之積勞成疾不知瘁逮長訓以禮雖小過不少貰其能食能教嚴以濟慈也又如是而敬用是能體貞母之志讀書砥志以顯其親以昌其宗以億其先靈嗚呼不其難乎太宜人之自奉甚約而施于鄉黨宗族者周御下以和而治家也肅年七十矣敬以爲眞者見不許曰女子出門必擁蔽其面不聞老勿避

人也疾革醫來請一望氣色不許曰汝曹審視以告可也嗚呼其動靜以禮者乎其視班氏所志列女又奚加乎太宜人生于康熙五十五年六月初六日卒于乾隆五十六年五月十九日享壽七十有六誥封宜人嗣子一敬乾隆戊子科順天舉人內閣中書女一適太學生宋模遠孫六沆準庠生潮洵潄濤曾孫二珖珽敬與奕雋交垂三十年申之以婚媾習聞太宜人之懿行詳且審今以五十六年十月十九日合葬於吳縣五上六都四圖劍字圩贈公之兆敬請銘不獲辭謹括其狀而志之系以銘曰

禮示從一易著用貞猗歟太君坤德天成縗而視膳髽
而撫嬰始坎以蹇終和且平翟茀象服子侍孫從行孚
於鄉既壽彌恭惟貞惟孝高朗令終鬱鬱者城丸丸者
松穀不同室死則同封勒珉摛詞閟茲幽宮

節孝程孺人墓表

孺人程氏浙江桐鄉人贈承德郎工部營繕司主事朝輔之女幼習女訓不苟言笑家人嚴憚之年十九適同邑孫秀升長子錫祚爲妻錫祚年二十八而歿孺人年二十四誓以身殉家人守之嚴不獲死時秀升公尚有兩子仲及季姑王孺人諭之曰爾必以身殉吾烏能禁但我兩老人復何能堪此耶且爾夫無子俟叔生子以爲後以延爾夫祀不愈于徒死耶孺人迺涕泣受命定省之餘日居小樓雖至戚罕見其面也繼仲及季皆娶皆無子又皆早世而秀升公年已五旬矣孺人請于姑

王孺人曰翁于孫氏爲長房不可無後翁年雖逾艾若納簉室幸生男猶得延此一脈也王孺人以爲然乃納何氏女生子聖集而秀升公卽世未幾姑王孺人亦卒當是時聖集尙幼外侮迭起幾有覆巢破卵之危孺人激厲兩娣同撫幼叔至于成人迨聖集生子吉修告于宗黨立爲錫祚後晨夕訓誨不少假嘗語家人曰吾昔年惟恐不卽死今則惟恐卽死以是藐孤不克成立吾何顔見翁姑與先夫于地下耶又諭吉修曰吾苟延殘息以至于今者爲汝也汝不自立吾何以生爲又曰士之窮達命也惟忠厚仁孝不墜家聲爲要耳吉修年十

入補博士弟子員以行狀上有司學使何坦園給額曰勁節匡宗時雍正二年九月也踰二年爲雍正五年九月孺人卒年六十有五計守節四十年嘉慶十八年九月孺人曾孫學詩來蘇以行狀乞爲墓道之文計去孺人之歿益八十有六年矣嗚呼婦人不幸喪其所天茹荼飲蘗歷久不渝其志

國家所以有旌揚之典也然考其所處之境有不可同年語者若孺人所處則尤爲難耳余故備述之使後之人知孺人者不獨勁節可風其有造于孫氏者其孝爲大也

吳母章太宜人墓誌銘

太宜人章氏乾隆壬申科舉人候選知縣諱屺望可閒公女安徽南陵縣教諭諱克長　公孫女　誥贈奉直大夫諱文煃聚躔公之配也以子廷琛貴封太宜人太宜人年十八歸于吳時君舅既歿君姑王太宜人在堂相夫子以孝養能得王太宜人之歡心後十六年聚躔公卽世王太宜人老矣諸孤幼梱內外事太宜人一身肩之其訓子也嚴諸子亦皆能承母之志讀書砥行相繼遊黌序登賢書擢上第顯名于時易家人之彖曰家人有嚴君焉父母之謂也說者曰父母一家之主同

于國之嚴君凡物以猛爲本者患其寡恩以愛爲本者
患其寡威故不獨父道尚嚴即母亦不得專言慈也故
曰利女貞曰威如吉也今觀太宜人之教諸子于廷瓚
之授室也曰汝已成立當率諸弟及時力學以伸汝父
志于廷琛之舉于鄉也曰汝弱冠得此要是祖父餘蔭
宜自惕勿自滿于廷瓚之試禮部報罷也曰功名有定
數惟苦志讀書可以奪命于廷琛之授職奉使也曰汝
職在文章報國文章之道期于適用若華而不實終何
所益又曰汝疊荷　殊恩當恪矢公慎一毫苟且即爲
負　恩莅官不敬亦非孝也嗚呼義方之訓何以加乎

吾觀古來賢母訓子嚴以濟慈揚名於後者若魯公父
文伯漢雋不疑晉陶侃唐李景讓兄弟宋歐陽永叔嘉
言懿行著於簡編後人每樂道之如太宜人之所以訓
者以視諸母又何以異乎太宜人生於乾隆　年
月　日卒于嘉慶十一年　月　日年六十有四
子四人廷瓚嘉慶庚申科舉人候選訓導廷瑜吳縣學
增廣生廷珪元和縣附學生廷琛乾隆壬子科舉人嘉
慶壬戌科一甲一名進士官翰林院修撰提督湖南學
政女三人孫十八人毓金吳縣學附生毓鈞毓鈐毓儁毓
籌毓銜思樹毓英毓楨毓華孫女八人于嘉慶　年

月　日合葬于　縣　都　圖　圩贈公之兆

銘曰

安貞之吉垂裕後昆其終也泰其中也屯宏濟於艱克昌厥門嗚呼宜人亡如存

從弟奕興墓誌銘

從弟奕興字伯起余叔父長子生而剛毅無世俗善柔習叔父期以讀書試有司不售則棄帖括習韻語自三唐以上下及宋元諸大家靡不綜貫蓋性所好也年二十三得瘵病病三年卒有集一卷嗚呼以弟之年與吾叔父望弟之心其所當爲而尙有待者曷有窮乃竟不能成其業以行其志以孝以養以卒弟憾矣而爲弟父母者又何以爲情也其卒以乾隆三十三年二月七日年二十五配謝氏先弟一年卒即以其年某月某日某甲子合葬于某鄉某原憶弟成童時先大母在堂吾叔

三松堂集　卷四

父暨吾叔母之課諸弟也嚴有不如意急督之先大母聞而愀然曰是子也背闊多白瞳仁微亢吾懼其不永年也叔父母以爲大母愛憐之後稍寛假之而弟亦遂能砥礪自立至于成人嗚呼大母沒九年而言竟驗矣弟無子女將俟其弟德輝之娶也生子以爲子銘曰

胡無而有胡有而無命乎數乎已矣悲夫

汪蓮亭哀辭

莊生有言適來夫子時也適去夫子順也安時而處順哀樂不能入也蓋元通合變之士與造化爲一其視死生也如晝夜天不能有晝而無夜人亦不能有生而無死故橫渠有曰存吾順事歿吾甯也夫存而順事沒乃得甯故曰善我生者所以善我死也然此可與上士言而不可與悅生惡死之下士語吾鄉汪蓮亭水部其來也備五福之全其去也得懸解之樂殆所謂死生無變於己火傳而薪不盡者歟奕雋於水部爲中表兄弟又相知最深于其逝也不可無一言又不可以悲詞蕪語

滑反眞之靈府故述老氏外生朝徹之旨覲長逝者之
和豫通而不失於兌也水部其覽而領之也乎

陸甫元哀辭

陸君孟莊之從子沅卒余旣爲之傳踰月而孟莊哀未已因復爲此辭以紓其哀且以解沅之悲于地下焉辭曰

竆洪鈞之宰物兮冥不得其端倪紛來者之何自兮睽逝者之何之胡椿長而槿短兮胡蕭茂而蘭摧將衞生之有得失兮抑稟受之非齊閔芸生之遊于羿彀兮疇炳燭于先幾嘅秦越人之不可復作兮謂當生而能起之者爲誰企達觀于往哲兮蓋知命而形則遺視生死爲旦暮兮彭與殤其奚有差洵和順通而與化爲體兮

庸詎知夫悅生之非迷彼衆人之或或兮又烏識毅豹之同所歸覽委形之萬化而不可極兮是之謂縣解而抑又何悲

擊壤辨與韓旭亭

委題擊壤圖圖與跋並據路史及明劉侗所言爲證今詳考之有必須更正者不能不陳于左右按壤以木作之句見周處風土記風土記未見全書惟文選謝靈運詩李善注云周處風土記曰擊壤者以木作之前廣後銳長四尺三寸其形如履將戲先側一壤于地於三四十步以手中壤擊之則似壤是木爲然古人制器制字皆從其類不相紊亂故金者從金錢鏄是也木者從木柷椌是也竹者從竹簡籍是也革者從革鞬鞁是也土者從土壎墣是也壤如木爲不應從土壤之爲土爲地

正訓久矣古人席地而坐據地而歌卽擊地爲節如鼓腹如拊髀隨其所便以適其情故擊壤者擊地也土塯茅茨之年田閒野老安得專制一物所謂如履者以爲戲耶故李商隱上崔相國啟有行舞舜戈坐畊堯壤之句若是木爲豈可畊耶魏晉之閒僞書雜出未可盡信卽風土記果是周子隱眞本亦必晉代好古之人臆造其制名之爲壤子隱不察援以爲記然謂所持以擊者爲木則可謂所擊者爲木則不可今時去堯已遠欲仿爲圖或如風土記之說亦必以一置地且必如履乃合也至宋羅泌路史帝堯紀云蒼髫巷歌黃髮擊壤此二

句乃襲用晉張景陽七命文泌之子莘注曰藝經云壤以木爲之前廣後狹此後世依倣而託之者又云風俗通云形如履長三四寸下僮以爲戲俱妄要是敲擊土壤爾莘之注如此是羅莘亦以壤爲地以云木爲者妄矣然以風土記作風俗通則又莘之訛也至劉侗所云則是近人戲具如今北地所謂打柭柭者非巧捷素嫻不能爲古人質樸不應爲此且與風土記及路史注中所載俱不合不可爲典據臆見如是惟大雅裁之

示祁甫二孫

子曰温故而知新可以爲師矣子夏曰日知其所亡月無忘其所能可謂好學也已孔子子夏開示爲學之門如此此非爲修辭言也而修辭之訣不能外此汝曹讀四子書詩書易禮左傳既卒業於國語國策史記漢書韓歐蘇王之文亦略能成誦則作文之根柢已具惟患讀而不熟猶不讀也熟而不能解猶不熟也故願汝曹日夕温理尋繹不可間隔以致荒落至時文之機法局勢則前輩之文具在取而閲之自不難日就月將躋于大成孟子曰苟爲不熟不如荑稗東坡常言雖高才非

甚習不爲功以孟子東坡之聰明尚云然學之不可不
習習之不可不熟可知矣至於成熟自有汨汨乎來之
趣所謂有本者如是一題到手自有一題精義出于胸
中一題機局赴于腕下韓子曰根之深者其光融有不
期然而然者所謂水到渠成者也行文之樂如是如是
則出而應試自必投之所向無不如意卽不然而在我
有可恃在人者竢乎時而已得志則以其所得持躬應
事左右咸宜不得志而伏處亦可以自娛此讀書眞樂
也汝曹勉之吾之爲教雖古人復起不能踰也詩云其
惟哲人告之話言順德之行其稚愚人覆謂我僭汝曹

其爲哲人乎爲愚人乎在所自取矣

鐵簫銘　呂秋林製

鍊金肖竹鏽絲勝肉

自題白描獨立小像

抱一見獨守黑知足有夢不到蕉與槐無營不知蠻與觸或以爲慕貞白之風或以爲追猗玗子之躅噫其殆心死灰而形槁木者歟胡爲乎猶溷迹臨頓皮墅之間而不戢影于三層之樓逍遥乎杯湖與退谷也

方竹杖銘

其節貞矩以成其聲鏗險迺亨而毋斯輕而冥而行而顛而傾

三松堂詩續集序

余曩官中書與潘榕臯先生相見於直廬時先生爲是官者七年以資當遷侍讀久之僅得戶部主事以歸先生仕進不達而志意澄澹漠然不以介於其懷特肆力於詩爲之甚勤嘗一主貴州鄉試道途所經山川險隘詩尤奇壯可喜是時京師之言詩者吳中張瘦銅方與錢籜石侍郎蔣心餘侍御迭主敦槃之會先生閉戶歠歌不設壇坫年甫五十遽歸竟不出嘉慶七年余歸自湖南寄三松堂詩集屬序未有以應今年歸自京師復寄續集責前諾夫人生無百年天道之運行晝夜往復

靡有紀極而人之轉移其間者歲月無幾寖成衰暮今先生之齒七十有二而余亦年垂七十距初識先生時已閱三十六七年向在直廬間沮先生者久已灰銷燼滅歸於烏有而先生子姓昌大顯融家有園亭松石之勝先生褎裒其中盅乎其胷睟乎其容形而爲詩有沖夷自得之趣顧余白髮歸田人事多擾尙無以怡愉其心志宜先生之詩老而愈工而余詩日以拙也先生詩淵源風雅已見於蘭泉司寇之序余故但述夙昔朋舊之誼與夫今之所致羨者著於篇而其詩之所以工不復道也嘉慶十有六年季冬之月無錫秦瀛

題辭

婺源齊彥槐

不盡閒居泰適詞，香山重訂暮年詩。（白樂天自序後集云：閒居之詞泰以適。先生續集始丁卯，蓋歸田十餘年矣。）入間眞有神仙侶，老去渾如少壯時。虛室四窗游造物，長城五字卻偏師。先生自有千秋在，莫悵堂堂白日馳。

無端忽發滄洲興，邀我同登北固船。瓜步盡頭江入海，松寥高處樹參天。茆庵紙帳成三宿，芍藥鰣魚又一年。安得荆關神妙手，生綃十丈寫雄篇。（庚辰三月與先生同遊焦山，倡和頗多。先生思倩畫工作一長卷，錄詩於後藏之水精庵，至今未果。「芍藥當階綻，鰣魚出網鮮」，予水精庵題壁句也，先生賞之，有和作，詩皆載集中。）

天然好句似東坡，險闘尖叉韻愈和。勝事古稱吳下最，耆英今比洛中多。續集中多次韻詩，所與酬唱皆東南耆宿，又有范支山集十七人爲千齡會之作，尤屬佳話云。相期南岳能來否，欲訪西湖奈病何。前與先生約遊西湖未果，頃書來有秋間來游陽羨之語，小南岳在荆溪。且把公詩過長夏，高樓如對洞庭波。

江山風月總精神，珍重園亭獨樂身。留客茗新烹雀舌，著書松老作龍鱗。放翁團扇家家畫，杜老羣鷗日日親。更十五年編一集，雞林爭訊百齡人。續集始嘉慶丁卯，迄今道光辛巳，計十五年。先生年八十二而神明矍鑠，與會益高，期頤之壽可必也，故祝之。

歸安葉紹本

碧山學士鑑湖仙江左詩名六十年見說蒼顔猶少壯
水芝亭館卽壺天
悟徹浮榮早息機未衰便製薜蘿衣雲山翰墨供頤養
咽嗽華池水自肥
吟遍横塘又越溪吳王臺殿晚煙迷靈巖花草寒山雪
付與先生細品題
石湖居士范參政北郭詩人高侍郎惟有公才堪鼎足
盡予忍搜佳句入奚囊切
斟酌橋邊一棹開衣香人影照蒼苔女郎匹袖林花豔
唐六如題扇句女郎全匹袖杏子一林花合有閒情付酒杯

紫荆連理竹成林兒輩勳名耀海濤公似東山謝安石
每聞屐齒報佳音
耆英杖履最風流老輩名篇互唱酬恰似德星羣聚里
千秋常得此人不
水流花放悟空山揺曳春雲自往還手障狂瀾功不小
狐禪鬼唱總教删
我本江湖舊散人牽船曾住葑溪濱青萍拂拭懷知己
獨許駑駘早軼塵
廿年鄉夢隔吳舠忽枉瓊章絢彩毫百歲羅城知待築
他年舉臂問盧敖

三松堂續集目錄

卷一　古今體詩九十八首

卷三　古今體詩一百二首

須靜齋詠物四首 銀藤 木香 薔薇 長春

題尤西堂先生柳陰垂釣遺像

寶山浦鶴天曾索予題其所著冷香集而未識其面也今有人自海上來云已作古人易簀時云欲得予輓詩附名卷中鶴天之詩固可傳而予則非能傳鶴天者也因書一絶以答其意

和錢梅溪移居翁莊詩

壽源小隱圖爲汪竹坪

王雪窗小影　楊補帆昌緒山水

誠上人

容有以詠絮詩見示者漫和一律

題汪籲三先生長楸先路遺卷

三月下澣四日同槐江同年春樊舍人流水禪居

坐雨柬楚圻上人

余舊居西北隅海宏坊有海宏寺載在志書予族兄緒陶昆仲讀書其中乾隆癸亥甲戌間余亦常來往寺中時額已易題兜率庵今住持僧重加修葺仍舊題曰海宏寺四月初旬偶然來遊回首舊遊蓋已六十餘年矣慨然有作

卷五　古今體詩一百二十三首

三月十七日遊吾與庵

吾與庵傍隙地一畝庵僧心誠創開放生池掘地

得古井淤而不治疏之有泉涌出清冽可鑑毿

石作闌請名於余名之曰天眼佛有五眼一曰

天眼且地在天平山下也因系以詩

歸舟漫興

爲韓見南題其外曾祖錢訥生雙鬟索句圖

六月曾孫觀保生十月曾孫介繁生詩以志喜

爲陶雲汀中丞題滄浪五老圖

年届九旬科逢己丑蒙

三松堂續集卷一 始丁卯冬至庚午夏　吳縣潘奕雋榕皐

不作詩半年矣善慶庵住持懶庵以虞山雲霧茶見餉破戒賦此索懶庵和

懶庵禪門秀曾作虞山遊貽我春前芽啜之香味幽憶昔中孚僧青蓮共獻酬側想劍門下玉乳泉交流豈無白蝙蝠如鴉亦如鷗懿此雲霧姿品與仙掌侔定有世外侶采之佐清修君其中孚倫我非青蓮儔晴窗松竹下活火試一甌題詩誌幽賞佳話梵宇留

李虎觀司馬邦燮梅梁漁隱圖

五湖最勝是梅梁聞說幽棲足稻粱也擬移家來結侶
水雲深處聽鳴榔

和同年吳曇繡廉訪見贈詩韻即送之粵東任

聯鑣促席憶京居回首前塵卅載餘忽聽閒門傳剝啄
叢書堆裏蜨蘧蘧
鳴珂舊侶歎寥寥掞藻猶能賦蓼蕭想見扁舟雲樹裏
懷人戀闕夢迢遙

韓梅坡輓詩

義門何焯退谷汪士鋐風流歇吳下書家說老錢同年鶖灘舍人梅坡鶖灘女孫婿也今日梅坡又長夜空餘筆勢想翩翩

草庵老屋記吾遊（草庵衚衕名君所居也）讀畫論詩與頗幽蟲臂鼠肝等閒事驚心歲月十年遒

郭菀雅七十壽

五十年前友如君有幾人蓮花京國夢（辛卯歲君在京師讀書蓮花寺）香雪故園春（君築珠華山館於香雪海余有詩曰人與梅花共一樓卽屬余題額）心跡塵氛遠門庭樂事真霞觴期共醉滿引莫辭頻

蕭山汪龍莊明府（輝祖）既逝令子秋潭吏部（繼培）彙寄所刻遺書各種披覽尋繹感舊有作

芳訊西輿遞開函意惘然戴星思報最話雨記棲禪（己丑春試禮闈余與瑞金羅苕山同寓水月庵龍莊過訪苕山余因與締交一時直諒多聞之友如龍莊及東原二

雲伯思時時過從由今思之不可得矣

雙節前徽迴龍莊少孤爲兩太夫人建雙節坊一時名流題詠有雙節堂詩成帙聯鑣繼起賢令子繼培繼坊相繼登第遺編咀炳燭吾欲佩韋絃

汪龍莊退思圖

知非伯玉行藏決學易尼山歲月長會得翛然獨坐意不須五夜更焚香

金山受具圖爲慧照長老題

一瓶一鉢更浮杯玉帶山門望裏開此日閒窗譚勝果萬松引路憶重來

入臘以後病肺不支不飲不食以書自遣除夕

病體小蘇家人輩治具爲頌椒之飲即事有
作

赴壑脩蛇去若馳屠蘇到手忍堅辭休糧可是餐霞客
挾策猶思入塾時（歲在丁卯余年八齡始入家塾今歲又屆丁卯矣）室暖漸看
盆萼放帷深未許蜜蜂窺軍持清供眞清絶添插庭前
鵲啄枝（膽瓶先有山茶蠟梅適拾得松枝同插覺更疏勁入畫）

戊辰元旦疊前韻

六街騎從鎮如馳鍵戶先將賀客辭晴旭祥雲覘氣象
爐煙扇影憶年時閒身蟄室聊虛寄病眼陳編還一
窺最喜盆梅繁似杏不容詩老辨青枝

子舍得雄命名遵祁詩以志喜

七十老而傳心寬世澤緜遽應同取火儉不學開筵鑷白憐顚鬢含飴冀歲年錫名殊杜宋有覺祝希賢墮地之辰

適余讀春秋襄公二十一年左氏傳叔向曰必祁大夫至不見叔向而歸一節心慕其人遂以命名

和劉蓉峰五十述懷詩韻

蕊榜才名擅早年繡衣翔步待朝天批風抹月筵三雅清簟疏簾手一編紙閣素琴聲靜好瑤階雛鳳采新鮮知非未是桑榆景咫尺雲霄尚勉旃

屏絕塵緣自遠尤舞雩曾撰異求由蒓鱸有味懷高致絃管無心逐俊流林屋龜蒙曾蠟屐杯湖元結慣浮舟

我來花步頻回首月榭風亭事事幽

同人山塘賞桂用趙甌北前輩見寄詩韻即以
寄懷

又攜笻屐步芳塘放眼秋光引興長人對青山忘世味
坐酣黃雨飲天香（先生寄示賞桂詩翻用桃花亂落如紅雨之句作黃雨歌創解實確喻也）
騷壇老輩傳新唱藝苑清才各擅場妍暖莫嫌節候晚
不妨吟賞到重陽（桂花晚開者最繁名寒露花過重陽則菊花上市矣）

題周雲巖（笠）百花圖卷

徐熙黃荃院本少藝苑珍秘南田翁松陵周生得惲筆
化機在手天無功風枝露蕊各異態籠日含雨搖嫣紅

晴窗妍暖一展卷穿簾觸几來黄蜂我怪周生技至此
曷不干進甘固窮客言生也非獨技其行迺與曾閔同
千金之聘卻不顧奉親賣畫供朝饔豈與畫史論拙工
春暉遲遲春酒濃鹿車委巷依伯通但覺斗室常春風
人間榮落何匆匆

題畫

芭蕉葉大竹風涼梧影蕭疏覆石牀不用冰絃操白雪
高山流水韻偏長
幽棲底事王官谷真賞難邀方子春識得無聲詩裏畫
人間光景自常新

同人見和志喜詩復用前韻致謝

新詩脱手傳淑貺荷纏縣喜誦泠泠句慚無秩秩筵琢磨須美質穮蓘有豐年願借鴻篇力箴之到古賢

二月廿三日重過毓秀山房

爲赴山僧約重移春水船幽棲尋勝地再宿是前緣映水花明眼穿籬筍刺天舊題留粉壁陳迹感流年

白雲精舍晤澄心上人有懷一峯長老復用泉字韻

春遊循歲例停屐爰聽泉更借那迦室言參玉版禪密林含宿雨穉柳弄晴煙安得來圓澤三生問舊緣

小憩餘清室題虛白二字於壁復吟二十字留贈涪江

小憩捐塵慮，拈豪散滯襟。何當約靜侶，長此坐觀心。

聞思庵晤昆峯禪師用壁間旭亭韻

獨樹江村岸，十年長掩關。心隨清磬遠，身與白雲閒。羨爾離塵久，憐余脫網艱。莫誇詩句好，祇遺鬢毛斑。

七十生辰述懷

拙宦宜歸田，假滿不復出。俯仰二十年，流光負電疾。今晨氣候佳，繁葩耀林日。開軒集諸弟，（余同祖同行，齒忝居長。）再拜列子姪。紛華性非欣，絃管先屏黜。杯盤聊取具，情話愛

眞率家人謂酸寒竊笑不足恤儉者德之共吾其守勿失

懷橘思陸績臥冰緬王祥故事少歲習風木中年傷余五歲慈親課日記故事指所繪臥冰懷橘圖爲訓由今思之如昨日事也嗟哉鮮民生悽惕露與霜況茲毋難日百感縈中腸同氣仲與季白頭雁成行明發懷二人年壽無此長祭豐甯養薄苦語悲瀧岡長吟小宛篇夙夜何敢忘

生世多艱辛再娶不偕老鬱鬱原上松離離隴頭草家庭有眞樂吾樂蓋亦少去年幸舉孫桑蓬映文褓牙牙近學語眉目頗娟好騰上未可期謹愿庶家保見卵而

求時作計亦太早無須論賢愚聊用慰枯槁

氣盛耽逐物年衰畏徇人菽水可娛情樂於絲竹陳一味可悅口甘於羅八珍循陔能養志筆詩補先民長筵物命戕大懼傷吾仁造物佚我老毋爲勞我身莫樂於如意毋爲擾我神莫樂於如意莫慘於不如意東坡語也洗腆致用酒何必拘生辰

家世守青氊偶然忝祿仕浮沈郎署間陳力不能止惟將報　國心遲勉勵繼起報　國何所持先須端素履勿欺孔門訓無忝詩人美行藏有殊途忠孝無二旨吾衰不自振耿耿心未已傳家惟守身寡過用迓祉

褊性寡所合淡交無恆流出處大海萍聚散春波漚年來思屏跡善病同隱𠑽益復自斂退索居鮮朋儔非無停雲懷孱劣憚獻酬今年厄運脫俗於生辰有脫邁交運之說宿疾庶可瘳藤花簷前開林筍籬邊抽何當翦蓬徑惠然來羊求

嘉慶己巳上巳後一日諸弟諸姪姪孫輩集三松堂郎事有作

新晴淑景正晅妍飫飲天倫樂事全醉月漫誇春夜序弟畏堂爲製壽序根柢經術樹義淵雅覺青蓮桃李園序猶是才人手筆絜餐合譜白華篇余移居之明年藤茁於庭客曰此壽藤也不種而生是爲上瑞越十年歲在甲子花開如銀今年更爲繁盛

愧推庸敬稱家督，豈有清修覬地仙。蔡生甫學士書調息箴寄祝，蓋愛之欲其生之意，故用以爲𥅏耳。余則擾擾塵緣，誦繹叚規，內省滋疚也。願與吾宗成典故，鄂樹相接引長筵。歲屆癸酉，弟畏堂年七十；甲戌，雲浦年七十；今年秋水六十二；梧紅、珊曉、塘熙堂亦皆近六十。

爲程殿之題其尊甫心栽比部試茶圖後

綠陰晝靜日遲遲，點筆春雲起墨池。留與藝林傳韻事，人間三絕畫書詩。

嗜好酸鹹見性眞，淸門世守信堪珍。幽齋吟賞頻開卷，重試風前顧渚春。

喜費鶴江給諫過訪

繡衣東國仰威名袿管冰壺聽頌聲已喜木天攜令子心谷太史侍養回籍又看鹿洞列諸生今年主講正誼書院論心久悵河山隔攬袂先欣手脚輕往事從頭聆絮語翦鐙濁酒要同傾

聯鑣接席記前因誰遣窗間喚孔賓林壑棲遲憐我老笑譚款洽愛君眞風淸笠澤須茶具眼闊滄浪有釣綸樂事歸田憑領取從今來往莫嫌頻

理安寺住持澄谷上人以余七十生辰遠貺方竹杖並侑以詩次韻寄謝

澄公方外最情親淑貺遙將慶降辰擬向九溪十八磵

拄笻來訪誦經人余擬秋間重遊西泠

題蘭皋覓句圖爲歸佩珊女史

繡餘蘭徑日初長佩珊有繡餘詩稾小憩微吟坐石牀花韻一欄詩脫稿不知是句是花香

以龍井茶餉簡田簡田用前韻爲謝復和韻酬之

追暑閒眠困晝長好風吹過竹邊牀新詩一卷如冰雪沁齒眞同百和香

京國回頭舊夢長何緣竝坐讀書牀不須更說頭綱味且試春前龍井香

恭和
御製憫忠詩
聖主求民隱如傷視萬方痌瘝軫夙夜廉法飭循良下
國逢霖澇偏災靳降康疇咨切　宵旰補救布銀糧豈
曰肥官吏惟思集散亡古稱渤海遂今賴潁川黃側席
勞　清問何人守憲章丹忱矢骨鯁蒿目盡心傷一鶴
依雙樹羣鴻嗷四鄉鉤稽期確實冊籍笑荒唐報　國
非沽譽全忠竟召殃孤蹤來卽墨奇禍被山陽傑士身
何惜兇徒命亦忘天靑走魑魅肘近繞豺狼令但圖脂
潤守甯冀後昌茶鐺聲乍沸鐙火暗無光沈獄傳通省

奇聞播近莊鬼猶泣佛宇虎自坐琴堂天網疏難漏人
心險善藏
皇威赫疾雷　邪法懍寒鋩試問胸膺斧何如金滿囊
簡孚騈五賊奏當亟三祥伏讀御製有助逆織宄三祥五賊罪難償之句
己伸沈滯才眞惜棟梁匡時應有策射影詎能防不是
誠求切誰將曲折詳凶殘看盡取幽憤快全償賜
祭　恩光逮摘心　國典彰魂還感
帝德死以著臣綱進秩如身受摛詞覺墨香憫忠膽
睿藻億載姓名揚
沈古心遺照

古人不可作古道今人嗤卓哉古心翁心與古人期八十老復丁談笑揮熊羆逍遥頤天和其樂世莫知秋菊有佳色巖松挺幽姿壽命亘有窮遺澤無盡時作善百祥降古人語豈欺題詞作左券來者徵吾詩

海甯吳槎客騫以余生辰寄詩爲祝次韻奉謝並以寄懷

花橋過訪記秋中乙丑秋日槎客偕陳微君仲魚訪余三松堂魚素頻年悵未通君自遺榮齊漫叟我方學道慕支公近爲吾與庵僧寔石作支道林詩序病憐禪榻書魔在老羨騷壇筆陣雄茂苑新倉隔帶水新倉君所居也白頭吟望海天東

顧星橋醉菊圖爲令孫虎人題

歸田樂事幾人知，滿地黃花滿眼詩。却笑東籬獨飲者，聯吟未有五男兒。（陶詩雖有五男兒而不好紙筆）

一門風雅近今無，韻事爭傳醉菊圖。最羨虎頭聲望重，清才又見小於菟。

和張涵齋侍讀（燾）送子詩

送子臨歧告語詳，大河北去路茫茫。玉堂天上頻回首，記與階前厚朴湯。（立殘殿角梧桐影，與盡階前厚朴湯，宋人詩句。君官翰林最久，故用其語）

臨溪老屋說溝沿，小築幽棲葑水邊。最是鷗波晴望好，春流滑笏草緜芊。（君藏松雪翁墨跡，題其齋曰鷗波舫，余爲書額）

春波弟哀詞

宗黨同行最少年拈毫筆勢喜翩翩尢熊他日徵遺澤玉樹三株看竝肩

風貌門才比阮何隙駒難駐魯陽戈水雲近有新塡譜愁聽尊前按拍歌弟好臨池又精音律余有詞譜輒爲按拍

題管佛容僧服像佛容名鼎其師彭二林居士

贈字曰佛容

二林字君曰佛容我信君眞佛弟子佛家之教尙慈悲君能以術起人死不爲良相爲良醫肯墮家聲直如矢

佛容五世祖諱玉音明天啟乙丑進士官工部營繕司郎中以忤魏閹歸舊遊卅載今復來

庭下一泓八德水

同畏堂弟過雲濤雲濤有詩和作一首

意行喜弟共乘興又君家院靜風初暖譚深日欲斜償逋耗硯墨是日償書逋目力幾竭因出遊以養之迎歲覓瓶花欲買山茶而花放者尚少颯到雙修句清香勝木瓜齋頭新供木瓜

懶庵和上寄到風帽詩以謝之

幅巾新樣仿僧家白氎光明未足誇從此禦寒真有具徑思踏雪訪梅花

和星橋西泠歸棹之作

西泠歸客遍殘年擬放溪頭訪戴船餽歲厭循吳下俗

祭書欲結古人緣十二月二十七日爲余禮斗齋期陳所誦經史及所評杜韓白蘇詩集設明水香燭作祭書之舉歲以爲例春回銅井探梅信雪霽南園看柳煙此是吾儕眞樂事須知天賜莫違天用王右軍語

除夕閉門讀易用丁卯歲除馳字韻

急景奔輪下坂馳衝寒香又放南枝屠蘇入手嫌身老爆竹關心信耳遲京師人謂耳不聰爲耳遲大道端須先覺覺羣生最病不知知天根月窟誰來往靜玩尼山彖傳辭

庚午元旦立春喜晴

祥飈淑景滿城闉琪樹晨曦耀彩新上瑞已占臘月雪快晴況遇歲朝春尊餘柏子延歡伯坐擁梅花對喜神

宋伯仁梅花喜神譜刻於嘉熙戊戌景定辛酉重鐫爲金華雙桂堂本不曰圖而曰喜神者當是用少陵巡檐索共梅花笑句意謂傳其喜笑之神耳莫笑衰翁甘冷淡從來淡處樂方眞

顧星橋圭峯紀遊圖

鹿洞書堂帶草春聽松庭院靜無塵探幽最羨清遊樂定有吟風弄月人

挈朋猶記入雲煙指點圭峯在眼前何日更攜筇屐去與君同酌虎跑泉余於甲子春遊西泠雨登萬松嶺

陳雲濤守梅圖

仙禽不作乘軒夢戢影林間長忍饑昨夜月明香沁骨

那知人世稻粱肥

蔣雲舊捷南宮　授職中書乞假過訪

紫薇花下舊詩人戢影菰蘆白髮新莞䅧幽堂聞剝啄

曉來三徑喜生春

五花彩筆映宮袍詩酒消寒興倍豪時以清風亭聯句詩箋見贈莫

說老夫衣鉢在雲霄指點遇風毛

題慶佑之方伯畫蝶卷

晴窗戲墨卷湘簾鳳子輕盈落畫檐偶勒春光來腕底

試拈生趣出毫尖梅開東閣風初暖草綠南園夢正甜

莫說滕王誇舊本粉香飛動滿吳縑

一枝彩筆擅風流貌取江南景物幽舞處似迎才子袂飛來欲上美人頭深深好句曾吟杜栩栩高懷想化周却憶絢春春似海春風又到百花洲方伯爲文端公哲嗣奕儁於乾隆庚寅始謁文端公於里第絢春園公别墅也

環溪垂釣圖

蹔將新竹作漁竿放眼雲山當畫看溪上紅塵原不到溪邊風月向來寬

春到環溪緑遶村村頭指點舊沙痕知君頗憶坡仙句但覺來多釣石温

題漢陰園咏卷

卷爲元張伯雨畫菜明姚公綬題額作記與詩今額與詩俱存記失其半而畫已不可蹤跡黃君蕘圃收得之裝潢成卷屬余題詩

句曲山人伯雨自號久已仙畫圖幻化等雲煙尚餘水竹仙村句水竹仙村公綬自署所居也來結吾生翰墨緣

話到分香跡已陳不妨抱甕寄閒身勾萌甲坼生機滿獨樂園中味最真公綬詩夢不思分漢署香註云因閒居食菜得趣故無漢署分香之想

著脚風騷境界寬齏鹽聊取足盤餐人生窮達由天付若箇當官會做官公綬題云余不會做官乃附隱逸風騷中或可著脚也

扶犁我亦學樊遲幾棱去聲春畦送老宜風味茅齋良不

惡豳風讀罷讀陶詩

春來

春來更何事老至久無營林暖鳥方喜泥融草又生忘機觀物態閱世悟人情最羨前村叟安閒樂耦耕

題同年姜杜薌司寇曉村問雨圖圖係官湖南巡撫時作

射圃東偏又一村舊遊陳迹畫圖存勤民心事眞如繪不是尋常學灌園

柳陰濃處鵓鴣聲問雨亭前記課耕莫道爲園今獨樂東山念總繫蒼生

鴻爪泥痕認舊緣回頭往事廿年前如農有畔留箴語

不信今人異古賢司寇又一村題記用左傳子産農夫有畔句故云

白雲泉重用舊韻

良辰嘗穀雨勝賞又雲泉春色自延客山僧欲破禪題名尋蘚壁爪徑裊茶煙一歲一遊覽是山吾宥緣

錢蕣石宗伯折枝花卉卷

清卿耄歲遺榮日百福宗伯所居巷名幽棲獨樂身想見晴窗閒點筆溪藤一卷自生春

高枝橫放亞枝斜比似沱江又一家自題云仿沱江筆意豈但天機呈妙趣祇應書卷吐清華

墨池清興奪天工妙手當年說必通先生書畫皆用劉必通筆云其家匾

字係董文敏所書其筆圓健迥勝湖穎也絡角紫藤桃爛漫小齋常日有香風余藏先生著色紫藤緋桃楹帖

讀畫論詩憶昔緣歸帆陳迹卅年前風流二老春明夢留與人間作話傳兼憶夢堂先生也宗伯與夢堂先生交最契先生論詩最推重宗伯歸帆亭夢堂先生與客談讌處

慶佑之方伯泛月理琴圖

似月襟懷朗印川阜財解慍賴旬宣稽心羊體天然妙要理冰絲和舜絃

不將富貴礙高情句香山愛聽扁舟雲水聲想見月明羣籟靜四山響應一波平

定有魚龍出水聽何分白下與西泠（袁簡齋明府題詩以爲白下景王述菴司寇以爲似西湖故云）六橋煙景秦淮柳譜入金徽總性靈宛是當年不繫舟濟川安穩坐中流江南香雪眞成海彈到梅花韻更幽

穹窿山餐花居題壁

春遊懷戊歲信宿又庚年喜晤煙霞侶重聯翰墨緣花香濃似昔身健遜於前後日扁舟去仍嗟世網牽（余於乾隆庚戌三宿穹窿）

山塘怡賢祠牡丹盛開二非禪師招飲花下即席有作

天留輕暖護瓊葩勝日春濃釋子家莫以塵緣移定力儘容淨眼看繁花清平才調今還豔晝錦風光客自誇解得色空非有二不妨鐘梵送年華

杜蘅見和再用前韻

淺紫深紅盡放葩此間種藝有專家相期世外蕭閒侶同看尊前爛漫花句咏西明佳共賞（元微之有西明寺牡丹花詩）人來洛社健堪誇玉簫金管無須問要譜新篇紀歲華

研齋和韻三疊前韻酬之

誰施錦幄護奇葩僧舍真如老圃家懶性慣尋塵外侶閒身且看佛前花三生圓澤今何在（謂竹扉禪師）十丈青城

舊所誇但得壁間好句滿頓教枯寂擅清華

畏堂弟招集歸雲看牡丹四疊前韻

側想歸雲浥露葩筍輿徑造子由家新醅初熟社公酒芳信十分縠雨花閉戶工夫輸爾密揮毫結習笑余誇韶光是處堪吟賞何似今來咏棣華

槃溪招看牡丹五疊前韻

細雨輕陰養玉葩討春排日又君家奇姿應入名園記老眼眞看瓊島花宋湻熙間如皋縣孝里莊園牡丹一本無種而生推官某愛而欲移之掘地尺許有石如劍長二尺題曰此花瓊島飛來種只許人間老眼看遂不敢移里中鄉老誕日值花開必往宴爲壽有李嵩者于三月八日生自八十看花至一百九歲事載羣芳譜水際竹間原富貴

鵾絃檀板莫矜誇年來才盡吟情減但引芳尊玩物華

送范緗芸赴試京兆

十年能閉戶此去快披襟健看追風影清聽出谷音望雲遊子念畫粥古賢心指點青霄路春光滿上林

孫少迂銓横舍授經圖

官閒樂事看趨庭一子應須授一經聽說充閭佳氣盛玉川昨又抱添丁

六經次第各分程雛鳳清於老鳳聲何僅郊祁非異事待看八士紀宣成

擷芳亭牡丹始放六疊前韻

亭角晴雲擁絳葩春光也到老夫家自嫌廚少千鍾酒
定有仙來三朶花竹逕苔階安我陋鶴翎鳳尾任人誇
憑將彩筆留濃景待拂紅絲汲井華

研齋見示永定寺看牡丹詩七用前韻

聯翩麗句鬭芬葩此事從來擅作家饌飽伊蒲曾疊韻
香參薝蔔又吟花鞓紅西紫眞堪賞虛牝黃金莫漫誇
誦到鼠肝蟲臂句齋心吾欲奉南華時杜蘅已下世星橋亦歿于西洽故云

研齋復用花字韻余已戒作詩八用前韻爲進
一解亦以自箴焉

籠紗新咏豔天葩猶記聯吟開士家試問雕肝搏束筍何如聚頂玩三花收身但覺安閒好閱世難將老健誇九十春光看瞥眼莫嫌枯淡戀繁華

沈綺雲柳陰避暑圖

右丞萸沜能銷暑鴻乙草堂可滌煩聞說高齋更幽絶柳陰如幕水平軒

一抹涼雲水面生柳波深處有蟬鳴郊居賦就吾能讀雌霓還愁誤四聲

喜吳曇繡歸里即次惠題歸帆圖原韻

覆局常論輸與贏息機先後狎鷗盟交從少歲頭俱白

詩到歸田骨更清且挈琴尊移舴艋好將笠屐換簪纓眞詮有訣吾能領去訪當年陽道生吾鄉彭南畇先生刪訂陽道生眞詮上下二冊

懷人屢檢篋中書陳跡回頭夢幻如問舊半驚點鬼簿收心先結臥雲廬君時謀移居於今經國猶思子此地論詩或許余記否蕭齋南柳巷東華下直共停車乾隆戊戌蕭韶亭寓南柳巷招君與余飲齋中同席者閔編修惇大毛舍人上炅今存者惟君與余兩人耳歸帆圖韶亭所寫也

廿載扶犂食地肥決楡不羨刺天飛坐禪有客頻招隱西湖理安寺僧寒石寄余方竹杖又以和法雨禪師山居詩索序且訂秋中下榻松顛閣讀易何人可與幾去臘余有除夕讀易詩星橋惕甫皆有和作半世行藏嗟我老一家

翰墨似君稀冷吟閒醉身還健華表無須慨令威

扶胥旭日圖爲曇繡題

咸池飛燄淩天衢榑桑夜半騰金烏霞光萬道射鮫室扶胥旭日開橫圖使君才氣橫四海宦績昔在天南隅政平人和百廢舉山水文字供嬉娛君之州民吾舊友魚山詩筆追韓蘇爲君題圖述政績一一紀實言非誣使君今老解簪紱放意直入雲水區持圖索我更題句我詩旨與魚山殊憶昔與君薇省俱日出珥筆 彤廷趨中間苑枯不可道回頭自省都模糊塞翁未許喜得馬楊朱何必悲歧途我今廿載棲菰蘆君亦放棹歸東

吳精亡自歎齒老革髮短最羨容敷腴傾葵獻曝各有
願但撫陳迹嗟年徂曾陽之戈不可借羲和之轡誰爲
紆靈巖笱輿具區櫂張南周北能相呼會當挈榼理短
策相與閒處吟山湖

三松堂續集卷二

始庚午秋
至癸酉春

吳縣潘奕雋榕臯

趙甌北前輩重赴鹿鳴筵宴賦詩寫圖索題次
韻四首

宛同秋賦俶裝忙　錫宴加銜荷寵光青鬢早辭朝士
籍白鬚再入少年場官聲自昔推文楚體式於今寶正
藏佳話一時傳萬口新郎君看探花郎

艤舟亭畔古江村蓬徑縈紆竹掩門采菊種松忘世味
批風抹月識　君恩何人立雪能傳鉢有客談天任入
禪丈室泠泠眞似水不教道眼暫時渾

此是青雲第一程，霜蹄猶記躡風輕。斗山中禁思公望，鼓角南天播頌聲。胸貯冰壺兼玉帳，眼空豆嶽與杯瀛。誰知草檄摩厓手，老學庵中守一檠。

久矣滄江狎鷺盟，多生結習有餘情。霓裳曾領羣仙會，蕊榜重披千佛名。攜鶴家風堅晚節，倚樓詩筆擅長城。瓊林他日傳新唱，下走應來賦鹿鳴。歲次辛巳先生當宴瓊林，越歲壬午奕儁亦可赴鹿鳴筵矣

自題畫蘭

湘臯春信早，湘水綠波深。欲寫離騷句，臨風調玉琴。

春到草元亭，幽蘭含素馨。知君能守黑，不共衆芳零。

彝齋不可見衡山亦已遠誰識左徒心含毫對九畹
幽興寄澧浦遙情望楚天輶軒清夢遠僂指惜流年

題畫

一曲清溪照眼明夏天脩竹有禽鳴幽人獨坐渾無事
要聽瀟湘雲水聲

洪定山太守告歸寓居吳門出瀕行投贈詩冊
並留別台州諸父老詩見示因題其後

風流仙吏蘇兼白慈惠官聲龔與黃青霽鬱林眞並美
不須攜取壓歸航台州廳事前有石一片太守臨行題青霽二字
山深氣厚土風淳況復春隨有腳春我愛霞城臚誦冊

百齡聯詠有楊陳邦人士作詩餞行者甚夥題曰霞城臚誦而柏梁體聯句一篇中有臨海百歲楊端卿陳時雍二人尤爲昇平人瑞云

和黃蕘圃雪中見懷之作

喜雪拓松牖雪明松更青壓檐渾欲折舞幌未曾停豐歲明年定歡聲比戶聽何當烹日鑄並坐草元亭

友人有以詩代柬垂詢近況者和韻答寄

老甘岑寂愛三餘靜驗靈臺只晏如地布氍毹曲室暖鑪明榾柮夜窗虛疏枝壓雪松添翠冷蕊迎春梅已舒最是歲除饒樂事餽貧新獲八函書胡果泉方伯自淮寄到新雕翻宋本文選攷訂確核秀水金轡廷上舍寄到錢香樹尚書詩文全集中多有益身心之語不勝貧兒暴富之喜

小除夕雪中登彌羅寶閣得詩一首

拾級摳衣記隔年，銜寒歲歲此心堅。三霄有路憑誰引，下界回頭祇自憐。未信潔齊可見聖，敢生妄想說求仙。道人不識焚香意，爲諷黃庭內景篇。

辛未元旦和黃蕘圃見投詩韻

緒風纔轉雪消遲，初景新開松頂曦。雀噪閒門喜客少，獅堆晴院笑兒癡。賞心天貺千金子（風花雪月千金子，白紫清眞人句也），敲句吾慚一字師（蕘圃有詩每以相質）。卻羨宋廛（蕘圃齋名）饒韻事，歲朝一卷未停披。

題蕉園方伯指頭畫蝶卷

太常老道古仙眞游戲人寰幾百春我爲披圖思往事郤疑栩栩是分身太常寺有仙蝶不能常見相傳見者吉祥署中人皆呼爲老道乾隆年間余在京師曾一見之

又見當年高且園生機觸手粉留痕管城子遜天然趣悟入禪家不二門

花朝偶成

水國春寒未卸裘窗明漸喜午風柔攤書欲與古人語曳杖眞同造物遊小大甯論鵬與鷃栩蘧莫問蝶爲周山僧昨報梅花信擬放扁舟到石樓西山梅花最盛處也

沈十峯種石圖

仙掌帶雲移撑雲碧蘚滋虛堂淸賞足不羨小仇池

閏三月初七日三松堂小集

生辰逢淑景閏歲恰重三春滿平江路尊開老學庵毫還揮硯北杖或挂花南明日西山去攀幽興頗堪

廣西應山縣一百四十二歲壽民藍祥蒙

恩賞給坊銀緞疋復給與六品銜並

御製詩篇扁額以賜太平異瑞史冊罕見恭紀一律

和風鼓化宇粤海奏耆民豈意百齡後重開四十春

恩綸從驛遞

睿藻自天申史氏徵奇瑞無須紀鳳麟

閏三月十五日獨遊白雲精舍用舊韻

春歸花事盡吾自愛聽泉亭靜更無客僧閒不坐禪林

禽晴獨語磵草晚含煙那得同心侶幽棲謝世緣

丙寅己巳余兩過毓秀山房皆有詩留贈涪江

今歲閏月復至亭中則涪江下世已兩年矣

用壁間留題韻志慨

六年三坐此亭中敧岸繁花映水紅何限山邱華屋慨

聲聲啼鳥怨東風

偶遊吾與庵適遇澄谷上人歸自武林蕘圃用

余三字詩韻見投卽次來韻奉答並柬澄谷

拄策春遊獨浮杯歲隔三爲停黃篾舫並坐綠天庵書社荒城北新篇覛道南秋深同載去酬倡老還堪

次孫生命名希甫詩以志勗

含飴人喜壽而康協夢門懸蓬與桑老去肯資詒厥力用到漑事閒來待課鄂不章不從鄭讀作芳浮反科名何僅須天與才調機雲非我臧錫汝令名期汝顧柔嘉明哲保身方

楚僧雪島歸自五臺過訪三松堂索詩卽送之

遊廬山

飛錫曾淩菩薩頂浮杯纔泊闔閭城明朝相送山塘路夢聽廬山瀑布聲

錢撫棠少宰滌硯圖

浮艫翔鳳今安有吳興景星落誰手結得高齋翰墨緣方嚴真是端人友松風謖謖泉泠泠拂拭解事呼樵青天庭妙質信寶貴卻笑蘇子誇涵星雲林清閟多閒暇啟事山公暫乞假朶雲一字自名家練裙半幅原無價東吳不見太湖精此事今日推籛鏗銀鉤筆作怒猊勢金壺墨濺驚濤聲麥光鋪几心如水卻憶園居風日美焚香閒仿步虛詞盥手還臨春帖子楊凝式書步虛詞刻於戲鴻堂東坡春帖子詞刻於晚香堂絳樹青琴各異姿人生最樂是臨池怡神正值務閒候況是從心七十時用詩譜語先生明年正七十也

張雪樵餽湖蒓以詩柬謝並訂同遊

我欲遊西湖，七年秋復春。孤山林處士，笑客負因循。故人昨朝來，擕餉湖中蒓。清波涵雉尾，中有風露新。登盤滑流匙，入口清而醇。欣然爲加餐，一味抵八珍。紗幮果腹餘，夢落湖之濱。何當竟鼓舴，同泛錢唐門。

詩成而遊未果復詠一首解嘲

檀園老詞伯，潑墨何淋漓。三潭采蓴圖，昔歲安道貽。門生戴竹友贈李長蘅三潭采蓴圖冊，詩畫俱臻妙品。遂令清遊興，一往不可維。豈意張季鷹，惠然慰我思。平頭工烹調，安坐占朶頤。況復庭前花，天香方滿墀。重披檀園畫，細讀檀園詩。衰年憚

遠道巽坎毋須期淵明詩巽坎難與期

盧湘槎騎鶴清遊圖

富貴神仙夢已空鶴聲一一入雲中時人漫作腰纏想誰識清遊興未窮

廿四橋邊月正明平山堂下雨初晴冰壺心蹟眞清絕要聽橫江玉篴聲

定山餉宣紙池藕以詩奉謝

澄心古製問何如棐几晴窗夢醒餘慚愧連番雪比潔中書君已不中書用蘇句

那得峰頭玉井蓮踏來何處大於船菰蘆泥水眞堪樂

擬結池邊翰墨緣

山塘夜飲感念舊遊有作

搖碧齋前桂魄圓白　公祠下草含煙溪山勝處憑闌坐
振觸愁懷到酒邊
星河絡角隱高樓絃管誰家正賞秋燈火滿塘殘醉醒
羨他兒女鎮無愁

張雪樵觀察輓詩末章兼唁令弟月樵孝廉

勇退何人肯著鞭看君紆綬看歸田晨星舊雨嗟寥落
陳迹回頭五十年
報　國丹心奈白頭棠陰黍雨頌聲留羊城聞說登程

日截鐙邪人擁道周

山塘競渡共憑闌話舊懷人感百端今日相尋漬絮酒
一庭秋雨素帷寒

采得秋蒓寄驛筒報章猶記走蠻僮怪君不戀西湖景
卻向金閶作寓公

天水橋邊甲第開山邱華屋總堪哀飛飛丹旐悲行路
食報徐卿望後來

火窮不盡悟傳薪生死真同臂屈伸太息池塘殘夢醒
寒燈夜雨最傷神

荅歸佩珊女史見贈之什卽次原韻

寫韻樓高遠市塵一枝斑管燦生春評量不少詩書畫
贈答惟應形影神垂老光陰須自惜已涼鐙火漸堪親
人間歧路眞無限莫向長沮更問津
三生一訣落紅塵汨汨悠悠七十春閉戶未妨如學子
攤書不是慕經神早知夢覺渾無據來詩有自愧三生無覺性之句故用莊子語意試問身名果孰親活水心源憑自取莫將斷港認
通津

暮齒一首

暮齒畏人役孱軀避物攖晨興提四印黃山谷詩手提養生之四印
夜坐噀三彭酬客嫌耗氣吟詩怕損神渭南有妙訣斗

室署還嬰陸放翁自署齋名曰還嬰室

魏松濤春耕饁餉圖

又是分畦布穀時秀州城外雨如絲攜家我欲相隨去細讀豳風七月詩

宴坐寄昆峰長老

宴坐何妨晝掩扉閑門久矣客來稀寸田尺宅爲生計黃庭經寸田尺宅可治生謂丹田與面也別葉歸花悟化機早識栩蘧覺亦夢休言今昨是和非明朝擬放江村棹只有蒲團靜可依

弟畏堂子世璜同坐可中亭時秋深無一遊人

始見虎阜眞面目也

秋光皎潔秋雲白千人石上來三客山前輿廢幾亭臺歷劫常存一覺石卽俗所稱點頭石也在講臺傍上有篆書覺石二字

九月十三日偕蕘圃拉澄公同遊白雲泉

不看秋山色回頭十四年遊山皆在春惟戊午秋一看紅葉耳已衰猶健客尚暖乍寒天嵐翠眞圖畫泉聲當管絃是日友人邀余觀劇未赴故云無功留妙句吟賞石亭前余誦唐人樹樹皆秋色山山惟落暉句蕘圃謂確是眼前妙境也

夜宿吾與庵題壁

偶鼓遊山興因尋退院僧聞思閒倚棹是日先訪呂吾峰於聞思庵吾

與又扶藤題壁留公案安心伴小乘一龕清夢醒瓶鉢憶吾曾

隱谷歸雲圖爲吾與庵際風上人題

三宿釋氏戒結茅錫又飛因知出世者塵網不可羈我來雲外室庵中齋名一夕欣相依齋鉢晨共飽園蔬冬正肥浮生閒自樂此地堪掩扉蓮社渺千載遺風庶可希

廢園即事

賜閒堂下白雲涼賜閒堂額董文敏爲申文定書余及見之今無存矣又一村邊蔓草荒舊時堂後有屋數椽題曰又一村今亦廢剩水殘山如昨日儘容閒客話斜陽

頤生

壽世非吾分頤生自有方省言守氣毋散慮養心王風過琴流韻灰深鑪有香悠然丈室裏身世兩相忘

李補樵溪山無盡圖

大山宮小山霍畫手難逢鬬與郭大波爲瀾小波爲淪刺船不見方子春溪山無盡看逾好誰肯抽身事幽討瑕函芝草無處無紅塵滚滚令人老鍾吾隱者營邱孫看山讀畫忘朝昏放懷與寄煙霞表潑墨袖捲波濤痕虛堂展卷松風起咫尺眞同遊萬里褰幔看飛岱頂雲煎茶想汲灘江水山深可樵溪可釣山腰行客呼欲譍

何當結伴攜行縢青鞵布韈我亦能

十二月十九日東坡生朝尤春樊舍人懸像設祭招飲齋中用東坡和陶詩韻邀余和作

東坡生景祐乃是三代英寄蹟偶廣陵以詩寫性情和陶二十章對酒孤懷傾悠然夷曠胸那有不平鳴所嗟曠世感同懷不同生

虚齋香篆裊靚此鸞皇姿再拜奠芳尊侑以寒梅枝公詩無愧陶平淡彌神奇我亦和公作天成非人爲聊爲送神曲雲螭詎可覊

東坡生朝黄蕘圃新得宋刻和陶詩二卷以東

坡生日是今朝爲起句作詩索和即次其韻

題於卷後

東坡生日是今朝薊北蘇齋歲奠椒謂翁覃溪學士何似宋廛蕘圃齋名人獨坐和陶一卷諷深宵

東坡生日是今朝有客城南置酒招是日趙春樊舍人飲早覺春風入杖履篆煙濃傍鬢絲飄

東坡生日是今朝可有朝雲伴寂寥想到六如亭下路蠻風暖處雪全消

東坡生日是今朝斗室揮毫與自饒善本流傳期共賞一瓻準擬致員嶠蕘圃所居巷名

過山塘報恩寺爲僧雪齋題放鶴尋梅圖

逸翮無俗韻，孤芳有奇姿。自非出世人，未許爲心知。上人湯休徒，一鉢身相隨。偶憩贊公室，閒吟齊已詩。我本塵中人，頗有塵外思。風高雲去盡，露白月明時。鶴唳清澈耳，梅花香沁脾。還期入山去，毋使塵網羈。

劉崧嵐書來知卜居懷慶卻寄一首

故人河內住，昨到數行書。爲說休官樂，翻嫌把袂疏。崧嵐曾訂居吳，今已定居，來吳之期未果何時也 仙壇春暖後，王屋雨晴初。那得攜尊榼，花間並載余。

張涵齋侍讀見示壬申近什即用卷首眞字韻

奉題

欲攜蓑笠訪元眞三徑新開結德鄰折桂橋涵齋所居邊春澹蕩鷗波舫涵齋齋名下水淪淪尊前且共從王績窗外無勞喚孔賓擊壤一編手自輯不妨耕鑿作堯民

又贈一首即用前韻

投老遺榮冀養眞醉鄉原與道園鄰儘容泥飲從田父不是行歌慕隱淪芹藻舊聞樂泮水笙簧會見宴嘉賓侍讀重遊泮宮計庚辰當赴鹿鳴筵宴故云韜精我欲隨果老鼓腹同爲皞民李頎謁張果先生詩韜精殊豹隱

題芝巖研田分授圖

天庭妙質有涵星東坡贈范純父硯名晝日歌雲翰墨靈付與諸孫爲世寶看他著手起風霆

何分下潠與東屯聽聽應思世德存識得菑畬在經訓金鐖木穰不須論

木樨香入墨池硎院靜秋深老學庵卻笑東歸王內史漫誇天賜但分甘

聽雨和韻

又屆黃梅候紗幮翳不明夢爲蝴蝶舞坐聽鵓鴣聲處世誰非寄戕生最是名虛堂無客到緣簡得心清

青浦重建放生橋詩爲圓津院長老覺銘作郎

次原韻

問君好事意云何舊來好事今能否工部贈旻公句也精進幢驅十萬魔但願羣生登寶筏肯教此地歎風波皂江司馬今誰是少陵有李司馬作皂江竹橋詩紹聖棲禪功孰多惠州東新橋爲道士鄧守安建西橋爲棲禪院僧建並成於紹聖三年東坡以詩落之我讀新詩增百感昔賢遺蹟半消磨

鞭石前朝締構堅性潮往事話辛年公私並利須長策成敗相循信夙緣立志豈因難易變通行眞快往來便精靈剝復非虛語不壞身疑是後先陽明先生年五十偶遊僧舍見一室封鑰甚固命啟之中有一龕壁上詩曰五十年前王守仁開關原是閉關人精靈剝後還歸復始信禪門不壞

身是橋爲隆慶辛未僧性潮建今覺銘又於
嘉慶辛未建之安知覺公非即性公後身耶

壬申四月初六日獨遊山塘因過龍壽山房徧
閱元僧善繼血書華嚴經八十一卷讀宋文
憲題讚並閱乾隆乙卯與王述庵錢竹汀諸
君子題識彈指前遊葢十八年矣至暮乃歸
枕上得二十八字

生公臺畔起鐘聲新綠濃陰覆院清十八年來如一夢
願披梵筴餞餘生擬于臘月來此閉關

丹徒馮秭生瀆川春泛圖

聞說書堂枕碧潯春遊來往愜幽尋披圖我亦思移艇

讀畫看山更聽琴

題王竹嶼通守鳳生白雲迴望圖用卷中姚姬傳比部韻即送之官越州（通守爲通政司副使同年友亮令子）

何事分符卻戀鄉，新詩吟諷意深長。瀧岡表已恩榮備，京兆阡甯草樹荒。此去甘棠勤保赤，他時晝錦待焚黃。昌蒲可餌思前語，彈指驚心是景光。（乾隆乙未，余在京師，通政午日感懷有句云：「坐聽鸜鵒能人語，欲餌昌蒲作地仙。」余有和韻之什，今已遺失。檢通政集中，此詩亦不存。又余嘗贈結念屬霄漢隨時愛景光楹帖。今屈指計之，閱歲已三十八稔矣。）

題趙太常遺像冊後

公諱崙，山東萊陽人，順治十五年進士，於康

熙二十一年由禮部郎中督學江南以清廉
與陸清獻爲于清端公所薦洊陞至太常寺
卿今公五世孫曾來宰於吳以冊索題

前賢邈矣餘清風口碑猶説萊陽公公昔秉節來江東
秩宗品望聲隆隆如衡在懸鏡當空使躄者走聾者聰
采擾瑜瑾珣琪璁不以杞梓遺菅蓬長養追琢兼磨礱
起衰斯文日再中一編羣藻歌生童士子頌公德政有道南羣藻錄想
見樂育甄陶功嗟余生晚稟質蒙餘論未獲聆宗工肅
瞻遺範心忡忡公之曾孫今文翁述德繩武懷淵衷維
公亮節平湖同惜不並饗從祀崇千春令聞垂無窮

秋水園圖爲伊墨卿題

疏籬短彴影橫斜小築偏宜傍水涯那得扁舟便乘興看君潑墨寫梅花墨卿以所寫梅相贈

李桐皋南陔種菊圖

絜餐補得白華詩愛種籬邊裛露枝不是遺榮慕彭澤延齡要介北堂巵

汪心農守梅山館圖心農尊甫臨江太守築室種梅心農重加葺治屬余題額曰守梅山館朱葆眞孝廉復爲寫圖索余題句

疏枝冷蕊飽風煙想見幽棲樂事偏試拂金徽理三弄一天涼影舞胎仙

暝煙濃處雪晴時籠袖巡檐定有詩吟到天寒幽絕句
笑他舞市格還卑
東閣清吟舊夢長行人指點鄭公鄉一枝又報先春信
桐樹韓家無此香

和黃蕘圃聞思庵看桂之作

聞思白露後老桂佛堂前地僻無人到根深得氣先獨
遊真是果暫賞亦須緣余亦擬往而以病阻故云卻憶看紅葉山房
夜樹聯辛未年秋事

喜姪孫曾沂遊庠柬賀雲浦三弟並寄世恩姪
江西

暖風晴旭滿華堂翠竹蒼松自作行最羨憑軒舒老眼孫枝又見拂雲長

兩行鼓吹采芹回往事重提笑口開卻愧衰慵詩思減輸他仙令擅仙才檢篋得醴泉令汪龢三先生賀余入泮詩箋故戲及之首句即用龢三詩句也

雛鳳淸於老鳳聲用義山句蓬山閬苑認題名雲霄指點無多路此是丹山第一程

書浦鶴天冷香集後

同庚僂指溯庚申鶴天亦庚申生坐領寒香七十春老屋幾間書萬卷梅花村裏一詩人鶴天住寶山之梅花村

何妨海角老荒村，寥落冬心孰與論。我愛山陰二樹語，四圍香雪欲藏門。山陰童二樹能詩善畫梅，有萬樹梅花萬首詩印章。贈余長幅，攜入都門，為友人持去。逮余歸田，二樹已作古人，於陸白齋處復乞得一幅。今白齋亦復下世。四圍香雪欲藏門，集中二樹題句也。閱之不勝今昔之感。

東坡生辰集延月舫

塵海茫茫歲序遷，瓣香復此禮坡仙。紙窗竹屋蕭閒甚，緬想風流七百年。

登岸圖為唐陶山刺史題

誰將寶筏度迷津，捩舵中流捷有神。鼉吼鯨呿等閒事，收帆真喜自由身。

篷窗坐嘯興豪哉指點天邊一葉來莫信老僧勇退語
巨川作楫正須才

二月上澣趙甌北前輩採梅鄧尉小住虎阜同
范芝巖張船山蔣于野范葦舲集孫子祠

雨止命肩輿循隄指山麓園亭背崇邱林木延初旭有
客探梅來停橈此信宿歡言招靜侶相與展衷曲同心
紛聯袂折簡不待速清遊忘主賓文飲謝絲竹蘭亭緬
古歡斜川企前躅從來達士懷不受世網束披豁怡沖
襟消搖恣遐矚寒輕林吐紅日暖洲迴綠側想潭東西
香風滿崖谷何當竟乘興並棹過光福

又和甌北前輩韻即送採梅入山

晴午山塘風已柔，招呼閒客坐林邱。年高未減清遊興，地勝何嫌竟日留。笑我摧頹也七秩，羨公述作早千秋。山深花好春猶淺，莫爲寒輕便卸裘。

吾與庵澄谷和尚七十生辰索詩

無生何必不長生，一塔營成歲屢更。想到春深雲外室（澄谷齋名），松風響答木魚聲。見山閣上坐看山，有幾閒人天地間。老覺蒲團眞有味，杖藜還擬叩禪關。

三松堂續集卷三　始癸酉夏至丙子冬

吳縣潘奕雋榕皐

須靜齋詠物四首

銀藤　藤苗於癸丑秋至己巳始花今更繁盛

未種何緣苗無根能自滋人誇紅藥句我愛白華詩絡角香風遠繽紛嫩蕊垂從來不入佩孤負絕塵姿

薔薇

初霽復清晨枝枝照眼新潤添一夜雨開到十分春老我渾忘老貧家貞不貧陸魯望薔薇詩致得貧家似不貧營巢來小鳥啁哳似相親

木香

一架堆如雪繁枝艷坐隅翠禽栖處穩粉蝶宿來無本色豈人媚濃香偏我娛莫嫌滋蔓極弱植要頻扶（擬依檐宛轉作架引之）

長春

階藥繁紅謝園桃濃蔭成賤還憐小草老最喜佳名寂寂似無俚欣欣亦向榮籬根與砌側開落任陰晴

題尤西堂先生柳陰垂釣遺像（圖寫於康熙庚戌年五十三）

五十功名未是遲書屏況荷九重知如何便袖經綸手閒看兒童理釣絲

水哉軒外揖青亭少歲春遊屐屢經祇恨吾生來較晚
但從畫裏挹儀形

寶山浦鶴天曾索予題其所著泠香集而未識
其面也今有人自海上來云已作古人易簀
時云欲得予輓詩附名卷中鶴天之詩固可
傳而予則非能傳鶴天者也因書一絕以答
其意

甫草計東聲名日下滿欽萊周準姓氏別裁傳漁洋不作歸
愚死誰說雲間浦鶴天

和錢梅溪移居翁莊詩

滿船載得畫詩書聞說翁莊近卜居已喜嵐光當晝戶
更移香雪繞雲廬眼明身健神無累飯軟茶甘樂有餘
況復兒孫能濟美傳家經訓足菑畬
我亦幽栖近卅年息機常日枕雲眠乞碑道士曾貽墨
問字山僧與品泉老病但知閒適好鱗鴻猶幸往來便
小春風日晅妍甚乘興還移訪戴船

壽源小隱圖爲汪竹坪

新宮西麓舊書銘一枕晴窗午乍醒季孟元卿眞不愧
知君翰墨已通靈東坡遊羅浮詩我亦季孟元卿閒自注云唐人有夢書新宮銘者云是紫陽眞人山元卿撰其畧曰良常西麓原澤東泄新宮宏宏崇軒轇轕竹坪能書善畫故用其事

神魚不見語非欺福地會傳杜老詩九十九泉茅可結
壽源吾意即仇池

王雪窗小影

欲將心與古人論五斗遺風宛尚存香草滿庭書滿几
不妨門外市聲喧

楊補帆昌緒山水

朔風昨夜撼霜林亭館蕭森洞壑深料得林間肥遯者
早從讀易悟天心
雄豪而妙肆而醇淡墨中含太古春莫說倪黄兼董巨
要師造化不師人

嘉慶癸酉九月二十四日泛舟珠溪山川平遠風物清和訪慧照長老於圓津禪院夜宿曹溪草堂慧公出所藏經冊書畫見示蚤起登清華閣憑眺久之因思昔年王述庵司寇爲言慧公之風雅圓津之幽勝因獲識慧公而未遊圓津也今余來遊而述庵歸道山數年矣感念今昔得詩一首留贈慧公並索識司寇者同和之

名藍高閣俯晴煙夢想清華十五年一宿淹留懷舊侶三生翰墨有前緣依檐喬木延秋興隔浦層巒證畫禪

慧公善畫安得聞思起詩老更攜賓從肇吟箋

二非禪師邀看菊花有詩次和并柬鐵舟

爲領寒香叩講堂霜枝開徧贊公房自矜彭澤歸偏早
却喜東林社未荒曲聽琴聰眞瀟宕詩吟齊己最清蒼
小吳登覽堪乘興準擬春來到上方是日聽憩凡粹然鐵舟鼓琴鐵舟邀
登小吳軒以晷短改訂春和故云

爲養恬比部題其尊人青橋遺照

與善天心信有徵枌榆遺事至今稱靈臺一點薪傳火
此是丹青貌不能

賀范芝巖重遊泮宮

六十光陰似隔晨白頭渾似少年身須知貞下元重起一任人嘲穀裏新吳人以舊穀舂米謂穀裏新其舊事翻新者亦以稱之

新詩氣盛吐虹霓老我摧翎學木雞要待牛腰成卷後擘窠懸腕爲君題

題遂園禊遊圖圖作於康熙甲戌禹之鼎寫同集者徐司寇乾學侍郎秉義御史盛符升編修黃與堅檢討尤侗孝廉錢陸燦共十餘人今藏尤氏

禊飲者英迹已陳風光不異永和春山陰一敘傳千古誰是當年誓墓人

科名官爵今何有曲榭高臺久已無留得畫圖百廿載祇令覽者發長吁

鶴栖堂外草蒙叢一卷珍還硯笏同人世衰榮無定在
須知天道似張弓

題梅溪寫經樓

築得高樓迥絶塵息機願作寫經人知君袖有中郎手
不數開元蔡有鄰

吳槐江同年偕畏堂弟過須靜齋

勇歸先後共辭官欲以餘年拾墜歡到眼雲煙原是幻
聚花蜂蝶自成團壺觴且逐鄰翁飲晨夕聊甘門子餐
識得閒居眞率味此間風景足盤桓

三月三日息園讌集

新綠引遐矚繁紅炫明流微雨遊人稀愛茲池館幽一觴兼一詠緬邈懷前修浮生若過客靜躁迺異謀心賞不在遠地勝可以留芳辰足遊衍願外將何求

重修胥口伍相國祠墓用壁間韻紀事

荒祠古墓枕湖濱想像英靈來往頻楚國君臣隨逝水吳王宮殿亦成塵窮鄉不少黎邱鬼時有冒周公後裔改祠爲元公廟以規佔祠前湖泊之利者故云遺愛猶尊土穀神土人奉祠爲土穀神拂拭苔痕認題句始知左證有前人祠壁有明正德年間郡人盧雍過胥口謁祠墓詩

閔農

閔農得微雨奈此北風狂人事終須盡天心不可詳直

愁走旱魃翻冀舞商羊倚杖巡檐步雲開月滿廊

蒲快亭 抃 教授出塞圖

脩髯如戟氣如虹槖筆枚皋筆陣雄想見墨香行帳滿白雲紅樹萬山中

豹尾晴穿紫塞煙五人聯轡記齊肩中關月色涼於水鴻雪泥痕四十年乾隆癸巳秋獮木蘭余偕唐農部樂宇慶雨林侍衞傅春園森崇東山泰兩舍人於八月十五夜趨赴中關月中並轡行三十里年壯氣盛意甚樂之後唐出守黔中崇以御史罣誤傅官至尚書慶官至將軍皆歸道山今快亭教授出示是圖回首舊遊葢四十一中秋矣舊時月色不減今宵感念今昔能無振觸於懷耶

癸丑翰林同年圖爲世恩姪題

三曹摹寫十同年名筆茗溪累葉傳乾隆戊戌余在京師於閔編修惇大齋中觀所藏同年圖圖分三曹卷首李西涯題甲申十同年圖篆書六字字大徑尺編修圖中閔公珪裔孫也吳下又聞人艷說玉堂眞見會羣仙

何須寂寞話蘭亭姓氏聯翩上

御屏他日科名誰不愧要人撫卷想儀形

楊高士雪洲遺像高士名杙吳江人瞿起田先生友也先生殉難粵中高士携其骨歸葬虞山

殉國存臣節携骸見友心乾坤正氣在須向古人尋

風洞血猶碧雪湖草自青扁舟平望去惆悵墓門扃

題王南橋萬壑松風圖

紛披健筆仿荆關繞戸濤聲與翠鬟我坐虚堂思晝寢松風引入萬重山

天青雲白十分晴記聽仙禽送樂聲赤頰方瞳定何處老來頗憶麗田生乾隆丙申余遊黄山見翠鳥三十餘音樂鳥不能常見也又於石壁見題字二行曰麗田生徜徉處隸法古妙急訪之於文殊院相晤云姓江歙人也住此不下山二十餘年矣方瞳紅頰行步輕捷與之言畧一酬答明旦又訪之則已往始信峰矣

甲戌臘月十九東坡生辰復集延月舫春樊舍人出示唱和卷題後

鐙火青熒丈室幽奠椒歳歳集朋儔不知天上騎鯨客來到城南此地不

幾人身健又心閒放棹重來叩竹關展卷鴻泥同發慨一枝好筆憶船山（萊州守張君問陶四川遂甯人今年卒于虎邱寓館卷中詩以船山爲最）

張雲門見示六十自壽詩和韻

不羨簪纓戀薜蘿肯因遲暮感蹉跎莊荒四雨遺貲少居近漁郎野趣多（四雨莊君先世遺業也今已久屬他人漁郎橋君所居地名）問字偕雛頻獻果乞書道士又籠鵞（君善書法）紀羣交誼情非淺步屧何嫌屢我過（君尊甫瘦銅舍人余同年最契）

重遊泮宮述懷

軒紀龍飛二十春祥飈晴靄滿城闉舊傳佳話欣來我近續書香幸有人（余得孫甚遲今遵祁希甫亦皆就塾）待漏鳴珂懷往事

觀河鑒影悟前因，相看莫訝摧頹甚，收得桑榆自在身。

巇巇鸞聲泮水邊，轉頭青髩雪盈顛。三墳五典尚能讀，二首六身重紀年。牘示辨眞期復古，帙珍小學昜希賢。荒莊衣鉢慚空付，闊水迢遙路幾千。（學使者爲甯化雷翠庭先生，當代正人也，須示重刻小學試牘，辨眞至今學者奉爲圭臬。）

讀書豈但志科名，憶踏丹梯第一程。曾許蘭亭將骨換，（欲換凡骨無金丹，蘭亭跋語也。縣試日，邑宰鳳臺周先生諱隆謙面試楷法，題卷首云：首藝議論精卓，次亦澹逸有致，書法獨踵晉人。拔置第五名。今老而無成，深負期許也。）最慚叔寶頗神清。（醴泉令汪籲三先生以詩箑致賀，有「叔寶風姿如玉琢，兩行鼓吹採芹回」之句。時先生年幾八十，書法婉媚，今藏篋笥。）鳳毛麟角聯新侶，旂影芹香餘故情。拂拭雲松珍賜研，寸田要與子孫耕先祖閒齋公賜研爲康熙年間顧仲呂琢上刻雲松製極古雅吹笙聽譜白華章小篔蝸廬學藝藏須靜工夫歸默默惜陰歲月去堂堂須靜惜陰皆先祖齋名余移居後仍以顏齋一身進退吾能度兩字君親子未忘子世璜請養在籍且許循陔同擊壤鼚軒鼓舞須陶唐

陳其年先生洗桐圖爲陳柘慈題

高梧百尺布清陰坦腹何方散鬱襟想見塡詞餘興在虛堂瀟灑似雲林

要將旨酒祓清愁漫說功名似馬周留得畫圖爲世寶

祇令來者緬風流朝來日者橋邊過爲許功名似馬周先生未遇時友人所贈句也先生年五十果以鴻詞徵授檢討然亦未竟其用故云

綠牡丹詩爲馮秭生題

但嗅天香不見花春深簾幙有雲遮虛堂夢醒摩雙眼認是仙人萼綠華
碧闌干外綠成堆仙種無勞羯鼓催花史莫誇姚魏貴人間紅紫盡輿臺

范佐周德望歲寒懷舊圖

後樂先憂志今時孰與論前型猶未遠深意畫圖存
長白話艱辛齏鹽憶古人歲寒遺蹟在松竹自含春

舊德雲仍食遥遥七百年誦芬因有作繩武看蟬聯

課孫

閲世空萬事傳家惟一經先教審脣齒還與辨聲形伏案有螢火冲霄看鶴翎窺園守董誠兩版要常扃

單竹軒治中閒雲出岫圖

閒雲有何心達人自忘我子雨而友風卷舒無不可

郁枕濤鍊師七十索詩賦此以贈

最憶鍾吾頂看山讀畫樓青霄同豁眼白髮各盈頭天上星辰迴人間歲月遒何能捐俗累攜手訪浮邱

范芝巖八十壽詩次韻

修齡開九徑開三紫氣東來指道南弄月吟風眞是樂
生天成佛又何貪瘦腰彊健還辭杖短髮飄蕭不受參
最羨天平世澤遠壽泉歲歲酌清甘（范石湖遊壽泉詩何年錫杖劚清甘天遣深源壽此庵）
窗外聞呼祁孔賓回頭往事卅年春避他攔路揶揄鬼
愛爾閒居澹蕩人歌榭花繁鳥拍板風軒月上酒生鱗
不須更發鴻泥慨同是華胥醒後身
秋風三泖放煙舠點筆蓬窗續諸臯嘯傲儘教容老子
經綸久已付兒曹家園寒退魚堪釣遠渚春生菜可挑
筋力近來知更好四詩眞不讓韓豪

升平海宇永無烽況復多禾慶老農蕙帶稱身同紫綬村醪適口似黃封耆英會仿前朝洛安樂吟編邵氏雍聽說羣仙下蓬島偓佺舊侶喜重逢

單竹軒蘐榮蘭茂圖

晝錦春融日正長石闌莎徑儘相羊北堂雲護長生草九畹風開王者香

循陔收得自由身況復庭階繞鳳麟放眼風光閒處好要將生意養天眞

九棘三槐亦偶然人生何事不由天先生樂境眞無量應署頭銜號樂全張文定自號樂全居士東坡有樂全堂詩

次韻秋室同年以詩辭飲之作

友蘭師竹秋室京師齋名懷陳迹逕雪寒梅又早春未許尊前聆玉屑先從筆底挹風神半生閱世餘殘夢弱歲知心剩幾人倘可結鄰成二老來詩有此後相期成二老之句故云白頭曳履肯辭頻

丙子三月廿九日雨後徧遊闇思何亭諸精舍踰嶺至泉上小憩歸過吾與庵闇枚庵亦在山中不得晤夜卧復雨枕上得句奉柬並寄昷峰澄谷二上人

積雨生濃綠攢峰獻衆妍僧分忘世味天與看山緣暮

齒寡儔侶遊踪感歲年籃輿何處駐不共酌雲泉

勖齋招飲爲品蘭之集得詩二首

幽蘭秀山澤甯與識者期逢時偶遇賞遂與蕭艾辭睠茲絶世姿一一羅軒墀因知羣芳譜搜輯仍多遺不采夫何傷卓哉昌黎詩

有香難自匿有美肯自鬻藹然清風來似與娛幽獨我欲試品之陋詞恐汝黷殊形臭何差忘言氣彌馥三爵退油油隱几疑空谷

遊西山歸過訪槐江翌日以詩見投次韻奉答

坐愁行歎吾衰損嬉春伴侶年來鮮聞說西山新綠濃

勝遊宿諸還能踐雨止肩輿入翠微和風爲扇雲爲幰
我愛淸遊君所嗤君甘堅卧吾心善朝來冒雨遞瑤箋
盥手吟哦卷又展門外連塍麥浪翻階前壓架藤花泫
不辭剪燭和新篇愁霖吾亦何能免放晴如許去看山
出水鰣魚可同飯客有訂遊焦山者盛誇江中出水鰣魚之美故云

槐江又用韻因再和作

爲道從來貴日損往聖微言知者鮮守雌袞白賓朋稀
伐木空歌籩豆踐先生脫綬亦杜門未許時人窺翠幰
覯妙早知元又元收身欲止善之善連朝佳句貺頻仍
高吟頓使愁眉展快如長劍斫陣揚麗若花枝浥露泫

雄才揮霍信有餘枯腸窘迫慚難免還期同守老氏誡
莫鬬心兵減眠飯

單厚堂風泉雲壑圖

賈氏三虎偉節最怒荀氏八龍慈明無雙君家兄弟不
可當（用岑嘉州句）譽望荀賈相頡頏山林廊廟天所付一一
追琢成珪璋郎今五馬纔小試百里士元跡偶寄風泉
雲壑契高懷白帢單衫寫幽思晴窗濡筆展橫圖相君
不是山澤臞題詩莫憶空谷駒赤芾佇看朝　天衢

爲世恩姪題試院煎茶倡和卷（卷爲甲子典試浙江作）

熙甯通守留詩句佳話錢唐七百年想見松風晴院滿

賫教韻事擅前賢

攜來一卷是家珍朱墨紛披采色新秋賦今年又建子

人間光景信奔輪

朱竹田竹田山居圖

萬竿脩竹遶精廬雨洗風搖綠上裾客至莫譚塵世事

此間有路接華胥

山如太古日如年泱泱清渠浸稻田白袷棕鞵磐石坐

人間眞有地行仙

題倉敝庵聖脈太史行看子

先生早直承明廬鴻文彪炳淩嚴徐先生昔著郊居賦

少室天壇縱逸步東山高卧愁蒼生膝前才子今專城
開籠　玉陛賡歌手來聽春江襦袴聲相逢但訝顏逾
好問君何術能難老君言不識還丹方平生只是無煩
惱飛騰頭上雙丸疾甲子今年開九秩松身鶴骨本昂
藏最羡方瞳如點漆寫生妙腕時無偶錫山華冠吾舊
友展卷因之感昔遊青雷朱文震畫筆青柯陳朗酒我已歸
田近卅年摧頽愧對地行仙難攀洛社耆英會喜結蕭
齋翰墨緣

輓寒石和上

見山閣上四山青每到春來展慣停下士那知出世法

卍胸眞有洗心經他時法雨誰同飲法雨泉在理安寺後此後雲
泉我獨聽欲向西泠訪圓澤理安秋老寺門扃

沈聲和松月石泉遺照

家風醇謹似恬侯種德門庭樂事稠留與畫圖覘世澤
心田穮蓘歲豐收
蟾影流天樹影交竹籬藤架有雲包此間風月眞堪賞
定有鶴來松頂巢
風泉入耳道心生洗盡塵緣是此聲想見高懷澄似水
肯將蘿薜換簪纓
月色泉聲自歲年海山何處信茫然知公早悟陶公訣

但聽松風便得仙

沈雲嵐雪香書舍圖卷

撲簾香氣上吟肩人與幽花有夙緣茅屋三間梅百本自拈新韻賦新篇

詩正吟成花正開賞花端合引深杯繁英似愛新詩好飛入詩人酒盞來

鄧尉山前月正明河豚橋外雪初晴按圖頗憶年時景冒絮蒙頭曳杖行

風信連朝進崦難探春歲歲怕春寒輸君索笑書堂裏冷蕊疏花子細看

女孫敬之哀詞

生滅刹那影聰明未笄年能摹茂漪格愛諷杜陵篇有藥古流毒無醫令可憐不須重入夢賺母淚如泉

六氣二首

六氣憑陵困下民天符地化說紛綸仙山不是無靈草驅使難邀秦越人

漫言肘後有神方勿藥中醫策最良寄語人間知命者莫將鬼伯作長桑

閉戶二首

拘迂本與世緣疏老懶惟應閉戶居竹雨洗心歸淨土

松風引夢到華胥漸稀麈尾談元客往時陸默齋盛蘋洲近歲褚觀亭時時過談今皆化去怕讀蠅頭仿宋書友人翻宋本諸書半屬小字密行除却三餐并一宿日圖三餐夜圖一宿吳中諺語人間何事復關余

心衰面改眼模糊坐看虛堂駒影徂慧惜女孫先我化病憐房老要人扶荒池春草空餘夢陳迹西園剩有圖漫說還丹期九九桑榆那得補東隅客有以養生書見贈者故云

題徐虹亭先生楓江漁父遺照先生名釚字電發吳江人康熙中舉鴻博入翰林

三殿晴開散曙煙入磚春暖列羣仙如何鈴索雲窗夢却在蘆花淺水邊

此是當年第二圖竟攜篛笠老菰蘆笑他賀監抽簪晚
又向君王乞鏡湖

騷壇唱遍菊莊詞前輩風流最可思昨向三高祠下泊
自憐同調不同時

孤艇江城夜雨凉故人飲我夢生堂（憶榆村司馬也）山邱華屋
頻年慨（兼悼緯堂孝廉筠嶠別駕）文采清門世澤長

竹軒寫小影傍列几一磬一琴一南華經一題
曰四友圖索題

隱几可忘形讀書期尚友試問竹軒翁何如漆園叟
嶧陽有知心昭文今不鼓三疊舞胎仙莫問成連譜

片石是奇珍何年浮泗濱虛堂羣籟寂來伴有心人
閉戶策眞良秋生笛簟涼遙知賓退後淸夢到瀟湘

明況太守治蘇政績集題後

親民二千石兩漢紀循吏勝國名臣罕遺徽郡志詳明非恃鉤距集豈炫詞章直道今猶昔靑天輿誦長

枚庵蕘圃枉過不値蕘圃有詩和作一首

鴻鈞運四時流轉不得住暑退已秋中小山香滿樹訪友因出遊二妙迺我顧朝來讀新篇獨坐面平圃因知塵世事俛仰迹成故還期匡鼎來不棄高叟固郎景可怡情相與欣所遇何能學唐風瞿蹶歲云暮

擷芳亭前桂花頗盛往歲花時同年褚觀亭與
弟畏堂談讌於此又女孫敬之常遊所也和
蕘圃詩成獨坐亭中振觸悲懷不能自已得
二十八字不知枚庵與蕘圃能爲我下一轉
語否
一紙新詩淡墨斜喜聞二士過吾家那知今歲情懷惡
怕看西堂滿院花
九月下浣須靜齋賞菊次槐江韻
霜天促膝一尊同濃淡疏枝丈室中短髮久將絲比素
衰顔暫借酒添紅休官彭澤身還健晚節韓公語最工

擬寫秋容祝老圃花時歲歲醉籬東

朱倪研少寇服闋還　朝同人餞送用芝巖韻

歷歷春明夢連宵到眼前升沉幾輩判去住兩心懸豈不同岑戀難將一壑專五雲凝望處芳訊待年年

泊舟光福登行素堂寄懷梅村族叔蜀中

東風習習水粼粼南國初冬似杪春磵上已無賣畫叟徐倓齋枋漫莊可有注書人顧景繁禧百年樹尚餘先澤一畝宮堪樂我貧為問西川遊宦者全家果否住江津叔在京師嘗為余言川中江津縣風景之佳地宜種橘若買園栽橘千頭足供衣食為終老之計

題趙北嵐曾大令遺像乾隆己酉舉人山東萊陽人

倚樓聲譽早年馳，擕鶴家風僚宷知。藝苑驚傳鵬鳥賦，州民猶詠毳衣詩。高才不信身留滯，薄宦偏嗟命數奇。我爲披圖頻墮淚，虛堂重展國山碑。君宰荆溪所貽

明周忠毅公玉印詩爲公六世孫石臺大令鶴立賦

委鬼當頭坐，茄花滿地紅。桓桓忠毅公，抗疏攖其鋒。此印有碧血，冤獄悲莨宏。崚嶒折檻心，抑鬱圜土中。一朝陰霾開，恩綸賁丹楓。腐骨迴天光，太僕卹典崇。公性自嶽嶽，公印光熊熊。想當起草時，佩入明光宫。何年羊城

歸環若新磨甓印攜入獄今得自廣州市上至今雲仍守扶寸倖球琪憶昔蔣徑遊泥印摹剛峯掌風化之官五字氣吐虹海忠介公泥印曰掌風化之官今藏吾蘇蔣氏余拓一紙裝冊題之維公挺勁節實與忠介同何當重拓本什襲題雙忠公爲殿上虎卓行先花封公自仁和令擢福建道御史崇禎登極衈贈太僕寺卿告身爲董文敏公書有兩起花封之最馴有郊鸞入臆柏署之聲爭爲殿虎之句作詩寄賢宰目送天邊鴻

丙子十二月立春日東坡生辰春樊懸像設祭

招飲齋中得詩一首

景祐至今幾甲子坡仙仙去眞不死今年甲子兩頭春更喜開筵風日美紗縠追思嶽降辰畫圖想像舊丰神

杭州黃州一夢耳孤臣肝膽空輪囷人生窮達皆前定不才何敢他途進（用公對宣仁太后語）生逢磨蝎信由天飄零海角甯非命俯仰人間歲月遒雞蟲得失亘悠悠我歌哨遍侑芳醴頗憶當年吳遠遊（吳子野字復古一字遠遊精養生之術東坡南遷歸至眞揚告曰邯鄲之夢猶足破妄歸眞今目見而身履之亦可以悟矣東坡爲作養生論又作遠遊庵銘）

三松堂續集卷四 始丁丑春至己卯春

吳縣潘奕雋榕皋

題明金孝章梅花卷

和羹遇乖療飢志絜維遯之肥是民之逸

西山有蕨箕山有瓢卓哉先民清風遙遙

和祝仁泉鄧尉觀梅之作

問訊梅消息香風破夢回遙知孤棹泊正是十分開好句誰能賞清遊未許陪新詩三十韻一韻一浮杯

記坐還元閣初晴乍暖天雪消銅井路香到太湖船野老能延客僧雛不解禪何當重放艇翰墨續前緣仁泉見示

漁洋牧仲詩余亦自鄧尉歸而未獲見兩公遺墨故以重遊朔之

瞿亦陶招飲網師園出示其尊甫遠村太守所裝園中題贈諸同人詩記冊俯仰今昔慨然成詠

城南疏曠多亭榭大好園林說網師欄藥況能娛客眼籜龍更喜長孫枝燈明酒綠歡今夕嫩蕊濃香又一時我諷陳編增百感白頭漫與賦新詩

徐謝山香雪海丙舍讀書圖

春暉報答是何年丙舍營成面墓田想見四山風雪滿一燈如豆坐青氈

繁柯冷艷擁僧樓，會爲梅花十日留。指點司徒廟外路，
一牛鳴地有松楸。佳城與先壠僅隔一河
鶴歸華表望瀧岡，又是春風破鼻香。莫訝使君心似鐵，
早將冰雪鍊心腸。

汪梯愚桂林覓句圖

廣寒縹緲送簫聲，節候秋中萬景清。莫是吳剛來下界，
天香吹徧闤闠城。
一家金粟有仙緣，不二門參無隱禪。想得小山吟句穩，
碧天蟾影十分圓。

喜姪孫曾彥、曾琦入泮

觀復齋中引一卮存誠堂下聽鸞旂喜心倒極翻增感卻憶貽謀督課時憶畏堂也

夾道喧闐簫管聲一時佳話徧江城襴衫自是吾家物吾家自高祖支下子孫補博士弟子者凡四十八人難得聯鑣又弟兄乾隆甲辰錦堂槐堂兩姪同遊于庠

舞象回思鼓篋辰衰遲荒落坐因循伊川三語宜深省珍重青雲自致身

秋林逸興圖

秋氣在林薄秋雲涼墮衣溪橋獨往人世網不可羈寥泬天宇淨目送歸鴻飛已斷去來想自悟出入機寄言

塵中客毋乃心神疲

唐陶山觀察松風琴韻行看子

疑香燕寢日如年謖謖濤聲攪晝眠借問談元誰是侶

三層樓上一神仙

無言羊體與嵇心此事從來絶賞音會得成虧不二旨

碧天涼月印沖襟

韓桂舲司寇風木圖

蓼莪永抱鮮民痛風木常深孝子思三復壽山生壙記

濡毫宿草有餘悲封君旭亭先生自作壽山生壙記

瞿菊亭桐間露落柳下風來行看子

閒階靜有鶴夢虛堂倦聽琴聲最喜桐間柳下悠然心跡雙淸

胸次峨眉雪水眼中庾嶺梅花小園風露幽絕定應吟到月斜

九月中澣范支山集老友十七人作千齡會有詩紀事得七律一首

尙齒千齡集衆賓三秋風景勝三春樂天九老洛下耆英皆在春日故云會昌履道留遺韻妙覺元豐艷寫眞耆英會圖形于妙覺僧舍胡吉年高今有偶富文望重古無倫昇平盛事叨陪幸十七人中第六人

槐江同年枉過須靜齋卽事有作次韻

濃淡復高低秋光滿露畦地宜娛老眼天似愛幽栖平于歸非晚莊生物久齊惟應塵外侶暇許一尊攜

題李桐園寸草詩後卽和元韻

麻衣有客病聆低誦到匪莪句慘悽淚盡怕看春筍長心摧愁聽夜烏啼已知振地燈初隱無復沿流鱠遠齎千古臯魚同抱恨九閭何路問端倪

慈雲黯淡素幃深腸斷江猿徹曉音瞻像尚留身後影過庭回憶往時箴可無廬墓言哀什賸有營齋薦福心聞說祥芝生冢上松枝野鹿忍相侵

霜寒月落夜迢遥慟絶椿萱繼歲凋林下鹿車追昔語雲間鶴馭返崇朝鏡奩脂澤留遺具藥竈茶鐺鎖舊寮應有門生富才藻魂歸何處遣巫招

鬱鬱瀧阡碧嶂隈築成高冢望泉臺誦芬纔述先人德肯構全憑後起才早識箕裘堪負荷那能風木不悲哀松楸我亦銜餘痛爲染枯豪掃硯埃

春帆圖卷爲春帆廉訪題圖在軍營時作

熊羆十萬擁樓船羽檄飛馳玉帳前誰信當年磨盾手夜深涼夢到鷗邊

水碧沙明一葉輕天清雲白正新晴問君破浪乘風去

何似中流自在行

於明王元珠先生歸田園中得一石古樸可愛移置擷芳亭外題曰米友余作八分書屬湯警齋鐫其上招同改七薌夏羽谷黃蕘圃小飲以詩紀之

迎來米友試松鱗族姪世湘以高祖其蔚公所製松鱗墨見贈開得新芻速故人戶外西風漸蕭瑟籬邊黃菊正精神稱家肴核杯盤簡信手詩篇語意真領取尊前閒歲月任他光景似奔輪

九月九日槐江同年澹餘比部同過荒齋小飲

槐江有詩次韻

同心肯枉駕促坐共傳觴令節珍重九九月九日昔人以長久取義傳爲令節繁花愛拒霜庭前芙蓉盛放御邪徵故事倚醉陋時妝芙蓉有一種名三醉者是日友人招遊山塘未赴故云米友能延客知君去未忘

黃蕘圃招同石琢堂吳玉松王惕夫張蒔塘賞菊和玉松韻

相看莫訝盡成翁放眼霜天坐菊叢倦翼歸心依舊侶片雲閒意戀晴空破除結習猶滕口收拾餘齡學守中和得新篇揮禿管翩躚體勢似楊風

王仙舸司馬秋林讀書圖

林深暑氣清嵐翠濃欲滴幽人謝塵氛讀書耽岑寂煙光靄遙峰泉聲流四壁定有問奇人疑義共相析豈無談元客逍遙展頁覩嗤彼世網嬰稅駕安所適

酬槐江苦雨之作

前日殷雷轉連朝行潦深朋簪蹤暫闊卷帙味重尋留幔罏煙裊壓檐雲意沉新詩破岑寂披豁得長吟

苦雨和韻

何期冬雪作春霖病叟深愁六氣淫且對玻璃展碧簡最宜榾柮爇黃沉傲霜籬菊香猶在索笑庭梅思不禁竟日淋浪渾未已短筇何處散幽襟

喜晴和韻

掃盡濃雲一夜風，曉窗明快望晴空。閉門擁鼻歌豳雅，多稼迎年望歲功。始信無私眞帝載，莫將有憾度入聲天工。歡聲聽說黃綿襖，我是淸時田舍翁。

復疊前韻贈槐江

歸岫雲閒不作霖，擁書可是慕書淫。吟成好句鑪香燼，坐到深宵漏鼓沉。玩象天山心自定，聽雞風雨思難禁。陳編有味堪尋繹，尚友何人契素襟。

閒居只合諷豳風，榮願苓通久已空。知命樂天公有道，讀書養氣我無功。交惟取淡從來寡，詩不求名底事工。

更欲相期焚筆硯，儘教鄉曲喚蘇翁。朱蘇雲卿也

謝客

籠袖慚標署尾雲，息機擬把寸田耘。時流謬許鐵門限，名跡未窺銀錠紋。憶爲課功曾畫被，也因乘興偶書裙。而今心手眞慵極，謝客先將禿管焚。

已晴復雨槐江倒用前韻見示因再次韻用以祈晴

欲將健筆豁煩襟，逸思瀾翻自不禁。乍喜風聲披獵獵，卻看雲意壓沉沉。穰田未獲酬籌滿，種麥還愁害雨淫。那得春秋繁露術，免教霡霂又成霖。

堪笑歸休兩倦翁拈毫但闘語言工收身可有安心法
墐戶曾無面壁功莫更行歌頻望遠漫勞坐歎又書空
陽生靜驗乘除理十五日爲冬至節當得轉晴戴發同聽徹夜風

爲周勖齋題繆東白畫冊

楚澤遠山青綴山玉露零風前閒讀畫春在擷芳亭
詹諸爾何爲黿鼉不潛窟仙人莫兒戲任蝕瑤臺月

丁丑十二月東坡生朝春樊招同吳槐江石琢
堂集延月舫得詩一首

銜寒爲赴盍簪期歲歲今朝例有詩歸院金蓮譚往事
降神紗縠仰丰儀畫圖笠屐眞千古燈火青熒又一時

領得吾儕閒適味深杯到手莫堅辭

范芝巖編修哀詞

風雨思朋舊何人似巨卿東華同退食內閣後門與國史館相對辰入申出皆由東華門北郭共歸耕余歸于戊申君歸在己酉卜居城東相去不及一里生滅乘除理悲歡聚散情寢門揮老淚雲暗闔閭城

除夕過善慶庵作

歲晏人事集孤懷何所娛晚言城東隅精廬面平蕪晴旭耀積雪荒村儼畫圖閔彼塵中勞愛此物外居上人僧繇侶弟子智永徒坐我微笑軒清絕如冰壺論書兼讀畫不覺至日晡憶昔眉山翁臘日遺妻孥未知勤與

思有此翰墨無近聞甘亭子習靜棲浮屠從來超曠士不受世網拘浮生醯舞甕去日隙過駒餘年吾幾何徇俗毋乃愚短髮已如僧亦欲依圓蒲

除夕過友人齋中即事有贈

曾聽尊前金縷衣十年回首惜芳菲而今平視還容我
又見傾城出翠帷

庭前石丈證毘耶枯木三冬話總差解得四禪無縛旨
儘容天女散天花

那得宮亭如願來浪傳故事打灰堆問君暖老雙荷葉
何似銷寒一酒杯

松陰洗硯圖

硯涵鸜鵒淨無塵階下源頭活水新想見松陰揮翰罷
打門定有換鵞人

吴巢松編修閒雲出岫圖即送之入都

白雲本無心吐岫還依岫子雨而友風滃然當晴晝
舒卷寂無聲氤氳接太清須知待澤者下界有蒼生

東郊獨步即目有感

湖天黯黯又生雲野樹蒼茫淡夕曛江上一鷗拳足立
春來沙暖不成羣

錢梅溪六十生辰詩

梅花溪上一詩人生與梅花有夙因嗅得寒香清到骨吟來好句瘦通神趨庭鸞鶴排行舞壓架琳琅耀眼新我欲挐舟訂偕隱南枝正報十分春

汪鈍翁遺像用卷中彭南畇先生韻

扁舟光福去曾拜鈍翁墳灌木空啼鳥春山自出雲晴窗緬遺槼獨坐看斜曛太息前徽渺微言不可聞

歸雲軒送弟畏堂葬

社日海燕至春分庭梅開我來歸雲軒雲歸不復回魂魄倏以判一棺藏形骸形骸不可留逝將歸山隈丹旐陳堂隅清醥湛金罍賓朋素衣集鼓吹聲銜哀爲爾題

木主制淚中腸摧欲斂就渙神憑茲不朽材弟去甯有戀兄悲安能排火傳薪已盡葉脫根還荄屈伸一氣爾來去何殊哉聊將夢幻旨慰我遲暮懷

風泉清聽圖

風聲泉韻自年年卻憶詩人孟浩然那得閒身吾與（庵名）坐洗心同證小乘禪

虎阜玉蘭花下作

靈根託勝地寂寞歲年深不作書空字常含向日心伴宜僧退院賞許客抽簪閱彼朱家子貽人笑至今（相傳朱勔採花石至蘇委弃于此）

蕘圃訂遊吾與庵因雪不及赴約吟此寄懷並
柬心誠上人

梵放鐘殘月正明雪窗遥想坐深更烹茶童子開門去
滿院香風疏影横

翦得園蔬味最腴山行小憩記留吾不知飛錫西泠者
還到籬邊倚杖無謂寒石也

客有以詠絮詩見示者漫和一律

非花不自惜流轉欲依人風漫隨高下飄難辨溷茵謝
庭原可貴陶徑莫嫌貧吟侶偏憐甚沾泥亦夙因

題汪顴三先生長楸先路遺卷

韻事當年說馬嵬醴泉仙令謫仙才先生赴任路過馬嵬立碑種松致奠而去一時傳爲佳話長楸一幨風流在留與騷壇盥手開

木杏橋邊老學庵寒鴉數點柳毿毿淒涼前輩凋零盡荒徑重來我尚諳先生晚歲居南園之木杏橋與先祖間齋公倡和最密

簪花滴露墨如新操几猶思鼓篋辰余年十六遊庠先生以詩書箑見貽今藏笥中六十年來如一夢更從卷裏挹丰神

三月下澣四日同槐江同年春樊舍人流水禪居坐雨柬楚圻上人

清遊得靜侶幽興憶僧廬不憚衝泥去言尋流水居空濛低岸柳喁唼上池魚岑寂吾偏愛人稀是雨餘

老僧談往事延我坐春風容鬢白無數庭花紅一叢早知諸相幻誰信萬緣空襆被期他日東林依遠公

余舊居西北隅海宏坊有海宏寺載在志書予族兄緒陶昆仲讀書其中乾隆癸亥甲戌間余亦常來往寺中時額已易題兜率庵今住持僧重加修葺仍舊題曰海宏寺四月初旬偶然來遊回首舊遊蓋已六十餘年矣慨然有作

兜率昔看門榜換海宏今喜講堂開誰知雪鬢扶筇客六十年前數往來

昔蒲快亭教授示我粱谿清微道人小楷今汪
省吾秀才復以所書詩品石刻畫蘭見示並
索拙句爲題一律

清微方外秀耳熟已頻年聞説荄修暇能通書畫禪拈
花依寶座浥露灑雲箋風格追前哲他時或可傳

病枕口占

聞説山塘樂事稠畫船簫鼓集中流樵青詔我眞癡絶
何苦空齋獨坐愁
獨坐空齋儘可娛松風竹韻繞庭隅老夫自愛清閒味
況是經句病未蘇

經旬臥病意云何不向人間覓緩和神馬尻輪甯有惡漫勞予祀更吾過

吾將一枕敵魔軍塞兌冥心絕見聞卻笑漆園子休子寓言猶費說紛紜

陸謹庭輓詩

淚眼枯朋舊今秋又哭君笑談昨日共生死一宵分世本無扁鵲人猶說陸雲鶯歌經故里鄰笛最難聞

淡交鮮所合情話兩三人已忝陳雷舊況兼婚媾親夜燈思讀畫晴舫憶嬉春太息桑榆景何堪傷逝頻

九月將盡未見菊花雨窗對酒槐江有詩次韻

閒遲守寂是幽花何事今年信更賒索句天隨惟苦雨
漉巾彭澤久還家且懸畫幛延心賞擬插軍持看影斜
愛爾孤芳能自葆尊前羯鼓有誰撾
乘除委運信天公側耳西窗聽曉風漸喜疏枝籠薄靄
須知秋艷勝春紅消愁端賴青州聖過眼翻憐金谷崇
昨向東籬訪舊侶傲霜已放兩三叢

白燕和韻

湘簾低卷惠風輕一翦迎風靜有聲命薄梨雲聊息影
色空繡戶有餘情曲江曾說投懷夢海叟甯誇詠物名
莫向烏衣尋舊侶怕他鷹隼妒分明

十月下浣一日入鍾吾山宿一粟居

幽尋非夙約冬暖方堅晴昏黑坐籃輿一星如我迎（山鎛西方一星獨明輿人曰此諺所云黃昏星也鄉人從城歸皆望此星而行）道人喜客至款曲舊雨情清絶一粟居可以安吾神况復有阿戎晤言坐深更（姪偉堂方修醮在山）山靜夜無漏夢醒身疑仙中宵起危坐默默河車旋我未離塵世塵網何能捐早知塵世間自有一洞天終期依回老焚修送餘年

二十二日宿吾與庵

動靜本互根處喧每耽寂年衰況病餘獨往惟意適非

宵栖琳宮今來釋子宅逍遙雲外室清談記往昔雲來本無心雲去渺無迹老僧與雲去巾笠猶挂壁舊事説三生何處尋圓澤

吾與庵遇雪齋上人爲題竹嶼吟秋卷

巖壑團空翠微吟獨往時霜風舞紅葉隨身藤一枝幽意白雲契禪心沙鳥知虛空真自在爲賦贊公詩

李子仙秋窗課讀圖

老屋松風竹雨高秋几淨窗明記過城南書舍愛聽雛鳳清聲

尋常青紫如拾五十功名未遲自有傳家鐵硯佇看接

武銅墀

次槐江蚶子韻

海錯何微細登盤蜆蛤同名應徵屋瓦產本近珠宮誰遣調羹手能娛索句翁消寒宜小飲俊味一杯中

放棹梁溪喜晤秦小峴司寇

一夕扁舟興可乘卅年往事憶瞢騰九龍山色渾如昨來訪山中入定僧

又用小峴韻

問舊驚呼感杜句移廚湖上詠蘇詩丁巳歲遊西湖先生觀察浙中招飲湖舫時張桐谷華秋槎范芝巖在坐今皆化去人間歲月眞飄忽嬾向山中更

看棋白鶴道院施道士善弈小峴詩有明朝便躡龍山頂白鶴仙壇看弈棋之句故云

偕胡黄海學博程考溪孝廉訪齊梅麓刺史

不泛粱谿棹飛騰廿五年人無出世法天與看山緣日連晴暖已快心朋聚重逢地主賢盆花似迎客早放一枝妍

又用前韻贈小峴

故人間何闊相見始今年不減登臨興難忘翰墨緣爲官嗟我拙勇退信公賢誦到仙壇句紛披老筆妍

遊寄暢園和小峴韻

名園依名山別具一邱壑嚴冬氣候和梅花早破萼綏步循軒廊微風褰簾幙主人舊雨歡相契在澹泊行廚

歌既醉俛仰憩林薄明朝分手去相望兩寂寞還期銅井遊並坐還元閣

復用前韻贈梅麓明府

官齋幽以閒不異在邱壑我來當深冬和暖梅吐萼綻詩復讀畫晴曦射裀幙竟日得淹留處喧意彌泊因知吾輩樂乃是時所薄倦僕訝主賓相對何落寞卻笑賞詩人猶說麒麟閣

梁谿返櫂舟中眺惠山作

沙際重尋舊侶盟近遊聊欲暢吾情園如古畫方能好山似佳人自有名昨席間誦王西沚秋日遊貝氏園亭詩有園如古圖畫秋似老佳人之句

小峴歎賞今以移贈奇暢園更稱故用其意　幾夜霜濃疑釀雪今年冬暖竟堅晴歸途翻悔帆輕挂斜照篷窗耀眼明

過善慶庵作

我老自嫌我僧閒真是僧惜茲垂盡歲來共長明燈讀畫有餘味言詩亦頗能鳳巢許結侶待暖理行縢

和梅麓再疊前韻見懷之作

昔君入承明如魚縱大壑今君宰百里如花四照蕚七年小試耳清風動琴幙昨聞米家船夜向胥江泊聯翩詩翰來奇麗恣旁薄想當篷窗暇揮灑破寂寞會見著作才重登天祿閣

和梅麓三疊前韻論書之作

評書如遊山千巖復萬壑學書如釀蜜羣蜂採衆蕚此事頗微茫如燈襲帷幙偶然有所見苦不得湊泊羨公龍跳筆精熟追羊薄憐予紆蚓腕聊復娛落寞還期不自畫古帖精摹閣時友人以舊搨閣帖見示

四疊前韻和梅麓

香光書大宗萬派稟巨壑時或出己意老榦發嫩蕚近人迺賤目所見障重幙侈口說晉唐泛泛何所泊先生具真賞鄙彼小夫薄夫豈阿所好神交契冥寞三復論書篇墨香浮小閣

春日偶吟

掩門長日聽松聲掃盡塵緣耳目清讀畫老猶誇眼力吟詩病不關心兵魚遊池面冰初泮蝶戲牆腰雨乍晴聞道桃花紅廿里延緣何惜一帆輕客言花藏桃花之盛訂遊未果

雪窗書懷

漫天飛絮掩重門坐爇鑪香引一尊莫更烹茶徵故事黃芽土釜自温存

雪霽柬友

寒戀衾裯夢不成半窗紅旭喜新晴山房幽興君知否臥聽簷間碎玉聲

八十生辰自述

春風童冠浴沂天花甲周來又廿年
五代涵濡戴
德永
兩朝知遇受
恩偏寒家父子兄弟叔姪俱以諸生中式鄉會試廷對通籍迭簡衡文輪蹄陳迹眞
如夢翰墨餘生尙有緣平生所見烜赫名翰唐宋碑版不能收蓄而友人攜來鑒賞題跋者頗無虛歲近得先民頤老訣碎金一卷是眞詮法藏碎金錄宋仁宗時澶州晁文元公著
五十歸田覺始衰移家恰喜近天隨花橋里居在白衣臨頓路西

蒼狗何須慨落月停雲有所思善病醫言宜謝客安心兒勸罷吟詩山塘春水如醅綠二老風流庶可期壬午同年存者惟仁和余秋室學士及余二人秋室近寓吳門長余二歲贈詩云此後相期成二老支笻莫厭往來頻又有山塘共作嬉春遊之句故云

且對芳辰進一尊未來過去直休論穿簾乳燕流音好引露新桐布蔭繁幸有田廬供嘯咏不妨饘粥度晨昏客歲肝病屏卻饘腴特粥而愈惜陰研説貽謀在欲以先型勖子孫惜陰研説皆先祖書齋名

耄及光陰坂走丸天教鍵戶養衰殘籬邊竹瘦枝偏勁庭下松高韻自寒蟄室坐凝香一縷蝶龕臥穩日三竿

探幽舊有幽人約自笑摧頹興未闌客冬丹徒張舸齋司馬書來訂遊焦山

武駿亭隆阿總戎過訪山齋出望雲圖索題即送入覲

樓船橫海擅威名玉帳風清鼓角聲想見綸巾吟嘯暇望雲戀闕一時情

竹頭木屑陶公略說禮敦詩郤縠風誦到作歌來諗句始知純孝出精忠

騑騑四牡促征鞍三月湖天尚薄寒他日鱗鴻相憶處燕雲吳樹路漫漫

吳校庵借書第二圖

一瓻不惜致頻仍善本蠅頭讀尚能老學庵中風雨夜憶書眞似憶良朋

過間思庵贈昂峰和上

昂公塵外侶塵事不相聞庭下窺人鳥簾依出岫雲遙村隔流水獨樹帶斜曛會待秋風動于焉收放紛昂峰訂早桂開時來此三宿故云

三松堂續集卷五　始己卯春至辛巳夏

吳縣潘奕雋榕臯

梅麓明府寄示新詩次韻奉酬

每吟佳句憶陰何忽覩雲中鴻影過逸興如君遊罨畫頹齡笑我學維摩懶看江上山千疊且試風前墨一螺最羨高齋清晝暇研池勺水渺煙波

再用前韻柬寄梅麓並索和句

衰遲戢影學蘇何却訝仙鳧不我過霏屑捧來掌屢合折釵玩處眼頻摩何當燕寢捐鳴珮同坐松軒試碧螺莫笑病夫猶技癢須知古井久無波

題魚樂圖

風吹翠荇香雨漲春波膩一罾有江湖生機渺無際洋洋策策復堂堂濠濮悠然味儘長南北東西蓮葉府那知塵土有蜣蜋

吳符階舍人僧服小像

佛氏說觀空聖門占艮背達人會其恉一笑捐纓珮泠泠丈室中宴息同嚮晦非無戲瓦童擲水來成隊不少六鑿擾戰勝魔乃退出機復入機非外亦非内能通不二門自得大自在妙哉一蒲團儒釋兩無礙

聽松圖爲陸翰樓

覆地蒼雲坐對宜和鳴定有鶴棲枝何當添寫林間影
要看沖霄振翮時

穹窿道士李補樵索詩

鍾吾仙侶有營邱早脱塵緣物外遊讀畫從來忘晦朔
看山渾不記春秋養成土釜留丹頰挽得河車未白頭
我欲因之謁回老朗吟同上岳陽樓

汪桐生桃花山館圖

溪光嵐翠與年新回首家山卅載春十里紅雲千尺水
扁舟何日訪汪倫

題梅麓卷爲齊梅麓員外

我家太湖濱君住黃山麓香風兩地吹幽賞苦不足
山色六時變梅花萬古春橫斜疏影裏難得是閒身
身異當年健山如昨日看幽香生絹素吾亦憶前歡

贈尤春樊舍人

右史辭階藥躭幽伴蠹魚愛繙陶令集懶寄子公書六十未爲老尋常頻過余皋比能守素眞性自如如（春樊掌教平江書院）
僊筆蹋西堂南園歲月長閒情遊赤壁浩氣養干將（庭池壘石題曰小赤壁壁間古劍可愛余欲奪之不許）雨滴梧桐院風清薜荔牆惟應了幻叟來共話行藏（余七十後自號了幻道人）

睡起弄筆

日昳客初去翛然息我廬秋先來笛簟暑不到華胥栩栩身如寄蘧蘧樂有餘竹窗茶半盞還展讀殘書

朱虹舫宮庶方增餉檇李

嘉果因時熟攜來梅里船堆盤仙露飽入手爪痕妍韻事詩翁述殊名花史傳竹垞翁詩聽說西施曾一掐至今顆顆爪痕添今驗之信然花史又云吳王醉西施於此故又名醉李越絕書作就李慚無瓊玖報銘德紀新篇

丹徒張貞女詩許字李之淦淦死守貞

天上玉樓成閨中噩夢驚女貞標勁節杜宇助啼聲月冷支機石風高鐵甕城待看

綸綍賁彤管播芳名

螢火和韻二首

腐草何時化依人似有情良宵無客過小院覺秋生林外月初墮樓頭參自橫時望雨孔殷巡檐頻徙倚屏燭坐深更

能晦復能明卑棲任意行自珍獨照朗那有不平鳴弱植依秋草高飛憶玉楹兒童莫相戲紈扇闘輕盈

曝背

曝背攜藤杖長天一鳥還更無殘客過自喜禿翁閒臘盡寒猶在春回暖尚慳詩筒兼酒盞漸減要全刪

送槐江同年入都

露白迎秋序駪征祝
蝦臣涼風掃勝暑快雨壓輕塵戀
闕恩深地懷山病退身所親期後會屈指嶺梅春

送姪槐堂入都

桂林秋正好擊檝過山塘看孝言詩侶門下士楊孝廉同行重趨
待漏行朝
天心自切報國歲方長轉眼庭梅綻來分春酒香

小疾偶吟

小疾謝遊侶幽棲枯類禪甓停沙尾棹却省杖頭錢友人

訂遊焦山尚未成行夢醒時還續吟成不入編童孫呈近稿撥鐙喜能傳祁孫學制義未能成章而楷法漸進

望雨復用前韻

禱雨雨不應明霞照我盧風疑驅旱魃波欲乞靈胥葑門外田疇因太湖水從胥口入得資灌溉節屆秋分候涼慳白露餘漫吟雲漢什誰考廣川書春秋繁露祈雨有縱諸陰閉諸陽之術

張桂山廣文聽松圖

清泉濊濊風謖謖松根茯苓可服食誰能翻動神仙窟幽人獨具淩霄姿聽松酌泉自哦詩何當結侶攜筇枝

嘉平二日過訪槐江同年留飲齋中出示喜歸

新詩和韻

聽唱驪歌促治裝征帆今喜返吳閶河聲嶽色添新詠蘆雪菰煙戀故鄉開甕正歡重碧熟拂衣猶帶軟紅香橫窗冷蕊疏枝好索笑還來共引觴

喜悅研少寇歸

勞生均物役誰與寄當歸達者能觀化耆年合息機守將土釜暖斟取玉池肥莫問門前客相攜訪子微司馬子微有坐忘論君精養生理故及之

孫樸齋松陰小憩圖

長松怪柏圍巖扉蒼雲一片涼壇衣幽人獨坐耳目遺

鏗爾似聽琴聲希高懷肯受塵網羈行春橋外春已歸鼉峰塔下晴雪霏布颿十幅逐鷺飛何當相攜入翠微梅花村路紅正肥

己卯嘉平春樊舍人復舉東坡生辰之集諸君子皆有作余心衰筆禿不能繼聲吟誦佳什復此效顰

坡公生辰例有詩雷門布鼓嗤我癡今人那有古人句古人豈愛今人辭年年此日期頁覲進酒無勞李委笛且教垂幔聽瓶笙可許放舟遊赤壁高齋燭影自搖紅歎公人厄非天窮歸坐閒窗繙宋史不思和仲思蘇翁

蘇翁蘇雲卿也春樊庭中石壁題
日小赤壁故有可許放舟之句

嘉平望日登天慶觀彌羅寶閣天慶觀即今圓妙觀

層樓岌嶪子城中齋宿摳衣歲歲同豈以清遊娛暮齒
要憑昭鑒攝微衷就瞻尙懍
時巡盛乾隆甲辰三月　高宗純皇帝南巡幸圓妙觀奕嶲偕扈蹕暨在籍諸臣跪迎觀門
外呼吸眞疑帝載通依檻不嗟筋力減喬雲快覩滿晴
空今歲寒甚是日晴暖

庚辰新正二日倪研用韻見答再用韻奉酬

說法原無法言歸未是歸此心絕塵網到眼總天機風
暖林禽脃泥融徑草肥妙門能我導應許析元微

其二

年衰驚歲改，寒盡喜春歸。會得簡緣訣，先教杜德機。蘊空知垢淨，戰勝覺臞肥。蟄室堪趺坐，三田精氣微。

佩珊用歸字韻見示對雪之作疊韻答之

飛絮檐前急，餘寒未肯歸。因之絕塵想，可以悟禪機。集葉松枝亞，封條梅影肥。草堂入畫裏，誰是陸探微。

三徑最岑寂，樵青踏凍歸。蟲猶甘蟄伏，鳥似慎樞機。冬釀盈尊湛，江魚入饌肥。無言僵臥冷，耳息正淸微。

張蔣塘明府趙州禪味卷

解組懷陳迹，聽鐘悟夙因。須知蘇玉局，五戒是前身。

梅麓寄示見懷並與遂莽少寇對山草堂看梅

商略卜居疊韻諸作次和二章

酒闌分袂歲將殘新歲連朝風信寒短札至今藏袖裏片帆何日挂河干但將好句更番誦可惜繁枝不共看準約清明晴暖後松寥相對坐蕉團遂弇梅麓向有同遊焦山之約近復有書相訂故云

歸裝料理有叢殘琴鶴襟懷本耐寒試問移家入罨畫何殊築舍接長干行藏早信前緣定暄靜眞同一例看且趁閒身來作達山塘粉蝶已成團近年吳玉松太守卜居未定僑寓山塘詩酒自樂梅麓向有卜居吳下之說故云

春日倉皦庵太史宋悅研侍郎吳槐江尙書集洽園俛仰今昔慨焉有作

盍簪眞可樂把盞獨含悽到眼延新賞驚心閲舊題天高雲自卷風暖鳥能啼何限憑闌意微吟白首低時芝巖太史捐館已三年哲嗣緗芸廣文下世亦逾年矣

折柳情深圖爲悅研題

珍重離亭酒幾巡吟朋攜手不勝情煙條露葉西風裏欲爲歸人綰去旌

促坐傳杯又一時披圖先誦故人詩圖中題句者桐門桂舲金門琴柯雲箎皆余舊好故云虎山橋外春波暖不礙紅衣狎釣師

思貽堂題壁寄東儕餘比部

出郭無百里，挂帆維一程。幽人躭野趣，小築喜初成。萬慮見山盡，孤懷與水清。何當來結侶，蓑笠課春耕。

晤孫樸齋有贈

山市憒喧雜，高齋愜靜便。來看雲出岫，喜聽石流泉。樸齋能琴，爲彈石上流泉一曲。客意澹如此，余懷閒復然。白鷗沙際立，相對亦前緣。

朱南臺司馬天風海濤圖

如馬風檣破浪馳，柁樓色變有篙師。那知坐嘯安閒者，只似中流自在時。

高齋會聽理冰絃羊體嵇心憶古賢我有幽懷無處寫
刺船也擬訪成連

石琢堂廉訪用歸字韻贈詩疊韻奉酬

芸生均逆旅弱喪幾人歸自得知仁樂因忘朝市機過
橋碧漲暖夾岸綠陰肥待放江干棹相攜入翠微
高齋標獨學羣彥識依歸時掌教紫陽書院共領吟風趣還參
掣電機筆花老更燦詩品澹而肥金錯難爲報衰慚腕
力微

雨中劉小峰招同玉松松坪集寒碧莊

今日歡良會名園正杪春客眞來舊雨天欲禁閒人覆

水藤花合拖煙柳色勻輞川逸韻在看取畫圖新（欲倩王椒畦寫圖）

石琢堂居士僧服像

人疑王子猷地是風篁嶺淨几展橫圖蕭蕭拂雲影

得句合先呈佛消閒偶賦遊仙那有子瞻玉帶肯畱思遞金錢

小憩蒲團萬慮清白頭誰與話無生支笻我欲攜琴友來聽窗前風雨聲

登焦山用東坡金山詩韻

挂帆直到江盡頭要看滄江入瀛海中流溼翠湧仙山

仙人已去山猶在衰齡髮短如頭陀一生浪走輕風波耽幽偏愛釋子宅山椒鱗比蜂窠多吟朋結侶婺源齊梅麓丹徒張晴初馮仲霖喜維楫飲滌餐霞畱兩日收覽遙岑螺黛青寅賓晨旭鯨波赤蕩胸駭目飛吟魄拜風跋浪江豚黑斜陽倒射珠宮明驪龍晝眠波不驚揚州羅生聘舊相識漫說山根有鬼物欲題姓氏託名山山神笑客眞癡頑拈毫禿澀姑且已孤負眼前好山水

松寥閣贈海門禪師

江山自清曠屋宇極幽深高臥見帆影開窗橫樹陰老僧斷聞根結搆出匠心一室娛烟霞兀爾怡沖襟爲問

浮杯者錫飛何處尋時訪方丈僧不値故云

梅麓晴初仲霖同遊觀音巖

山鳥不知名山花幽更清巖前危棧曲籬外大江橫道契形骸略心開腰脚輕石亭塵不到小憇聽濤聲

曉青堂題壁堂在水晶庵

暮齒宜遐覽良辰助勝情入天惟樹影繞屋有江聲地僻人稀到波恬夢不驚曉青吾再宿幽賞愜平生

水精庵贈卓然上人用梅麓韻

名山可結宇退士愛棲禪自得眞如諦同遊不住天軒窗無俗韻櫻筍有時鮮欲去因題句重來訂後緣

曉青堂夜話贈梅麓員外

湖頭半醉借分攜，聞道移家罨畫溪。誰料今年春盡日，松寥閣上聽鶯啼。

綴枝盧橘黃猶未，出水鰣魚味正鮮。明發江邊解纜去，人生飲啄信前緣。

海山回首路茫茫，五嶽前期未可忘。却惜樓頭王子富，但拈畫筆學螳螂。梅麓言其鄉人事

我亦當年勇退人，白頭留滯幻泡身。知君眞有神仙骨，一卷藍關證夙因。梅麓示所攜宋人雪擁藍關畫卷

竺庵

象山初弭楫遵麓到茅庵面壁禪心定瀨江茶味甘鶯花春已去臨眺客還堪欲別頻回首重來曲徑諳

自焦山放船登北固山用東坡焦山詩韻

我生結習雲水耽投老足不離東南江山第一說北固金焦對峙參成三昨從焦山放歸棹清和時節剛眠蠶勝遊難得風日美嬾不登眺終身慙筴輿曲折陟層巘別嶺綿亘淩澄潭是日不晴亦不雨綠陰如幙遊蜂酣鶴林海嶽跡已古遺事愛聽邦人談山腰山房最幽絕開花半放依經龕入門小憩僧供茗江心泉味淸而甘餘年自喜天所假夙好不怕人云貪長廊摩挲雲壑筆

耄矣筋力衰還堪秋深準擬更結侶山脚信宿棲茅庵

江干過馮秭生居時秭生在蘇亥君仲霖留飲

齋中題壁

爲放遊山棹因尋隱士廬開軒俯場圃園中林木蓊鬱植牡丹數十本萱草一畦入室弄琴書秭生善琴嗜書畫愛日春方永壽母年八十有六耳目聰明含飴樂有餘秭生年未六十已有孫就塾矣鼠姑庭角綻或者是徯余余數年前曾爲秭生賦綠牡丹詩今已夏初而花方盛故云

京口雜詩

八十遊山事頗奇山中愛誦故人詩到心往事偏能憶說與沙鷗總不知

論山詩筆夢樓書話到前塵幻影如北固山房閒啜茗望中山色渺愁余昔年與王夢樓太守鮑論山郎中談焦山之勝今始得遊而兩君歸道山久矣

東閣梅花墨韻清綠陰畫靜聽吟聲空餘壁上銀鉤字畱與參寥說姓名約齋鹺使前在農曹與論詩最契綠陰畫靜之軒其讀書處也揚州太守伊墨卿爲同年雲林光祿令子工隸書善畫梅焦山方丈觀壁間石刻題名振觸舊遊不勝山邱華屋之感

沙路縈紆竹逕斜江干小築似山家憑闌却悵客來晚不見詩人李小花小花京口詩人也有自書詩刻余爲題額

坐看晨曦又夕暉橫江帆影自依依我嫌桑下成三宿何事山僧猶未歸謂詩僧巨超

彼岸能登路不賒，江聲雲影片帆斜。好山幽絕無人賞，石壁朱藤自作花。是日放船過象山，山腰藤花盛開，惜石壁峭絕，不能一登。

西門橋外臨江閣，北固山前木末樓。安得扁舟重載酒，更邀平子共吟秋。時舸齋司馬在揚州，以未獲同遊爲悵。

卜鄰我欲去鄉關，來占江干水一灣。風軟酒闌移畫舫，月中橫篴到焦山。晴初言昔遊之樂如此，心竊羨之。

洲上王柳村，余二十年前曾識之。昨小峴言其近詩之工，意欲邀之過江，病不能矣，以詩寄懷

曲江亭倚翠屏洲，中有詩人郊島儔。君病吾衰不得見

隔江吟望思悠悠

戴松門廣文以詩惠寄嶲李次韻奉酬

風物江鄉暑雨過喬柯淨相亞枝多（嶲李以淨相寺一株爲最）開函試驗纖痕在比似楊梅味若何

莫譚閩海陳家紫漫說唐宮一捻紅珍重手題函顆顆披襟吟賞對薰風

圓勻入手色堪憐一顆親栽小圃前坼甲千霄指顧事知君鑽核陋當年

正是連宵風露清墨痕視並爪痕生要傳佳話添新譜聽取吳中戴李名（君每顆手書戴字以識故云）

竹坪圖爲汪竹坪

篔簹谷裏清風滿輿可指頭涼雨生最是秋坪新月好
小窗又見一枝橫

槐江睍佛手

清風驅毒熱淑睍展瑤箋合掌如聽偈拈花可悟禪供
宜蘄簟上香到硯池邊蟄室同僧舍跏趺結靜緣

以白荷花露餉槐江

東林依古社金掌憶天漿聽到無生話分來自在香舌
根餘淡泊心地得清涼一勺能蠲暑開緘試請嘗

張雲巢太守西窗話雨圖

白蘋洲上晚凉生細雨春波拍岸平想見凝香官閣裏

一燈如穗酒同傾

昨宵有夢到鷗邊要結西窗翰墨緣青篛綠蓑攜靜侶

烟波鼓舵待明年

嘉慶二十五年七月二十五日

皇帝上賓

詔到在籍臣工齊集永定講寺述哀一律

雨泣蒼梧野雲沉紫塞天山呼猶昨日鶴語忽今年世

喪

神堯考臣號黃帝仙鐘聲古寺咽率土涙潺湲

自題水雲圖

一枕蘧然五十年三間板屋下飛仙紅塵滚滚催人老何處重尋過去緣

署得頭銜是水雲幻軀自信絶塵氛空明世界蓮花滿悟境先從鼻觀熏

掃除結習淨心源耄歲新知孰與論寶筏他時來覺海導師只合禮文元宋晁文元公有法藏碎金録耄智餘編二集余七十後始得見之愛其潔淨了徹貫通三教覺翰墨緣猶是文字障也香光晚歲當亦悟此惜未得夢中再晤重與細論耳

九日和槐江韻

更無佳興賦登高秋士吟成語不豪濁酒對斟懷舊雨

素衣相訪有同袍病餘自放沿溪棹老去能題幾歲餻
風帽半攲簾半卷步檐倚杖首頻搔
懶開倦眼望天涯遠道鱗鴻信總賒荒砌獨搖泣露草
廢畦還放傲霜花菰煙蘆雪閒身在青瑣彤墀昔夢遐
和得新篇揮禿管數行濬墨字攲斜

重九日梅麓以詩寄懷并告知將欲移居荆溪即用前韻寄賀並訂東湖之遊

開函不覺誦聲高爲豁紆襟氣以豪陽羨今眞來玉局
香山早喜脫緋袍歡顏已動村村稻吉語先傳節節餻吴俗重陽餽餻新年亦餽餻移居亦餽餻有年年餻節節餻之諺葢以餻諧高也
吟到十年塵

土句快如奇癢得爬搔

門前有路即天涯三舍扁舟路豈賒近臘漸應舒岸柳衝寒料可放園花（移居須仲冬）溪山罨畫從君古雲水相羊莫我遐爲語煙波蓑笠客不愁雨細與風斜

看菊偶吟

本是逍遥物外身繞籬愛看菊花新林間小鳥偏工語竹裏遊蜂故趁人且鬬雙扉習水觀肯教六鑿擾天眞致柔更繹嬰兒旨守黑惟應養谷神

題畫

鐵幹穿雲根寒香拂苔嶺忽見翠羽飛想像逋仙影

三姪自都中歸爲語頴約齋侍郎問訊近況感
念今昔以詩寄懷

粉垣雞鶴憶同枝芳訊傳來感別離壯歲知心能有幾
衰年會面復何期鶯花燕市春回候氷雪湖天臘盡時
昨日松風引我夢與君攜手諷新詩

幽棲二首

屏跡花橋畔幽棲不計年以衰塵事遠因病道心堅易
悟歸藏旨詩歌豳雅篇蒲團聊踵息非爲慕神仙
吉士戒妄動褊衷宜索居開軒飛野馬散帙走文魚旨
蓄三冬有跏趺丈室餘奇温珍稻草栩栩復蘧蘧今年苦寒

鄉人言新稻草之暖因試用之果勝重茵也

和小峴司寇山園雜詩韻前首憶寄暢之遊後首堅西湖之約並柬梅麓員外兼寄戴松門廣文

棕鞵桐帽共婆娑縱步還將靈壽拖最好名園依緑水更邀上客坐烟蘿謂笠耕觀察松花美味嘗黃雀惠山黃雀食松花而肥美惟三四月有之翠釜奇珍賽紫駝可許風流成二老壑臞天與此巖阿小峴夢一道人贈印一方題曰壑臞因以自號

莫因衰白歎桑榆戰勝無論肥與臞看到雲煙都是幻坐來主客便成圖言詩那得康成婢余因病目不能觀書思覓一知書女

子誦而聽之而不可得泗水何須陶峴奴準約嘉禾戴安道鴛湖泛罷泛西湖梅麓先有西湖之訂近戴松門復訂過禾同行故云

復用前韻答和韻諸君子

草堂松竹裏風景逼殘年帖但摹長史目疾乞書篆隸者以行草應之取其速了耳書還讀孟堅十年前點閱漢書未竟今閉戶無事因卒業焉舊遊渾似夢漫與不成篇厚意慚親故給之曰老仙硯北眞堪隱牆東亦有居貽來靑玉案珍抵紫金魚飯熟吟成後茶甘夢醒餘相看同適適寡過或希蘧

十二月二十日天慶觀登彌羅寶閣

歲撰嘉平日虔趨如意門吉祥如意左右二門額升階瞻斗近拾

級儼參捫心本超三界身疑傍九閶層樓香馣馤殘臘

喜春溫

庚辰長夏逭暑掩關晝寢松軒夢遇陶山廉訪至一處峭壁當面層巒插雲陶山縱步余亦鼓勇同躋其巔孤亭翼然並坐啜茗長松軟草絶無纖塵意非復人間世松風拂衣蘧然遂醒越日以語陶山陶山亦心異之寫圖以識並屬題句夫夢生於因余林臥已久固宜有是夢陶山則振翼雲衢宣猷布化何緣邂逅意者靈襟超曠多生結習未忘巖壑問趣

耶因就臆見賦此以質未知於高懷有當否也

長谷玉液閟石函金簡扃何圖塵块中躋茲羃翠庭四壁石髓瀉一徑幽花馨我欲擕長鑱松根斸茯苓結廬於此住以養三奇靈還邀孫思邈爲諷淨名經

公哉獬豸冠我拖緣玉杖栩栩復蘧蘧異境覯非想出處雖有殊襟期固無兩鳳凰鳴高岡勳業青冥上明農未有期譚元或相訪何年果此緣同聽松風響

南園謁尹陳二公祠

先哲謀猷遠南園祠宇新我來晴正午臘盡氣迴春物

態閒中覺官聲去後眞旨哉至聖語直道在斯民

除夕和黃蕘圃韻

幾人今日得身閒我自僧窗讀畫還爆竹關心又到耳屠蘇入手且開顏年來漸覺塵緣減老至全將俗例刪準待春江晴漲暖便浮舴艋去看山遂庵司寇訂於二月杪同遊西湖

爆竹

忙事叢殘歲歡聲遍萬家徵名偏傍竹報信待看花催得春光轉迎來喜氣賒開懷宜命酒快意儼排衙興助辛盤集喧兼臘鼓撾太平眞有象徹夜未嫌譁

燈花

喜事亘宵報銀缸綴玉蟲燈明宜酒綠花發映窗紅香
爇書帷裏春生斗室中開疑因夜雨笑不倚東風漸減
窺園興還收繼晷功更深留伴客好夢續文通

辛巳歲朝試筆

玉琯風和歲序更病夫春到覺身輕近窗暖愛黃綿襖
布席珍嘗玉糝羹人道老宜疏筆硯吾知道在黜聰明
蜨龕小憩蕉團軟自喜門無剝啄聲

題嚴少峰太守少峰讀書堂圖卷

嵐翠尚依然曹騰四十年晴窗看畫本夜夢到山前翰
墨留新賞鐘魚記夙緣茅齋倘許結相伴入雲煙

顧半梅天衢振策圖即送赴選入都

親民當路正求賢，振策天衢最妙年。定有兒童迎五馬，好將金勒換蒲鞭。

轡馬能調剛與柔，知君敷政自優優。先民令望眞堪仰，漢代桐鄉唐道州。

上考頻聞報最多，繭絲保障問如何。班春應佇陽春脚，傾耳先聽來暮歌。

正月十四日招同倉敞庵太史余秋室學士宋悅研少寇吳槐江制府小飲三松堂槐江用明人唐叔達南翔八老詩韻作七古一首次

韻奉酬

榑桑晴旭升初曉平江路上春光好勝日招邀集素心飲和欲把衢尊倒坐中何人年最高中州舊史來獨早同年同省余宋吳相與促坐傾襟抱共言今歲元日晴休徵占得百穀成長謠季重揮椽筆七字琅然玉韻淸白鶴村頭留故事佳話流傳自有明新詩豈獨媲叔達山谷是弟眉山兄我自歸田豐暇日日坐南窗理舊帙未讀南翔記事章有如服食遺芝朮因君重諷八老篇始知平地有神仙交梨火棗不足羨直以混沌全其天願焚筆硯事耕鑿且與亞旅相周旋莫言身外榮枯事

共養山中松柏年

槐江招飲齋中

肩輿破曉指南城已有晅風拂面迎自喜林泉忘歲月謬因衰髦厠耆英杯斟竹葉心先醉坐近梅花韻最清報答昇平復何事但占暘雨課深耕

側室徐氏名福涵字惠卿事余五十年南北往來頗盡心力乾隆丙申於京邸生一子殤生平篤信西方法喜茹素尤敬惜字紙得年六十三今年春卒蓋其來也似亦有自於其歛也書偈示之使無昧於所往焉道光元年正

月記

膠擾生存事辛勤五十年今朝眞汝息莫更憶前緣
有生豈不化無係眞如歸彼岸能心向觀空何淚揮

題畫四首

東風吹雨花光冥層嵐擁翠列畫屏泉聲瀧瀧隔幽磴
雲氣靄靄排空青小橋橫枕西溪側過客何由辨出入
日華瀲灩與物榮芳草萋萋爲誰碧
百花飛盡綠陰成嵐翠湖光照眼明欲向天隨借茶具
柳煙濃處聽啼鶯
林空鳥不棲石瘦山無翠枯木矗層巖其中有生意

雲氣滃空濛遙岑一氣中不知雲外寺林表度疏鐘

卞雅堂太守梧陰憩石圖

高梧碧入雲卷石平如砥畫戟凝清香游心到蘧几鴻才領劇郡坐嘯無不理懸知冰雪襟定靜絶塵滓若非六一翁當是羊叔子會見璽書來褒兹治行美載詠卷阿篇雝喈用迓祉

三月十八日遊聞思吾與荷亭普賢諸靜室得詩一首

避喧春不出首夏到山家却怪鐘魚地偏栽富貴花色空原不二生滅苦無涯荷亭向有大紅牡丹一本今化去奇賞聊題句

風翻壁上鵶

吾與庵心誠禪師出示蓮池大師詩幅詩曰一生心事只求閒求得閒來鬢已斑更欲破除閒耳目要聽流水要看山率和二首留贈心誠遠塵二禪師

古人心事只求閒羡汝能閒鬢未斑自笑禿翁逾八十年年來此坐看山

身閒難許是心閒莫說身閒鬢不斑且向門前來倚杖但聽流水但看山

悅研招飲再用耕字韻

薰風吹暖闔閭城折柬還將舊侶迎新蔭又看圍曲檻白頭偏愛對繁英交能耐久惟因淡詩到成家只是清爲問何年梨棗熟相從要把寸田耕

題顧俠君嗣立前輩紀恩遺冊用同年余秋室學士韻

曠代殊恩詎可忘誦芬遺冊有餘香於今枌社詩壇在猶說當年秀野堂

始用杖貽之以詩

屏御琴書硯亦焚橫拖筇竹看斜曛青山獨往誰恩我白首相依剩有君倚戶眞疑壁掣電挂錢還共屐穿雲

朝來更欲攜茶具去訪巖棲鸞鶴羣梅麓卜居陽羨招爲東湖之遊故云

三松堂續集卷六

始辛巳秋至己丑春

吳縣潘奕雋榕皋

庭下菊作花對酒偶吟

隴畔同聽蟋叉鷓不妨沮桀耦而耕黃花三徑無風雨白髮盈頭罷送迎儘有壺觴供笑傲底須旌鉞助精神用劉賓客語朝來要喚東家叟瓠葉翻翻正可烹

寫蘭題句

一天暑雨過瀟湘夢醒松窗笛簟涼攜得淸風來腕底不知是墨是花香

望雪

望雪雪有待大寒寒不來雲容纔冪䍥山意欲舒梅診
或侵銀海時余病目書誰紬玉杯宵深頻側耳淅瀝灑瓊瑰
是日傍晚得有微霰

喜雪

微雨竟成雪連宵遂浹晨物情頻望澤天意果如人濃
滲麥苗遲平鋪蔬圃勻迎祥占歲有喜氣溢郊闉

送人入道

世緣淺處道緣深天許棲身薝蔔林丈室泠泠清似水
正堪冥坐去觀心
茫茫人海苦無涯擾擾浮生何處家依得金仙能送老

看他合掌坐蓮花

蕘圃餽東坡肉以詩代柬和韻奉謝

推食慚山谷傳來蘇氏方問名品自貴登俎頗流芳狄
酒無須設侯鯖未必强老饕誇口福頤朶合先嘗

寄昆峰

昨夜秋風到敝廬今年芳思問何如驚心往事餘陳跡
過眼雲煙看太虛異撰底須論由點委懷只合聽鐘魚
朝來欲放西津棹去訪閒思靜者居

寫梅一枝題句

山色六時新梅花萬古春香風引短棹待訪在阿人

孫備之醉墨圖行看子

書名一代擅香光秘笈曾窺醉墨堂君收藏香光眞蹟最富自運之筆妙能入室爲語墨林談藝者替人今日在錢唐

畫被栽蕉枉費神蓮花世界悟前因余有水雲圖爲同年張東畬所寫記乾隆辛卯夢中遇香光事無成多好嗟吾老欲學當時焚硯人

徐香巖刺史歸田行樂圖

有田不歸如江水達人慣説坡仙語無田不退甯非貪北山移文良可憖人生苦趣誠難脫人生至樂誰能識烹葵剝棗歌豳風尸鄉不見朔雞翁石湖儘有閒田地歸田樂事眞無既還期結侶雲深處扶犁領取田間味

壬午元日喜晴

隔歲豐登瑞已成緒風元日快新晴屠蘇入手寒威減綵勝迎眸喜氣生杯裏蟻浮餘臘味梅邊蜂暖是春聲老農準擬期彊以去課東阡澤澤耕

新正二日後連日大雪

眼昏手嬾一衰翁擁鼻微吟蟄室中漸喜光明生戸戺更無塵土翳虛空燈青未許頤黃嬭（昔人以黃卷爲黃嬭）几淨惟聞響鞠通最是尖叉疊韻好齊心同願祝年豐

用翁字韻答和作諸君子

得失渾忘塞上翁塵勞消盡酒杯中纖鱗脫網波原闊

逸翮翔雲天本空早識浮生同幻影底須榮願繫苓通多君自喜吟懷暢知足由來暇日豐

雪窻用韻

喌喌近學祝雞翁得失雞蟲過眼中坐看長松團積素愛聽碎玉落晴空掩關一枕塵緣斷隱几三杯大道通我是堯民忘　帝力陋他安石須元豐

余舉壬午鄉試今茲壬午復屆鄉試之期得詩三首索秋室同年和

軒紀鴻圖啟天衢文治昌微生甘鈍拙卅載守耕桑秋賦聯新侶賓

興憶舊行酬
恩更何地擊壤祝年康
八十八難到過三何敢期喜扶桃竹杖再聽鹿鳴詩玉
尺分光采
觚棱繫夢思祇應秋室老話舊許肩隨同榜同年惟余學士集今年八十有五神明不衰僑寓吳門時相過從
同根必相得衣鉢溯彭籛生物原因篤觀爻獲假年前
型嗟已遠正則信無愆懼負交箴意貽羞梓里賢乾隆壬午浙江鄉試奕雋以商籍中式座師為吾鄉彭芝庭先生監臨為番禺莊滋圃先生即芝庭師門下士副主試為閩縣李瑛庵先生又芝庭先生門下門生也是科首題假我數年五十以學易次題必因其材而篤焉故栽者

培之詩題涉江采芙蓉滋圃先生賦五古八韻一章呈兩主試并示新科諸彥一時傳爲佳話詩曰同根必相得眞香必有色眷茲君子花無言秋浦側潤霑清露恩濯借之江力有美聯袂來殷勤齊拂拭相賞煙波間愛爾去雕飾我聞佛蓮花一幻萬千億物理恆寓言甘津生苦薏所願兩無負盈盈標正則

獨坐小飲自和前韻再柬秋室媵酒二瓶用促

和章

寒蟲學墐戶鳴鳳叶歸昌秋又香生桂人如日迫桑支牀龜有息宿燚鷺無行何處能娛老吾將依杜康余厭塵居之喧石湖某姓善釀秫作酒剏宅招隱心頗樂之

蓬壺不可到回老亦難期妄作飛騰想閒吟自在詩病餘宜靜寄身外復何思妙訣坡仙得冥心息與隨

頑軀齊木石壽骨是耼籛共際
唐虞代重逢壬午年嚶鳴聊寫意醉語待繩愆莫道元
亭寂相邀中聖賢

舟泊光福二首

野店山橋颭酒旗東風吹綻向南枝河豚橋外晴波暖
正是河豚欲上時
湖月去船只數尺風燈伴客欲三更扁舟一夜沙邊宿
喜聽村村打稻聲

光福宿思原堂示偉堂姪

暝色延春舫蕭然襆被輕雲門羣岫擁竹屋一燈明羨

爾幽居趣增余遺世情惟慚老且病難許耦而耕

木瀆過張春濤田居　春濤精於醫

老屋靈巖下幽人此避喧手能驅草木地可畜雞豚澗上高風遠牆東逸軌存閒來時得句沈約好同論謂小宛

二月廿三日槐江同年招同朱悅研尤春樊吳鑑庵集齋中即席有作

桑榆暖處日初長勝侶招要共引觴放眼春光原浩蕩閉門心地最清涼風風雨雨寒將往白白朱朱花又香商略銅阬須信宿已從阿買借山莊聞山中梅花大放偉堂姪新築數楹於河豚橋花深處擬往信宿焉

三月廿四日朱悅研少寇招集藤花齋

衰拙寡酬接沈默安邱樊曉來素心朋折簡開芳尊高齋藤花下譚讌臨風軒春深氣候和百卉亦已繁烹鮮侑旨酒霏屑聆佳言蓴羹太湖來中有煙波痕飫茲世外味娛我幽棲魂季鷹嗟已渺逸軌今猶存所恨沖曠懷難與達士論既醉恣遊衍逍遙袪憂煩庭前仰松石庭下紛蘭蓀高詠考槃篇寤歌矢弗諼

春日秋室槐江悅研春樊小集須靜齋秋室有作次韻

江城新霽足年芳也有春風到草堂陳迹莫談金谷裏

閒身且飲玉蘭秀（客談歸田園拙政園當年林亭花木之盛故云）放言最喜無拘忌入坐相看盡老蒼却怪靈均詹尹卜較量氾氾與昂昂

道光二年歲次壬午重遇賓興蒙

恩晉秩恭紀四詩

重開塵篋檢朝衣翹首卿雲護

紫微月地欣逢攀桂客煙津小別釣魚磯新鶯出谷聲偏遠獨鶴依巢病不飛最是銜

恩增百感卅年前記侍

彤闈（奕儁于乾隆己丑通籍乾隆戊申告歸）

簪毫委佩直

明光慣喫階前厚朴湯（宋文德殿爲百官常朝之所守

堂卒好以厚朴湯飲朝士當時朝士戲爲詩曰立陋室殘殿角梧桐影喫盡階前厚朴湯見温公續詩話
銘成懷禹錫鑑湖波暖慕知章茅檐露蕊生機滿畫省
香鑪舊夢長愧與衆仙同拜舞更無彩筆詠霓裳
菰煙蘆雪一漁竿生性疏慵骨相寒燈火閒窗還課讀
雞豚近局也追歡

三朝食

德涵濡永奕雋生于乾隆五年歲在庚申累世承
恩報稱難賸逐餘暉偕野老桑榆暖處話　金鑾
眞是康衢皞皞民觀河歷歷總前塵風欺秋柳嗟衰晩
葉食春蠶憶苦辛有限光陰貞素守無私雨露戴

洪鈞自憐控地榆枋鳥戀　闕猶餘飲啄身

白門秋興四首

耄齡不怯別鄉關一葉扁舟雲水間客怪中年早解組天容老眼更看山黃粱夢覺人何在海燕詩成意儘閒那得心朋舊吟侶共攜笻屐上孱顔謂嚴東有王荔林王葑亭張雪鴻諸君子皆上元人也

琳宮講習侍晨昏養翮藏修念最敦此日據牀眞老子當時操几是童孫舊遊陳迹從誰說一氣中宵默自存華表鶴歸應有語渡江白馬又今番乾隆丙子奕雋年十七先祖開齋公攜之同試秋闈寓準提庵禱于武廟籤云尊前無事且高歌時未來時奈若何白馬渡江雖日暮虎頭城裏看

巍峩時先祖年六十七赴鄉闈者十三科矣至壬午奕雋得售先祖年七十三猶及見之

玉尺樓高皓魄臨論文尊酒有同心燈靑鴻爪全無影沙冷鷗盟未許尋乾隆丙午奉命偕蕭檢討九成典試黔中校文玉尺樓中秋月夜談及登州勞山之勝相期宦退同遊今檢討下世已廿餘年勞山之約遂成虛願擬借深杯鐲積疢怕將急管攪沖襟明朝便放西門櫂去聽潮音與梵音

尙記連檣破浪行松寥踏壁聽江聲轉頭鷓蟋成前夢到眼林巒餘故情月色最明桃葉渡桂香又滿石頭城裁詩寄與荊溪去莫惜輕帆幾日程庚辰四月與梅麓員外遊焦山信宿松寥閣有今秋重遊之訂

燕子磯阻風

鼓楫復迴舟天教作勝遊一亭標絶巘峭壁壓中流本自無營戀何妨小滯留白鷗最閒適相伴荻花洲

題錢籜石宗伯花卉卷後

萬松居士今不作慈伯編修亦已仙安得扶笻還載酒裹糧重放秀州船

山鳥山花吾友于杜陵妙筆最清腴老夫足力今非昔只合憑軒看畫圖

許師竹道人移石居圖

曾識當年玉斧孫慣攜笠屐訪雲門閒來欲借高齋宿

細諷黃庭守道根

書生豔說科名草逸士曾栽旌節花莫爲新圖徵故事
須知作飯忌蒸砂

答秋室賀詩韻

掖垣簪筆幾經春鴻雪泥痕話已陳閒客最宜員外置
虛名慚愧說詩人（來詩有爭羨頭銜今特晉從來員外是詩人之句故云）

復用韻和秋室學士

新詩記讀小陽春（秋室試於乾清宮小陽春作爲一時館閣傳誦）香漬金壺
墨未陳寄語玉堂畱典故頭廳幾見再來人

陳百泉太守試硯圖

晴窗走脈望古意珍涵星使君耽書癖不異孫過庭蕭齋一枝管龍跳鸞鶴停我欲攜枯藤來訪墨妙亭所嗟茶麻眼不辨撥鐙形況復詩思澀舊井無渟縈蕉圖習水觀十笏波泠泠何能從陶泓拾瀋更乞靈

十二月二十日攜兩孫登彌羅寶閣

城東傑閣閟元都歲例齋心撰日趨扶上籃輿還自喜拄來綠玉直無須萬家煙火昇平景一幅高低界劃圖最愛憑闌舒病眼雙雙健翮振雲衢

癸未三月遊吾與庵憩雲外室

極樂在能舍無生故長年十字余贈澄公楹帖句也蒲團聊小憩可

以息羣緣

無隱庵題壁四首

雨止偶入山，流泉擱山路。我從雲外來，更入雲中去。

履中不可作，涵虛能掩關。我欲觀飛雲，雲族還冒山。

一勺可以泳，知魚復知吾。須知知樂者，原不羨江湖。庵中一泉極清洌，余名之曰魚樂

雲意無去留，我心何適莫。重來期何年，看雲倚晴閣。

過聞思庵不入以詩寄昷公

北風催歸棹，雨鏬獲清遊。欲借經廬榻，移節待杪秋。

題黃蕘夫徵蘭圖卷圖爲陶筠椒寫

露蕊紛披整復斜謝庭蘭玉擅清華憑將陶令春風管
留作黄家及第花

題林少穆廉訪孤山補梅圖扇

暗香疏影寺門前一别孤山二十年今日風前看畫本
徑思重放裏湖船
隼旟想像駐山前幽夢新詩記往年分得幽香懷袖裏
恍如同上泛湖船

大樹圖爲王篔山觀察

榷關大樹何人植聞説生年晋永和老我散材非北海
愧無健筆記娑羅唐李北海有娑羅樹記碑

又見孫枝中棟梁干雲潑雨歷冰霜披圖攬取參天影
留與邦人賦召棠

瘞鶴銘爲賚山觀察

瘦骨埋來得地靈聲傳一一上青冥不知鶴壽今年幾
待寫新銘配舊銘庚辰四月三日宿松寥閣觀舊刻瘞鶴銘
記摩古碣坐僧寮仙影翩躚似可招吟到海峰江月句原作有夢回江月白魂返海峰青句夜來清夢又松寥

過玉松山房適葦間蕘圃春樊有東籬之集同
飲花下共賦

魚鱗雲捲泬寥天人到東籬便灑然已快平堤無積水

更歡高隴盡翻田幽人自拓茱萸沜退士惟繙蔡癸篇最是素心晨夕好不妨同醉菊花前

周勛齋司馬輓詩

交君四十載相憶輒相過看劍頻燒燭分箋或命歌尊前今雨少地下故人多又灑西風淚浮生嘆逝波

由行春橋肩輿上吳山嶺小憩僧廬有作

春晴日暖愜幽尋捨棹閒遊優鉢林絕巘飛雲空色相中庭古井印禪心杜門謏爾山居適拄策憐余老病侵指點王官生壙近潦年拱木向森森

擷芳亭前娑羅花放二十叢蕘圃過訪作詩用

韻奉酬

浙東佛地樹娑羅（此樹爲西泠王松泉從天台華頂移來見贈）開到幽齋客肯過華頂一株分蔭遠擷芳今歲著花多階前日暖能延佇亭角香淸可嘯歌安得雙瞳翦秋水名篇北海手重摩

仙山夢影圖

芝館雲房繞翠微枕中仙夢尚依稀仙山自有胡麻飯汩汩何人肯息機

金母王氏節孝詩

玉節引雲旌羣仙下碧城杯斟絳幔酒詩補白華笙讀

憶丸熊苦　恩邀綍禊榮夔庭春正永接翅鳳和鳴

王贇山觀察來權臬篆駐節滄浪亭用余舊韻

賦詩次和二首

問俗來詢伯懷人上古亭雙旌風獵獵四野麥青青好鳥啼深樹閒雲漾遠汀誰知鈴閣裏心賞是林坰爲企前徽近詩中有追憶尹文端公語故云渾忘短景斜殷民心本合覓句與偏賒春到池邊柳風驅雲裏鴉新篇儷六一餘事亦傳家歐陽公有和子美滄浪亭詩

走候贇山不值獨遊亭上疊用前韻

爲問甘棠舍何如歷下亭波光一道碧嵐影半欄青樹

密雲畱磴沙晅鷺聚汀知公心似水不異在郊坰

何記前遊地驚心暮景斜更無吟嘯興但覺歲時賒敧岸眠閒犢平田噪晚鴉今年非大有可念是農家

題金芸舫采芝圖

松根茯苓如栲栳世人但啄腥羶飽西飛白日笑人忙誰肯抽身事幽討夫君夙世有仙緣千歲靈芝信手搴持奉萱堂羞夕膳披圖與補白華篇

題畫二首

杏豔桃紅彼一時幽姿天許占江湄拒霜自有堅貞性不礙敷榮故故遲芙蓉

晶毬壓架傍秋千火齊離離照綺筵最好西風涼冷候堆柈適口味新鮮 葡萄

疊用羅字韻奉酬諸君見和之作

恍似羣仙下大羅花開見佛佛應過雙枝秀挺盤根固七葉祥徵得氣多丈室惟宜經卷伴考槃敢擬碩人歌垂簾留取清芬永粉本重煩妙手摩

李定之女史爲花寫影再疊前韻

憑將湘管試兜羅落墨徐熙不汝過清淨地原塵事遠蔚藍天本喬雲多最宜水觀泠泠坐不礙仙人踏踏歌莫道赤城霞起景琢堂有遊天台之興故云冥心只合伴維摩

蕘圃送紅豆花一枝

正是迎梅密雨時病眸如霧嘆衰遲知君欲寄長相憶
脫手詩成賸一枝

蕘圃以王忘庵所寫紅豆花畫幅索題復用前
韻圖爲毛君叔美所藏

又是江南燒笋時忘庵應恨我生遲白頭好事來山谷
更與殷勤寫折枝

名篇妙繪豔當時一㡧畱傳見獨遲莫便臨池嘆衰晚
天教老眼看孫枝

庭角瑣瑣葡萄發花詩以紀之

新綠羃書堂奇葩發異香何年移絶域此地壓羣芳預想分甘樂還思釀酒方拈毫徵故事先領北窗涼

靜觀圖

萬物自並作至人息羣緣惟能塞其兌乃以全其天娟娟松頂雲瀏瀏山下泉鳥棲樂深林魚遊樂重淵所以君子心燕處常超然

沈釆石女史山水畫冊

雲山光景自常新話到荆關跡總陳想見玉臺閒點筆只師造化不師人

姪孫曾沂西湖秋柳詩畫卷

煙柳絲絲覆畫船一枝柔艣蕩春煙喚回六十年前夢
夢我湖船中酒眠
指點風鴉歸影遲露條千縷尚如絲須知搖落江潭候
不似靈和殿裏時

郊行

無雪得微雨雨晴嵐翠橫孤篷仍獨往萬戶已春聲病
久塵緣絶年衰薄俗輕徂畛歡婦子吾亦喜郊行

次彭葦間太守知魚樂舫韻二首

池館依青山地與市塵隔側聞盍朋簪芳筵傾玉液荷
風香氣散意並遊魚適三爵想油油悠然忘主客

衰老憐病夫未獲與觴詠剩豖走平頭新篇踵舊令香
風襲襲生翠蓋亭亭勁八韻抵兼金三復塵襟淨

孫樸齋戴笠圖

占得江鄉一釣磯纖塵不染芰荷衣前身定是元眞子
細雨斜風歸不歸
蟬聲蓑影聚東阡正是農家插蒔天今日相逢臨頓里
便攜臺笠上湖船

劉瑞圖卷勺園圖

有客傳魚素憑軒展畫圖數弓觴詠地一角水雲區漉
酒思彭澤餐英慕左徒撰辰帆可挂也擬共歌呼

送石琢堂遊天台

秋中氣爽露華清十幅蒲帆指赤城想到石梁行處穩故人霞客定相迎

題紅豆書樓圖爲毛叔美顧晩芳夫婦

小樓春暖日遲遲嫩綠嫣紅映墨池最羨清才兼豔福畫眉纔罷共題詩

詠絮才名屬謝家湘簾棐几擅清華何須更說相思子此是西天稱意花

和左仲甫中丞山塘載菊韻

近游載得滿船花老筆新篇樸且華去住情懷原不繫

春秋佳景信無涯遙思三徑攜筇竹閒看東籬豔綺霞
誰識風光誇綠野蕭疏不異野人家

次仲甫韻寄葦間

秋花爛漫似春花豐歲人情戀物華共說山塘今更好
可知世事本無涯何須旄鉞光增價（用劉賓客詩意）自有篇章
豔鬪霞撰日更思同放艇絃詩兩地擅專家

弟雲浦哀詞

奠罷虛堂黯愴神燭花吐燄酒生鱗早知怛化原無盡
制淚還將酸語陳
瀾翻八索與三墳老學庵中學更勤君似子由眞是友

我師和仲愧無文

聲華藉藉說吳潘坦率仍嗟行路難却笑能詩竺香子漫思月選注雙單弟與吳二少甫來試京兆哲兄鑫濤與余同官時有二吳三潘之稱嗣失解南歸余送至彰儀門有湖天欲雪念衣單之句同年汪竺香和韻云尚思月選注雙單盖竺香時充四庫館謄錄歲滿注選當外授縣令也是科榜後弟亦以薦卷挑取四庫館謄錄

峩冠國子坐中賓廣廈三間憶靜春那得邱遲來塞外翦燈重與話前塵甲午歲余在京師寓果子巷自書楹帖廣廈杜陵詩裏屋峩冠國子坐中賓芝房邱翰林見而愛之九月十三日余過雲浦猶詢及此聯忘其上句及余記出而雲浦已逝矣靜春余齋名也

早歲何人肯息機傳經劉向願無違逍遙富貴君兼擅

仙骨眞宜一品衣

收將煙景坐蓬壺弟園中齋名夢繞清波裏外湖一事歸來

猶有憾未攜賓從訪交蘆西泠庵名昔年王述庵侍郎爲余話西泠蘆花之景余未得遊弟亦以未到爲憾

衰年只合學躬耕生壙先圖札肸嬰悟得火傳無盡意

底須妄想覬彭鏗

曉窗猶自理芸編

平生故物是靑氈不葺丹房不習禪共說元中夜坐足

白頭筋力最堅强榆映承歡歲月長想見懸崖能撒手

定應飛步躡雲將榆映弟書堂名

談往頻增宿草悲看山讀畫歎吾衰三松隱几支離叟此後論心更與誰

和蕘圃消寒韻

蝶龕夢醒上燈時展誦新吟兩首詩試問懸魚迎竹馬何如貰酒解金龜閒身木雁吾能置榮願苓通子早知聞道書城排日飲十分到手肯堅辭蕘圃以候補縣令改京職又不赴選故云

沙鷗一首

沙際一鷗立不鳴亦不飛自憐儔侶少肯慕稻粱肥得食雀方噪呼羣鴉已歸須知守素者不是戀漁磯

題錢芳儀女史墨蘭遺蹟

一㦬緑雲鋪湘簾珮響徂仙壇香冉冉好去伴麻姑

掩扉

自從棲白社長日掩荆扉臘盡寒猶劇沙晅春欲歸老年應避客衰體不勝衣只合同袍子銜杯聽屑霏

嘉平四日和黄蕘圃韻

莫因急景歎衰遲收斂神光須及時伏枕吾方隨舞蜨支牀古亦有靈龜澄懷應識味無味上士從來知不知指點庭前松桂在相期同保後凋姿

枕上復成一律奉柬蕘圃

歸田卄載掩柴門巷北街南枉過存人世推排成一老
詩篇假借嬟雙元來詩有一老雙元之句故云乙鴻兩見何須辨蕉
鹿都忘膽有痕十八年來陳卷在不妨暇日與重論

春樊送素心蠟梅一枝賦謝

一枝香報臘前春歲晏朋情愛爾眞鼻觀參來通舌本
玉池夢醒嚥頻頻
素心相對復何思花不能言意可知莫笑腐儒詩近腐
黃中通理玩坤辭

晴窗柬韓聽秋並寄懷桂舲

舞綵堂前酒滿卮小林屋裏坐哦詩到心往事成新夢

照眼繁陰茁舊枝月白風淸懷子美綠蓑靑篛慕天隨鍾吾山下春如水何日相攜去采芝

除夕黃蕘圃用丁卯歲除韻作詩次和

耄矣神明誠外馳半生託業悔文辭林間暮雀惟求宿窗下晨雞不失時九九工夫吾欲守三三密諦子能窺貞元剝復天心見試看新黃長舊枝

雪窗寒甚用郊行韻

微雨竟成雪紛紛縱復橫曬窗迷幌影壓竹想簷聲味詡醇醪薄寒嫌狐貉輕明朝晴放艇也作剡溪行

雨雪連朝杜門不出復疊前韻

斂退何能免坐馳祇應艮背玩爻辭已過雪虐風饕候未到花明柳媚時農事歡聽郊外動天心可許筦中窺蕉團夢醒鑪煙裊閒喚童孫爲折枝

大除日復疊丁卯年韻

八十年華駛若馳飛箋迭唱復何辭杯斟柏子添新興坐擁梅花似舊時溪畔推篷誰過訪籬邊披氅客來窺老夫預卜豐登兆笑看高梧鵲占枝

思作西泠之遊柬諸同好

水國春寒不放晴閉門時序到清明關心世事兼身事聒耳風聲又雨聲擬築糟邱娛暮齒莫將毛穎獵虛名

皐亭聞道桃花滿沙畔閒鷗舊有盟

題梅亭圖爲汪梅亭

春風昨夜來江國冷蕋疏枝濃覆屋幽人胷次如冰玉坐賞行吟日不足尋芳我亦愛春游卅年虛願營菟裘最羨高齋風雪裏水晶簾捲珊瑚鉤

韓聽秋七十壽

交情兼戚誼兩世紀羣深入海聲華遠衡門歲月駸猶耽左氏簡誰賞子昂琴自述題新咏眞同擊壤吟耆舊吳中尠君家多大年孫曾能濟美仙佛本前緣窮達何關我升沉早信天巷南紫氣滿介雅集裔佺

弟雲浦旣逝姪孫曾沂以臨頓新居圖卷并遺
句索題卽用原韻以誌餘哀

搜篋得遺句移家賦小園秋亭曾緩步疏鑿記同論宿草悲江夏（弟妻舅黄君圖新應超國華與余兄弟最善今皆卽世每因談往及之輒深感歎）新篇賞巨源（弟門下士歸安孫君衍慶長於詩古文弟每標舉佳句以爲吟賞）連牀無復日窗外雨聲喧

再題臨頓新居圖

幽棲臨頓路勝景鳳池園拄杖春秋暇銜杯今古論于時歌止止來我喜源源此日蓬壺坐愁聽燕語喧

權廉訪梁茝林觀察以滄浪亭館圖冊索題

天邊鴻爪猶餘跡，門外滄浪可濯纓。人爲召棠傳妙詠，我思郇雨聽歌聲。

習公池與庾公樓，勝地高名自古留。想見凝香心似水，肯輸前輩擅風流。

秋試將居寄族姪晉侯世爵、東甫世鏞

泉清松茂溯家風，老屋猶存一畝宮。簡冊已亡誰數典，壁間遺帖認尤侗。乾隆壬午，余舉于鄉，上冢還家，住博鄉堂，後見楹帖十字，爲尤西堂先生贈先高祖其蔚公故物。

千佛名經占兩名，酉科佳話記分明。秋高桂嶺濃香滿，應識衰翁望遠情。乾隆乙酉秋試，家伯在澗與弟奕藻並登賢書，今六十年，又逢乙酉，計必

有連鑣同捷者故云

宋悅研少寇輓詞

白頭生事感無涯每為談深坐日斜共識丹心依絳闕但留清影伴梅花君善畫梅才名早歲同僚重治行中朝老輩誇君由侍讀出守廉州觀察燕湖繼由京兆長刑曹為舒文襄阿文成所器重莫怪寢門頻灑淚卅年舊雨夢東華乾隆癸巳甲午與君同直內閣中間忽離忽合回首舊遊恍如隔世事矣

齊梅麓期八月後見過不至以詩寄懷

底事秋來竟爽期長天帆影盼遲遲要看行篋新收畫快讀高齋疊韻詩有筆輸君齊玉局無才笑我學天隨

何當水闊雲深處同著荷衣狎釣師

題萬峰獨立圖

圖是翟雲屏大坤爲沈歸愚宗伯作今歸毛君叔美叔美雲屏外孫壻也

奇峰矗天際賈勇記當年乾隆丙申余游黄山宿天都峰文殊院茗啜文殊院琴聽江麗田江麗田歙縣人精琴理能隸書不下山已二十餘年矣舊游渾似夢禿管不能妍安得雲屏子重聯翰墨緣翟君子厚于乾隆庚子辛丑年間相聚最密

乙酉小春七日宿吾與庵贈心誠願根兩禪師

老厭塵中味閒尋雲外居開堂儼古佛高枕即吾廬勺

水曹溪味饌飧香積餘一編成道記頻展讀殘書指點見山閣煙嵐擁萬層茶瓜留客處談笑憶吾曾過去非無影長明自有燈憶澄谷長老也來朝期越嶺還理舊行幐

欲游鍾吾因雨不果寄補樵鍊師

禪房夜甘寢夢醒嬾晨征側想上眞路愁聽密雨聲物情歡樂歲天意助深耕時田家望雨甚殷爲訂重游日春來須暖晴

雨止放船鍾吾山下

春到寒猶峭遊心度瀆川雪深銅井路香送太湖船退

士聯吟侶名山有夙緣遙知一粟夜驚起道人眠

張雲裳女史謝庭香雪卷

謝女閒庭春晝長春風暖到綠沈槍驚才壓倒青邱子
一幨收來萬樹香

韓桂舲司寇秋帆圖

沙畔羣鷗舊有盟　主恩容易許歸耕八騶呵唱聽應
厭何似扁舟襖靄聲

歸楫生衣四十年喜聞吟侶又歸田何當便著荷衣去
同上西風鴨嘴船

夏烈女詩　錢辛楣宮詹爲作記

烏龍山下水嗚咽自年年夏女貞[illegible]勁錢文老筆堅靡
宅豈是學取義總由天合並曹娥碣千春女史傳

嘉平中澣七日攜兩孫登彌羅寶閣

元都傑閣歲年登每恐衰殘力弗勝屏氣攝齊孫自慣
循牆拾級我還能皈心祇願依三寶放眼惟宜上一層
爲語少年勤讀易須知不息利冥升

丁亥春朝試筆

獻歲渾無事今朝可掩關身疑副墨子夢到沃洲山嫩
蕚紅心茁柔條綠意慳最憐雙翠羽知止語緜蠻
汩汩人間事于心了不關拋書宜命酒投枕當棲山上

客應嫌懶平交任笑慳石湖風月好吾欲狎漁鑾

吾與庵老僧念實邀看梅花以詩寄柬

無梃門常設衰年學閉關老僧飛折簡掃榻待遊山香界原無盡筍廚定不慳相期風色穩準擬榼擕鑾

客有言予漸有衰態用鑾字韻曉之

日高慵未起繞室鳥關關綠漲橫塘渡花開銅井山豪情取次減筋力未全慳卻笑香山叟風痺始遣鑾

陳琳簫春風鬢影圖

戛天修竹欲成林林下清風愜素襟擬拂冰絃還袖手早知塵海少知音

市碎千金歎拾遺春風庭院日遲遲成虧誰識微茫旨此是昭文不鼓時

梁茝林方伯滄浪亭圖

重來瞻使節更喜讀新圖魚鳥舊相識林亭與不孤高情狎雲水韻事續歐蘇潑墨輞川子拈毫定念吾門生王椒畦作圖爲

東坡先生生朝桂舲尚書懸像設祭招同人飲福以詩奉柬並索和章

迎年天意許堅晴來聽檐前碎玉聲肯以行藏殊臭味要將冰雪淨聰明青熒燈下頻搜句笠屐圖邊願署名

定有新詩留韻事來朝傳遍闔閭城

復用晴字韻索同席諸君子和

誰料今朝竟老晴檐前點滴漸無聲共攜天上黃棉襖來暖仙家玉糝羹洗盞正歡臘酒熟坐軒更快紙窗明何當也寫新圖卷斜笠相依澤澤耕

三月十七日游吾與庵

暫輟書帷課言尋開士寮羣山斂宿靄一徑轉煙蘿入坐容疏放憑軒可嘯歌僧雛應竊笑步履更婆娑

吾與庵傍隙地一畝庵僧心誠創開放生池掘地得古井淤而不治疏之有泉涌出清冽可

鑑甃石作闌請名於余名之曰天眼佛有五眼一曰天眼且地在天平山下也因系以詩

山僧疏地脈舊井待新詩顯晦原由數澄瑩今應時人謀合緇素天意協慈悲病眼宜虔洗濡毫吾肯辭

歸舟漫興

厭看屋瓦似魚鱗放艇郊原耳目新勝日招邀宜勝地春風澹沱引春人鶯花世界耕耘樂蔬筍齋廚笑語眞最好與闌歸櫂緩椛樓送客有冰輪

爲韓見南題其外曾祖錢訥生雙鬟索句圖有序

訥生名襄居元都觀東之樸雅齋書名亞吳

三松堂續集　卷六　集

下乾隆壬午　高廟南巡獻詩賦　賜舉人　授中書予亦以是秋舉於鄉爲同年友癸未春試罷歸先生與予同舟南下讀畫論詩極一時之樂今先生外曾孫韓君見南持是圖索題回首前塵六十餘年矣所謂樸雅齋者已不知歸何處而是卷獨存感歲月之不居信翰墨之可貴因題二十八字歸之見南俾珍藏焉

一枝湘管託生涯宦退飛騰暮景斜名士美人盡黃土
賸餘韻事藝林誇

六月曾孫覲保生十月曾孫介繁生詩以志喜

晴窗旭景送和風閒左頻看喜氣充鍵戶常時甘晝寢築場今歲慶年豐試啼兩見孫生子侍膳偏憐兒作翁最是芻尼解人意勝占吉夢協羆熊余曾夢見雙鵲集于階前

爲陶雲汀中丞題滄浪五老圖

君子平其政沖襟與古期本無絲竹肉兼有畫書詩閒望潯陽峻林亭子美遺釣游懷少歲耄及喜肩隨

年屆九旬科逢己丑蒙

恩賞加四品卿銜重赴恩榮筵宴恭賦紀

恩

潞河南下歲頻更，解組常懸戀闕情。䙰櫟最憐虛素抱，桑榆眞愧荷殊榮。簪毫紫塞曾銜虎，待漏金鋪記聽鶯。步屧村村自花柳，慣從田父話昇平。

臨頓西偏一徑斜，門依水閣涤周遮。懸弧喜聽將雛曲（戊辰、辛未始得兩孫，今已各舉一子矣），散策閒看及第花（乾隆癸丑姪世恩、乙卯恩科子世璜廷試俱列一甲）。那有涓埃能報國，祇留清白與傳家。松堂禿管塗鴉滿，天賜分甘也漫誇（家藏右軍天賜帖中有云：一味之甘，割而食之，以娛目前。愛其語意，時臨一過）。

微生四遇歲朝春吉語傳來九烈神耕鑿萬方忘
帝力共球率土戴
皇仁鳳儀慶洽圜橋日虎拜歡騰偃伯辰莫爲循牆笑
衰老
鈞天同聽總前因
一家七葉忝衣冠浩蕩
恩波似海寬庭下喬松延杖履檐前修竹報平安壓裝
峻節瞻廉石畫粥清風仰歲寒尙記元臣貽訓語留心
學到古人難乾隆己丑殿試諸城劉文正公爲讀卷官奕雋名列進呈十卷中引見選到降附三甲以朝考入選授中書曾于西苑侍直公謂曰汝書學顏平原頗有法度因以紙求公書公以立

聊怕隨流俗轉留心學到古人難十四字書楹帖爲賜今老而無成未嘗不愧負期望之深也

故人好我覰周行努力相期愛景光乾隆丙申杭州李一峰訪余于昭慶寺爲談養生之術留一月別去斂退正宜守氣毋簡緣只合養心王鹿亭魚滬新篇少三竺雙峰舊夢長爲語門前問字者莫談畏壘擾庚桑

五風十雨歲時和趺坐還將病眼摩鶴市諺言哂客妄桃源仙境憶吾過桃花源在湖南武陵縣乾隆丙午鄉試奉使黔中曾一游之楷模老輩人非遠翰墨同寮蹟未磨本朝重宴瓊林者宛平黃崑圃侍郎溧陽史文靖無錫嵇文恭兩相國大興翁覃溪閣學近又有江西郭經歷祚熾共得五人覃溪在京邸晨夕過從所貽書翰珍留篋中願與

熙朝增典故不妨擊壤和賡歌

題陳芝楣觀察棠芝圖（觀察爲秦芝軒尚書壻，道光庚辰有芝茁於甥館海棠樹上，觀察是年以第三人及第，黃左田尚書爲作圖。先是芝軒尚書以乾隆庚辰登第，亦有芝產於庭，錢籜石侍郎爲作圖，同人唱和有瑞芝堂集）

庚更佳話兆奇祥百福耆英翰墨香（秀水百福里籜石先生所居也）先
後藝林成故事披圖燿采仰甘棠
神芝本是科名草向日重開旌節花盛德鍾靈眞是瑞
天心與善信無差